U0651414

三生三世 枕上书

终篇

唐七公子 ◎ 著

天命无缘，
却结一段奇姻，
枕上无书，
竟成一本情谱。

湖南文艺出版社
HUNAN LITERATURE AND ART PUBLISHING HOUSE

博集天卷
CS-BOOKY

图书在版编目（CIP）数据

三生三世枕上书·终篇 / 唐七公子著 .—长沙：湖南文艺出版社，2013.11
ISBN 978-7-5404-4907-0

Ⅰ . ①三… Ⅱ . ①唐… Ⅲ . ①言情小说—中国—当代Ⅳ . ① I247.5

中国版本图书馆 CIP 数据核字（2013）第 234145 号

© 中南博集天卷文化传媒有限公司。本书版权受法律保护。未经权利人许可，任何人不得以任何方式使用本书包括正文、插图、封面、版式等任何部分内容，违者将受到法律制裁。

上架建议：长篇小说·言情

三生三世枕上书·终篇

作　　者：唐七公子
出 版 人：刘清华
责任编辑：薛　健　刘诗哲
监　　制：蔡明菲　潘　良
策划编辑：邢越超
文案编辑：温雅卿
营销编辑：刘碧思　尤艺潼
图片绘制：伊吹五月
整体装帧：姚姚设计工作室
出版发行：湖南文艺出版社
　　　　　（长沙市雨花区东二环一段 508 号　邮编：410014）
网　　址：www.hnwy.net
印　　刷：三河市兴博印务有限公司
经　　销：新华书店
开　　本：700mm×1000mm　1/16
字　　数：360 千字
印　　张：21.5
版　　次：2013 年 11 月第 1 版
印　　次：2018 年 6 月第 9 次印刷
书　　号：ISBN 978-7-5404-4907-0
定　　价：35.00 元

质量监督电话：010-59096394
团购电话：010-59320018

第三卷　阿兰若

有一句话是情深缘浅，情深是她，缘浅是她和东华。有一个词是福薄，她福薄，所以遇到他，他福薄，所以错过她。

她一瞬觉得自己今夜真是个诗人，一瞬又觉得自己没有出息，明明已放过狠话，说东华帝君从此于自己不过四个字而已，这种浮生将尽的时刻，想起的居然还是他。

01.

夜风微凉，水月潭漾了一湖波光，倒映着皎皎的明月。

沿着潭边栽种的白露树参差向天，令十里神木林徒显幽凉。

这一番景致，粗瞧，似乎同近来无数个日夜都没有什么不同。

但梵音谷这个地方，原本四时积雪，水月潭就生在王城边儿上，按理说也该覆盖上皑皑的雪幕。可此时，此地，却不见半分有雪光景。

因这个空间，它其实是个梦境。阿兰若的梦境。

这个梦境虽与梵音谷吻合得如同水中倒影，但真正的梵音谷乃是同四海六合八荒相系，延展开来，当得起广阔无垠四个字。而此地，却仅是个有边有角的囚笼。

东华和凤九陷入这个囚笼，已经三月有余。

掉进阿兰若这个梦境时，凤九竭尽周身仙力凝出来的护体仙障成功被毁，三万年修行一朝失尽，身子虚弱得比凡人强不了几分。

屋漏偏逢连夜雨。未承想，阿兰若的梦境中竟蓄养着许多恶念，恶念豢出小妖来，专吸食人的生气。从天而降的凤九，正好似一块天外飞来的丰腴馅饼，令饥肠辘辘的小妖们一顿饱餐。待东华穿过蛇阵来到她跟前，她雪白的面庞，已浮现出几分油尽灯枯的症头。

瞧着这样的凤九，东华的脑子有一瞬间空白。

他一向晓得她乱来，却没有料到她这样乱来。原本以为将天罡罩放在她的身上，无论她出什么祸事，保她一个平安总该没有什么问题。这个事，却是他考虑不周。

他晓得她对频婆果执着。但据重霖提给他的册子来看，她往日里为饱口腹之欲，执着得比这个更过的事情并不是没有。

册子里头载着，她小时候有一年，青丘的风雨不是那么调顺，遇到枇杷的荒年。但她在她们家洞府后山育出了一棵枇杷树，且这棵枇杷树还结出不少皮薄肉厚的鲜果。住在附近的一头小灰狼犯馋，摘了她几个果子，被她坚持不懈地追杀了整整三年。

因有这个前车之鉴，那时，当他问她拿频婆果是做什么用，她答他是为了尝尝鲜，他就信了。这个尝鲜还同他近来越发看不惯的燕池悟连在一起，当然令他很不愉快。

是以，姬蘅那夜向他讨果子，恓恓惶惶地说，唯有此果能解一部分绵延在她身上的秋水毒，望他赐给她这个恩典时，他并未如何深思，便允了。

这种事情，他也不觉得有什么深思的必要。

那阵子他一直有些烦心，纠结于如何兵不血刃地解决掉燕池悟。

要让他彻底消失在小白的周围，又不能让小白有什么疑心，是一件不大容易之事。

凤九与他是不同的，东华其实一直晓得。但这个情绪，他很长一段时间却没有意识深究，或没有工夫深究。

况且这种事情，同佛典校注不同，并不是深究就能究出结果，有时候，还讲求一个机缘。

东华恍然自己同凤九到底是个什么关系的机缘，于宗学竞技那日，降临在他的头上。

彼时，他坐在青梅坞的高台上，垂眼望去，正瞧见凤九三招两式间将同窗们一一挑下雪桩。收剑回鞘的时候，她樱色的唇微微一抿，浮出点儿笑意，流风回雪的从容姿态，令他第一次将她同青丘女君这个神位连起来。脑中一时浮现出端庄淑静这四个字。

端庄淑静，她竟也有担得起这个词的时候，令他感到新鲜，且有趣。

比翼鸟族的一个小侍者战战兢兢地呈上来一杯暖茶，他抬手接过茶杯抿了一口，目光再点过去时，却见她已收了笑意。

她似乎觉得方才那个笑有些不妥，趁着众人不注意，轻轻地咬了咬下唇，又飞快地瞄了周围一眼，像是担心有谁看到。因她的唇色太过饱满，轻轻一咬，下唇间便泛出些许白印，犹如初冬时节，红樱初放，现出一点粉色的蕊。

他撑住下颌，突然觉得，如果要娶一位帝后，其实凤九不错。

这个念头蹦出来，他愣了一下。然后，他认真地想了一会儿。

不，与其说她不错，毋宁说这四海六合八荒之中，她是唯一适合的那一个。又或者说，她是唯一让自己喜欢的那一个。

思绪飘到这个境地，他突然有些明白，近段时日自己的所作所为，到底为的是什么名目。

原来，自己是这么想的这桩事，这么想的她。

原来，自己喜欢她。

但为什么万千人中，独独喜欢上了凤九，他虑了半晌，归结于自己眼光好。因为自己眼光好，本能地发现了她这块璞玉，他想要喜欢她，自然就喜欢上了她。喜欢这种事情说容易也容易，说不容易也不容易。

无论如何，此时阿兰若之梦这个囚笼中，只要有他在，小白不会有什么事。

比起阿兰若之梦中的宁和来，梵音谷最近的氛围，却着实微妙。

那日，东华帝君顶着重重闪电滚滚怒雷，义无反顾地踏进困住凤九的结界，这个举动，令跪在蛇阵外的一干人等都极其震惑。

帝君他避世十来万年，虽说近两百年不知因什么机缘，单单看重他们梵音谷，时常来谷中讲学述道，但在谷中动武，却是从来没有过的事。

帝君他提剑于浮生之巅睥睨八荒的英姿，一向只在传说中出现，那会是什么模样，他们只敢偷偷地在睡梦中遥想。孰料，连七万年前灭天噬地的鬼族之乱亦未现身的帝君，今日竟这样从容地就卸下一身仙力，毫无犹疑地入了阵中？

此是一震。

在跪的臣子们中间，颇有几位对帝君和姬蘅的传闻有耳闻。从前列位一直暗中猜测着，东华同他们的乐师姬蘅之间，是不是另有什么隐情。但今日这个局面，却又是唱的哪一出？

此是一惑。

一震一惑后，列位小神仙在思而不得之中，突然悟了。

帝君之尊，巍巍唯青天可比，帝君之德，耀耀如日月共辉。此种大尊贵大德行，染了凡味儿的区区红尘事安能与之相系？姬蘅，连同此时被困的九歌公主，定然都同帝君没有什么。帝君千里相救九歌公主，一切，只在一个仁字，此乃尊神的大仁之心。

想他们先前竟敢拿自己一颗凡世俗心，妄自揣测帝君的大尊贵大德行，真是惭愧，惭愧。

他们一面在心中忏悔着自己的龌龊，一面抬眼关心结界中有无什么危险动向。然后，他们揉了揉眼睛地瞧见，身负重伤的、享有大尊贵拥有大仁德的帝君他老人家，正自然地，缓慢地，将手放在九歌公主的侧脸上。

他们的惭愧之心卡了一卡。

……这也许是在表达一种对小辈的关怀？

但下一刻，他们使劲揉了揉眼睛地瞧见，帝君他自然地帮九歌公主绾了耳发，凝眸注视了公主半晌，然后温柔地将公主搂进了怀中。

他们的惭愧之心又卡了一卡。

……这也许是天界新近比较流行的一种对小辈的关怀？

但紧接着，他们更加使劲揉了揉眼睛地瞧见，帝君的嘴唇擦过了怀中九歌公主的额头，停了一停，像是一个安抚的亲吻，且将公主她更深地往怀中带了一带……

在跪的小臣子们片片惭愧之心顿时散若浮云，个个压住倒抽的凉气，心中沸腾不已："这个情境，莫非是帝君他动了尘心？帝君他老人家竟然也会动尘心？帝君他老人家动了尘心竟然叫我给撞见了？我的妈呀今天真是撞了大运！"

此后又发生了什么大事，小臣子们不得而知，因他们正激动的时候，浓云不知从何方突然压下来，将解忧泉笼得严丝合缝，入眼处只一派森森的墨色。

待似墨的云潮滚滚退去后，结界中却已不见帝君二人的影子，只剩四尾巨蟒依然执着地守护着这个琉璃般脆弱的空罩子，咝咝地吐着毒芯。

巨蟒们眼中流露出愤怒和悲伤，注目着结界，像是在等待着阿兰若的身影再次出现在那片淡蓝的光晕中。它们铜铃般的眼中流下血红的泪，好像为此已等待许久，长得那样可怕，这个模样却很可怜，令人略感心酸。

帝君入阵，解忧泉外，照神位来排，位阶最高的自然当数连宋君。

比翼鸟的女君领着众臣子巴巴地望着连三殿下拿主意。连三殿下远目良久，扇子在手中敲了敲："累诸位在此跪了许久，先行散去吧。不过今日事还需列位记得，什么都没有看到，什么都没有听到。若是往后本座听说了什么，这个过错，"挑眉轻描淡写地道，"怕是要拿你们阖族的前程担待。"

一番话说得客客气气，却是软棉团里藏着利刀锋，着实是连宋君一向的做派。女君率臣子们领旨谢恩，站起来时腿在抖，走出老远，腿还在抖。

连宋君担着一个花花公子的名头，常被误会为人不牢靠，但四海八荒老一辈有见识的神仙们却晓得，倘遇到人事，连宋君的果决更胜乃父。

都说天君三个儿子数二殿下桑籍最聪慧有天资，因出生时有三十六只五彩鸟从整明俊疾山直入云霄，绕着天后娘娘的寝殿飞舞了九九八十一天。

不过连宋君的拥趸们却觉得，连三殿下的英明聪慧其实更甚于二殿下，只不过，三殿下他降生在晖耀海底，其吉兆自然应关乎水中的游鱼，而非天上的飞鸟。再则，当初掌管四海水域的三殿下甫一坠地，令天君头疼多日的四海水患一朝之内便得平息，这便是三殿下生而不凡的例证。三殿下的呼声不如二殿下，不过是三殿下他为人谦谨，不愿同二殿下争这个虚名罢了。

自然，连宋君风流一世，打小就不晓得谦谨二字该怎么写，用此二字评断他纯属睁着眼睛说瞎话，不过论资质，他确是比桑籍要强上那么一些。当年不同桑籍争储君之位，乃是因连三殿下他一向有大智慧地觉得，巧者劳智者忧，表现得无能些才不会被浮生浮事负累，如此，方是真逍遥。

但天有不测风云，纵然连宋君他于此已早早领悟得道，可仙途漫漫，谁没有一两个朋友。为朋友两肋插刀之事，也需偶尔为之。负累二字，有它不能躲的时候。

譬如此次。

此次，若非他连三殿下在这里兜着这个局面，东华身负重伤或将羽化的传闻一旦传开，料不得八荒都或将动上一动。

东华这些年虽退隐不大理事，但只要人还在太晨宫或碧海苍灵驻着，于向来难以调伏的魔族而言，已是一个极大的震慑。再则，他们这些洪荒时代的上古神祇隐藏了太多关乎创世的秘辛，连他也料不到若东华此行果然凶多吉少，八荒六合之中，一旦传开来会是一番什么境地。

连三殿下收起扇子叹了一叹。帝君他存于世间的意义重要至斯，寻常人看来，怕是十个百个凤九都抵不上他一根手指头，他自个儿留遗言倒是留得痛快，看样子也没有意识到，于天下苍生而言，这是桩亏本的生意。

02.

不过，连宋君的君令虽然沉，能压得比翼鸟一族顷刻间在他跟前作鸟兽散，要压住燕池悟这个魔君，还差那么一小截。

拿小燕的话说，他大爷从小就是被吓大的，岂会害怕连宋一两句威胁。

再说，连宋说得太文绉绉，他压根没有听出来他说的是一篇威胁之词。他大爷随之离开，是为了将他心爱的姬蘅公主送回去。

结界中东华对凤九毫无预兆的温柔一抱，连小燕都怔忪了片刻，遑论姬蘅。小燕回过神时，注意到姬蘅面如纸色，死死地咬着嘴唇，几乎咬出血痕来，泪凝在脸上连抬手一拭都忘了。这个打击深重的模样，让他感到十分地忧心。

虽然小燕他作为一介粗人，肢解人他就干过开解人从来没有干过，但是为了心爱的姬蘅，他决定试一试。

他找了一个环种了青松的小林地，将姬蘅安顿在林地中央的小石凳上。他心细地觉得，眼中多见些生机勃勃之物，能开阔姬蘅此时苦闷郁结的心境。

姬蘅的眼中旧泪一重，新泪又一重，眼泪重重，湿透妆容，小燕觉得很心痛。心痛的同时又觉得不愧是他的姬蘅，妆花成这样还是这么好看。

开解的话该如何起头，小燕尚在构思之中，没想到姬衡却先开了口。

苍白的面容上泪痕未干，声音中透出三分木然，向小燕道："你是不是觉得我很可笑，当年对闵酥是这样，如今对帝君他也是这样？你是不是看不起我？"

姬蘅居然会在意自己对她的看法，着实令小燕受宠若惊，他一时没有控制住内心的激动，嘴角不经意向上弯了三个度。这个表情看在姬蘅的眼中，自然和嘲笑无异。

姬蘅垂头看着自己的手，良久才道："你果然觉得我很可笑，送我回来，其实就是来看笑话的吧？笑话看够了你就走吧，我也觉得我很可笑。"言罢紧紧抿住唇，不再说话。

姬蘅一口一个自己可笑，沉甸甸敲在小燕心头。虽然小燕明白，东华和凤九发展到这个地步是他一力促成，也很合他心意，但让姬蘅这样伤心，却并非他所愿。这件事，自然不能是自己的错，凤九是他朋友，自然也不能是她的错，那么，就只能是东华的错了。

小燕目光炯炯，紧握拳头，义愤填膺地向姬蘅道："你有什么可笑，千错万错都是冰块脸的错，当初要娶你是他亲口答应的，虽然成亲那天你放了他鸽子可能让他不痛快吧，但你都这么做小伏低给他面子了，他竟然敢不回心转意，这样不识好歹，你有什么好为他伤心！"

说到这里，他突然感觉这是一个挖墙脚的好时机，赶紧补充一句："老……不，我……我听说凡间有一句诗说得特别好，'还将旧时意，怜取眼前人'，你也该将眼光从冰块脸身上转一转了。"话罢，目光含情看向姬蘅，同时在脑子里飞快地复查，刚才那句诗，自己有没有记错。

可惜他难得有文采一次姬蘅却没有注意，沉默了片刻，突然向他道："我不是煦旸君同父同母的妹妹。我父亲其实是白水山的一条蛟龙，你可能听过他的名字，洪荒时代帝君座下最勇猛的战将——孟昊。"脸上的泪痕稍干，声音里含着沙哑。

小燕迷茫地望着她，不明白她此刻为何突然诉说家史。煦旸的亲妹子原来不是他的亲妹子，这个事情确实挺劲爆，放在平日他一定听得兴趣盎然，但此时，他正候着姬蘅对他表白的反应，姬蘅却回他这样一篇话，他有些受伤地觉得，自己是不是被忽视了？

孟昊的大名他自然听说过，东华征战八荒统一六界时，他是他座下联军百万、攻无不克、战无不胜的名将，东华坐上天地之主的位子后，他是他座下运筹帷幄中、决胜千里外的名相，一向都得东华看重。后来东华避世太晨宫，据说他也同那个时代东华的属官们一同避隐了。

不过传闻中，东华属官的避隐之处皆是下界数一数二的上好仙山，怎么唯独这个孟昊神君却是此等品位，竟避到了穷山恶水的白水山？

姬蘅目光遥望向不知何处，徐徐道："父亲当年爱上了我母后，拜辞帝君来到南荒，却被前代赤之魔君以母后为饵，施计困在了白水山，且用擒龙锁穿过龙骨将他锁在白潭中，月月年年守护潭中的龙脑树。这些事母后从前未曾同我提说，直到三百多年前，皇兄将闵酥罚在白水山中思过，我偷偷跑去救他时，才终于晓得。"

小燕渐渐地听出一些趣味，一时忘记自伤，在心中频频点头，怪不得从不曾听得孟昊神君避隐后的境况，原来这位一代名将栽在了红颜这两个字上头，真是栽得风流。

姬蘅的眼神浮出空洞，透出一种回忆伤怀旧事不愿多说的悲凉："为了救出闵酥,我被白水山遍山的毒物围攻,数百种毒物一起咬上来。"说到这里,她哆嗦了一下,小燕的心中亦哆嗦了一下。

她继续道:"命悬一线时,是父亲挣脱擒龙锁救了我,可他……可他也重伤不治。"哽了一哽,道:"父亲临羽化前,我们遇到了帝君,父亲将我托付给他,求他照顾我平安,解我身上百种毒物汇成的秋水毒。"无视小燕陡然惊异的神色,她迷离道:"父亲知道我爱闵酥,但他以为皇兄煕旸定如他父君一般心狠手毒,此时救出闵酥同他私逃,却是下下之策,定会再被捉拿回去。他求帝君将娶我之事按部就班,以放松皇兄的警惕,且趁着备婚这一两月的合计准备,将出逃之地和出逃后的路,一条一条细细铺好。父亲料想此次回去,无论我在何处,皇兄明里暗中都一定对我监看得更严实,唯成亲夜可能疏松,他求帝君在成亲那一夜,能掩护我和闵酥出逃。"

她抬眼看向小燕:"帝君对洪荒时代随他征战天下的属官们一向看重,父亲临死前请求他庇佑我,他答应了。"

她的声音渐渐低哑,眼中却透露出凄惨来,衬着颓然犹有泪痕的脸色,道:"帝君身旁的重霖仙者对当年事亦知一二,以为帝君对我有恩,我自当肝脑涂地地报答,待帝君入梵音谷讲学时,便常招我跟随服侍。若非如此,我不会不记教训再陷入另一段情。两百多年来,且由它越陷越深,如今将自己置于如此悲惨的境地。这世间,再没有比喜欢上帝君更加容易之事,也再没有比得到他更加困难之事。九重天上,重霖仙者对我也曾多加照拂,但近来,我却不由自主要恨他。"

她的脸埋进手中,指缝中浸出泪:"细想起来,我和知鹤其实也没有什么不同,可笑此前我却看不上她。世间女子于帝君而言,大约只分两类,一类是唯一能做他帝后的一个人,一类是其他人。我有时会想,为什么他不选择我成为于他特别的那个人,但今天我终于明白,其实没有什么所谓因果和为什么,不过是机缘所致罢了。"

小燕没言语,姬蘅所说,十有八九同他一向的认知都正好相反,这令他着实混乱,他觉得他要好好理一理。

白日苍茫,积雪萧素,挺拔的青松像是入定了万年。

许久,姬蘅才抬起头来,脸上已瞧不出什么凄惨软弱,只是面色仍然差些，淡淡向小燕道："今日同你说这么多，是求你对我断情。"

她垂目道："我想了这么久，却想出这样的结果，你一定觉得我更加可笑吧。"指甲嵌进手心，手握得用力，话却说得轻，"可既然我喜欢了帝君，为这段情坚持了两百多年，就还想再试一试，试一试这个机缘。也许终有一日，它会转到我的头上，最后的最后，帝君他会选择谁，也许还未可知。"

小燕定定地瞧着姬蘅流血的手心，有一刻想去握住，手伸到半途又收回来。他理了半晌，领会了姬蘅的意思似乎是她发现帝君并不喜欢她，她感到很伤心，但即使这样，她还是打算要再争取一下。

这令小燕感到震惊。

一则，他觉得姬蘅这种沉鱼落雁以花为容以月为貌的国色，冰块脸他竟然敢不喜欢，这真是不可理喻。另一则，他又直觉这是件好事，心中先行一步地感到高兴，自己追求姬蘅的道路，似乎一夕之间平坦了许多。

既然这样，也不急在一时，姬蘅的脑子转不过来，他可以再等等，人越是长得美越容易犯糊涂，真正犯一辈子糊涂的却少有。

不过，姬蘅美到这种程度，这个糊涂万一要犯很久呢？他又有点儿纠结。

小燕挠着头，这样纠结的自己，看来无论如何也拯救不了同样纠结的一个姬蘅了。姬蘅既然还有将东华争回来的壮志雄心，那放她一人待着，一时半会儿估摸也出不了什么大事，自己倒是要出去散一散心。

抬眼看月上东山，差不多已过了两三个时辰，不晓得冰块脸将凤九救出来没有，小燕心中存着这个思量，皱着眉头匆匆一路行至解忧泉，打算探一探。

行至解忧泉，眼前的景色，却令小燕傻了。

小燕记得，方才他临走时解忧泉还是个残垣断壁模样，塘中水被浑搅得点滴不留，也不过半日时辰，平地之上竟陡起了一座空心的海子，绕定泉中央四尾巨蟒和阿兰若之梦。

区区一个梵音谷，能人异士倒是多。

小燕按一个云头腾到半空，欲瞧一瞧能人的真面目。

能人却是连三殿下。

水浪的制高处托起一方白玉桌白玉凳，桌上摆开一局残棋，连三殿下手里把玩着一枚棋子，正不紧不慢地同萌少说着话，滔天的巨浪在他脚底下驯服得似只家养的鹌鹑。

小燕迷惑地想了一阵，又想了一阵，才想起来连三殿下在天族担的神位乃是四海水君。照理说，一介掌管八荒水域的四海水君，莫说瞬息间移个海子过来当东华和凤九的护身结界，就是移十个过来都该不在话下。不过他从前瞧连宋一向觉得他就是个纨绔，四海水君这个神位不过是得他天君老爹的便宜，此时瞧来，他倒甚有两把刷子。

小燕跃身飞上浪头，正听萌少蹙眉向连宋禀道："入梦救人之事，虽然传说中是一套可行之法，但实则，臣听闻梦中有什么凶险无可预知，据传曾有一位入梦救人之人，因不知梦境的法则在梦中强行施出重法，不仅人没能救得出，还致使梦境破碎，与被救之人一同赴了黄泉阴司……"萌少沉痛地将眉毛拧成一横，喑哑道，"臣很是揪心，帝座纵然法力无边翻手云覆手雨，但阿兰若之梦却正容不得高深法力与之相衡，此事原本便仅得一两分生机，他们此去这许多时辰，臣心中担忧，帝座同九歌她，怕是已凶多吉少……"

小燕被脚下一个浪头绊了一跤，接住萌少的话头，怒目道："冰块脸不是说一定将小九送回来？"恨道，"这个什么什么梦，你们护得它像个软壳鸡蛋似的经不得碰，依老子看，既然无论选哪条道都是凶多吉少，不如将它一锤敲碎了，两人是死是活见一个分晓。冰块脸除了法力高深些也不顶什么大用，这个法力正好在梦碎时用来护着小九，至于他嘛，他活了这么大岁数，多赚几个年头少赚几个年头，老子觉得对他也没有什么分别！"

一席话令萌少也略有动摇，道："帝座的法力在阿兰若之梦中确然无大用，比起两人齐困死在梦中，这个法子虽孤注一掷但听上去……也有一些可行……"萌少毕竟朝中为臣了近百年，察言观色比小燕是要强些，虽然心中更担忧凤九，但看连宋像是更站在东华一边，这句话的后头又添了句："当然一切还是以君座之意定夺。"

他二人一个自烦忧，一个自愤恨，比起他们两个来，连三殿下八风不动倒是十足十的沉定，他收拾着局面上的黑白子，慢悠悠道："不如我们打个赌，这个梦能不能困住东华，其实本座也有几分兴趣。不过本座方才听你们推测，觉得东华的法力在阿兰若之梦中无法施展，他就没有旁的办法了，这个，本座却觉得不好苟同。"

连三殿下将棋子放进棋盒中，漫不经心向着萌少道："你也算是地仙，说起来神族的史籍，幼时也曾读过一两册吧，还记得史册中记载的洪荒之末，东华座下七十二名将吗？"

萌少不明所以地点头，他当年考学时这一题还曾考到过，因当日未答得上来，是以多年后记得尤为深刻些。传说这七十二名将唯奉东华为主，随便拎一个出来，都抵得上数个如今天族的脓包天将，十分厉害。

连三殿下客气地笑了笑："这些洪荒神将驯服在东华的座下，可不止因他打架打得好。能坐上天地共主的位子，光靠法力无边是不行的，"他指了指自己的脑袋，"还要靠这个地方。"

话罢手一抬便在半空中起出一个赌局，化出随身的兵器戟越枪，轻飘飘压在了东华名下，笑吟吟向萌少和小燕道："两位，请下注。"

第二章

01.

　　凤九不晓得自己在睡梦中沉浮了多久。

　　虽然灵台浑浑然不甚清明，但偶尔也有一些知觉。她似乎被谁抱着。

　　她心中觉得自己该晓得抱住她的人是谁，却不明白为何想不起来。鼻息间隐隐然飘入一丝白檀香，此香亦令她觉得熟悉。但这种熟悉却似隔了层山雾，令她疑惑。

　　稳稳地被抱了一阵子后，似乎辗转被放到一个柔软的处所。她觉得这样躺着更舒服些，懒懒随抱着她的那双手折腾。

　　因大多时候意识含糊着，且身体上的痛楚是一阵儿一阵儿来，寻常只感到疲累无力并无甚疼痛，这么躺着便正合她的意，还算舒心。

　　但总有疼痛袭来且一时难忍的时候，她不大经痛，料想痛得狠了也曾嚷过。每当痛到深处时，总有一只手稳稳地将她扶起来靠着，一勺一勺喂给她什么东西。

这个东西血腥味甚浓，不大好喝，但一入喉疼痛就少许多，她觉得应该是个好东西。

她被呛着时，会有人轻缓地拍她的背；躺得不安稳时，会有人握住她的手；哼哼时，就有人将她搂在怀中。所以她经常哼哼，没事儿也哼哼，想起来就哼哼。

灵台稍有些许清明，她便在脑中尽力思索照顾自己的人应是谁，这个照顾的手法很细致，她觉得他很有前途。但每当此时，脑中却又开始含糊。

时光若流华，寸寸流逝，悄然无声。她的神思总有些颠三倒四，眼前开始烟云一般地掠过许多熟人。最后，定格在一位身着华服风姿婉约的贵妇人身上。这个贵妇人，是她娘亲的娘亲，她的姥姥伏觅仙母。她有些昏头。

姥姥她老人家此时正坐在家中的小花厅里同娘亲议论着什么。

她的这个姥姥伏觅仙母，一向瞧着虽然十分温和可亲，但实在是位厉害又好计较的仙母，平生大事是将膝下几个女儿都嫁得好人家。在她的周全计较下，膝下七个女儿的确无一不嫁得稳妥，着实是位人生赢家。但嫁完女儿后，这位仙母却开始时常地感到人生寂寞如雪的空虚。

空虚了一两千年，有一天，凤九她姥爷做寿，她爹携他们全家回去给丈人贺寿。她爹领她到伏觅仙母跟前敬茶，敬得这位站在人生赢家制高点高处不胜寒的仙母顿时欣喜地发现，她最大的这个外孙女凤九，今年已经有三万多岁了。

这个年纪，差不多可以开始给她找个婆家了。

从此仙母她老人家又找到了新的人生追求，来大女儿家做客做得异常殷勤。

凤九躲在小花厅的外头，竖起一双耳朵，听她姥姥同她娘亲到底在说些什么。只听姥姥道："九儿的姻缘嘛，为娘之所以这么早做打算，是要帮她好好地挑拣挑拣。我们九儿这样的容貌和性情，必定要嫁个三代以上的世家子弟。不过世家子弟中，也并非个个能耐，譬如前阵子你二妹夫同我举荐的南海水君的小儿子，相貌倒是俊，家世也尚可，但手中却没握着什么实职，委实是桩遗憾。为娘心中觉得，配得上九儿的，必定要是个手握重权的世家子，这才是有前途。再则，那种武将为娘也不大喜欢，譬如你四妹夫那样的。虽然你四妹夫也算位高权重，不过，这桩婚事却一直是为娘的一块心病。当日，唉，当日若非你四妹妹绝食相逼非他不嫁，为娘怎会将好好一个孩儿送到一介莽夫的手中。武将嘛，成天打打杀杀，哪里晓得怜惜疼惜人，你是九儿的娘，你便不能再犯为娘这种过错，此后同九儿相交得深的但凡有武将，你都须多留一个心眼。此外还有一桩也极重要，所谓姻缘良配，我们九儿长得这样好，自然也需寻个相貌同她一径登对的，将来生出的小崽才更冰雪可爱，不辱没咱们赤狐族和九尾白狐族的声名。为娘此时大约只能想到这么些，都很大略，更细致的待为娘回去再行考虑考虑。"

凤九她娘在一旁称赞她姥姥考虑得很是，她们必定照着她老人家的旨意帮凤九寻觅良婿，她老人家勿要忧心如何如何。

姥姥和娘亲的一番话，如千斤重石积压在凤九的心头，她蹒跚着蹑手蹑脚离开小花厅，一路上感到头上顶了座山似的昏重。

她心仪的东华帝君，虽然白手起家身居高位，却并非三代以上的世家，姥姥一定不喜欢。帝君他早年虽手执大权，却早已避入太晨宫不理世事，如今已未曾握得什么实权，姥姥一定又不喜欢。帝君打架打得甚好，好得许多次他统领的战事都录入了神族典册供后世瞻仰，比四姨夫那种纯粹的武将都不知武将了几多倍，姥姥一定更加的不喜欢。

帝君他除了脸长得好看以外，恐怕在姥姥的眼中简直无一可取，这，可如何是好。

游廊外黄叶飘飘，秋风秋树秋送愁，送得她心胸无限愁闷。她萧瑟地蹲在游廊外思索，靠父君向一十三天太晨宫说亲这条路，怕是走不通了，追求东华帝君这个事情，还是要实打实地全靠自己啊。

一时又变换成另一个场景，凤九却并未想到方才是梦，反而感到这场景的转换极其正常。只是含糊地觉得，方才的事应是过了许久，是许久前发生之事。

不过，都快忘了，那才是当年央司命将自己度进太晨宫的始源啊。若不是东华他不合家里人为她择婿的条件，若那时候将思慕帝君之事让家里人晓得，再请父君去九重天同东华他说亲，不晓得今日又是一番什么局面。

心中浮现今日这个词，她觉得这个词有些奇怪，今日今日，自己似乎不大满意今日之状，不过，今日却是何等模样？今日此日，究竟是何夕何日？

她迷茫地望向四周，场景竟是在一张喜床上。红帐被，高凤烛，月光清幽，虫鸣不休。哦，今日，是她同沧夷神君的大婚。

父君他挑来挑去，最后挑中了这个织越山的沧夷神君做自己的夫婿。

她忆起来，她当然不满父君择给自己这个夫婿，前一刻还站在轿门前同老爹一番理论，说既然他这么看得上沧夷，不如他上喜轿自嫁了去又何必迫她。一篇邪说歪理将她老爹气得吹胡子瞪眼，愣是拿捆仙索将她捆进了轿子。

然，仅是一刻而已，她怎么就躺在了沧夷的喜床上？她依稀觉得自青丘来织越山的一路上，应该还发生了一些可圈点之事，此时却怎么像是中间这一段全省了？

她第一次有些意识到，或许自己是在做梦。但所知所觉如此真实，一时也拿不大准。烛火一摇，忽闻得候在门外的小仙童清音通报："神君仙临。"

洞房花烛夜仙临到洞房的神君，自然该是沧夷。凤九吓了一跳，她并不记得自己曾同沧夷拜过什么天地，这就，洞房了？惊吓中生出几分恐慌，仓皇间从头上胡乱拔下一根金簪，本能地合眼装睡。簪子锋利，她心中暗想，倘若沧夷敢靠近她一步，今夜必定让他血溅喜床。一时却又莫名，怎么记忆中嫁到织越神宫那一晚，好像并没有这一段，怎么记得拜堂之前自己已经威风八面地将神宫给拆了？或者，难道，莫非，此时果真是在做一场春秋大梦？

她心中略定了定，管它是梦非梦，她既然不喜欢这个沧夷神君，而她一向又算是很有气节，自然即便在梦中，也不能叫他从身上讨半分便宜。

感觉神君走近，她微睁开眼，手中蓄势待发的簪子正待为了回护主人的贞洁疾飞出去，却在临脱手的一刹那，嗒一声，软绵绵落进重重叠叠的被子。

凤九目瞪口呆地瞧着俯身靠近的这个人，眨巴眨巴眼睛，愣了。

来人并非沧夷，来人是方才自己还念叨过的东华帝君。

月光下皓雪的银发，霞光流转的紫袍，以及被小燕戏称为冰块脸的极致容貌。

停在床前的人，的的确确是帝君他老人家本尊。

帝君瞧见她睁开的眼，似乎怔了一怔，伸手放在她额头上一探，探完后却没有挪开，目光盯着她的脸许久，才低声问她："醒了？可有不舒服的地方？"

凤九谨慎而沉默地看着这个帝君，木呆呆想了一阵，良久，她面色高深地抬了抬手，示意他靠她近些。

帝君领会她的手势，矮身坐上床沿，果然俯身靠她更近些。

这个距离她伸手便够得着他的衣领，但她的目标并不在帝君的衣领。

方才她觉得浑身软绵绵没什么力道，将上半身撑起来做接下来这个动作，尚有点儿难度，不过这样的高度，就好办了许多。

帝君凝目看着她，银色的发丝垂落在她的肩头，沉声问她："确有不舒服？是哪里不舒服？"

她没有哪里不舒服。帝君问话的这个空当儿，她的两只手十分利落地圈住了帝君的脖子，将他再拉下来一些。接着，红润双唇准确无误地贴上了帝君的唇……帝君被这么一勾一拉一扯一亲，难得地，愣了。

凤九一双手实实搂住东华的脖子，唇紧紧贴住东华的唇。

她心中做如此想：前一刻还怀疑着此乃梦境，下一刻沧夷神君就在半途变作了东华，可见，这的确是个梦境。梦这个东西嘛，原本就是做来圆一些未竟的梦想。当年离开九重天时，唯恨一腔柔情错付却一丝一毫的回本也没有捞着，委实有辱青丘的门风。今日既然在梦中得以相遇，所谓虚梦又着实变化多端，指不定下一刻东华他又悄然不见，索性就抓紧时间亲一亲，从前这笔情债中没有捞回来的本，在这个梦中捞一捞，也算是不错。

东华的唇果然如想象中冰冰凉凉，被她这么密实地贴着却没有什么动静，像是在好奇地等待，看她下一步还要做什么。

这个表现让凤九感到满意，这是她占他便宜嘛，他是该表现得木头一些，最好是被她亲完，脸上还须露出一两分羞恼的红晕，这才像个被占便宜的样子。

贴得足够久后，她笨拙地伸出舌尖来舔了舔他的上唇，感觉帝君似乎颤了一下。这个反应又很合她的意，满足的滋味像是看到一树藤萝悄然爬上树顶，又像是听到一滴风露无声地滑落莲叶。

她舔了两下放开他，觉得便宜占到这个程度，算是差不多了。况且还要怎么进一步地占，她经验有限，不甚懂。

帝君眼中含了几分深幽，脸上的表情却颇为沉静，看来梦中的这个帝君，也承继了现实中他泰山崩于前后左右都能掉头就走的本事。

帝君没有害羞，让凤九略感失望，不过也没有什么，他脸皮一向的确算厚。

凤九抱着帝君脖子的手又腾出来摸了摸他的脸，终于心满意足，头刚要重挨回枕头，中途却被一股力量稳住。还没有搞清是怎么回事，帝君沉静的面容已然迫近，护额上墨蓝的宝石如拂晓的晨星，映出她反应迟钝的呆样。

隔着鼻尖几乎挨上的距离，帝君看了她片刻，而后极泰然地低头，微热的唇舌自她唇畔轻柔扫过。

凤九呆愣中听到脑子里的一根弦，啪一声，断了。

近在眼前的黑眸细致地观察着她的反应，看到她微颤的睫毛，不紧不慢地加深了唇舌的力道，迫开她的嘴唇，极轻松就找到她的舌头，引导她笨拙地回应。过程中帝君一直睁开眼睛看着她，照顾她的反应。

实际上凤九除了睁大眼睛任帝君施为，此外无甚特别的反应。她的脑子已经被这个吻搅成了一锅米粥。这锅米粥晕晕乎乎地想：跟方才自己主动的半场蜻蜓点水相比，帝君他这个，实在是，亲得太彻底了，帝君他果然是一个从来不吃亏的神仙。做神仙做得他这样睚眦必报，真是一种境界。

她屏息太久，喘不上气，想伸手推开帝君，手却软绵绵没甚力。如今她脑子里盛的是锅沸米粥，自然想不到变回原身解围的办法。

帝君倒在此时放开了她，嘴唇仍贴在她唇角，从容且淡定地道："屏住呼吸做什么，这种时候该如何吸气呼气，也需要我教你吗？"嗓音却含了几分沉哑。

凤九自做了青丘的女君，脑门上顶的首要一个纲纪，便是无论何时都要保住青丘的面子，无论何事都不能污了青丘的威名。

东华的这句话却委实伤了她的自尊心，她酿出气势狡辩道："我们青丘在这种时候，一向都是这样的风俗，不要土包子没见过世面就胡乱点评我！"

行这种事的时候，他们青丘到底什么风俗，她才三万来岁不过一介幼狐，自然无幸得见，也无缘搞明白。连亲一个人，除了动用口唇外竟还可以动用到舌头，她今天也是头一回晓得。她从前一直以为，亲吻这个事嘛不过嘴唇贴嘴唇罢了。有多少情，就贴多长时间，譬如她方才贴着帝君贴了那么久，已当得上情深似海四个字。原来，这中间竟还有许多道道可讲究，真是一门学问。

不过，既然青丘行此事一贯的风俗，连她这个土生土长的仙都不晓得，帝君他一定更加不晓得，她觉得用这种借口来蒙一蒙帝君，大约可行。

瞧帝君没什么反应，她有模有样地补充："方才，你是不是呼吸了？"她神色肃穆，"这个，在我们青丘乃是一桩大忌，住在我家隔壁的灰狼弟弟的一个表兄，就曾因这个缘故被定亲的女方家退了婚。因这件事，是很被对方看不起的一件事。"

东华听闻此话，果然有些思索。

她在心中淡定地钦佩自己这个瞎话编得高，忒高，壮哉小凤。

但是有一桩事，小凤她不慎忘了，帝君有时候，是一个好奇心十分旺盛的神仙。

果然，好奇心旺盛的帝君思考片刻，得出结论："这个风俗有意思，我还没有试过，再试试你们青丘的风俗也不错。"

凤九神思未动身先行地伸手格在帝君胸前一挡，脸红得似颗粉桃："这么不要脸的话你都说得出来！"

其实帝君他老人家一句话只是那么一说，不过，他显然并不觉得方才随口这句胡说有何不可，提醒她："是谁先搂过来的，你还记得不记得？"

凤九一身熊熊气焰瞬息被压下去一半，这，又是一个面子的问题。

她想了半天，底气不足地嗫嚅："诚然……诚然是我先搂上去的。"摸了摸鼻子狡辩，"不过这是我的梦，我想要怎样就怎样。"说到这里，脑中灵光一闪，她蓦地悟了。对，这是她的梦，东华不过是她意识里衍生出来的梦中人物，平日口舌上从未赢过他也就罢了，在自己的梦中他居然还敢逞威风，真是不把她这个做梦的放在眼里。

她顿时豪气冲天，无畏地看向东华："你……你嘛，其实只是我想出来的罢了，我自己的梦，我想占你的便宜自然就可以占你的便宜，想怎么占你的便宜，自然就怎么占你的便宜，但是你不能反过来占我的便宜。"摇头晃脑道，"你也不用同我讲什么礼尚往来的道理，因为这个梦里头没有什么别的章法道理，我说的就是唯一的道理！"一番话着实削金断玉铿锵有力，话罢自己都有些被镇住了，定定瞧着帝君。

帝君像是反应了许久。

她琢磨着，帝君可能也被镇住了，抬手在他跟前晃了几晃。帝君握住她乱晃的手，明明瞧着她，却像自言自语："原来当在做梦。"停了一停，道，"我还想，你怎么突然这么放得开了。而且，竟然没生气。"

帝君这两句话，凤九耳中听闻，字字真切，连起来表个什么意却不大明白，糊涂道："什么叫当是在做梦？"茫然道，"这个，难道不是在做梦？不是做梦，你又是从什么地方冒出来的？"莫名且混乱地道，"我又为什么要生你的气？"怔了片刻，目光移到他微红的嘴唇上，脸色一白道，"难不成，我真的，占了你的……"便宜二字她委实说不出口，未被东华握住的那只手，默然地提拉住盖在胸前的薄被，妄图扯上来将自己兜头裹住。现实它，有点儿残酷。

帝君抬手浅浅一挡，上提的一角薄被被晾在半空，她的手被帝君握住。帝君凝眉瞧她半晌："还记不记得入睡之前，你在做什么，小白？"

入睡前她在做什么？此时一想，凤九才发现自己竟全然没有印象。脑中一时如琼台过秋风，一幕幕有关失忆的悲情故事被这股小凉风一吹，顿时冷了半截心头。自己这个症候，是不是，失忆了？

愁自心间来，寒从足底生，这个念头一起，凤九觉得手脚一时都变得冰凉。正此间，冰碴儿一样的手却被握得更紧了些，涌上稍许暖意，耳边帝君缓声道："我在这里，有什么好怕，你只是睡昏了头。"

她抬头迷茫地瞧着帝君。

帝君将她睡得汗湿的额发撩开，沉着道："有时睡得多了是会这样，睡前的事记不得无所谓，最近的事情你还记得，就没有什么。"眼中闪过一点微光，又道，"其实什么都记不得了，我觉得也没有什么。"

帝君的这句安慰着实当不上什么安慰，但话入耳中，竟神奇地令她空落落的心略定了定。

凤九此时才真正看清，虽不是做梦，自己却的确躺在一张硕大的大床上。不过倒并非红帐红被的喜床。身下的床褥眼前的纱帐，一应呈苦蜀花的墨蓝色，帷帐外也未见高燃的龙凤双烛，倒是帐顶浮着鹅蛋大一粒夜明珠。

透过薄纱织就的软帐，可见天似广幕地似长席，枝丫发亮的白色林木将软帐四周合着软帐，都映照得一片仙气腾腾。当然，其中最为仙气腾腾的，是坐在帐中自己跟前的帝座他老人家。

方才帝君提到最近的事情。最近的事，凤九想了片刻，想起来些许，低声向东华道："既然你不是梦，那……在你之前梦到和沧夷神君的婚事……哦，那个或许才是梦。"

她琢磨着发梦的始源，脸上一副呆样地深沉总结："两个月前我老头他，呃，我父君他逼我嫁给织越山的沧夷神君，成亲当夜，我花大力气将沧夷的神宫给拆了，这门亲事就此告吹。听说，其实当年造那座神宫时沧夷花了不少钱，但是，我将它夷成废墟他竟然没有责怪我，我老头跳脚要来教训我他还帮我说情。"

她继续深沉地总结："固然他这个举动，我觉得可能是他在凡世统领的山河过多，琐事烦冗，将脑子累坏了。但他帮我说情，一码归一码，我还是挺感激他，觉得拆了他的窝有些对不住，心中惭愧。我估摸就是因为这个，所以今日才做这样离奇的梦。"

凤九的头发睡得一派凌乱，帝君无言地帮她理了理。她颠三倒四总结个大概，帝君一面随她总结，一面思索大事。白奕要将凤九嫁去织越山，据司命说，这桩事已过了七十年，但此时凤九口中言之凿凿此事仅发生在两月前。看来，大约是入梦时受了重伤，仙力不济，让凤九的记忆被阿兰若之梦搅得有些混乱。

她此时的记忆还停留在七十年以前，所以才未因他将频婆果给姬蘅生他的气。

帝君觉得，阿兰若之梦扰乱重伤之人记忆这个功用，倒是挺善解人意。

凤九陈情一番又感叹一番，终究有二三事思索不出由头，脸上露出疑惑之色，深沉地道："其实，我从方才起就觉得有什么地方不大对头，"瞧着帝君，眼中渐渐浮上一层震惊，"既然方才我才是做梦而此时我没有做梦，那这里是何处，帝君你……你又怎会出现在此处，还……还有这个床是谁的？"

帝君端详她一阵，看来此时的小白，只有九重天上做自己灵狐时的记忆。这样就好办多了。他面色诚恳地胡说八道："此处是个类于十恶莲花境的结界，燕池悟将我困住了，你担心我，所以匆匆赶来救我。"

凤九嘴张成一个咸蛋，吃惊地将拳头放进口中："燕池悟忒本事了，竟关了你两次！"

帝君面不改色地道："他不但关了我，还关了你，所以我们出不去，只能困于此中。"

凤九义愤填膺地恨恨道："燕池悟这个小人！"却又有一分不解，"为什么燕池悟再次困住你这一段，还有我奋不顾身前来营救你这一段，我一点印象都没了？"

帝君镇定地道："因为你睡糊涂了。"见她眼中仍含着将信将疑的神气，手抚上她的脸，定定地直视她的眼睛，语声沉缓道，"小白，你不是总在我被困的时候来救我吗？"

你不是总在我被困的时候来救我吗。

凤九僵了。

今夜她思绪颠颠倒倒，带得行事也一时这样一时又那样，自觉没个章法，且莫名其妙。此时东华这句话，却如一片清雪落在眉梢，瞬间扫净灵台的孽障。

她方才觉得自己有些清醒过来。

几百年前九天上的记忆如川流入怀，心中顿时酸楚。

她记得，从前有一回同姑姑闲话，说起世间玄妙，妙在许多东西相似而又非似。例如"情""欲"二者。此二者乍看区别不大，却极为不同。其不同之一，在于欲之可控而情之不可控，所以凡人有种文雅的说法称"情不知所起，一往而深"。

自己对东华，从来不是可控之欲，而是不可控之情。自以为已连根截断，岂知根埋得太深，截出来的这一段乍看挺长，便以为到底了。其实深挖一挖，还能挖得出。

她以为往事随风，已渺若烟云，此时东华简简单单一句话，却将根上的黄土尽数除尽，让她亲眼见到这段情根被埋得多么深，多么稳固。

燕池悟为什么又关了东华，自己为什么不长教训地又颠儿颠儿跑来救他，这些疑问都无须再计较。

帝君他说，你不是总在我被困的时候来救我吗。

时隔两百多年，看来，他终于晓得了自己就是当年十恶莲花境中救他的小狐狸，九重天上陪着他的小狐狸。不晓得，他知不知道自己为了他吃的那些苦头。

可是晓得能如何，不晓得又如何，这不是对的时候。

眼泪忽然盈出眼眶，顺着眼尾滑落，她听到自己的嗓音空空："你果然晓得我是当年的那只狐狸了吧。可是，你怎么能现在才晓得呢？"

软帐中的氛围一时沉重，东华的指腹擦过她眼尾泪痕，沉默良久，道："是我的错。"

她泪眼蒙眬地瞧着东华，他脸上的表情她从来没有见到过。

她晓得，他这样是在示弱。他这样示弱，对她说都是他的错，但是她其实心中明白，所谓不知者不罪，并不是东华的错，是老天爷没有做给他们这个姻缘，东华道这个歉道得没有道理。

她这么惨兮兮地哭着责问他也没有道理。

只听说相逢一笑泯恩仇，没有听说相逢一哭结新仇。

她自己抬手将泪拭干，垂着眼睛接着东华的话，低声道："也没有什么，在姬蘅来太晨宫前，其实你一直还是对我不错，姬蘅来了你才对我变坏，这个，你不用放在心中，因为很早以前我就已经想明白这个道理，姬蘅是你的心上人，我那时候大约只能算是太晨宫中的一头灵宠，我抓伤了姬蘅，你将我关起来以示惩戒没有什么错。我被关起来你没有来看我也没有什么，那时候你在准备同姬蘅的婚事，婚事这个东西一向异常烦琐，有诸多礼制，你可能忙得一时忘了我也是有的。"

她吸着鼻子，故作大度地道："你新近喜爱上的灵宠差点儿将我弄死的事，这个，你更不用将它放在心中。这个事情我已琢磨出了一套道理，可以自己想得通了。当日倘若我乖乖任重霖将我拘着，就不会遇上这等祸事，所以也不能怨天尤人，终归其实是命中注定我的运气可能不大好。"

她抬手再将眼泪擦一擦，认真地道："因为我在你的宫中受了很多磨难，可能是老天爷借这个来暗示我们无论如何没有缘分，所以我……"

帝君的声音从头顶传来："所以你？"

凤九愣愣抬头，下巴上还有两颗未擦干的泪珠儿，被帝君这么一打断，"所以"要怎么，她也有些含糊。帝君蹙着眉，脸上凝着一层寒冰。凤九却觉得，帝君看着自己的目光像是有点儿悲伤。

02.

当初在九重天上，若那时便晓得豢养的灵狐是青丘白家的小帝姬，自己当会如何？东华思及这个问题，觉得多半会将凤九送还青丘。小狐狸在十恶莲花境中的相救之恩，他自会向青丘送上九天珍宝酬谢。于情他自然很钟爱小灵狐，于理，却实不便将一族帝姬留在自己身旁教养着。

固然过往的许多他着实不知情，但这种不知情，或许本身就是一种错。往事实不可追，此时也不是追悔的时候。

入眼处，凤九的脸上愈显疲惫，虚瞟梢头的明月，距她醒来估摸已有近半个时辰。时候不多了。

坠入阿兰若之梦，凤九修为尽失，魂体皆伤。三月以来，靠着东华一日三合生血喂着，方把魂上的伤补齐全，将三万年的修为重新度回来。但身体仍十分虚弱，还需调养。

神仙调养仙体，自当寻个灵气汇盛之地，方是最佳。可地仙们居住的梵音谷中，却少有灵山妙境，东华便以己身灵力做出一个调养封印来，专为调养凤九的仙体。

按调养封印这个法术的道理，因是专做给凤九，待她一醒来，周身沉定的气泽开始浮动，相系的调养封印便自发地启动，需将她的仙体在一个时辰内置入其中，封印方才有效。所谓的时候不多了，便是这个缘由。

不过，封印虽是养仙体的好地方，魂魄却不宜长时间拘在此中，最好提出来置于他处。似凤九这种状况，将魂魄放进一个活人的身体中，时时能汲取一些生气地养着，才是最好。至于阿兰若之梦，倒不急着出去。

凤九独自靠在床角处，表情含糊地瞅着被子。

东华凝眉不语，此时小白心中记恨着他，其实她记恨得不无道理，但离将她放入调养封印唯有最后半个时辰。一入调养封印，照她身体虚弱的程度，没有三月怕是出不来。让她继续记恨着自己度过这最后半个时辰，对谁，都是一种浪费。

软帐中一时静极，帐外蝉声入耳。

凤九在床角抱了片刻的被子，犹豫着向东华道："你怎么了，帝君？"

帝君回过神来，若有所思地看着她，良久道："你方才想说，所以什么？"见她竟蹙着眉头开始回想，突然道："没有什么所以了，其实我们已经成了亲。"

砰，凤九一头撞上床框，龇牙道："怎么可能！"

帝君的眼神黯了一黯，反问她："为什么不可能？"

凤九揉着额角上的包："我并不记得……"她并不记得自己同东华换过婚帖拜过天地入过洞房……固然，后一条想不起来也无妨，但是半点记忆也无……可见帝君是在唬她。但帝君此刻的表情如此真诚……她纠结地望着帝君。

东华伸手帮她揉额头上的包，将包揉得散开方道："不记得是因为你失忆了，方才我说你睡糊涂了是骗你的。"有耐心地道，"我担心你知道后害怕，实际上，你是失忆了。"

失忆？失忆！

作为一个神仙，活在这个无论失忆的药水还是法术都十分盛行的危险年代，的确，有些容易失忆。

凤九结巴地道："我……我这么倒霉？"她脑中此时的确许多事情想不起来。在这种前后比照的验证之中，她越发感觉，帝君说的或许都是真的，惊恐地道，"但是我明明……我怎么可能答应这个婚事，我……"

帝君的手停了停，目光顿在她的眼睛上，深邃地道："因为，小白你不是喜欢我吗？"

帝君用这种神情看人的时候，最是要命。凤九捂住漏跳一拍的胸膛，绝望挣扎道："一定不是这个理由，如果是这个理由那我之前做的那些……"

帝君不动声色地改口："那只是其一。"他补充道，"主要还是因为我跪下来求你原谅了。"

"……"

凤九不绝望了。

凤九呆了。

呆了的凤九默默地将拳头塞进口中。

帝君下跪的风姿，且下跪在自己跟前的风姿……她试图想象，发现无法想象。

连想象都没有办法想象的事，居然千载难逢地发生了，但她居然给忘了。她实在太不争气了。

帝君说，他曾跪下来向她求亲。抛开帝君竟然也会下跪这桩奇闻不谈，更为要紧的是，帝君为什么要娶自己？

这，真是一桩千古之谜。

她的好奇已大大抵过吃惊，心中沉重的有一个揣测，试探着脱口道："因为你把我怎么了，所以你被迫要娶我吗？你的心上人姬蘅呢？"

帝君愣了片刻，不解地道："姬蘅和我，你怎么会这么想，她和我的年纪相差得……"目光对上凤九水汪汪的黑眼睛，突然意识到，她的年龄似乎和自己差得更甚。皱着眉头一笔带过，言简意赅地道，"姬蘅和我没什么关系。"

从东华的口中竟然听到这种话，凤九震惊了，震惊之中喃喃道："其实，我是不是现在还在做梦当中？"

她用力地掐了自己一把，疼得眼中瞬时飙出两朵泪花，泪光闪闪地道："哦，原来不是做梦，那么就是我的确失忆忘记得太多了。我觉得，这个世界变得我已经有点儿不大认得出了。"

她困惑地向东华道："其实我还有一个疑问不晓得能不能请教。"

这个疑问，它有一点儿伤人，但她实在好奇，没忍到东华点头已经开口："倘若如你所说，我们的确已然成亲，为什么我老头会答应这门婚事，我还是有些想不通，因为你……"她有些难以启齿地道，"因为我老头一向是个很俗的神仙，你不是三代世家而且如今已经没有手握重权，不大符合他择婿的条件……"

帝君默然片刻："青丘原来还有这种择婿的规矩，我没有听说。"又思索状片刻，抬头诚恳地道，"或许白奕觉得我虽然没有什么光辉的前程可言，但是都给你跪了，胜在为人耿介忠厚，看我可怜就答应了。"

从帝君口中飘出的这篇话，凤九琢磨着，听上去有些奇怪。

但她说不出哪里奇怪，因从道理上推，这个理由是行得通的。他们青丘，的确一向称得上心软，容易泛滥同情之心。

如此看来，帝君确然没有唬人，她同帝君，果然已经成亲。

不管自己是怎么才想通嫁给了帝君，但，自己在如此纠结的心境下竟然能够想得通，这说明帝君他一定花了功夫，下了力气。帝君他，挺不容易。原来她同帝君，最后是这样的结局，她从前纠结许多真是白纠结了。天意果然不能妄测，你以为它是此种，往往却是彼种。不过，这也是漫漫仙途的一种乐趣罢。

她因天意的难测而惆怅了半刻，回神瞧见帝君漆黑的眼睛正凝望着自己，心中不知为何突然生出高兴来。

她装模作样地咳了一声，拼命压抑住勃勃的兴致，试探地向东华道："帝君你肯定不只给我跪了吧？虽然我不大记得了，但你肯定还干了其他更加丢脸的事情吧？"

　　她觉得，尽管自己谦虚地使用了两个疑问句而非咄咄逼人的反问句，但她问出的句句疑问，毫无疑问必定都是真的。帝君乍听她此言后蓦然沉寂的神色，就是一个最好的例证。自己洞察世事之能，真叫一个英明！

　　她按捺住对自己澎湃的赞叹之情，得意道："不要因为我记不住就随便唬我，跪一跪就能让我回心转意真是太小看我了，我才不相信。"

　　她最后补充的这一句，原本不过想再从东华口中套出两句好听话，但不知为何，却见帝君听罢竟陷入一段长久的失神，直至一截枯枝掉落在床帐上打破沉寂，才恍然回神似的轻声道："倘若要你想得通，"他略沉吟，"那要怎么做，小白？"

　　凤九认为，帝君不答自己反倒将话头抛回来，此乃他害羞的一种表现。也是，他当初为了挽回自己，定做了许多出格之事，此时不忍回忆。她心中大悦。虽然她对于帝君为何要挽回自己仍旧似懂非懂，但这个因由她不是忘了吗，她忘的事情太多，不急于这一时半刻要全部晓得。

　　帝君蹙着眉头，似乎有所深思地又问了她一句："你想要我怎么做，小白？"

　　因她已坚定地认为东华此时乃是在害羞，内心满足，就觉得不能逼帝君更甚。帝君既然想用问她这招转移话题，就姑且让他转一转。

　　她挠了挠头，慢吞吞地回道："这个嘛，照着我的道道来，我一时也想不出该画出个什么道道。"停了一停，道，"不过我听说剖心为证才最能证明一个人待另一个人的情义……哦，这个词可能你没有听说过。听我姑姑说在凡界十分地流行，言的是同人表白心迹，没有比剖心示人更有诚意的。因于凡人而言，剖心即死，以死明志，此志不可不重，才不可不信。"

　　看到帝君皱眉思索的模样，她咳了一声道："这个，我只是随便一说，因为你突然问我想要你做什么，我就想到什么说什么，但都是垫一垫的话罢了。"

　　抓抓头道："可垫到这一步我也想不出我真心想要让你做什么。"

　　目光略往帷帐的角落处一瞟，眨了眨眼睛："此时若有一炉香燃着，待会儿入睡可能好些，你要么就帮我燃炉香吧，再有什么我先记着，今后再同你兑。夫妻嘛，不大讲究这个。"夫妻二字出口时，目光有些闪烁，不好意思地望向一旁。

此二字含在唇中，滋味新奇，她不是没有嫁过，在凡世时嫁给叶青缇属无奈之举，有名无实，他从未以妻这个字称过她，她也未这么自称过。

原来良缘得许的成亲，竟是这么一回事。

东华的眼中含了些深意，语声却听不出什么异样，良久，道："也好，你先欠着，随时可找我兑。"话罢转身为她燃香。倒叫她有些蒙。

果然是成亲了，今日她说什么帝君竟然就认什么，天上下红雨也没有这么难得。

帝君背对着她坐在床沿，反手于指端变化出一个鼎状的铜香炉，袖中取出香丸火石，一套动作熟极流畅。

凤九腾出时候回想，帝君今日的表情，虽然大多在她看来还是一个表情，但似乎有些表情又有微妙的不同。而这些微妙不同的表情，都有些难懂。她搞不懂，也就不打算搞懂，转而跪行他近些，想看看他燃的何种香。

没料眼前的紫色背影忽然转身，她吓了一跳。瞧着近在咫尺的帝君的脸……和帝君纤薄的亲上去会有些凉的唇……她强作镇定："我就是来看看你燃的什么香。"

因她膝行跪着，比坐着的帝君还高出些，难得让帝君落在下乘。

她不动声色地直起腰，想同帝君的脸错开些。

错到一半，左肩却被帝君伸手揽住，略压向自己，姿势像是她俯身要对帝君做些什么。

帝君微微仰着头："我觉得，你看样子是在想什么。"

帝君问出这句话时，她并没有想什么，但帝君这么问了，她就想起了什么。轰一声，一把火直从额头烧到脖子后颈根部。

因离得太近，帝君说话时的吐息，不期然必定要缭绕在她的唇瓣，帝君追问："你在想什么？"

看着帝君放大的俊美的脸，凤九突然于此色相间得了极大一悟。

浮世仙途，万万年长，渺无尽头，看上去无论何事何物皆可尽享，但其实，也只是看上去罢了。与这万万年长的命途相比，一生所遇能合心意的美人，不过万一，能合心意的妙事，不过微末。既然已经是万一和微末了，遇到就务必不能浪费。何况，眼前这个"万一"和"微末"，还是同自己成了亲的夫君。

她伸出手来捧住帝君的脸，怀着破釜沉舟的决心，正欲一举亲下去……却感到帝君的手一钩，她的头蓦地低下去，正碰到他的唇。

帝君的声音里似含了丝笑意："原来是在想这个。"

她的确是在想这个，但她想是一回事，他说出来又是一回事。这种事，死，都不能承认。她唬起气势来，理直气壮地道："谁在想这个，我只是觉得，既然我们成了亲，那么第一次……一定不是我主动亲你，片刻前……片刻前虽然我主动了，但只是因为我在做梦梦得有点儿糊涂，我清醒着其实是十分矜持的一个人……"

帝君打断她道："你说得对，的确是我主动。"

她想要再说些什么，未竟的话却淹没在下一个亲吻之中。

帝君闭着眼睛，她才发现他的睫毛竟然很长。

帐顶有明珠微光，白树投影。凤九的手搭在帝君肩上，微垂头亦闭上眼睛，慢慢地圈住帝君的脖子。

这些动作她都做得很无意识，脑子里模模糊糊地觉得，姻缘真是一桩离奇之事，曾经她最异想天开的时候，也没有想过帝君有一天成为他的夫君，会像这样珍惜地来亲自己。他的手那样轻缓地放在自己颈后，那样无防备地闭着眼睛，咬着她的嘴唇那样温柔。

帝君这样最神仙的神仙，一直活在三清幻境菩提净土，世上无人有这个胆子将他拉进十丈红尘。这件考胆量的事，她干了，而且，她干成功了，她太能干了。

她将他拽入这段风月，这是他从未经历的事，他一定很不习惯，但即便这样，他也没有乱了方寸，仍然是他的步调他的规矩，这的确是她一向晓得的帝君。她觉得很喜欢。

片刻后。

东华低头瞧着躺在她臂弯中熟睡的凤九。

怀中的少女柳眉细长，浓密的睫毛安静地合着，嘴唇红润饱满，比刚醒来时气色好些。

一个时辰还是太短，纵然自己用了不太光明的法子，才令她后半个时辰未闹别扭，不过，他倒并不大在意这个不光明的法子妥不妥当。他一向讲究实用，法子管用，就是好法子。

此时最要紧之事，是将她的魂魄提出，令她的仙体即刻进入调养封印中将养，不能误了时辰。

待她数月后调息完毕从封印中出来，混乱的记忆会不会修正，忆及这一段会不会更记恨自己，帝君当然想过，这个也令帝君他微有头疼。但帝君觉得，此事同行军布阵不同，没有什么预先的对策可想，只能随机应变，看她到时候是个什么反应，再看怎么来哄她。

抱着凤九来到潭边，她仍在熟睡中。

月色幽凉，帝君单手将凤九揽在怀里，微一抬袖，沉在水月潭底的调养封印破水而出。水帘顺着封印边缘徐徐而落，裸出口晕了白光的冰棺。

冰棺四围云雾缭绕，瞬时铺彻水面，一看即知，此云气乃磅礴的仙泽。云雾中光芒虽淡，却与树林的翠华、月夜的清辉全不相同，令十里白露林瞬然失色。水中的游鱼得分一丝仙泽滋养，抵过百年修炼，纷纷化形，仓皇跪立于水潭之上，垂拜紫衣的神尊。

帝君漠然踏过水面，将怀中熟睡的凤九小心放进冰棺，听她在睡梦中蹙眉："冷。"

有胆子大些的小鱼精伸长脖子，想看看冰棺中少女的面容，被同伴仓皇拉回去，抬手将她的头压低。小鱼精犹自好奇，抬起眼睛偷觑。

帝君将外袍脱下来盖在凤九身上，握着她的手直到她不再发抖，轻声安抚："待在这里时乖一些，过些时候，我来接你。"将她散开的长发略一整理，方回头对跪作一团的小鱼精们道："将她寄在你们这里，代我好生照看。"

语声并不见得如何抬高，一潭的小鱼精却将头垂得更低，恭顺得近乎虔诚，声音虽怯懦倒也整齐："谨守尊神之令。"

圆月隐没，小鱼精们见白衣的神尊端视冰棺中的少女良久，方伸出手指在她额头一拂，提出了她的魂魄。离体的魂魄像一团绵软的白雾萦在他指间，环着微弱的光晕，十分端庄美丽。

凤九的魂魄需放进一个活人的身体中将养，但若将她的魂魄放到一般人身上，她的修为有限，怕到时候同那人的魂魄缠在一起，临到头来分不开却麻烦。最好是找个有孕的女子，将她的魂魄寄在她胎中，这样最好。

东华将凤九的魂魄小心笼住，转身时，身后的冰棺缓缓沉没入水中。

今夜无风。倒是个好天。

第三章

01.

　　凤九从一场黑甜深眠中醒来后，坐在床上，蒙了半天。

　　片刻前，她将床前伺候她的几个小侍婢赶了出去。说来小侍婢们个个长得水葱似的，正是她喜欢的模样，服侍她的手法也熟稔细致，令她受用。她们也挺懂礼数，晓得尊敬她，称她殿下。按理说她不该有什么不如意。

　　令她发蒙之处却在于，小侍婢们虽称她殿下，却非凤九殿下，也非九歌殿下，而是阿兰若殿下。

　　阿兰若，这个名儿她晓得。她还晓得阿兰若已经死了多年，坟头的蒿草怕都不知长了几丛，骨头想必也早化尘埃了。她还记得，前一刻自己还在为频婆果同那几尾巨蟒死搏，惊险处似乎落进了一个虚空，虚空里头又发生了什么她不晓得，但无论发生什么，她觉得，都不至于让她一睁眼就变成阿兰若。

　　床前的铜镜里头映出她的模样，红衣少女黛眉细长，眼神明亮，高鼻梁，薄嘴唇，肤色细白。她皱着眉头研究半天，觉得无可争议，这是个美人。但这个美人到底是不是自己，她却有点儿疑惑。

她忘了自己原本是个什么样子了。

这并非单纯的失忆。过往三万多年沧海桑田，她经历过的事桩桩件件，从顶着一个炎炎烈日自她娘亲肚子里落地，到靠着一股武勇独闯蛇阵取频婆果，她全记得挺深刻。但这种深刻却像翻话本子，说的是个什么故事她晓得，故事中的人物景致，她却没个概念，譬如她记得她的姑姑白浅，却忘记白浅长什么模样，前三万年的人生，缥缈只如誊抄在书册上的墨字。

她呆愣一阵后，也有些思索。虽然姑姑收藏的话本子里头，她瞧见过一种穿越时光的段子同此时的境况挺相合，但那些不过是凡人们胡想出来的罢了，四海八荒并无这种可以搅乱时光的法术。若方才那些侍婢口中所称的阿兰若，确然是比翼鸟一族传说中的阿兰若，那这个地方怕是哪位术力高强的神尊仿着梵音谷中阿兰若还活着的时代，重造出的另一个世界。她虽然年纪小没什么见识，但作为青丘的继承人，这个法术还是略听说过一些。

自己怕是因缘际会才掉进这个世界中罢，至于被误认作阿兰若……她愁眉不展，难不成是她魂魄离体，附在了阿兰若的身上？

她脑门上立时生出两颗冷汗。但细细一想，这个推论竟颇有道理。试想倘此时是自己的身体面容，除非自己同阿兰若原本就长得一副模样，否则为何今日所见的侍婢们皆垂着眼睛称自己阿兰若殿下？而倘若自己果真同阿兰若长得一张脸，几月前初入梵音谷时，暂不论萌少，他们比翼鸟一族的元老又岂会瞧不出来？

乖乖，魂魄调换的事可不是闹着玩儿。自己的魂魄宿进了阿兰若的壳子，那谁的魂魄又宿进了自己的壳子？关键是，自己的壳子现下在何处？更关键是，它到底长个什么样子？

凤九一时头皮发麻，真是要找，都无从找起啊。况且频婆果还在原身上。幸而临出天罡罩时英明地将果子装进了随身锦囊，除非她的咒文，任谁也打不开，大约果子算保住了。

前事梳理半日，发现所担忧者大多是场虚惊，也没有什么紧要事候着自己，凤九一颗心渐渐地释然。

她庆幸自己是个胆大的仙，寻常女子不幸掉入这么个地方，触上这么个霉头，前途未卜回首无路，且是孤单一人，恐早已怕得涕泪涟涟。

她虽然也有片刻惊慌，但惊慌片刻后，倒是能立刻想开。既来之则安之，来都来了，暂且就这么安住罢。掉进这个地方，估摸没有什么人晓得，也不用指望谁来相救。如此，倒是淡定了。

命里若有这个劫数，躲也无处躲，命里若无这个劫数，迟早有机缘令自己找到壳子走出这个地方。急，也不急在这一时半刻。况且这个阿兰若一看就身在富贵家，也亏不了自己什么，当是来此度个小假，松快松快心胸。这个倒比借着九歌的身份住在梵音谷，时时还需考虑银钱之事强些。

如此，还是自己赚了。

凡人有句诗怎么说的来着？行到水穷处，坐看云起时。蝼蚁一般繁忙度日的凡人中，也有具大智慧的。此话说得正是。

过着阿兰若的人生，演着阿兰若这个角儿，将凤九这个身份全数抛开，几日下来，倒是过得挺舒心洒脱。

只除了一件，关乎蛇。

据仆婢的提说和凤九自己的揣测，阿兰若衣食住行的诸般习性，同她一向其实没有什么不同，不用刻意模仿，她还高兴了一场。

没承想几日后，两个青衣小侍却抬着条碗口粗的青蟒到她的面前，规规矩矩地请示她："殿下近日没有召见青殿，青殿已怒得吞了三头牛，奴们想着青殿思念殿下，特带青殿来见见殿下。今日天风和暖，不知殿下要不要带青殿出去散一散步？"当是时，凤九瞧着三丈多长在她跟前咝咝吐着芯子的青殿，脑袋一晕，咕咚一声，就从椅子上栽了下去。

阿兰若因幼时被她娘亲丢进蛇窝里头养大，对蛇蚁一类，最是亲近。听说这个青殿，就是她小时候救的一条小青蛇，当成亲弟弟养着，取个名字叫阿青。宫里头上到伺候上君的上侍，下到打理杂务的小奴仆，一应地尊称这条长虫一声青殿。

"宫里头"三个字，说明阿兰若是个公主，上君这个称谓，乃是比翼鸟对他们头儿的敬称，说明阿兰若是比翼鸟一族的公主。扮个公主于凤九而言，不是什么难事，但扮个热爱长虫的公主……她那日从惊吓中醒来，思及此事，不及半炷香又晕了过去。

惧蛇，是她不得不跨过去的一道坎。跨得过，她就是世人眼中如假包换的阿兰若公主，可日日摸鱼捉蟹享她的清福。跨不过，迟早被人揪出她是个冒牌货，落一个人为刀俎我为鱼肉……

凤九茫然地想了三日对策。第三日午时，灵光一闪，忆及小时候自己厌食红萝卜，姑姑在青丘大开红萝卜宴，整治她连吃十日，很有效果。说不准这个法子，此番可以用用。

又三日后，王都老字号酒楼醉里仙二层，最靠里的一个肃静包间中，凤九望着一桌的全蛇宴，端坐静默。

桌子上杯叠杯盘叠盘，什么清炒蛇蛋、椒盐蛇条、生焖蛇肉、炖蛇汤，十来道菜从蛇儿子到蛇老子，一个都不落下。

离桌子几步远立了道屏风，屏风后头搁个呕盆。

凤九静默半日，颤抖地提起筷子，一筷一口，一吞一呕，几十筷子下去，胆汁几欲呕出来方才罢休。自觉最后几轮至少提筷子时手不抖了，也算个长进，凡事不可操之过急，需循序渐进，留明日再战。惨白着脸推门而出，深一脚浅一脚移向楼口打道回府。

方才一道蛇羹，平心而论倒是鲜美。若是将青殿做成蛇羹，青殿那般宏巨的身量，不晓得能做多少盆。脑中蓦然浮现出青殿吐芯长哞的威风面容，一股蛇腥味自胃中直翻到喉咙口，凤九脸色一变，捂嘴大步向包间冲。

因转身太过急切，未留神身后徐行了位白衣少女，冲撞之下白衣女子"呀"一声，顺着楼阶直跌而下。

凤九傻眼一望，一位正欲上楼的玄衣青年千钧时刻抬手一揽，恰好将跌落的白衣女子接入怀中。

凤九心中赞叹，好一个英雄救美。但英雄的面目都没看清，胃中又是一阵翻腾，赶紧撒开脚丫子朝包间中的呕盆疾奔。

扶着呕盆呕了半日，方顺过气来。再推门时，步子都是飘的。恍惚地飘到楼梯口欲下楼，迎面却撞上一道冷肃的目光。

自古来英雄救美，又似这般的英雄救美，众目睽睽下美人在怀，自然是四目相对，一眼两眼，含情目里定姻缘。但这个四目相对，须是英雄和美人四目相对，方是一段风流。

此刻，救人的英雄却来和自己大眼瞪小眼，这是唱的哪一出？

凤九不解。

待瞧见被救的白衣美人踮着左脚半边身量都靠在青年身上时，方拍脑袋一悟，原是美人被自己适才一撞，跌得脚伤，青年直直盯着自己，大约是对自己这个伤人凶手的无声谴责罢。

这个事，原是自己方才处得不妥。

凤九三步作两步下楼来，最后两步台阶，因脚上一个虚浮差点儿跪下，被青年伸手扶住，力道不轻不重，拿捏得正好。他这个义举，她自然需抬首言谢，顺势将手中几颗金锞子递到一旁白衣美人的手中。她做这个公主，别的没有，就是钱多。

美人瞧着手中的金锞子，有些讶然。凤九上前一拱手："方才事急冲撞了姑娘，还令姑娘受伤，身上别无其他唯有些俗物，望姑娘收下权作药资诊金。姑娘若收下便是宽谅我，姑娘若不喜欢金子，"她将胀鼓鼓的钱袋子一抽，"我这里还有银子珍珠宝石明玉，姑娘喜欢哪一种？不用客气！"

一番漂亮的赔罪话刚说完，姑娘还没有反应，却听玄衣青年向她低声一唤："殿下。"

窗外突然落起一场豪雨，哗啦啦似就地散落了一壶玉珠。凤九茫然地转过头。

无根水自九天倾洒，如同一匹雪白的瀑布垂挂屋檐。瀑布前头，青年身姿颀长，黑发如墨，眉眼宛如画成。目光相接处，仿似迎来一场暮冬时节的雪冻。

他称自己……殿下？

凤九脑袋一轰，这个冷冰冰的玄衣青年，想必是阿兰若从前的熟人。今日未领仆从出门，着实失策，寻常遇到阿兰若的熟人，仆从们皆可帮衬着略挡一挡，往往挡过三招，对方的身家她也摸透得差不多了，但今日之状……看来只有使一个下策。装不认识。

凤九佯作不解向青年道："方才也有几人同我招呼，称我什么殿下，你是不是像他们一样，或许认错人了？"

青年原本平静的眸色蓦然深沉，锐利地盯住她，良久，缓缓道："你记不得我了？"

凤九被盯得发毛，青年这个模样，倒像是一眼就拆穿了她的谎言。

她打了个冷战，自己安慰自己，世间相似之人不知凡几，焉知青年没有相信她方才的说辞，说不定只是做出这个神色诈她一诈，不要自己吓自己。

她定了定神，看向青年分辩道："没有记不住记得住之说罢，我从未见过你，也不是你口中的殿下……"

话到一半却被青年打断，仍是牢牢地盯住她，淡声道："我是沉晔。"

说到这一步他竟然还这样固执，凤九佯怒："我管你是浮晔还是沉晔。"心中却陡然一顿，沉晔。这个名字她很熟，熟得仅次于阿兰若。从前关于阿兰若的种种传说，大半都同这个名字连在一起，原来面前这个人，竟是神官沉晔。

既然眼前站的是沉晔，想必是多说多错，到这一步，赶紧遁了是上策。心念急转间，她保持住演得恰好的勃发怒气，狠狠道："说不认得你就不认得你，有桩急事需先行一步，让路！"

青年有些发怔，倒并未阻拦她，反而移开一步，让她一个口子。她心中咚咚直跳，待行到酒楼出口，借着撑伞时回头一瞧。玄衣的神官仍定定地站在一楼的楼口，岩岩若独立的孤松，瞧她回头，眼中似乎掠过了一丝痛楚。她揉了揉眼睛，却又像是什么都没有瞧着。

02.

这一夜，天上布雨的水君像是瞌睡过头了忘记将雨收住，无根水泼天，倾得阔绰。凤九倚着栏杆想心事。她回忆曾经听闻的传说，阿兰若和沉晔，的确像是瓜葛得挺严重。但他们之间究竟有过什么瓜葛，当日她不够八卦，没有逮着萌少逼他细说。

白日里一遭，亏得她有急智像是糊弄了过去，但倘若沉晔果真是阿兰若的知音……乖乖，一回生二回熟，多见他几回，难免不被他认出自己是个冒牌货。再则，今日大庭广众下，她给沉晔一个大大的钉子碰，不管他心中是否存了疑惑，说不得，次日就会到她殿中来打探一二，届时……

她一个激灵，赶紧唤了贴身伺候的小宫婢茶茶过来，皱着眉头吩咐："若神官邸那边的沉晔大人过来打探我今日去了何处，吩咐下去，就说我一整日都在宫里头。"

茶茶呆了半天，突然紧张地道："沉晔大人同殿下素来没有交情，今次竟要来打听殿下的事，莫非……莫非是殿下又惹了什么祸事不成……"说到祸事两个字的时候，整个人禁不住打了一个哆嗦。

凤九忽略掉茶茶的哆嗦，讶道："你说，我同沉晔没有交情？"这就怪了，她回忆白日里，醉里仙中沉晔瞧她那一副神情，那不像是没有交情的神情。

茶茶愣愣地思索片刻，脸色阴郁地道："殿下这个问法，难道是说小时候的交情吗？"愤然道："殿下小时候念着沉晔大人是表哥，主动去贺过他的生辰，他却听从大公主和三公主的挑拨，说殿下脏得很，将殿下的贺礼全数扔了，那之后，殿下不是再没去过他的生辰，再也没有同他往来过吗？"眼眶泛红地道："殿下仁厚，如今觉得那样也算交情，可茶茶觉得，沉晔大人他担不起殿下的交情。"

凤九呆了一阵。一篇话里头，她看出来茶茶是个忠仆，是个对她巴心巴肺的忠仆。

阿兰若同母异父的姊姊和一母同胞的妹妹与她一向不对付，这个凤九晓得。年纪轻轻即任神官长的沉晔是她亲娘的侄子，算是她表哥，这个她也晓得。三个公主里头，大公主橘诺最受母亲宠爱，小公主嫦棣最受父亲宠爱，阿兰若因生下来就被丢进蛇窝里头养大，爹不亲娘不爱是三姊妹中间最倒霉的，这个，凤九她还是晓得。但关于沉晔，她原以为他自始至终都该同阿兰若站在一条船上，搞半天，他竟同她一双姊妹才算正经的青梅竹马，这个，凤九却还不晓得。

这个事情蹊跷。

凤九思索一夜，未果，眼看晨曦微现，困得找不着北了，打着哈欠去困觉。一觉睡醒，见茶茶提着裙子满面红光地小碎步疾奔而来，心中叹一声果然我就是这么的料事如神，抬手端起一杯冷茶，边饮边向茶茶道："沉晔他今日过府，是如何打探我的？"

茶茶喜滋滋地摇头："沉晔大人今日未有动向，不过，茶茶将要传的这桩消息，却一定得殿下的意。"眉飞色舞地凑过来道，"殿下的师父回来了！陌先生他回来了！正在前厅中候着殿下！"

凤九一口茶喷在了茶茶的脸上。

茶茶一揩脸上的茶水："殿下一定很吃惊罢，陌先生离开时明明言说半年后回来，如今才不过一月，茶茶也觉得有些吃惊呢！"

凤九的确吃惊，回过神来时，觉得今日倒了八辈子血霉。

这个血霉从何谈起，还要追溯一下阿兰若的身世。

阿兰若是个爹不疼娘不爱的孩子，所以，即便凤九占了阿兰若的壳子，她一双至亲也瞧不出，这些日子以来，凤九也就占得颇为安心。

但阿兰若除了一双父母，最为亲近之人，却还有一个师父。阿兰若她娘当年狠心将她扔进蛇窝，幸得阿兰若命大，没被一窝巨蟒吞进肚子，反被当条小蛇养活了。不过，养活虽是养活，彼时的阿兰若却没个人样，她师父路过见她可怜，方将她救出来带在身边教养。

阿兰若一言一语，一行一止皆承她师父悉心教导，此时，她云游在外的师父却不知为何竟提前回来，岂不是自己倒了血霉？而她这个便宜师父，又岂有认不出自己这个冒牌货的道理？

凤九痛苦难当状捂住额头，痛苦中佯作喜悦状道："师父回来了自然是天大的喜事，但想来昨夜没睡好，此时被晨风激得头疼，你先将师父他老人家好生安顿，我回头再与他老人家请安谢罪。"

茶茶是个忠仆，乍听凤九口中头疼二字，已急得乱转，拔腿就要去延请药师。

院中却蓦然传来一声轻笑，凤九抬目越窗遥望，一支碧色的洞箫堪堪拂开一株翠柳，现出一片白色的衣角。

凤九顺着这片衣角朝上瞧，白衣青年唇角含笑："月余未见，见了为师却闹头疼，不知是个什么毛病，不如为师同你诊治诊治。"

为师二字从青年口中出来时，凤九蒙了一蒙。

师父两个字，在凤九的想象中，是上了年纪的两个字。当然她姑姑的师父墨渊上神是个例外，但天下事，总不能桩桩件件都是意外。师父者，长得必定该同九重天上太上老君那般白须白发，才不算辜负此二字的名头。但眼前这个俊美的白衣公子，竟然是阿兰若的师父？还是手把手将阿兰若拉扯教养大的师父？凤九觉得自己的信仰受到了伤害。

白衣青年三两步已到她跟前，见她蒙着不动，眼风朝茶茶扫了一扫。忠仆茶茶立刻见一见礼，乐呵呵自去了。凤九力持镇定地抬手："师父上座……"脑门上冒了一排汗地斟茶孝敬他，另斟了一杯给自己压惊。

白衣青年含笑若有所思地看她两眼，良久道："凤九殿下别来无恙。"又道，"我是苏陌叶。"

凤九一口茶喷到了他的脸上。

苏陌叶何人，乃西海水君二皇子是也。

此君以纨绔闻名八荒四海，与连宋君这个风流神君惺惺惜惜惺惺惺，且是她小叔白真最谈得来的酒肉朋友。

苏陌叶擅制茶，她从前亦常去西海顺他一二，同他有那么些交情。但仅凭这个交情，就让苏陌叶特意闯进阿兰若之梦来救她，她印象中，此君并非如此大义之人。且因她失忆之故，自然认不出一向熟悉的苏陌叶，但对方如何就一眼看出了宿在阿兰若壳子里的是她，也令她吃惊。

纵然如此，他乡遇故知总是桩乐事。二人坐稳，凤九忍不住一一请教。

苏陌叶眼神戏谑，袖中取出一方精致的白丝帕，从容地将脸上茶水一一揩净，方道："这个嘛，你涉险久久未归，且被四尾巨蟒日夜围困，比翼鸟的女君想起众蛇之皇兴许能驱遣那四尾花蟒，连宋才将我请来救一救你。"

众蛇之皇，乃是后洪荒时代的一尾白蟒，汲天地灵修，复炼元真静居成仙，九重天上证得太一青玄之位，由天君亲封元君号，称祈山神女。这位祈山神女，正是苏陌叶他娘。

凤九羞愧地道："这个梦境或许十分凶险，你竟然这样大义，毫无犹疑地入梦来救我，我从前真是误会了你。"

苏陌叶脸上一向春风和煦的笑容却蓦然一滞，垂头握住茶杯，看着杯中浮起的茶末子，许久才道："阿兰若确然是我徒弟。她十五岁时我将她救出蛇窝，一手将她养到六十岁。虽非血脉相承，却是我的骨中骨，血中血。"

苏陌叶这个形容，令凤九一怔。四海水君的子嗣后代中，数苏陌叶一等一的俊雅风流，说他是个纨绔，只因陌少系在手中的芳心没有千颗也有八百。不过，人却不知这些芳心并非陌少他有意采摘。陌少之于美人，向来不是他去就美人，而是美人来就他。是以，今日他用如此神色说出骨中骨血中血六个字，令凤九极为震惊。

苏陌叶瞧她一眼，抚着手中的洞箫续道："我因西海有事，离开过梵音谷两年，再回来时，当日临走还活泼非常的少女，留下的却仅是一个青草悠悠的坟包。比翼鸟一族铁口咬定她自缢身亡……"他静了静，"两百多年来，我一直在追寻她的死因，他们一族却将此事捂得严实。今次连宋来寻我救你，说你坠入的是阿兰若的梦境。既是她的梦境，我自然要进来看上一看。"瞥向凤九淡淡一眼，道，"所以要说救你，也只是个顺便，你倒不用承我的情。"没什么表情的脸上恍然却又一笑，"再则，此番进来，我还有事需你帮忙。"

凤九头回领教，人说苏陌叶有时性子古怪，此言真是不虚。苏陌叶的笑容，和煦起来是真和煦，冷漠起来是真冷漠，似此时这般爽朗起来，又是真爽朗。更难得他同一时刻竟能化出这三种面目，每一种都这么真诚，好一个千面神君。

凤九是个知恩的人，沉吟点头："从前也顺了你不少好茶，你有什么忙需我帮，我又帮得上的，自然帮上一帮。"

苏陌叶显然对她的回答满意，目光向四维徐徐一扫，道："恐你也发觉了，此地乃是有人照阿兰若活着的时代，另造出了一个世界。彼时的梵音谷中有何人何景，此境便有何人何景。还有，梵音谷中的人若掉入此境中，会取代这里对应他造出的那个人。"他指了指自己："譬如我掉进来，原本阿兰若的师父，这个世界中另被造出的那个我，便顷刻消失了。"

凤九讷讷："你是说，我占了阿兰若的壳子是因阿兰若是我我就是阿兰若？"这个事情太过匪夷所思，凤九只觉一个霹雳直劈在她脑门上，令她眼冒金星。

苏陌叶瞧了她半晌，却是摇了摇头："你这个嘛，我估摸是创世之人法术不够纯练，出了一些纰漏。掉入此境之人，皆会丧失原来世界中一些物象记忆，你如是，我亦如是。这便是此境的一个纰漏。既已出了一个纰漏，你或许是第二个纰漏。"他抬头目视窗外，"阿兰若的魂魄已散成灰烬，比翼鸟一族纵然可转世有来生，阿兰若，却是不能了。这个世界中，谁都有可能被梵音谷中的正主掉进来取而代之，唯阿兰若不能。"

凤九得苏陌叶一席话，揪紧的心顿时释然，抬眼瞧苏陌叶凝望向窗外垂柳的身影，却觉有些怆然，咳了一声道："你方才说要我帮个忙的事，不妨此时说说，需我帮个什么忙，我也好看看有无什么需准备。这个忙帮完了，我们也好琢磨琢磨如何走出去。"

等了许久，苏陌叶方才回话，低声道："此境诞生之初，或许与当年的梵音谷并无两样，然诞生后的运转，却与梵音谷再无干系。造出此境之人，大约是想借此扭转当年谷中发生的悲剧，得一个圆满解脱。"

他瞧着凤九："阿兰若已经死了，圆满不圆满皆是自欺欺人。此番既是你来扮阿兰若，我希望你能遵循着从前阿兰若的行止作为，让这个世界能重现当年梵音谷之事，让我晓得阿兰若，她真正的死因。"

03.

苏陌叶让凤九帮的忙，其实做起来也容易。阿兰若一生中，曾遇及好几桩决定她终局的大事。当年阿兰若在这几桩大事上头取的什么抉择，她如今也取个什么抉择即可。苏陌叶体贴凤九是个不能被拘束的性子，几桩大事外的些许小事，由着她主张，想如何便如何。

凤九瞧出来，比翼鸟一族的上君和君后，换言之她一双便宜爹娘，虽对她这个亲生的女儿不如何，对苏陌叶却称得上敬重。有了苏陌叶这个知根知底的靠山，凤九越发觉得日子悠然，欣然，飘飘然。

不如意之事唯有一件——侍从们日日都要将青殿抬到她院中，央她同青殿说几句体己话，温柔地宽抚宽抚它。这个事情令凤九略感头疼，全蛇宴吃了近半月，手挨上青殿的头，她仍觉哆嗦得厉害。

如何才能光明正大地避开青殿而又不致人怀疑……凤九为此事，甚为忧虑，原本飘飘然的日子，也飘得不甚踏实。便在这无人可诉的忧虑之中，迎来了阿兰若她亲娘的寿辰。

阿兰若她亲娘倾画夫人的寿辰，一向做得与别不同。因据说倾画夫人是位好风雅的才女，寻常歌舞筵席入不得她的法眼。她爹为了讨她娘的欢心，每年她过生辰，皆铆劲儿折腾。今年新得的消息，她爹打了一艘大船，欲领着她娘沿着思行河南下，前去南边的行宫观尘宫赏茶花。

阿兰若作为女儿，虽是个受排挤不得宠的女儿，随扈伺候的名册中，上君朱笔钦点，亦有她的名字在列。

凤九打点一二行装，思及随扈南游，青殿作为三丈长碗口粗巍巍一壮蛇哉，自然不能跟上出巡的游船，数日忧虑竟迎刃化解，心中怎一个爽快了得。待临行前两日，侍从再将青殿抬进她院中时，她心中舒快，自然不吝展现对青殿的依恋和不舍，眼角还攒出两颗泪珠子，令侍从们更加深信，他们的殿下依然是从前那个殿下，近日对青殿不那么热络，不过是他们的错觉。

哪知凤九这场戏做得太过逼真，正遇着八百年不进她院子一趟的上君偶然驾幸。上君这几日心情好，偶尔思及阿兰若这个女儿，觉平日太过疏忽，有些愧疚，因此到院中探一探她。入院却恍眼见此情景，上君蹙眉沉思了片刻，又慈蔼地看了凤九片刻。

第三日出巡，凤九瞧着巍巍的龙舟后头，不远处跟了一条小画舫。伺候青殿的几个小侍从撩开画舫帘子冲她笑，青殿亦从帘子后头冒出一个头，亲热地向她吐着长芯。凤九立在岸旁，茫然中，被河风吹得晃了一晃。

茶茶抱着一沓锦被眼看要上那画舫，凤九找回半个声儿在后头问她："你做什么去？"茶茶回眸一笑喜气洋洋地道："殿下不记得了吗？青殿胆小，一旦离开王宫，入夜定需殿下相陪，河上风大，茶茶怕届时凉了殿下，特地再送床锦被到船上去。"凤九脚一软，眼看要栽倒，幸得苏陌叶伸手一扶。凤九握住苏陌叶的手，凄声道："陌少，你帮我个忙，晚上将我敲晕再送到画舫上去，我代我全家感谢你。"

是夜，江风猎猎，船中辟一厅殿，殿中明珠辉映，暄妍如明日白昼。几十条人影铺开一个席面，上座坐的阿兰若一双爹娘，底下按位次列了三位公主并数位近臣，近臣的最首位坐的是有过一面之缘的沉晔，苏陌叶位在其后。

首次见橘诺嫦棣二位公主，凤九打眼一瞧，见一双姊妹皆是雪肤花貌，顾盼处全是风流，动静处皆有神采，美人也。虽然原世的印象不多，估摸这等容貌拿到九重天阙上，能出其右的也少。凤九慨然一叹，倾画夫人委实会生。

厅殿正中数位舞姬献曲献舞，凤九心不在焉，耳中尘音进进出出，也不知她们在哼个什么。

歌姬正唱道"缥缈水云间，遥遥一梦远"，凤九端着个小酒杯一杯一杯复一杯，将自己灌醉了，届时苏陌叶一个手刀敲昏她时才好免些疼痛，渐渐眼中就有些迷糊，瞧着献舞的美人如雾中看琼花，只囫囵出个模糊面目。

恍然右侧旁，明珠的荧光此时却暗了一暗。凤九迟缓地转头望，殿中光色缭绕，蓦然出现一位紫衣青年在她身旁矮身落座。青年自带一身冷意，与满殿声色相绝，银色的长发极为显眼，护额上墨蓝的宝石，恐值不少银钱。冷淡的眉眼看过来时，竟是有些熟悉的亲切。

这样一副冷脸也能被自己看作亲切，凤九慢半拍地琢磨，今夜小酒喝得到位。

正思忖着此是何人，怎么偏偏就坐到了自己身旁，值舞停歌休之际，高座中的上君却含笑朝着他们这一处，朗声道："息泽可来了，本君瞧阿兰若一杯一杯苦饮闷酒,料想因你久候未至之故。今次虽是因橘诺的病才下山，不过你与阿兰若久未见面，夫妻二人也该好好叙一叙话。"

厅内一时静极，身旁被称作息泽的青年淡淡应了声"是"。

凤九的酒，在顷刻间，醒利索了。

清月夜，月映水，水天一色无纤尘，皎皎空中孤月轮，月轮底下一艘船，船尾处，凤九和苏陌叶两两相对，剥着核桃谈心事。核桃，是毒日头底下烤得既脆且香的山核桃，心事，关乎凤九半途冒出来的便宜驸马——息泽神君。

阿兰若不过成年，缘何就有了位驸马爷，此事说来话长。苏陌叶一边指挥着凤九剥核桃，一边回忆往昔。

息泽此人，按苏陌叶的说法，来头挺大。

梵音谷内有个歧南神宫，神宫由神官长坐镇。神官长自古乃上天选定，降生之日必有异相，即位后司个闲职，平日并不闻达政事。不过一旦君王失德，神官长可上谒九天废黜君王，确保梵音谷的长顺长治，换言之，神官长在梵音谷中履个上达天听下察上君的监察之职。是以历代神官长皆是历代上君即位后，手里头要拉拢的第一号人物。

歧南神宫的现任主人是沉晔，前一任主人，却正是息泽。阿兰若她爹也是因这个由头，早在她三十来岁未成年时，便已做成她同息泽的婚事。阿兰若是她爹意欲牵住息泽的一枚石头子儿，幸得她当日年小，婚事虽成二人并未合居。两年后，却传言息泽因身染沉疴向九天请辞了神官长一职，避隐歧南后山，将位子传给了沉晔。

苏陌叶遥望天上的月轮："息泽既已请辞了歧南神宫，他对阿兰若似乎也并不感兴趣，加之二人未曾合居，这桩亲事便无人再提，只当没有过。"瞥了眼凤九道，"从前他避隐歧南后山，阿兰若虽是他明面上的发妻，却直至阿兰若死他都未下山过一次，所以我也没将这段同你一提，累你今日惶恐，是我考虑不周。"皱眉道，"却不知为何在这个仿出来的世界里，你我竟能目睹息泽出山。"又道，"息泽这个人，从前我亦未曾见过，今日还是头回见他。"

凤九斟酌着提点他道："我老爹似乎说他是为了橘诺的病特意下山。"

苏陌叶一怔，道："息泽的医术的确高明，但倘我未记错，橘诺不过是孕期有些许喜症……"

凤九手中的核桃壳落了一地，讶声道："橘诺尚未成亲如何有孕，你不是上了年纪记错了罢？"

苏陌叶似笑非笑，摸出洞箫在手上掂量："你方才说我……上了什么？"

凤九干笑着恭敬奉上一捧刚剥好的核桃肉，真诚道："说您的品位又上了台阶真是可喜可贺。"

苏陌叶全无客气地接过核桃肉，脸上仍含着有深意的笑容，道："橘诺那桩事嘛，是否我胡说，时辰到了，你自然晓得。"站起来理了理袍子道，"时候不早，需我此时将你劈昏送给你那条青蟒吗？"

凤九打了个哆嗦，苦着脸道："月高天阔，此等妙境岂能轻负，容我再浸浸江风，你过半个时辰再来下毒手罢。"

苏陌叶笑了一声，懒懒携着洞箫回房，留她一人在船尾吹风。

白日受了一回惊吓，方才筵中又受了一回惊吓，加之同苏陌叶絮叨许久，月光照着和风拂着眼睛眯着，凤九觉得益发没甚精神，游船直行，晕乎乎似要驶入梦中。正惬意间，却听身后几步远有人叙话。

清脆些的声音道："姊姊方才筵中便用得少，方才又呕了大半，息泽大人亲自烤了地瓜命人送来，姊姊用些可好？"又道，"原以为息泽大人这样的人物，该同别的宗室子弟一般不近庖厨事的，未料想这一手烤地瓜倒是做得好。"

柔顺些的声音回道："息泽大人避居歧南后山，烦厌他人扰己清休，许多年来一直未要仆从服侍，烤地瓜之类些许事情，他自然能做得纯熟。"

听到此处，凤九已明白叙话二人者是谁家阿谁。未料错的话，该是她一双姊妹。她原本不欲听这个墙角，大约她同苏陌叶谈心时选的角落甚僻静，天色又黑，叙话的姊妹二人并未注意到此处还有双耳朵。

继续听下去不妥，此时走出去，似乎也不妥。正自纠结间，却听清脆声儿的嫦棣呵呵笑道："息泽大人这些事，怕仅有姊姊知晓罢，据妹妹所知，息泽大人下山只为姊姊而来，已入宫十日却未去阿兰若处瞧上一眼，可见如传闻所言，他果然是不在意阿兰若的。姊姊可曾瞧见，今夜筵席上阿兰若看着息泽大人的神情，听父君说息泽大人是为着姊姊的病才下山，我可瞧清楚了，她那张脸一瞬变得同白纸一个色，好不解气。"

柔顺些的橘诺低声道："妹妹此言不妥，却不要再这样胡说，仔细被人听到，终是不好。"

嫦棣哼声道："姊姊总是好心，却不见近几日她的嚣张，自以为父君今年准她与咱们同游便是待她有所不同，哼，也不瞧瞧自己不过是个被蛇养大的脏东西！便是她在我跟前，看我是不是也这么说！"又道，"我却不懂，息泽大人既然对她无心，何不将她休了，累她连累自己身份！"

几句话随夜风灌入耳中，继续听下去还是立时走出去？凤九不纠结了。打着哈欠从角落处踱步出来，笑吟吟道："今夜好运道，囫囵在船尾吹个风，也能听到亲姊妹光明正大打他们姊夫妹夫的主意，时近的人暗地里说些无耻之言做些无耻之事，已不时兴防着一个隔墙有耳了吗？"

凤九蓦然出现，令橘诺一怔，亦令嫦棣一怔。嫦棣反应倒快，一怔后立时一声冷笑："当日便是你高攀息泽大人，息泽大人将姊姊放在心中，可是令你醋了？廉耻之论也要配得上这个身份的人才好提及，你这样的身份，也配同我们谈什么廉耻？"

当妹妹的如此伶牙俐齿诋毁姊姊，一看，就是欠管教。青丘的小仙们个个服凤九的管教，搞得她这么多年想管教人也管教无门，嫦棣正在这个好时候撞上枪口，其实，让她有点儿激动。

凤九了悟状点头笑道："原来是因嫦棣你的身份还未够得上谈及廉耻，说话行事才尽可无状无耻，今日阿兰若受教了。"

嫦棣气极，恨声道："你！"却被橘诺拦住，低声道："息泽大人早有吩咐，该是诊脉的时辰了，先同姊姊回去吧。"眼神有意无意地瞟向凤九，却是对嫦棣道："有些事，无谓做这些口舌之争，白白轻贱自己。"

话罢拉扯着嫦棣转身走了。

窄窄一轩厢房，金镶的条案锦绣的蒲团，苏陌叶给自己倒了杯酒，条案上，珠蚌里头的明珠柔和，满室生光。比翼鸟一族虽只做个地仙，家底倒比四海的水君还要丰厚。

苏陌叶握着酒杯有意无意地把玩。一众人等信誓旦旦这是阿兰若的执念所化之梦，其实，斯人已灰飞烟灭，何来执念，又何来梦境。可叹他初初听闻，竟然抵不住心中一点妄念，差点儿信以为真。

他那时竟然十分欣慰，若果真如比翼鸟那一帮老儿所言，这是阿兰若的执念，进去便要堕入她的心魔，他倒是迫不及待。她的心魔是什么，里头可有他一分位置，他过去不曾明白，现在也不明白，但他想要明白。可真正走进来，睹物睹人才晓得，此处不过是仿出的一个平行世界。他不是不失望。

他来救人，确有私心。当日连宋托他时说的那席话他还记得："有东华在，必定护得凤九周全，这个我倒不担心，东华应是同凤九一处，寻着东华必定也就寻得了凤九，你此去，先寻他二人要紧。"

寻凤九，算是寻得轻松。他那日正巧在醉里仙吃酒，碰上阿兰若同沉晔闹了那么一出，心中存疑，次日便特意去她府中诈了一诈。她那一口茶末子，令他到今日仍记忆犹新。而东华，连宋料事也不全对。东华帝君却到今日才现身。他同凤九，并不在一处。

今日说给凤九有关息泽的那几句话，也不能说是骗了她。他的确从未见过息泽，纵然因这个世界创世时出了纰漏，他自掉进来后便忘了东华帝君长个什么模样，想来帝君亦因此而未能认出他。但他数日前夜探歧南神宫，曾于神宫一密室中见过息泽的画像，画上的息泽，并非今日这般紫衣银发的模样。

东华有心借用息泽的身份，以他的仙法，施个修正术，将比翼鸟一族记忆里关于息泽的模样替换成他的模样不是难事。修正术并非什么重法，于此境无碍。宁可使个修正术，也不愿化作息泽的模样来做完这场戏，倒是帝君的作风。

苏陌叶蹙眉沉思事情原委。想来凤九当日受了重伤，或许需魂体分离调养。魂魄调养之事，他们此等仙法卓然的神仙自然都晓得，最好是放入孕妇的胎中养着。莫不是……帝君他将凤九的魂魄放进了橘诺的胎中？

如此，倒能解释得通为何东华帝君竟对橘诺分外看重了。却不料凤九是个变数，魂魄最后竟跑到了阿兰若的身上，看样子帝君似乎还不知晓。这场戏，倒是有趣。

苏陌叶笑了笑，几桩事他灵台清明已瞧得明白，凤九和帝君处，却需瞒一瞒，他还仰仗着凤九帮他的忙，岂能让他二人顷刻聚首。这却并非他不仗义，漫漫仙途，受了红尘侵了色相便有执念，这一扇执念，缠了他数年，唯有凤九可点拨化解。

他这一生，到他遇到阿兰若前，未曾将谁放到过心上。直至今日，他却依然记得有那么一天，和风送暖，尚且童稚的少女身着绯红嫁衣，妆面胜画，葱段般的手指轻叩在棋盘上缓声问他："师父为何愁思不展？是叹息阿兰若小小年纪便须为父联姻？这等事，思若无果，思有何用？思若有果，思有何用？趁着大好春光，花轿未至，不如阿兰若陪师父手谈一局？"

这样的性情，又怎会落得一个自缢身亡？

一盏酒被手温得渐暖，莹白的珠光里，白衣男子敛目将手中的酒盏祭酒般一倾而下，口中轻声道："碧莲春，温到略有雨后莲香入口最好，试试看，是不是你一向喝惯的味道。"语声温和，含着一丝凄清落寞。而窗外江风渐大，细听竟有些打着卷儿的呼啸声，像是谁在低低泣诉。

第四章

01.

次日天明，凤九落寞地坐在床头，领悟人生。

昨夜幸得苏陌叶出手将她劈晕，以至她能同青殿和煦地共处一条小画舫。听说青殿绕着她转悠大半夜无果，挨着晨间锦鸡初鸣，方恹恹地钻进自个儿的卧舱休整了。凤九一喜，一忧。喜的是，今日不用同青殿打照面真是甚好甚好，忧的是，夜间莫非还让苏陌叶劈自己一劈？纵然苏陌叶好手法，她囫囵晕一夜，次日却免不了头晕颈子痛，长此以往，实非良计。

一旁服侍的忠仆茶茶瞧着沉思的凤九，亦有一喜并一忧。喜的是，近时殿下圣眷日隆，昨夜圣意还亲裁息泽大人闲时多陪一陪殿下，殿下总算要苦尽甘来了。忧的是，息泽大人昨日夜间却并未遵照圣意前来同殿下做伴，莫非是自己留给大人的门留得太小了？那么，今夜或者干脆不要关门，只搭个帘子？但江上风寒，倘殿下过了寒气……

主仆二人各自纠结，却听得外头一声传报，说青殿它入眠了半个时辰，估摸殿下该起床了，惦念着同殿下共进早膳，强撑着精神亦醒了，此时正在外头盘踞候着。

凤九心中叹一声这劳什子阴魂不散的青殿，脸上却一派担忧关怀状："才睡了半个时辰怎够，它折腾了一夜，定然没精神，正该多睡睡，你们哄着它去睡罢，它若身子累垮了，到头来也是我这个做姊姊的最伤心。"

茶茶有些惊讶道："算来已有两日不见青殿，若是往常殿下定然招青殿作陪的，便是青殿躺着盘在殿下脚边睡一睡也好，今日怎么……"

凤九心中一咯噔。

茶茶却突然住口，脸上腾地漾起一抹异样的红晕，半晌，满面羞涩地道："难道……难道殿下今日是要去找息泽大人，才不便素来最为心疼的青殿打扰吗？"

拳头一握，满面红光地道："息泽大人是殿下的夫君，若是息泽大人同青殿相比，自然……自然要不同些。"

又想起什么，满面惭愧地道："殿下可是立时便去息泽大人房中陪他用早膳？啊，这等事自然是片刻不能等的，茶茶愚鲁，不仅现在才觉出殿下的用意，还问出这等糊涂话。殿下放心，茶茶立刻便去息泽大人处通传一声！"

话罢兔子一样跑了。

凤九半个"不"字方出口，茶茶已消失得无影无踪。

凤九呆了一阵，默默无言地将抬起来预备阻拦的手收了回去。

也罢，两害相权取其轻，今日一整天是折在青殿手上还是折在息泽神君手上，用脚指头想，她也该选息泽。

当年她姑姑在一条小巴蛇手里头吃了个闷亏，她此时觉得，她迟早也要断送在这个阴魂不散的青殿手里头。他们青丘果然同蛇这个东西八字不合。

因在船上，分给息泽神君的这间房也并不宽敞，一道寒鸦戏水的屏风将前后隔开，凤九磨蹭着推门而入时，瞧见橘诺嫦棣二人围坐在一张红木四方桌前，正斯斯文文地饮粥。息泽则坐在几步远的一个香几跟前，调弄一个香炉。

她进门闹出的动静挺大，息泽却连头也没抬，嫦棣弯起嘴角，看笑话一样看着她，橘诺仍然斯斯文文地饮粥。

凤九挑了挑眉，即便橘诺有病，息泽需时时照看，但也该息泽前往橘诺的住所探看，这一双姊妹行事倒是半点不避嫌，竟比她还潇洒，她由衷钦佩。

嫦棣瞧息泽全没有理睬凤九的打算，一片得意，料定她此番尴尬，定然待不住半刻，心中十分顺畅，脸上笑意更深。

但不过一瞬，笑就僵在了脸上。

嫦棣着实低估了凤九的脸皮，她原本底子就不错，梵音谷中时，又亲得东华帝君耳濡目染的调教，现如今一副厚脸皮虽谈不上刀剑不侵，应付此种境况却如庖丁解牛游刃有余。但见她旁若无人自寻了桌椅，旁若无人自上了膳食，而后，她们饮着淡粥，没滋没味，一勺一勺复一勺，而她在一旁百无禁忌大快朵颐，看她的样子，吃得十分开心。

嫦棣不解，阿兰若这么亦步亦趋地缠着息泽，应是对息泽神君十分有情，一大早却遭息泽如此冷落，她的委屈呢？她的不甘呢？她的怨愤呢？她的伤情呢？不过，阿兰若一向会演戏，说不定只是强颜欢笑，若是这般，便由她来激她一激。

嫦棣计较完毕，冷笑一声："听说阿兰若姊姊此来是陪息泽大人共用早膳的，既然姊姊膳已用毕，还是先行离开罢，莫妨碍了息泽大人同橘诺姊姊诊病。"

凤九从袖子里取出本书册："无妨，你们诊你们的，我随意翻翻闲书，莫太生分客气，怕妨碍到我。我这个人没什么别的美德，就是大度。"

嫦棣顶着一头青筋："没脸没羞，谁怕妨碍到你！"被橘诺轻咳一声打断，道："休得无礼。"转向凤九道，"妹妹恐不晓得，近日姊姊精神头轻，若是寻常日妹妹来探视，姊姊自然喜不自胜，但近日屋子里人一多便……"

话是对着凤九说，目光却有意无意地望向息泽。

凤九殷切关心道："正是，姊姊既是这种病症，看来需赶紧回房躺着好好修养才是正经，姊姊的卧间离此处像是不近，等等我找两个宫婢好好护送姊姊回去。"话间便要起身。

橘诺愣住，嫦棣恨得咬牙，向着息泽道："你看她……"

凤九谦虚道："妹妹可是要夸赞姊姊我想得周到，唉，妹妹就是这样客气，这样懂礼。"

嫦棣未出口的狠话全噎在肚子里，说，此时倒显得自己不懂礼了，不说，这口气又如何咽得下。心思一转，伸手便扶住近旁的橘诺，惊慌状道："橘诺姊姊，你怎么了？"一双姊妹心有灵犀，就见橘诺抬手扶额："突然觉着头晕……"双簧唱得极好。

这种，叫作同情戏，演来专为博同情的。凤九一眼就看出来，因为，她小时候一惹祸，便爱演这种戏，从小到大不晓得演了多少本。她在心中哀叹橘诺嫦棣的演技之差，但就是这么一副演技，竟还真劳动息泽神君搁下香炉走了几步，将橘诺扶了一扶，手还搭上她的脉，目光似乎还有意无意地扫过她的腹部。

这件事有些难办，看阿兰若这个便宜夫君的模样，的确着紧橘诺，想必诊不诊得出个什么，这位息泽神君都要亲自下逐客令了。凤九心中大叹：苍天啊，倘青殿已睡着了她自然不必赖在此处，但倘它没有睡着，她一旦走出这个门，仆从们必定善解人意地簇拥她去同青殿游玩一番……她头冒冷汗，或者此时自己装个晕，还可以继续在息泽房中赖上一赖？

凤九没有晕成，因忠仆茶茶及时叩门而入。茶茶自以为凤九爱青殿切，青殿什么时候有个什么情状都要及时通传给她，于是附耳传给了凤九一个话："青殿已安睡了，歇得很熟，殿下不必担心。"

同橘诺诊脉的息泽神君果然抬起头来，漫不经心向凤九道："你……"

你字还没有落地，凤九已眉开眼笑地跳起来："瞧我这个记性，忘了今早约了陌少吹河风，你们吹不得河风，好好在房中安歇着，告辞告辞，有空再来叨扰。"出了门还探进一个头，笑容可掬地朝橘诺点头，真诚道："姊姊保重，有病就要治，就要按时喝药，争取早日康复。"橘诺的脸刹那青了。

息泽顿了良久，转向嫦棣，将方才对着凤九没说完的那句话补充完："你帮我把门口那包药粉拿过来。"

船虽大，但寻苏陌叶，不过两处，要么他的卧处，要么船头。

凤九在船头寻着苏陌叶时，入眼处一个红泥火炉，一套夺得千峰翠色的青瓷茶器，陌少正提壶倒茶入茶海，瞧着她似笑非笑："春眠新觉书无味，闲倚栏杆吃苦茶。姑娘匆匆而来，可要苏某分茶一杯？"

凤九总算明白为何八荒四海奉陌少是个纨绔，如此形态，可不就是个风流纨绔？亏得她修行稳固，只是眼皮略跳了跳，换个寻常女子，如此翩翩公子临风煮茶款款相邀，岂能把持得住？

同是好茶之人，显见得东华帝君与苏陌叶就十分不同。若是帝君烹茶，做派形容自然与他一般雅致，话却不会说得陌少这样有意趣，帝君一般就三个字："喝不喝？"

凤九轻声一笑。

顷刻又有些茫然，东华帝君，近时其实已很少想起他。那时自己忙着去盗频婆果，果子入手便掉进了这个世界，不晓得帝君同姬蘅的后续。或许二人心结尽解，已双宿双飞，正如姬蘅所说，漫漫仙途，他们今后定会长长久久。

凤九呵气暖手。虽然偶尔仍会想起帝君一些点滴，但这是同自己连在一起的一段过往，也无须刻意去忘怀，今后东华帝君这四个字，对她而言，不过就是四个字罢了。

苏陌叶递过来一个蒲团邀她入座："不过同你开个玩笑，怎么，勾起了你什么伤怀事？"

凤九一愣："我年纪小小，能有什么事好伤怀。"忍了忍，没有忍住，皱眉问苏陌叶，"方才那席邀茶的话，你从前也对阿兰若那么说吗？"

苏陌叶挑一挑眉。

凤九道："那阿兰若她是如何回你的？"

苏陌叶分茶的手颤了颤，眼前似乎又浮现少女敛眉一笑，朝他眨眨眼，突然向着不远处的舞姬们招手："师父要请你们分茶吃，诸位姊姊还不过来……"继而闪在一旁，徒瞧着他被大堆舞姬里三层外三层埋在茶席中求告无门。

苏陌叶收回茶海，偶倪一笑："我为何要告诉你？"

凤九仔细辨认一阵他的神色，方道："好罢。"斟酌一阵，道，"其实，此时过来寻你，是有个事劳你帮一帮。昨夜你将我劈昏好歹对付过去一夜，但也不能夜夜如此，听说今晚船将靠岸，有个景致奇好之地我想前去一观，但倘若阿青纠缠，定然没戏，来的路上我已想出一个绝妙办法，你且听听。"

苏陌叶同情道："为了避开青殿，难为你这么用心。"

凤九想出的这个法子，着实用心，也着实要些本钱。

青殿的眼神不好，寻她一向靠的嗅觉。

傍晚，龙船将在断肠山拢岸，断肠山有个断肠崖，断肠崖下有个鸣溪湾。

凤九今夜，势必要去鸣溪湾赏月令花，她虽然也想过在身上多撒些香粉以躲过青殿，但青殿的性子，寻不着她必定大发雷霆，届时将整艘龙船吞下去也未可知。

思来想去，找个人穿上她的裙子染上她的气味替代她这个法子最好，但思及青殿的威猛样，找谁，她都有点儿不忍心。不过皇天不负苦心人，正待她纠结时，嫦棣适时地出现在了她的面前……

凤九向苏陌叶道："据我所察，嫦棣暗中似乎对息泽生了些许情愫，今晚我以息泽的名义留书一封，邀她河畔相见，陌少你身形同息泽差不了多少，扮扮息泽，应是不在话下。"

顿了顿，周密道："我们事先在岸旁你身前数步打个洞，引些河水灌进去，再做个障眼法，届时嫦棣朝你奔来时，必定掉进洞中。我那个小画舫体量小，也灵活，正可以泊在附近。我在画舫中备好衣物，你跳下水将她捞起来，再领她进画舫中换下湿衣即可。这事办成了，你算我一个大恩人，我带你去看月令花。"

苏陌叶瞧着凤九认认真真伸手蘸茶水在茶席上给他画地形图，扑哧笑道："你小叔从前常说，青丘孙字辈就你一个，以致得宠太多，养出个混世魔王性格，什么祸都敢惹。此前我还不信，今次一见，倒果然是名不虚传。"

凤九愤愤然："小叔仗着有小叔父给他撑腰，才是什么祸都敢惹，他这样还有脸来说我。"委屈地道，"其实，我和姑姑，我们每次惹祸前都是要再三斟酌的。"悲苦道，"姑姑新近因为有了姑父撑腰，比较放得开了，但我，我还是要再三斟酌的。"

苏陌叶呛了一口茶，赞道："……也算是个好习惯。"揉了揉眉心续道，"不过你这个计策，旁的还好说，但将息泽神君扯进去……"神秘莫测地道，"息泽神君不是个容易算计之人，若他晓得你设计他，怕惹出什么麻烦。"

凤九严肃地考虑了半晌，又考虑了半晌，慎重地给出了三个字："管他的。"

02.

是夜，凤九头上顶一个面具，蹲在河畔一个绿油油的芦苇荡里头，双目炯炯然，探看荡外的形势。

思行河遇断肠山，被山势缓缓一挡，挡出一个平静峡湾来，湾中漂着许多山民许愿的河灯，盏盏如繁星点将在天幕之中。

今夜恰逢附近的山民做玉女诞。玉女诞是个男女欢会的姻缘诞，此地有个延续过万年的习俗，诞辰夜里，尚未婚嫁的年轻男女皆可戴着面具盛装出游，寂草闲花之间，或以歌或凭舞传情，定下一生良配。

因要办这么件大盛事，今夜断肠山据传封山。

凤九一根手指挑着头上的面具玩儿，心中暗笑，得亏自己有根骨够灵性，搞来这个面具，今夜顶着它，潜进山中还不易如反掌？

河荡中一阵风吹过，凤九打了个刁钻喷嚏，摸出锦帕拧了拧鼻涕，一抬眼，瞧见下午她做出的水洞跟前，苏陌叶扮的紫衣息泽已徐徐就位。

月上柳梢头，人约黄昏后。不一刻，青衣少女也款移莲步飘然而来，恰在做出障眼法的水洞跟前停了脚步，樵灯渔火中，与苏陌叶两两相望。

凤九握紧拳头暗暗祈祷："再走一步，再走一步……"

青衣的嫦棣却驻足不前，含羞带怯，软着嗓子诉起了情衷："息泽大人先时留给嫦棣的信，嫦棣看到了，大人在信中说，说对嫦棣倾慕日久，每每思及嫦棣便辗转反侧，夜不能寐……"

凤九看到苏陌叶的身子在夜风中晃了一晃。

嫦棣羞涩地抬头："大人还说白日人多繁杂，总是不能将嫦棣看得仔细，故而特邀嫦棣来此一解相思，但又唯恐唐突了嫦棣……"

凤九看到苏陌叶的身子在夜风中又晃了一晃。

嫦棣眼风温软，娇嗔轻言："如今嫦棣来了，大人却何故瞧着人家一言不发。大人……大人只这样目不转睛地盯着人家，真真……真真羞杀人家了……"

凤九看到苏陌叶的身子再次晃了一晃还后退了一步，着急地在心中为他打气：“陌少，撑住啊。”

嫦棣盯住苏陌叶，媚眼如丝，婉转一笑：“其实大人何必担忧唐突嫦棣，嫦棣对大人亦……”情难自禁地向前迈出一步。

“嗷啊……”

嫦棣掉进了水洞中。

凤九愣了一愣，反应过来，一把抹净额头的虚汗，瞧苏陌叶还怔在水洞前，赶紧从芦苇荡里跳起来同他比手势，示意君已入瓮，虽然入瓮得有些突然，但他下一步该跳水入洞救人了。苏陌叶见她的手势，踌躇了片刻，将随身的洞箫在手里化作两丈长，探进水洞里戳了戳。

洞里传出嫦棣甚委屈一个声音：“大人，你戳到嫦棣的头了……”苏陌叶赶紧又戳了几戳才慢吞吞道：“哦，对不住对不住，那你顺着杆子爬上来罢，走路怎么这么不小心啊，我领你去换身衣裳。”

凤九复蹲进芦苇荡中，从散开的芦苇间看到嫦棣一身是水顺着苏陌叶的洞箫爬出来，抽抽噎噎跟在苏陌叶身后，向着她预先泊好的小画舫走去。

此事有惊无险，算是成了一半，只是陌少后续发挥不大稳定，凤九心中略有反思，难不成，那封仿息泽笔迹留给嫦棣的情信果然太猛，猛得连陌少这等情场浪子都有些受不住？要是以后有一天，让息泽晓得自己以他的名义写了这么一封情信给嫦棣，不晓得他又受不受得住。

凤九叹了一声，叹息刚出口，身旁却响起个声音与之相和：“你在这里做什么？”

凤九转头一望，瞧见来人，欣然笑道：“自然是在等你，不是说过事成后带携你去看月令花吗？”

远目一番小画舫：“你动作倒快，莫非才将嫦棣领进去就出来了？”

回头看他：“怎么还是息泽的样子，变回来罢，又没有旁人。”

拂开芦苇走了两步，又折回来从怀里取出个桧木面具，伸手罩到还是息泽的一张俊脸上：“差点儿忘了，要进山看月令花，得戴着这个，我给你也搞了一个。你不认路，跟紧我些。”

拍一拍他的肩：“对了，倘有不认识的姑娘歌声邀你，记住八个字，‘固本守元，稳住仙根’，倘有不认识的小伙子来劫我，也记住八个字，‘别客气将他打趴下'。这一路咱们前狼后虎困难重重，要做好一个互相照应，咳咳，当然，其实主要是你照应我。"

苏陌叶嗯了一声。

凤九偏头："你这个声儿怎么听着也还像息泽的？不是让你变回来吗？"一望天幕又道，"罢了罢了，时辰不早，咱们快些，不然看不到了。"

待入深山，日渐没，春夜无星，凤九祭出颗明珠照路，见沿途巧木修竹，倒是自成一脉颇得眼缘的风景。

鸣溪湾这个好地方是凤九从宫中一本古书上看来，古书贴心，上头还附了一册描画入微的地图。此时这册地图被拎在凤九的手中，权作一个向导。

断肠山做合欢会，月老却忒不应景，九天穹庐似顶漆黑的大罩子罩在天顶上，他老人家隐在罩子后头，连个胡须梢儿也不曾露出来，受累凤九一路行得踉跄。

越往深山里头，人烟越发寂寥，偶尔几声虎狼咆哮，凤九感慨此行带上苏陌叶这个拖油瓶帮衬，带得英明。

清歌声远远抛在后头，行至鸣溪湾坐定时，入眼处，四围皆黑，入耳处，八方俱寂，与前山尽是红尘的声色繁华样大不相同。

凤九将明珠收进袖子里，挨着微带夜露的草皮躺定，招呼苏陌叶过来亦躺一躺。几步远一阵慢悠悠的响动，估摸陌少承了她的指教。

陌少今夜沉定，凤九原以为乃是嬗棣念的那封情信之故，方才路上听得丛林中飘出一阕清曲，她听出个首联和尾联，两联四句唱的是"结发为夫妻，恩爱两不疑。生当复来归，死当长相思"。清曲袅袅飘进她耳中，刹那间如灵光灌顶，她方才了悟。

陌少何人？万花丛中过片叶不沾身翩翩然一风流纨绔尔，不过一封略出格的情信，何至于就惊得他一路无话？陌少无话，乃是见此良辰佳夜、玉人双全的好景致，想起了逝去的阿兰若，故而伤情无话。

徒留陌少一人在静寂中钻牛角尖不是朋友所为，尽快找个什么话题，将他的注意力转一转方是正经。

满目黑寂入眼，凤九轻咳一声，打破沉静向陌少道："书上说月令花戌时末刻开花，可能还要等个一时片刻。有首关于月令花的歌谣你听说过没有。"话间用手指敲着草皮打拍子唱起来："月令花，天上雪，花初放，始凋谢，一刻生，一刻灭，月出不见花，花开不见月，月令花不知，花亦不识月，花开一刻生，花谢一刻灭。"

凤九幼年疲懒，正经课业修得一笔糊涂账，令白止帝君十分头疼，但于歌舞一项却极有天分，小时候也爱显摆，只是后来随着她姑姑白浅看了几册话本，以为人前歌舞乃戏子行径，此后才罢了。今夜为安慰苏陌叶，不惜在他跟前做戏子行，凤九自觉为了朋友真是两肋插刀，够豪情，够仗义。

歌谣挺忧伤，凤九唱得亦动情，苏陌叶听罢，却只淡淡道了句："唱得不错。"便再无话。

今夜陌少有些难搞，但他这个模样，就更需要她安慰了。瞧着入定般的黑夜，凤九没话找话地继续道："我嘛，对花草类其实不大有兴趣，但书上记载的这个月令花却想来看看。你可能不晓得，传说这种花只在玉女诞上开花，开花时不能见月光，所以每年这个时候都没有月亮。其实和月令花比起来，你和阿……"

阿兰若这个名字已到嘴边，凤九又咽了回去。陌少此时正在伤情之中，伤的正是阿兰若，照她的经验，此时不提阿兰若的名字好些。她自以为聪慧地拿出一个"她"字来代替，道："你和她，你们拥有过回忆已经很好了，你看这个月令花，传说它其实一直想要见一见月光，但是月出不见花，花开不见月，一直都见不到，有情却无缘，这岂不是一件更加悲伤的事情吗？"

苏陌叶没有回话，静了一阵，凤九待再要说话，语音却消没在徐然渐起的亮光之中，眼睛一时也瞪大了。

渐起的荧光显出周围的景致，一条溪湾绕出块辽阔花地，丛聚的月令花树间，细小的重瓣花攒成花簇，发出朦胧的白光，脱落枝头盈盈飘向空中，似染了层月色霜华。一方花地就像一方小小天幕，被浮在半空的花朵铺开一片璀璨的星河。

原来这就是月令花开。这等美景，在青丘不曾见过，九重天亦不曾见过。

凤九激动地偏头去瞧苏陌叶，见陌少手枕着头，依然十分沉默，沉默得很有气度。不禁在心中唏嘘，将一个情场浪子伤到这步田地，两百多年过去了，这个浪子依然这么伤，阿兰若是个人才。

　　瞧着颓然落寞一言不发的陌少，凤九不大忍心，蹭了两蹭挨过去，与苏陌叶隔着一个茶席远，抬手指定空中似雪霭飘扬的月令花，将开解的大业进行到底："唔，你看，这个月令花开为什么这么漂亮，因为今天晚上什么都没有，只有它在开放，是唯一的光亮色彩，我们的眼睛只能看到它，所以认为它最漂亮。"

　　她转过头来看着苏陌叶脸上的面具，诚恳劝道："这么多年你也没有办法放下她，因为你让你的回忆里什么也没有，只有她，你主动把其他的东西都尘封了，她就更加清晰，更加深刻，让你更加痛苦。"她认真地比画，"但其实那样是不对的，除了她以外还有很多其他的人，其他的事，其他的东西，有时候我们执念太深，其实是因为一叶障目。陌少你不是不明白，你只是不想把叶子拨开而已。"说到这一步，陌少这么个透彻人若还是不能悟，她道义已尽，懒得费唇舌再点拨了。

　　没想到陌少竟然开了口。月令花盛开凋零此起彼伏，恍若缓逝的流光，流光底下，陌少凉凉道："只将一个人放进回忆中，有何不妥？其他人，有值得我特别注意的必要吗？"

　　陌少能说出这么一篇话，其实令凤九心生钦佩。钦佩中怜惜之心顿起，不禁软言道："你这样执着专一，着实难得，但与其这么痛苦地将她放进心中……"

　　陌少打断她，语声中含着些许莫名："我什么时候痛苦了？"

　　凤九体谅陌少死鸭子嘴硬，不忍他人窥探自己的脆弱，附和道："我明白，明白，即便痛苦，这也不是一般的痛苦，乃是一种甜蜜的痛苦。我都明白，都明白，但甜蜜的痛苦更易摧折人心，万不可熟视无睹，方知这种痛苦才是直入心间最要命……"

　　陌少默然打断："……我觉得你不太明白。"

　　凤九蹙眉："唉，痛就痛了，男子汉大丈夫，做什么这样计较，敢痛就要敢承认。"恍然此时是在安慰人需温柔些，试着将眉毛缓下来，沉痛道：

"你这个，就是在逃避嘛，如果不痛苦，你今晚为什么反常地没有同我说很多话呢？"

陌少似乎转头看了他一眼，然后翻了个身，没言语。

凤九心中咯噔一声，该不是自己太过洞若观火，一双火眼金睛扫出陌少深埋于胸的心事，令陌少恼羞成怒了罢？

唔，既然已经怒了，有个事情她实在好奇，她听说过阿兰若许多传言，阿兰若到底如何，她却不晓得，趁着他这一两分怒意，说不得能诈出他一两句真心。

凤九状若平和，漫不经意道："你方才说，只想将她一人存于回忆中，她是怎么样的？"

夜极静，前山不知何处传来清歌入耳，隐隐绰绰，颇渺茫。陌少开口时声音极低，她却听得真切。

"很漂亮。"他说，"长大了会更漂亮。"顿了顿，补充道，"性格也好。"像是陷入什么回忆，道，"也很能干。哪方面都能干。"总结道，"总之哪里都很好。"又像是自言自语，"我挑的，自然哪里都很好。"

凤九在心中将陌少这几句话过了一遭，又过了一遭。长相好，性格好，又能干。怪不得阿兰若年纪轻轻便魂归离恨天，有句老话叫天妒红颜，这等人早早被老天收了实在怨不得。幸好她同姑姑只是长得好看，性格不算尤其好，也不算尤其能干。但陌少说得这么倍加珍重，凤九觉得不好晾着他，该回他一句，也不晓得该回他个什么，随意咕哝道："我以前也喜欢过一个人，印象中长得好像也很好看，但实在要算是个烂人。"添了一句，"所以他可以活得很长。"

陌少无意义地附和："有我在，她也可以活得很长。"

凤九心中叹息，陌少这句话，从语声中虽然听不出什么惋惜沉痛，但不能形于外的沉痛，必定已痛到了极致罢。当年若是陌少在，以陌少之能，必然可以保住阿兰若，可叹一句命运弄人，陌少讲出这句话时，不知有多么自责。

多么痴情的陌少。多么可怜见的陌少。

眼看月令花随风凋零，如星光骤降，一场荼蘼花开转瞬即逝，正合着一刻生一刻灭六个字。

苏陌叶率先起身道："走罢。"

凤九亦起身整了整裙子，抬头时，却蓦然愣在了月令花凋零的清辉中。方才躺在草地上，她并未太过注意，此时迎面而站，却见苏陌叶纹饰清俊的面具遮挡住了面容，但面具外的头发，仍是一派皓月银色。

有个念头钻进她的脑中，像炸开一个霹雳，她猛然一震。

良久，恍若晨霭的柔光中，她抬手到紫衣青年面前，颤抖的手一松，青年脸上的面具随之而落，花朵的清辉化作光点铺在树间、草地、他们身上。光点明灭间，凤九哑着嗓子道："息泽神君？"见青年没有说话，又道，"你做什么骗我？"

青年单手接住滑落的面具，淡淡道："我从来没有说自己是你师父陌先生。"

第五章

01.

虽然赏花带错了人，凤九庆幸自己机灵，没同息泽说什么不当说的，走漏身份。

息泽神君乍看一副冰山样，想不到对橘诺用情用得这样深，怪不得凡人口中有个俗谚，叫作情人眼里出西施。

入睡时，凤九很为息泽神君忧虑了一阵，这个人得眼瞎到什么地步，才能觉得橘诺性情好又能干啊。长得一表人才，品位却低到这个程度，多么的可惜。

她在一片唏嘘中沉入梦乡，却只胡乱眯了个囫囵觉，晓鸡初鸣时便爬起来整装洗漱。

昨夜她不仗义，徒留陌少一人面对嫦棣，不知应付得艰辛否。或许一大早便要来兴师问罪，她做个懂礼的乖巧样早早候着他，说不定陌少心软，就不同她计较了。

她存着这个思量，在舱中正襟危坐，左等右等。

没承想，卯日星君将日头布得敞开时，陌少才施施然现身，现身后却绝口未提她干的缺德事，只道昨夜青殿追着嫦棣鬼哭狼嚎跑了四座林子，嫦棣被青殿缠得衣衫褴褛，一回船上便晕了过去，大不幸惊动了上君君后。话到此，还关切地提点了她一句，嫦棣不是个省心的，说不得她后续要有些麻烦。

凤九方才了悟陌少他今日为何这样慈蔼宽厚。

今日不劳他亲自动手，她这个放他鸽子的也即将倒个大霉，他自然乐得做副和顺样，在一旁装一装好人。陌少依然还是那个陌少。

抱怨归抱怨，陌少的提点她还是放在心上。

此前想着嫦棣死要面子，绝不会将这样的丢脸事大肆声张，哪里算到，竟会被上君和君后主动撞见。

她的字典里头，"惹祸"两个字堂而皇之书得斗大，却独独缺"善后"这两个字。且她从前自负为青丘的帝姬，一向觉得作为一个帝姬，晓得怎么惹祸就够了，善后不属于一个帝姬应该钻研的范畴。

想了又想，凤九心存侥幸地问苏陌叶："再怎么说，阿兰若也是上君和君后亲生的闺女，即便罚，我觉得，大抵他们也不会罚得太重吧？"

苏陌叶难得地拧起了眉头："难说。"

七日后，凤九蹲在观尘宫地牢中一个破牢笼里头，才真正领教阿兰若这双爹娘管教儿女的雷霆手段，方晓得陌少当日拧着的眉头是个什么意思。

九曲山撑山的石头造成的这个牢笼，的确只能算一个笼，也的确只能蹲着。稍一施展，便有可能触到笼壁，壁上镶嵌的石头不知施了什么诀窍，触上去便疼痛如刀割，实是一场酷刑。

这还是苏陌叶帮她求了情，甘愿面壁个十天半月，帮她分担了些责罚。若没有陌少仗义相助，怕不是被关关牢笼就能了事。

虽然从前她惹白奕生气时，也被罚过禁闭，她对这些禁闭至今也还有一些理怨，但今日始知，比起阿兰若她爹这等教罚的手段，她爹白奕着实当得上一位慈父。

挺背半蹲这个姿势，寻常做出来都嫌别扭，何况还需一直保持。虽然这个仿出来的世界比之真正的梵音谷，处处都能施展法术，但关她的这个牢笼却下了重重禁制，让她想给自己使个定身咒都不得。亏得身体底子好，好歹撑了一天，夜幕降临时节再也支撑不住，后背重重地撞上石壁，却连喘口气的时候都没有，一瞬只觉千刀万斧在皮肉上重重斫砍，痛得立时清醒。

同样的折磨如是再三反复，头一日，凤九还坚韧地想着熬一熬便好了，第二日，汗湿重衣间想着谁能来救一救自己就好了，第三日，第四日，第五日，她终于明白这种折腾无止无尽，不是熬一熬就能完事，而且不会有谁来救自己。不晓得阿兰若一双父母同这个女儿有什么深仇大恨，要下这样的狠手。

灭顶的痛苦中，凤九有生以来，第一次萌发了死意。

当死这个字从脑海深处冒出来时，她灵台上有一瞬难得的清醒，被吓了一跳，但不及多想，久闭的牢门当此时却啪嗒一声，开了，逆光中，站着一个纤弱的人影。

她强撑着眼皮费力望过去，嫦棣站在光影中朝她笑。

暮色的微光中，她像是欣赏够了她的狼狈样，才施施然走过来，居高临下看着她，语声极柔和："姊姊这几日，不知在牢中过得如何？"

这句话听入耳中已是勉力，遑论回她。

嫦棣等了片刻，笑得愈加开心："姊姊不是向来伶牙俐齿吗，今日怎么装起文静来了？难不成，是疼得说不出话了？"

她蹲下来与凤九齐平："姊姊好计策，放任那条蠢蛇将妹妹捉弄得好苦，当日姊姊施计时，难道不曾想过，妹妹却不是个忍气吞声的闷嘴葫芦，迟早会招呼回来的吗？"仔细端详了一眼困她的笼子，轻声道，"当日父君判姊姊在石笼子里收收性子静静心，妹妹觉着，普通的石笼子有什么好，私下特地嘱咐他们换这个九曲笼给姊姊，这个笼子，伺候得姊姊还算舒坦吧？"

脚一时发麻，整个身子再次倒向笼壁，刀剑劈砍的痛苦令凤九闷哼了一声。嫦棣撑着下巴，故作天真道："姊姊是不是在想，父君对你果然并非那么绝情，待从这里出去，定要在父君跟前参我一本？"突然一脸厌恶道，"可笑，我叫你一声姊姊，你便以为自己真是我的姊姊了？父君带你来了一趟观尘宫，你就忘了自己是个什么东西？就算我一刀杀了你，父君不过罚我一个禁闭，你还真以为父君会为你报仇，手刃我这个他最宠爱的小女儿？"冷笑道，"阿兰若，从你出生那一刻开始，注定是个多余的罢了。"

嫦棣前头那篇话，凤九觉得自己捉弄她在先，她变本加厉报复回来在后，将自己折腾成这样算她有本事，自己技不如人栽了，认这个栽。可后头这一篇话，凤九却庆幸听到的是自己而非阿兰若本尊，这篇话连自己一个外人听着，都觉伤人。

半掩的牢门外突然传来一阵嘈杂声，远远响起一面大锣，有人惊慌道："天火，是天火！走水了，行宫走水了！"嘈杂声更甚，嫦棣突然伸手进来拧住凤九的衣领，凤九一个趔趄免不了跌靠住笼壁，又是一阵锥心刺骨的疼。待回过神来，却见牢中呛进一股浓烟，嫦棣半捂住鼻子，眼睛在浓烟中闪闪发亮，轻笑道："行宫失火了，说不得立刻就要烧到这里，姊姊，看来老天都怜你这样活着没有意思，意欲早早超度你。"

凤九强撑出半口气，反手牢牢握住嫦棣伸进笼中的胳膊，唇角挤出一点笑来，往笼壁上重重一按，斧劈刀砍是个什么滋味她再清楚不过，立时便听见嫦棣一声凄厉哀号，凤九轻声喘气："只一下便受不住？就这点儿出息？絮絮叨叨甚是讨厌，说够了就给我滚。"

嫦棣抱着胳膊跌跌撞撞跑走，牢门口回望的一眼饱含恨意。

满室浓烟中，凤九一边呛得咳嗽一边思忖，方才嫦棣进来前，她想什么来着？

对了，死。诚然神仙无来世，所谓一个仙者之死，自然是躯体连同魂魄一概归于尘土，仅能留存于茫茫天地间的，不过些许气泽。但，这是阿兰若的躯壳，说不得这个躯壳死去，正能让自己的魂魄得以解脱，回到自己原本的躯壳中。不过，也有可能自己的魂魄已同阿兰若的躯壳融为一体，生俱生，灭俱灭。

狐狸耳朵尖，此时她脑子放空，听得便更远。吵嚷不休的背景中，唯一一个清晰响起的，是息泽的声音。阿兰若这个便宜夫君，做什么事都一副从容派头，沉稳如一汪无波无澜的古水，想不到也有这种光是听个声音，便叫人晓得他很焦急的时候。

但这份焦急却同她没什么干系，息泽的声音缥缥缈缈，问的是："大公主在什么地方？"也不晓得是在问谁。

凤九有一瞬为阿兰若感到心酸，打个比方，譬如天火是把利剑同时架在她和橘诺的脖子上，她唯一可指望的夫君，心心念念却全然是她姊姊的安危，这是怎样的一则悲剧。而且，她再没有其他什么人可以指望。

火事渐盛，火星舔上牢门，俗话说干柴烈火，顷刻便酿出一片熊熊的火光。这样的危急时刻，凤九的心情却格外平静，身上的疼痛似乎也随着热浪，一一蒸腾了。

她突然想起那年在九重天上，她伤在姬蘅的单翼雪狮爪下，那时的她，似乎并没有动过希望东华来救自己的念头。盗频婆果被困在蛇阵中时，她那么害怕，也没有动过那个念头。

没有动这个念头，是好的。这样就不会一次又一次地伤心失望了。

姑姑的话本中，倘是天定的好姻缘，姑娘遇险时必定有翩翩公子前来搭救。她从小就对这种场景莫名地向往，或许正因如此，才爱上琴尧山上出手救了自己的东华。但除了那仅有的一次，他再没有在她需要的时刻救过她。每一次，都是自己熬过来的。每一次，自己竟然都熬了过来。但不晓得这一次，还有没有这样的好运气。

有一句话是情深缘浅，情深是她，缘浅是她和东华。有一个词是福薄，她福薄，所以遇到他，他福薄，所以错过她。

她一瞬觉得自己今夜真是个诗人，一瞬又觉得自己没有出息，明明已放过狠话，说东华帝君从此于自己不过四个字而已，这种浮生将尽的时刻，想起的居然还是他。

若自己果真死在今夜，日后这个消息传进他的耳中，他是否会为自己难过一分？是否会感叹："想不到她年纪轻轻便罹此大难，当年她同本座在梵音谷中还曾有同院一住之缘，一日三餐，将本座照顾得不错。"

她两千多年的情和执念，于东华而言，大约能换得他这么一句，也算是她积福不浅了吧？

火舌一路舔上房梁，偶有断木倾塌。凤九仰望着房顶，只觉火光明亮，照得人发沉。梁上一段巨木携着火事直落而下，凤九闭上眼睛，心中凛然，是尘归尘土归土还是另有生路，此刻便见分晓了。

她运气好。

是生路。

却并非她所想象的生路。

玄衣青年勉力推开砸落在身上的巨木，瞧见她湿透的额发苍白的脸颊，怔道："他们竟拿九曲笼锁你？"冷峻的眸子瞬间腾出怒色，拔剑利落将石笼一劈为四。凤九乍然于方寸之地解脱，疼痛却也在一瞬间归了实地，爬遍寸寸肌肤，痛呼一声便要栽倒，被青年拦腰抱住。

避火的罩衣兜头笼在身上，凤九喃喃出声："沉晔？怎么是你来救我？"

青年没有回话，抱着她在火中几个腾挪，原本就不大宽敞的一个地牢，已成一片汪洋火海，凤九觉得，想必它从没有过这么明亮的时候。眼前有滔天火事，鼻尖却自有一股清凉，身上仍痛得心慌，不过此时晕过去也无妨了。

良久，似乎终于吹到凉爽的夜风。有个声音响在她耳畔："做出这个地方，不过是为了让你复活，虽然你还不是真正的她，但如果这具躯壳毁掉了，我做的这一切，还有什么意义呢？我一定会让你回来，阿兰若，我欠你的，他们欠你的，你都要回来亲自拿到手。"她觉得这个声音唤着阿兰若这三个字时，有一种压抑的痛苦。

但她不晓得这是不是自己在做梦。

自一片昏茫中醒来时，天边遥遥垂挂着一轮银月，四围渺无人迹，近旁几丛花开得蔫答答，一股火事后的焦煳味儿。

凤九懵懂瞧着盖在腿上的避火罩衣，半晌，脑子转过弯儿来：行宫降了天火，烧到了地牢，临危时沉晔从天而降，助自己逃出生天，捡回了一条小命。

抬眼将身周的荒地虚虚一扫，方圆三丈内的活物，只得几只恹恹的纺织娘，救命恩人大约中途敲了退堂鼓，将自己随道扔了。口中一股药丸味儿，身上的疼痛被镇住了多半，看来扔掉之前喂了自己一颗颇有效用的止痛伤药，救命恩人还算义气。

凉风迎面拂过，激出凤九几个刁钻喷嚏，被折腾几日，原本就将身子折腾地有些病弱，再在风地里吹着，风邪入体必定浸出个伤寒，届时也只是自己多吃苦。

凤九认清楚这个时务，将罩衣裹得更紧一层，循着银月清辉，辨认出一条狭窄宫道，朝着自己那处极偏的院落踉跄而去。

越往偏处走，火事的痕迹倒越轻些，待到自己住的晓寒居，已全见不出宫中刚起过一场天火，看来住得偏，也有住得偏的好处。

院门一推便入，分花拂柳直至正厅前，凤九脑门上的虚汗已凝得豆大。她一面佩服自己病弱到这个地步竟还能一路撑着摸回院子，是个英雄，一面腿已开始打战，只等见着床便要立仆。

眼见厅门咫尺之遥，手抬起来正要碰上去，一声低呼却从雕花门后头传出来，将她半抬的手定在空中。

凤九稍许探头，朝里一望。目中所见，厅堂正中的四方桌上点了支长明烛，长明烛后头搁了张长卧榻，此时断不该出现在此地的橘诺，正懒懒倚躺在这张卧榻的上头。阿兰若名义上的夫君息泽神君侧身背对着厅门，坐在卧榻旁一个四方凳上，垂头帮橘诺包扎一个手上的伤口。兴许是做过神官之故，阿兰若这位夫君，瞧着与比翼鸟阖族都不甚同，举手投足间自成一副做派，疏离中见懒散，懒散中见敷衍，敷衍中又见冷漠。此时帮橘诺包扎伤口，动作里方勉强可寻出几分与平日不同的认真细致来。

凤九在院门口一愣，只道九曲笼中的酷刑将脑子折腾得糊涂，一径走错了院落。轻手轻脚退回去，拂柳分花直退到院门口，突然瞧见茶茶从分院的月亮门转出来。

忠仆茶茶举目望见她，一怔后直奔过来，欣喜不能自已地抓住她的袖角："殿下你竟自个儿平安回来了，方才正殿并几处陪殿好大的火事，茶茶还担心火事蔓到地牢，殿下有没有伤着哪一处？"不等凤九回话，又赶紧道，"火事刚生出来陌先生便从面壁处赶回来寻你，殿下回来时同陌先生错过了吗？"

凤九打量一眼茶茶，打量一眼花树中露出个檐角的厅厢，沉吟道："这么说没有走错路，不过我方才似乎瞧见橘诺……"

茶茶撇嘴道："息泽大人住的小院同大公主住的陪殿离正殿近些，皆被火舐尽了，大公主身子抱恙，君后安置她在我们这处一歇，"小心抬着眼皮觑凤九脸色道，"息泽大人作陪……亦是……亦是君后之令……"

凤九自然看出茶茶目光闪烁为的什么，借口想在院中吹吹风饮壶热茶，将她打发下去备茶具了。她此时其实极想挨个床铺躺一躺，并不想饮茶，但晓寒居乃是一院带一楼，她的卧厢恰在正厅的上头。她此时没有什么精神应付正厅里头那二位，院子里花花草草甚多，挤挨着也算挡风，身子似乎也还撑得住，不如靠坐在花树底下就着热茶打个盹儿，也候一候苏陌叶。

这个盹儿打得长久，睡着时明明还觉着有些风凉，睁眼却觉得很暖和，垂首见身上裹着件男子的外袍，耳中听进一个声音："睡醒了？"仰头果然见苏陌叶坐在花树旁一个石头凳子上。

凤九茫然同他对视了半刻，道："你早晓得行宫今夜会有大火，阿兰若会被困在火中罢？"

苏陌叶似乎早料到她有此一问，良久，道："今日有火我知道，但当日火起之时，阿兰若一直在这晓寒居中寸步未出，我也未留意火是否蔓进了地牢中。"瞧着她，又道，"其实，她从不曾惹出什么祸事被关进地牢过，你同她不一样，你们遭遇之事自然也不会一样。"

这个答案凤九隐约有所察觉，轻声道："既然无论如何我无法复刻她的人生，你又要如何晓得她的死因？"

苏陌叶淡淡道："其实这个世界，原本就是失之毫厘谬以千里，变数多如香水海中的莲瓣，或许谁平白多打一个喷嚏也会致它同当初的世界大不同。可你知道这样多的变数当中，有什么是无论如何也不会轻易改变的吗？"

瞧着她迷茫的眼睛，道："可还记得太晨宫前芬陀利池中人心所化的白莲？瑶池中的莲盏常知四时变幻，朝夕晦明，芬陀利池中的万盏白莲却是亘古不变。"一时语声缥缈，像是自问自答，"不变的是莲耶，是人心耶？"

凤九接口道："是人心。"

苏陌叶赞赏地看她一眼："是了，只有人心没那么容易改变，譬如橘诺对你，譬如嫦棣对你，再譬如上君和君后对你。"目光遥望天际，"纷繁尘事只是浮云，这些尘事背后，我要看到的是最后他们对阿兰若的本心，那就是阿兰若的死因。"话题一转道，"所以你想如何就如何，不必拘泥阿兰若从前的本性，只是那几件大事上头，切记住同她做出相同的抉择。"

凤九想了一想，点头称是，将盖在身上的袍子随手一理，靠在老杏树的树根前，抬头遥望天上的圆月，口中道："你先回去罢，我再赏一赏月。"

苏陌叶瞧她片刻，作势伸手扶她，调笑道："茶茶说你一片丹心只为着我这个师父，大半夜在院中吹凉风也是为候我，既然为师已经回来了，自然不必你再漠漠寒夜立中宵，起来我送你回房。"

满园春杏，月光下花开胜雪。凤九未在意他递过来的手，仍然瞧着天上玉盘般的明月，良久，突然道："我同东华帝君的事情，不晓得你听说过没有？"话刚出口，似乎恍然不妥，怔怔道，"我今夜吹多了风有些善感，你当什么都没有听到过，先回去罢。"

苏陌叶嘴角的笑意淡去，手指碰了碰石桌上的茶壶将茶水温烫，添给她一杯暖手，方道："略听连宋提过一些。"又道，"白真常说你的性子原本就是不能将事闷在心中，此时容你一人待着反让人担忧。有伤心的事，说给我听一听无妨，虽然担个虚名，我也算你的长辈。"

凤九沉默许久，道："嫦棣将上君关我静心的石牢换成了九曲笼。"

苏陌叶提着茶壶的手一颤："什么？"

凤九侧头看他一眼，飞速道："其实没有什么，我吃了伤药，已经不痛了。"又重新望着天上："只是在笼子里受折磨的时候，我有想过为什么轮到我就是这样。姑姑说她从前被瑶光上神关过水牢，墨渊上神去救了她，还被前任鬼君抓去过大紫明宫，墨渊上神还去救了她。啊，这么看来竟然次次都是墨渊上神救了她。你说是不是因为姑姑把我的运气都用完了，所以每次遇到危险的时候，我才都是一个人？"语声极为平静，听不出半点郁结哀伤，说到最后就像是真正在疑惑。

苏陌叶低声道："每次？"眼中似乎瞧见杏林深处有个影子，定睛一看又什么都没有，凝神也辨不出院中还有什么旁人气泽。

凤九仰头喃喃："嗯啊，危险到要以性命相付的时刻，以前也有过好几次。如果没有经历过那些，可能我就没有办法熬过九曲笼的折腾了吧。因为我是青丘孙字辈的一棵独苗，其实小时候还是被养得很娇惯的，后来因为喜欢上东华帝君，吃了一些苦头，就变得比较坚强了。"停了片刻，又道，"啊，也不能说没有人来救我，譬如这次，沉晔就有来救过我，虽然半道将我扔在了路上。我本来觉得没有什么呢。九曲笼，一般人谁也熬不了五天吧？我竟然熬过来了，我还自己走了回来，我本来还觉得挺高兴挺得意的呢。"

苏陌叶拿过杯子将半凉的茶倒掉，添上热的重新递给她："然后呢？"

"然后？"她想了一会儿，才缓缓道，"回来的时候，正瞧见息泽神君在帮橘诺包伤口。其实我觉得橘诺的伤一点都不严重，但息泽神君包得那么慎重，突然就让我有点难过。那个时候，觉得好像自己就是阿兰若，但是又很可怜她，想着如果是她看到这一幕一定比我更难过，而我难过是因为看到女孩子被好好呵护该是什么样。我看不起橘诺一点小伤也装得什么似的，但又很羡慕她。"

她抬起手来，放在眼睛上："帝君，为什么我尤其需要他的时候，他都恰好不在呢？有一瞬我那么想。从前遇到危险的时候，他没有出现，我告诉自己，因为我们没有缘分。其实那些时候，我并不是真的相信，我觉得我这么努力，老天爷也会被我感动的。这一次，我才真的相信了，如果沉晔不来救我，我就真的死掉了。以前我不相信我们没有缘分，可能是因为失望得还不够彻底吧。"

苏陌叶静了许久："那么，你恨他吗？"

凤九移开手掌，遥望着月光下盛开的杏花，努力眨了眨眼睛："大概不恨吧。我只是觉得很累。帝君他很好，我和他没有缘分罢了。"

苏陌叶柔声道："你还小，将来你会遇到更好的人。"

凤九无意识地点头："你说得对，将来我会遇到更好的人。"

苏陌叶唇角含笑："将来你想要遇到一个怎么样的人？"

凤九想了片刻："虽然我也不是那么娇气，遇到危险时没有人救我我就活不下去，但我希望遇到一个我有危险就会来救我的人，救了我不会把我随手抛下的人，我痛的时候会安慰我的人。"

苏陌叶低声道："难道你就没有想过，遇到一个再不会让你受苦，再不会让你遇到危险的人？"

她没有说话。

苏陌叶续道："你一直这样仰着头，脖子不会痛吗？还是谁告诉你只要仰着头，眼泪就不会掉下来？那都是骗人的，你不知道吗？你在忍什么呢？"

夜风一阵凉似一阵，凤九仍然仰着头，仿佛天上那轮圆月是多么值得研究的东西，良久，两行泪珠沿着眼角流下，接着是极低的抽泣，又是良久，终于哇一声大哭出来，哭得非常伤心。

不晓得何处吹来一阵狂风，杏花摇曳坠落，纷飞出一场遮天蔽日的大雪。杏花飞扬中，苏陌叶再次瞧见那个紫色的人影。原来并非自己眼花。透过重重花雨，那位紫衣的神尊一脸苍白，脚下是一只打翻的药碗，手指紧握住一株苍老杏树的树干，目光怔怔落在凤九身上。凤九浑然不知，只是哭得越来越厉害。他紧蹙着眉头，定定瞧着她，似乎想要走近一步，却又不能迈近那一步。

02.

因行宫起了火事，上君罚阿兰若的十日静思不了了之。嫦棣坑了她，凤九没将这桩事告上去，如嫦棣所说，以阿兰若的处境，即便闹开去，这样事也不过将嫦棣不痛不痒罚一罚。不闹开去，她还可以再坑回去，还是不闹开去好。被坑了，就坑回去，再被坑，还坑回去，看谁坑到最后，才是坑得最好。

行宫被天火烧得几近废墟，一山的茶花遭殃大半，连累君后的生辰一派惨淡光景，上君雷霆大怒，却因是天火非关人事，满腔怒气无处可泄，瞧着断壁残垣更添伤情，自以为眼不见为净，吩咐连夜收拾龙船赶回王都。

思行河上白雾茫茫，船桅点几盏风灯，晓天落几颗残星。天正要亮。

凤九躺在一蓬软乎乎的锦被里头，听得船头劈开水底浪，声声入耳，闻得瑞兽吐出帐中香，寸寸润心，脑子里缓缓地转悠一个问题：一觉醒来，黑灯瞎火间，发现床边坐着一个熟悉的陌生人，这种时候，一般人头一个反应该是什么？

照理是不是该尖叫一声扯着被子爬到床角，瑟瑟发抖用一种惊恐而不失威严的声音厉喝："大胆狂徒，要做什么？"不过眼前这个人，着实称不得狂徒，且一向将自己当木头桩子，即便现在黑灯瞎火，你能想象谁因为黑灯瞎火就能对一个木头桩子做个什么？

想通此处，凤九放宽十万八千个心，慢吞吞从床上坐起来，慢吞吞倚着床头点起一盏烛火，将烛火抬起到静坐的美男子跟前晃一晃，确认面目确然是他，慢吞吞地道："息泽神君，你此来……不会是走错房了罢？"

烛光映照下，今夜息泽神君的气色瞧着不大好，静静地看了她一会儿，目光像是要融进她眼中，行止间却没有什么动静，也不晓得在想什么。

凤九善解人意地掀开薄被起床，口中道："我睡得足了，似乎神君你也累得很，是懒得再找屋子，想在我房中坐坐罢？那我去外头吹一吹风醒个神，你若要走时切记替我留个门……"

她这一番话，存的其实是个避嫌的用意，虽然阿兰若同息泽二人原本就是夫妻名义，但她不是阿兰若，同息泽也没有什么旁的话好说，三更半夜的，能避自然要避一避。

被子方掀开一半，却被对面伸过来的手稳妥地重盖了回去。息泽神君皱了皱眉，将一件大氅披在她的肩头，又递给她一杯还冒着气的热糖水，才低声道："不痛了？将这个喝了。"面上的表情虽然纹风不动，但这八个字里头，却听得出一种关切。

凤九捧着糖水，觉得莫名，他这个模样这个神情，自然该对着伤了指头的橘诺，这个时辰却戳在自己房中，还这么费心照顾自己，莫不是撞邪了罢？

凤九伸手将烛台拿到面上一照，担忧而诚恳地向息泽道："神君你……是不是认错人了？我是阿兰若，不是橘诺，或者……你们撞邪之人此时看着我的确像是橘诺的样子？但我实实在在是阿兰若，你看着我像橘诺，乃是因为你撞了邪……"

息泽沉默地瞧了她半晌："我没有撞邪。"

乍听此言，凤九莫名之上更添了几分疑惑，试探地道："但一般来说，这种时刻你应该去照看橘诺啊。"

息泽的目光停留在她脸上，道："我来照看你，这样不好吗？"

凤九想了片刻，有些明白地道："哦，那就是橘诺让你过来照顾我，用这个情分抵消嫦棣将我关进九曲笼罢？她们姊妹一向是感情好些，我原本也就没有打算将这个事情闹给上君晓得。你为了此事这么费心来照顾我，我愧不敢当，其实添水喝茶之类，有茶茶在我身旁就好，或者没有茶茶我一个人也做得成，并不需人特别服侍。"

她将甜糖水递还给他，又斟酌道："我们虽然没有什么夫妻情分，不过息泽你每次这样帮着他们，我其实觉得……不太合适。"她用了不太合适这四个字，其实何止不太合适，她实在替阿兰若感到不值，但她这个身份，也不过就是这四个字，说出来妥当些。

她坦坦荡荡地回看着息泽，却见他瞧着手中她递还的糖水发呆，好一阵才回道："与那对姊妹无关。"又抬头看她道，"如今，连我倒给你的一杯水，你都不愿喝了？"

明明他面上还是没有什么表情，但这句话听在耳中，却令凤九感到一丝颓然，她不喝这杯糖水原本是不想承他代嫦棣还的情，但他既然说不是，她再推辞也太过扭捏，讷讷接过道："其实方才只是不渴，唔，现在又觉着有些渴了。"将糖水一饮而尽。

明明是杯甜糖水，唇齿间却感到轻微的血腥味，也不晓得是前几日被折腾得味觉失灵还是怎么。

说起前几日的折腾，沉晔服给她的那丸伤药其实只消了她半身痛楚，她昨夜同陌少在杏园中说话的时候，身上仍有余痛未消，此刻却一身轻松怎爽利二字了得，也不知是个什么缘故。果然是少年人，骨头硬，睡一睡便能包治百病吗？

神游间，息泽已取过她手中的瓷杯搁在桌上，又扶她躺好掖好被角，道："离天亮还有些时辰，再睡一睡。"

喝了糖水，凤九的确有些打瞌睡，但今夜息泽的所为却令她十分不解，他低头靠近她时，她能闻到他身上淡淡的白檀香，令她感觉熟悉和怀念。只是息泽他既非撞邪又不是帮嫦棣求情，他今天晚上这样，难道是脑袋被门夹了？

房中的香供温和浅淡，正宜入睡，令凤九受用，虽然还有诸多疑问，但在睡字面前都是浮云，正要一脚踏入梦乡，一片黑暗中，却突然听息泽道："那天晚上，你说你以前喜欢过一个人？"停了一阵道，"那个人，他让你很失望是不是？"

凤九心中一咯噔，那天晚上，自然是她将息泽当成苏陌叶领着他去看月令花的晚上，她同息泽说起自己喜欢过一个人，但这个人实在要算个烂人。

已过了十几日，息泽今夜突然问起，也不知所指为何。但这个疑问，着实不像息泽问出来的。息泽神君在她看来着实仙味儿十足仙气飘飘，不消说比翼鸟族，她认识的许多正经八百的老神仙也难比得上他的不食人间烟火样儿，后来即便晓得他喜欢橘诺，她也没有太多真实感，总觉得这个喜欢隔着一层飘飘仙气，其实不大像是红尘俗世中的喜欢。她着实没有料到息泽神君会问出这种红尘味儿十足的问题。

虽然他口口声声称自己没有撞邪，她担忧地想，其实，他还是撞了罢？

见她久久不语，息泽道："他果然让你很失望。"

凤九在被子里头叹了口气，讪讪道："其实无所谓失望不失望，只是有些时候，一段姻缘还是讲究一个缘分，我用了很多时间去赌那个缘分，结果没有赌来，我近来悟到没有缘分却要强求的悲剧，倒是有些看开了。若神君你在这上头有什么看不开，我们倒可以切磋切磋。"

明明是静极且黑暗的夜，却能感到息泽的目光定定落在自己身上，道："如果他现在出现在你面前，你仍然不相信你们有缘？"

凤九笑了一声，实在是困倦，道："我们之间，的确没有那个缘字，我同自己赌了那么久，也该是彻底放下的时候了，所以此时他出现或者不出现，其实都没有什么分别。毋宁说，他不出现倒更好些，我并不大想见着他。"

良久，听息泽道："是吗？"

凤九恬淡道："是啊。"又絮絮道，"其实神君你今夜对我说这些，为的什么我也都晓得，虽然我们担个夫妻之名，我知你一向很不情愿，也怕我痴缠你，所以才希望我能早日成就一段良缘罢？这个嘛，你不用操心，个人有个人的命数，我着实犯困，还有什么事我们明日再议罢，你走时帮我关一关门。"

息泽没有再答话，凤九自以为是他的心思被她看穿，有些羞恼。她觉得今夜自己真长本事，猜人的心思一猜一个准。但房中不知为何却有一种伤感将她压得喘不过气，息泽在她房中坐了许久，直到她入睡，也未听到他离开的关门声，那种白檀的香味却在安息香中若隐若现，久久不散。

凤九一觉睡到太阳过午，腹中空空，饥饿难耐。正逢茶茶领苏陌叶的口谕推门而入，邀她去船头吃烤鱼，凤九趿着双呱嗒板儿，欣然至之。关门时遥遥一望，房中床几桌椅，皆陈列有序，昨夜息泽搬到她床前坐的那个小绣凳，亦稳稳搁在床脚，她喝过的糖水杯也杳然无踪影，像是昨夜她并没有半途醒来，与息泽一番话也不过一场虚梦。

　　行至船头，打眼望去，苏陌叶捏着柄鱼叉，灰头土脸地站在一个破炉子旁，与她两两相望。

　　陌少风流，最擅细炭烹茶，大约自以为烤鱼烹茶都是一般的炭火事，难不住他，殊不知一则炉间事，一则灶间时，径庭大别。

　　凤九一肚子馋虫在瞧见陌少造出来的这个烂摊子时，陡然化成天边浮云，这一篇话传得中听，请她来吃烤鱼，看这个情境，却实则是请她来救场，烤鱼给他吃罢。

　　陌少指了指身旁一个红木盒子，虽则灰头土脸，笑得倒是风度翩翩："晓得你没有吃什么就急匆匆赶来，特地给你备了碗粥。"

　　凤九欣慰陌少还存了半点良知，不客气地坐下喝粥。这个粥，是碗甜粥，软糯可口，但不知为何，总觉得粥入喉，舌头处留着一股淡淡的血腥，略去这一星半点血腥，味道倒还颇可圈点。

　　苏陌叶瞧她将一碗粥喝尽，手一指又到脚边的木桶，仍含着风度翩翩的笑："粥喝完了便来指教我烤鱼，这个鱼得来不易，息泽神君特地交代，要做成烤的给你吃才有效用，可叹我文武双全唯独烤鱼有些……"

　　听到息泽二字，凤九最后一口粥硬生生呛在喉咙里，陌少赶紧递水，灌入口中，仍是昨夜一般的甜糖水。凤九和着糖水艰难将粥咽下去，满头雾水地看向苏陌叶："这个鱼也是息泽神君拿来的？我昨夜就觉着他有些不对，像是撞了邪，看来果然撞得很厉害啊，到今日还没有缓过来。不过，这个鱼他竟不拿给御厨反而交给你打理，你几时却同他有了这种深情厚谊？"

　　苏陌叶难得一愣："昨夜息泽他将你抱回船上后，什么都没有同你说吗？"

　　凤九比他愣得更甚，呆呆地捧着糖水："昨夜我情绪不佳，在杏园哭……

呃，哭得睡着后，不是你将我背回船上的吗？"

苏陌叶从容将鱼叉递给她："这个，还真不是。"

唔，昨夜。

昨夜真是发生了不少事，凤九肆无忌惮哭出来那一刻，杏园中平地的一阵狂风，苏陌叶不大清楚那是不是隐在花林中的东华帝君的情绪，一阵无措似一阵，一阵冷肃似一阵。他虽当惯了西海的逍遥皇子，不大常去九重天拜谒，却也悉知东华帝君无情无欲仙根深厚的名头。他第一次晓得，原来这位天地共主也有情绪。

凤九哭得用心又认真，抽噎声渐渐低不可闻，靠着树根搭着他的袍子累得睡过去。他原本的确是想着将她背回去，正要从石凳上起身，紫衣的神尊却已到杏树前，俯身将凤九抱了起来，他似乎就是在等着她睡着这一刻。

东华帝君，苏陌叶小时候曾去拜谒过一回，也不过是那么一回。凡人活在红尘俗世中，神仙活在三清幻境里，那时他觉得，那位高高在上的帝君，却像是既浮于红尘俗世外又浮于三清幻境外，目光中的淡漠，是真正视天地万物皆为空无。

他当年想着，或许这就是曾经天地共主的气度。

进入这个世界，他瞧着帝君与当年似乎有所不同，但因次数都隔得远，也瞧不出什么。今日他就站在自己跟前，怀中抱着沉睡的凤九，眼中流露出难见的柔和，他才明白同当年比他有什么不同，今日的帝君，眼中有了一些景物。

至于凤九所说他同息泽什么时候有了情谊，也不过是帝君临走时问了他一句："阿兰若是有个师父叫苏陌叶，你不是这个世界的苏陌叶，那是从梵音谷中进来，将原来那个取代了的？"

从前些许事情能瞒住东华，因他关心则乱，此时凤九的身份大白于东华跟前，他自然晓得不能再瞒，自然要答一个是。

帝君再问："是连宋叫你进来找我和小白的？"他自然要先装一装糊涂表示不晓得息泽神君就是帝君本尊，再表示的确是连宋授意自己进来助他们走出此境。

他从前千方百计拦着东华和凤九相认，不过是为了自己私心，今次时来运转眼见他们即将相认却没有阻拦，也只是觉得凤九可怜。如若东华即刻便要带着凤九出去也无妨，阿兰若的因果，他不过再走些弯路。

不料，他难得的好心倒是证得一个善果，帝君远目林外良久，向他道："我是谁先瞒着她。这里比之外界灵气虽不多却更纯净，适宜她将养，我们暂不出去，你也不用先回去，我不在时帮我照看着她。"

他同帝君的所谓情谊，不过就是如此。

一声喷嚏助苏陌叶从回忆中醒过神来，凤九在他跟前揉着鼻子，接着方才的话问他："你说息泽将我弄上船说过什么没有，我想了半天，他说的好像都是废话我也没有记全，他难道同你说了什么吗？"

苏陌叶想了想，颇有深意地笑了笑，道："什么也没有。"

第六章

01.

一条大河向东流，河是思行河，向东是王都方向。回去这一趟因是顺流，行得比来时更见平稳，不过三四日工夫，已到断肠山。

断肠山鸣溪湾，凤九不敢忘怀，自己曾同息泽在此还有个共赏月令花的情谊。但自那晚在房中同他夜谈后，息泽神君这三日却一面未露。凤九自觉是个知恩图报的人，吃了他的鱼，喝了他的糖水，一直惦记着见到他要当面道一声谢，再关怀一句他身上撞的邪风有没有什么起色，是否缓过来些许。没有见着他，有些遗憾。

亏了陌少照料，凤九这几日过着吃了就睡睡醒再吃的平静生活，颇悠闲，九曲笼中受的皮外伤皮内伤悉数好全不说，肚皮上还新贴出二两肥膘。发现这个事情后，她除了吃睡二字，偶尔也捏着肚皮上的肥膘装装忧愁。

小忠仆茶茶看在眼里，默在心中，着急地禀报陌少："殿下思青殿切，日日以手捂肚，叹息不绝，估摸已晓得自息泽神君那日凌晨去探过青殿后，青殿便一直沉睡至今之事。殿下既晓得了此事，以殿下对青殿的拳拳爱怜之心，却克制着不当茶茶的面问及青殿近况，多半顾及青殿一向由茶茶照拂却出了此等大事，怕茶茶自责。"眼中闪着泪花，"多么温柔的殿下，多么替人着想的殿下！"

苏陌叶远目船窗外，心道你家殿下近日逍遥，早记不得青殿是哪座山头的哪根葱，叹息不绝之事唯有一桩，乃是身上冒出的二两肥膘。口中却敬然道："不愧阿兰若一向最信得过茶茶你，果然聪慧伶俐，将她的用意看得很透，她的用意你既然看得这么透，也当顺她的意承她的情，这才是做忠仆的本分。她不好问你，总会问我，待那时我再同她细说。"

茶茶被这么一夸一安抚，欢天喜地地道谢跑了。徒留苏陌叶内心思忖，帝君行事果然万全且周密，临走前竟还记得凤九怕蛇，将青殿解决了。活该青殿触这个霉头，也不晓得它这一睡，还醒不醒得过来。

苏陌叶惋惜地叹了一口气。

另一厢。因行宫火事败兴，上君生了几日闷气，气头缓过来却恍然行舟的无聊。恰陪同在侧的礼官占出今夜将天布繁星，夜色风流。上君闻听，立时燃起兴致，令礼官们将船顶专造来取乐的风台收拾收拾，欲在风台上摆场夜宴。

夜宴这个东西，凤九原本没有什么兴趣，但这几日她两条腿仅得房中船头两个地方打转，两只眼仅得茶茶陌少两个人身上来回，早已闷得发慌，是以破天荒奔了个大早赴宴。

待上君携着君后及两个公主端着架子掐着点儿迈上风台时，凤九已在座中吃了两盏茶，吞了三碟子甜糕，剥了一地的核桃花生瓜子皮。

嫦棣目光扫过来看见她，眼中现出一抹狠色并一抹讥诮之色，她淡定地往嘴里头塞进半块糕，佯装没有瞧见她。

嫦棣今日打扮不俗，抱了张琴，一身白衣迎着河风飘飘，倒是妆点出一副好体面。但，再盛大的宴会终究是个宴会，怎能劳动公主抚琴，凤九始初不解，杖着耳朵尖听几个坐得远的臣子掩口低语，方听出一点玄机。原来息泽神君对音律，亦颇有一些心得。一个小臣子神色间还颇有暧昧，道嫦棣公主同息泽神君，从志趣上看，其实还颇为般配。

不过，直到开宴，对音律颇有一些心得的息泽神君都不见踪影，徒留嫦棣板脸抱琴坐在琴台上快坐成一块试琴石，令凤九有些幸灾乐祸，亦有些同情。

却不料息泽神君是个香饽饽，不只嫦棣一人惦记，连君后都有一声问候。凤台上满堂济济，开场舞毕，君后的声音不高不低传过来，朝着凤九："几日不曾见着息泽，照理说他今日也该回来了，怎么宴上也不来露一露脸？"

凤九茫然，听这个话，像是这几日见不着息泽乃是因他不在船上去了某处，她连他什么时候走的都不晓得，遑论他什么时候回来，一时不晓得编个什么，只得含糊顺着君后的话道："恐路上有个什么耽搁误了时辰也是常有的事，劳母妃挂念，着实惶恐。"

台上台下坐的一水儿都是精明人，她这个含糊岂有看不出来之理？

嫦棣突然插话道："始空山山势陡狭，看守着护魂草的灵兽又凶猛，若因此次为橘诺姊姊取护魂草而累神君受伤，倒是对不住阿兰若姊姊。大约神君走得匆忙，未及同阿兰若姊姊道别，姊姊才不大清楚神君的动向吧。"又向君后道，"始空山取护魂草，是女儿求神君去的，因女儿着实担心橘诺姊姊，怕她那夜在火中受了惊吓，动了魂体。神君道女儿难得求他一回，既是女儿心愿，自然相全，次日便去了。可现在也不见神君回来，女儿亦有些担忧，觉得求他前去却是女儿做错了……"

君后愕然瞧了嫦棣一眼，凤九亦有些愕然，隔空却传来苏陌叶的入耳密音："息泽他上船后就没见过那姊妹二人，莫听她胡说。"

凤九直视嫦棣佯装担忧且含羞的眼，玩味地转了转手中的杯子。事情到这个地步，倒是变得有趣。

她虽然一向神经粗些，但小时候常偕同她姑姑编瞎话诓她老爹，于此道甚熟，中间的弯弯绕绕，亦甚了然。陌少说嫦棣此篇是个瞎话，编瞎话讲求个动机，嫦棣是个甚动机？

这篇话摆明是暗示息泽神君同阿兰若不和，情面上还不及他对橘诺嫦棣两姊妹。这种争风吃醋之事，台面底下唱一唱还算个风流逸闻，大剌剌摆到台面上来，却委实算不得好看。但要说嫦棣单单为了气自己一气说这个话……她的智商也不能低到这个田地。

凤九思索良久，恍然想起方才那位年轻小臣子的只言片语，顿如一道佛光普照，瞬间开悟透彻。

嫦棣此言此行，怕是思嫁心切，方做出一个局罢。

将两位公主同时下嫁一位重臣，前朝不是没有先例。

息泽瞧着像是很中意橘诺，但橘诺非上君亲生，且听说还同沉晔定了亲，两人即便你有情我有意，也不过一段露水风景，成不得正果。而嫦棣喜欢息泽不是一天两天之事，照她的个性，决然已向上君请求过。这事没有办成，要么是上君未向息泽提过，要么是提了却被拒了。

息泽虽辞了神官之职，歧南神宫的根枝脉络却是几百年累在那里，比之沉晔，他这个前代神官其实更有威望，上君还是颇为忌惮，自然要顾全他的情绪。

那要嫁给息泽，还有什么法子？自毁清白，是条捷径……或许息泽一向防得严实，导致嫦棣自毁未遂，方出此下策，在大庭广众之下，家常言谈之中，毁一毁自己的名誉。

妙的是息泽不在，便是他过后听说此事，自辩清白，这种事，不是当场自辩，没有任何意义。事后再辩，也只让人觉得欲盖弥彰罢了。往后推波助澜之言愈烈，待嫦棣同息泽传得风雨飘摇之时，上君为全她名誉，自然想方设法将她许给息泽。

此等妙计之下，凤九能做之事，唯深深拜服耳。

纵然在座诸位随上君出行的宠臣们望着自己时，皆会心会意地面露同情，但比之烦恼终有一日息泽要求同房同榻，届时自己该如何自处，他将嫦棣娶回来，却是桩再好不过的好事。

凤九心中一阵乐，嫦棣这个计，从细处看，的确让她失了些面子，但从大面上看，却是为她铺了条光明大道，且这个情分还不用她还，真是甚好甚好，妙极妙极，可喜可贺啊哈。

嫦棣一番言语，在席中显然惊起不小的动静，但在座诸君个个皆伶俐人，不管内里如何，门面上自然要装得平稳、平静且平和。

上君大约如凤九所料并不赞同此事，接着嫦棣方才一腔剖白，只淡淡道了句，区区一座始空山想是还奈何不了息泽，倒是听说施医正有个什么宝贝呈送？轻描淡写立时将话题带转，一个有眼色的老医正赶紧站出来，回禀确然有个宝贝呈送。

老医正躬腰驼背道："早前听上君提及三位公主体质有些寒凉，近日得了几枚蓟柏果，此种果子非要春分日服下最见成效，是以已命药童熬成热粥，献给公主们调理体寒之症，请上君示下，是否需立时呈上来。"

上君正颔首间，木梯上却传来一阵沉稳脚步，另一个声音恰如其时地传进席中："蓟柏果？阿兰若她最近吃不了这个。"凤九回头一瞧，木梯上头露出来半身的，那紫衣银发的端肃相貌，可不是几日未见的、方才还在话桌上被提得香饽饽也似的息泽神君？

满座的视线都往声源处瞧。

青山群隐，河风渺渺。息泽神君手里头搭着一条披风，见得出有赶路的风尘仆仆，脸上却无丝毫急切，一派淡定，一派从容，风台上站稳，淡淡与上君、君后见了个礼，不紧不慢到凤九的身旁，将一个汤盅放到案上，手中的披风兜头罩下来："河风大，出来时也不晓得披件衣裳？"

不及凤九脑袋从披风里钻出来，息泽神君已顺势坐下，将她面前的茶杯拎起来，凑到唇边一饮而尽。周围有几声若有似无的倒抽气声。

凤九艰难地从披风里头钻出来，方才分析嫦棣的沉静全然不见，一眼定格在息泽嘴角边的杯子上，脑袋一轰，伸出一只手阻道："住手英雄，那是我的杯子！"

息泽转头，脸上流露出不解："你的不就是我的，有什么分别？"

凤九脑袋又是轰的一声，避开旁人目光，捂住半边脸恳切道："喂，你是不是吃错药了？你以前明明不是这样的……"

息泽顿了片刻，言简意赅道："因为我以前吃错药了。"埋头将从汤盅里倒出的一碗热汤递给她，"来，这个喝了。"

今日息泽神君从言到行，完全不可捉摸，凤九简直一头雾水，疑惑地接过热汤："这什么？你做的吗？"凑到鼻端一闻，赞叹道，"你竟然还会下厨哦，了不得了不得，我最欣赏会下厨的人了，改日咱们切磋切磋。"

息泽手里的杯子晃了一下，脸上却神色不改地道："嗯，我……下厨，看着茶茶做的。"

因并非什么正宴，气氛并不拘束，罗帷后头传出乐姬拨弹的三两声丝竹，座上诸君各有攀谈，倒不显得凤九他们这一桌几句言语的突兀。

只是，先前嫦棣铺垫了那么一出，世人皆有颗八卦的心，诸位臣子虽你一句"上次借贤兄的那本注疏，见贤兄文稿上头朱字的批注，可谓字字珠玑令愚弟好不敬佩"，我一句"愚兄一些乡野见识岂能同贤弟相比，不敢认得几个字便自负有学问，倒叫贤弟笑话"，面上瞧着像是小谈小酌得热闹，实则眼风都兑起来，耳朵都竖起来，全向着息凤二人这一桌。

息泽不远千里赶回来赴宴，上君自然要拎着空闲关怀两句，看在息泽的面子上，亦难得关怀阿兰若两句，道："方才息泽说你近日用不得蓟柏果，却是为何？"

为何？凤九当然不晓得。瞧了一眼息泽，试探着向上君道："可能……因为蓟柏果是好东西，橘诺病着，应该多吃点儿，所以我吃不得？嗨，其实我……"

她本意是剖白自己有一颗善让之心，个把果子给不给吃其实不放在心中，却连个话头都还没挑起来就被息泽生生截断："她正用着护魂草，护魂草与蓟柏果药理相冲，她受不住。"

凤九心道你向着橘诺便向着橘诺罢，我又没有说什么，编哪门子瞎话，心中计较着，没留神脱口而出道："我没记得我在服护魂草啊？"

息泽瞅了她一眼，抬了抬下巴："你碗里的不就是？"

凤九看向碗中，愣愣道："这难道不是一碗放了姜的鱼汤？"

息泽瞟了一眼她用勺子舀出的两片姜，道："护魂草生在极阴之地，腥气甚重……"话还没说完，精通厨艺的凤九已是满面开悟地明了："哦，所以这道菜你是先用鱼的腥味来挡着护魂草的腥味，再用姜片来去掉鱼的腥味？不失为一个有见地的想法，但还有一个做法我方才想起来也可以同你探讨探讨。这个草虽然腥吧，用羊肉的膻味我觉着也该压得住它……"

息泽满面赞同地道："下次咱们可以试试。"

一旁服侍的茶茶终于忍不住插话："二位殿下，但其实这不是一道菜……"

风台在他们一派闲说中渐渐静下来，橘诺嫦棣两位公主面色铁青，座下的臣子们低头互换着眼色，良久，倒是面露玩味的上君打破沉默，向息泽道："这么说，那护魂草，你不是取给橘诺的？"

凤九头一大，倒是忘了这一茬。

这么说，几日未见息泽，他高山涉险，却是为自己取护魂草去了，自己真是何德何能，累他如此惦记，就算有个夫妻名分在，他不得不扛一个责任，但做到这个地步他也实在太过敬业，何其值得学习……

凤九脑中胡乱想着，眼中胡乱瞧着，见息泽瞅了一眼橘诺，目光重转回主座，面上神色却极为莫名地道："若不是为了阿兰若，始空山路途遥远山势又险峻，我为何要去跑一趟？"想了一想，又道，"君后确邀我诊看过一段大公主的病情，依我看大公主已没有什么，无须我诊看了，倒是阿兰若，不看着我不大放心。"

凤九一口茶呛在喉咙里："你……胡说的吧？你前一段明明跟我挺生分的，你……真吃错药了？"

息泽侧身帮她拍背顺气，拍了好一会儿，方缓缓道："哦，那是因为我难得下山一趟到宫里，你却没有来找我。"

凤九没有想通这个逻辑，皱眉拎着他话中一个错处："明明是你没有来找我好吧？"

息泽眉间的微蹙一闪而过，这个问题该怎么答，他想了片刻，诚恳地胡说道："我来找你了，只是你见到我却像没有见到，整日只同你师父在一处，所以我故意不理你，其实是因为在吃醋。"

苏陌叶反应快，赶紧摊手道："神君可不能冤枉我……"

凤九却是目瞪口呆得没有话说。

息泽又说了什么，苏陌叶又说了什么，上君又说了什么，因为凤九的脑子已被气得有些糊涂，全然没有注意，连晚宴什么时候结束的也不晓得，回过神来时，风台上唯剩下她同苏陌叶二人。

河风一阵凉似一阵，凤九颤颤巍巍向苏陌叶道："陌少，你觉不觉得今日这个息泽有些……有些……唉，我也说不好，总觉得……"

苏陌叶却笑了一笑，接着她的话头道："是否让你觉得有些熟？"

熟？苏陌叶一个提点，令凤九恍然。息泽神君某些时候，其实……同东华帝君倒有些相类。她挠着头下风台，心道若是东华帝君有幸至此，定要引息泽神君为平生知己，届时怕连宋君便需得让出帝君知己这一宝座了罢。倘若帝君喝个小酒下个小棋不再找连宋君，连宋君不是会很寂寞吗，不会哭吧？呃，不对，连宋还可以去找苏陌叶。看来没有女人，他们也过得很和谐嘛……

02.

归卧已是亥时末刻，许是护魂草之故，凤九一夜安睡，第二日晨起，却发现床前新设了一榻，隐有乱象。招茶茶来问，道息泽神君昨夜在此小卧一宿，天未明已起床至厨中，似乎正同几个小厨学熬粥。

凤九一个没稳住，直直从床上跌下来，茶茶羞涩道："殿下可是恼神君既已入了殿下小舱，殿下自有枕席，他却为何另行设榻？"脸红道，"茶茶原本亦有此一问，后来才明白，乃是神君体贴殿下身子尚未大好，方另设床榻。未与殿下一床，却并非神君不愿同殿下圆那个……房……"

凤九跌在床底下，脑门上一排冷汗，颤抖道："你……你先拉我一把。"

圆房。圆房之事，凤九不懂，她没谱的娘亲和姑姑也并未教过她，但她隐约晓得，这桩事极其可怕。息泽到底在想什么，这简直无可预测，唯今之计，怕是唯有找万能的陌少商量商量对策。

不过，找陌少，也需填饱肚子，纵万事当头，吃饭最大。

但今日陌少知情知趣得过头，她方梳洗毕，饭还未摆上桌，陌少已出现在她舱中，眉眼中浅含笑意："一大早在我房中留书让我过来，所为何事？且邀我到你房中密谈，也不怕息泽神君喝醋？"

斯景斯情，让凤九晃了晃头。

片刻前她还神清气爽嚷着要吃肉粥，却不知为何，自见到苏陌叶推门而入，脑子就隐约开始发昏。

模糊间听陌少说什么房中留书。

她并未在他房中留过什么书，更未让他到她房中来。

但此时她瞧着他，只觉得眼前斯人眉眼俱好，正是千年万年来三清境中红尘路上苦苦所求，她费了那么多的力气想要得到。

瞧着凤九一动不动凝视自己，眼中慢慢生出别样神采，苏陌叶笑意渐敛，刚问出一句："你怎么了？"少女已欺身扑了上来，牢牢抱住他，紧紧圈住他的脖子。

即便是假的，却是阿兰若的脸，阿兰若的身体，阿兰若倾身在他耳畔的兰泽气息。

主船之上，嫦棣袖着手坐在橘诺对面，心中急躁，第五遍向橘诺道："姊姊，时辰差不多了吧？"

橘诺抬手，不疾不徐倒一壶热茶，瞥她一眼道："急什么，这种事譬如烹茶，要正适宜的火候，烹正适宜的时辰，或早或晚，皆不见其效，要的就是这'正适宜'三个字。"

嫦棣哼一声站起来："好不容易以水为媒令他二人中了相思引之术，我急一些又有什么，也不知息泽大人近日为何会对阿兰若另眼相看。我已迫不及待，他若瞧见这位另眼相待之人与他人的缠绵之态，脸上会有什么表情？"冷声一笑，"倒是阿兰若，背夫私通之罪坐定，莫说父君原本便不大喜欢她，便是宠在心尖，这种大罪之下，也不会再姑息了罢。"

橘诺悠然将茶具放回原位："那是自然，要想将她打入谷底永不能翻身，陷入必死之地，此方干净利落之法。"起身含笑道，"差不多到时候了，昨夜她扫我们颜面的时候，可是在大庭广众之下，今日，只我们两人前去又怎么够。"

推门而出，思行河上正是白浪滚滚。

小画舫外白日青天，小画舫内鸳帐高悬，为了挡风，茶茶早几日前便将床帐子换得忒厚，帐子放下来，晨起的些微亮光一应隔在了外头。

床帏略显凌乱，青年衣衫不整地躺卧在枕席之上，少女身上仅着一条薄似轻纱的贴身长裙，香肩半露，扣住青年双手，眼神迷离地半俯在青年的身上，幼白的脚踝裸出，同青年缠在一处。

帐中春光，岂香艳二字了得。

凤九昏茫地望着身下的青年，着实迷惑，此时此刻，自己到底在做什么，下一步，又要做些什么？

身下的人倒是很沉静，目光移到她面上逗留了片刻，像在沉思什么："拖到床上，剥衣服，推倒，压上来。"

凤九不解。青年凝目看着她："这四步做得倒熟。"似叹息道，"但我不记得我教过你，哪里学来的？"

一向威仪的青年竟被自己压在身下，还这样叹息，凤九感到稀奇。他的眸子里映出自己的倒影，像是寒夜里柔和的星辉，又冷，又暖和。

她低头亲上青年的眼睛，感到他的睫毛一颤，这也很有趣。

她唇齿间含糊地回他："看书啊，书中自有颜如玉，书中自有黄金屋，书里边什么都有。"

青年声音极低，不靠近贴着他几乎就不能听清："那书里有没有告诉你，下一步该做什么？"

她离开他一些，将他的脸看清，点了点头："有的。"很多事，她依然想不清楚，既然想不清楚，就懒得想清楚了，只是本能地想更加亲近身下的青年，她郑重地道："下一步，要把灯灭了，然后，就是第二天早上了。"抬身疑惑地道，"但灯在哪儿呢？"

青年依然保持着被她缚住双手任她鱼肉的姿势，凝视着她，良久才道："我觉得你看的那本书，删减了一些东西。"

凤九嘴上嘟囔着："是姑姑给我的书，才不会删减什么东西。"一边自顾自寻找床上有没有灯，但想了想又觉得即便是姑姑给的书说不准也有残本，好奇地道，"那你说删减了什么东西？"

青年的目光却有些深幽："现在不能告诉你。"

凤九眼中映入青年说话时略起伏的喉结，他这些地方，她从没有认真注意过，因为从未贴得这样近。或许过去其实有这样靠近的时候，只是胆子没有今日这样大。

她对书本中删减了什么已然不感兴趣，含糊地支吾了一声算是回应，放开压住青年的一只手，转而移向他的衣襟，将一向扣合得严谨的襟口打开。她的手顿了一顿，青年敞开的衣襟处，露出一段漂亮的锁骨，她眼睛亮了一亮。

青年丝毫没有反抗，淡然地任她施为。她凑过去用手细细抚摸，摸了一阵，颇为羡慕地赞叹："锁骨哎，我就没有。"遗憾地道："我小的时候，有一年许愿就是许的要一副漂亮锁骨，结果一直没有长出来，我娘亲说因为我长得比较圆，就把锁骨挡住了，其实本来是有的。"边说边收回手摸自己被肉挡住的锁骨要给青年看，触上去时，却愣了一愣，打了个喷嚏道："怎么好像又有了。"

明明仅一只手能活动，青年捞被子却捞得轻松，一抬手薄被已稳稳搭在她肩上，目光依然深幽，替她解惑："因为不是你的身体，其实就算是你的身体，也依稀看得出有锁骨的模样。"动作间衣襟敞开得更宽，露出锁骨下方一道浅色的瘢痕，看上去像是个什么刀伤剑伤。

一句话没头没脑，凤九没有听懂，只将手碰上那道瘢痕，眨了眨眼睛，小心地揉了揉道："还痛吗？"

青年僵了一僵，偏着头，明明是个年陈久远的老伤口，却坦然地嗯了一声："还痛。"

凤九小心地挨过去，绯色的唇印上那条瘢痕，贴了一阵，伸出舌头舔一舔，牙齿却不经意撞上锁骨。青年闷哼一声，凤九担忧地道："涂了口水还是痛吗？"

青年顺着她的话，听不出什么情绪地道："可能是，因为又添了新伤口吧。"

凤九蹭上去一些,贴着青年的领口找了半天,却只看见锁骨处一个齿印,指尖触上去,微微抬头,嘴唇正对着青年耳畔,声音软软地道:"是这里吗?那我再给你涂点口水……"

话还未完,不知为何人却已在青年身下,凤九迷茫地睁大了眼睛,瞧着青年一副极英俊的眉目就近在眼前。

他握着她的手,将她压在身下,原本搭在她身上的被子此时却稳稳搭在他肩上,被子笼下来,就是一个极静的世界。

她想他刚才可没有这么用力地压着他,也没有这样的压迫感,让她无法动弹,但她也并不想要反抗。

青年面色沉静地瞧着她,近得能听见他的吐息,她觉得他的吐息不像他的面色那样沉静。他瞧着自己,却像是瞧着别人。他眸中自己的倒影看着也像是别人。

她偏头好奇地问他:"你在想什么?"

青年顿了顿:"可能是在想,要快点儿把你们换回来。"

她不懂他说的后半句,却执意攀问她听得懂的部分,声音仍是软软的:"为什么是可能呢,难道刚才脑子空白了一下吗?"注意到青年一瞬的怔忪,扭了扭手腕道,"你累不累,我有点儿冷,你躺下来。"

橘诺嫦棣二位公主领着一队侍女浩浩荡荡闯进画舫的小舱时,听到的,正是厚重的床帏后头传出的软语呢喃:"我有点儿冷,你躺下来。"隐约有一两声喘息,令整个小室顷刻生出春意。

二位公主相视一笑,甚觉满意。

来得正是时候。

但捉奸,要讲个技术,有文捉之说,亦有武捉之说。文捉,讲的是个礼字,帐外头奉天奉地奉出公理,引床上一对鸳鸯抖抖嗦嗦自出帐服罪。武捉,讲的是个兵字,一条大棒直打上床,将床上的鸳鸯打个现形。

论痛快,自然是武捉,但二位公主自忖打不过苏陌叶,且未出阁的姑娘青天白日扰人红帐,也不是什么体统,只得抱憾选了个文捉。

床前歪斜着一件白色的锦袍,零落了一条玄色的腰带,由头有了。嫦棣抬袖遥遥一指，做疑惑状："这不是陌先生的衣裳吗？"做大惊状，"帐中难道是陌先生？"做满面义愤难以启齿状，"阿兰若你出来，光天化日好不知耻，竟同自己的师父行此苟且，蝼蚁尚且比你知羞，你此番却令宗室颜面何存？"

嫦棣这个扮黑脸的头阵唱得极好，橘诺立刻配合地揉头做眩晕状，同身旁侍女道："去，快去请父君母妃同息泽神君，就说出了大事请他们速来。原本想瞧瞧阿兰若妹妹的身体，却不想撞着这个，该怎么办才好我一时也没了主意……"

二位公主一唱一和，被吩咐的侍女也如兔子般急蹿出舱，一看就是个跑腿的好手。画舫四围早差遣了人驻守，帐中二人此时如笼中兽瓮中鳖，帐外双目铮铮然守着一大群女官，只等上君、君后并息泽三人延请至此，拉开的戏幕底下方便唱出好戏。

前头的龙船到后头凤九的画舫，统共不过几步路，加之橘诺的妙算，上君上得画舫入得舱中，不过顷刻。

舱中大帐紧闭，传出几声衣料的摩擦，因帐前两位公主见着上君忙着跪下做戏，并未留意到这几声衣料摩擦得不紧不忙。

橘诺是个人才，嫦棣更是个人才，前一刻还在帐前唾沫横飞，恨不得嘴里头飞银刀将阿兰若钉死在当场，上君的脚尖刚沾进船舱，她牙缝里头的银刀竟顷刻间变成一篇哀婉陈情，跪道万不得已惊动上君，却是因阿兰若与苏陌叶不顾师徒伦常，私相授受暗通款曲，此时二人俱在帐中，她同橘诺两个姑娘家遭遇此事何等惊吓，不知如何是好云云。

因这出戏一步一环都合嫦棣的意，因此她演得分外尽兴。兴头之上时，眼见上君投向帐中的目光饱含怒气，且渐有乌云压顶之势，心中十分得意。得意间一个走神，再望向上君时，却见他看着她身后，眼中滔天怒气一瞬竟如泥牛入海，转而含了满目的讶然。

嫦棣好奇，忍不住亦回头相看。

这一看，却看得身子一软，侧歪在地上。

身后大帐不知何时已然撩开，阿兰若躺在床里侧，外侧坐在床沿上的银发青年，正不紧不慢地穿着鞋，却哪里是什么苏陌叶。虽然身上披的不同于寻常紫袍，乃是一件清简白衫，但这位穿鞋穿得从容不迫的仁兄、她们口口声声所指的奸夫，却实实在在是阿兰若明媒正娶嫁过去的夫君息泽神君。

舱中一时静极。上君瞧了僵在一旁的橘诺一眼，颜色中看不出什么喜怒。

侍女们垂目排成两串，大气不敢出。几个站得远、胆子大的在心中嘀咕，从前主子们私下对二公主殿下时有耻笑，言她空领一个神官夫人的名头，却博不得神君大人的欢心，今个日头已升得这样高，神官大人才刚起床，二公主殿下她……这不是挺能博神君大人欢心的吗？

因刚起床之故，息泽神君银发微乱，衣衫大面上瞧着齐整，衣襟合得却不及平日严实，晨光洒进来，是段好风景。

风景虽好，小舱中此时氛围却凝重，神君倒是一派淡然，穿好鞋子，并未如何瞧房中站成一团的列位，回头锦被一裹，将床上的凤九裹得严严实实，轻轻松松地打横抱起来，途经屏风旁的方桌时，方同上君淡淡点了个头："太吵了，先走一步。"

上君瞧了跪地的橘诺嫡棣一眼，即便是一族的头儿，世面见得不可谓不多，这种情景下也着实不晓得该说什么，含糊地亦点了个头，说了声："这个事，回头查证清楚会给你个说法。"一族头儿说出这个话，已经有些伏低的意思。不料脸色惨白的嫡棣突然嘶声道："他不是息泽，他一定是苏陌叶变的，因晓得同阿兰若的丑事无法遮掩才出此下策，苏陌叶的变化之术高超，连父君你也不定能识得出来，但父君你一定信女儿……"

上君神色变了好几遍，终于沉声喝道："住口。"嫡棣吓得退了一步，脸色煞白地咬住唇。舱中一时静极，唯息泽抱着阿兰若走得利落，脚步声不紧不慢渐渐远去，嫡棣垂着头，指甲嵌进掌中，留下好几个深印，她方才那番话，这个假息泽竟敢不理会。

上君似是有些疲惫，静了一阵，突然朝着舱口道："你怎么也来了？"

嫡棣一惊，立时抬头，身上又是一软，几乎跪也跪不稳。无论如何也没有想到，舱门口站的，竟是白衣白袍手抚碧绿洞箫的苏陌叶。怎么会是苏陌叶？

陌少风姿翩翩立在舱门口，脸上抬出一个有分寸的笑，手上有分寸地朝着上君施了一记礼，心中有分寸地骂着娘。

帝君，何其会打算的帝君。明明是他老人家将计就计编出这场戏，他老人家倒是溜得快，却将自己推出来唱压轴，他大爷的。

他心中骂着大爷，面上却依然含着笑意，起声道："着实没有料到上君也在这里，今日一大早苏某得了封信，落的是阿兰若的名，邀我辰时末刻同她在她舱中相见。但阿兰若的字原是苏某一手教出来的，是不是她亲笔手书，寻常人瞧不出来，苏某却还略分辨得出一二，因此想挑个清白时辰前来探问探问阿兰若，却不想遇到上君亦携着两位公主前来探视她，倒是我没有挑对时辰了。"

一席话落地，今日阿兰若房中这桩事，来龙去脉到底如何，便是傻子也猜得出了。

嫦棣脸上一片慌乱，跪行抱住上君的腿："父君你别信他，他全是胡说！"

苏陌叶做不明所以状："这等事三公主却不好冤枉苏某胡说，苏某这里还存着这份不知出于何人的手书为证来着。"

嫦棣原本煞白的脸色瞬间铁青，求助似地紧盯着一旁的橘诺，橘诺只做垂首不语，双手隐在袖中，身子却像绷得极紧。

上君含着怒色的目光从橘诺身上移回嫦棣身上，再移回橘诺身上，沉声开口道："来人，将两位公主带回去幽在房中，无我的命令不许出门一步。"

上君拂袖而去，瞧着像气得不轻。无论是阿兰若与苏陌叶真的如何了，还是橘诺嫦棣两姊妹陷害阿兰若与苏陌叶如何了，都是桩家丑。若他不晓得，其实也算不得什么，偏偏两个不省心的女儿竟将自己安做她们的一步棋，让他晓得了。将这个事盖下来自然不难，如何安抚息泽的里子和面子，却需斟酌。这个事，气得他头痛。

苏陌叶目送簇拥着上君离开的一水儿女官的后脑勺，将洞箫在手里掂了掂，脸上的笑意淡了下来。方才嫦棣慌极时口不择言说他胡说，胡蒙倒是蒙对了一回，他确是胡说。她们效阿兰若的字迹其实效得挺下功夫，连他都被摆了一道，拎着信见了凤九直到她扑上来抱住他时，他才觉着不大对头，她像是中了什么惑术。

他对阿兰若情深，正因情用得深，才未有一刻将凤九认作她。但若非他本人亦修习惑术，这上头造诣高，说不得他今日就顺着橘诺嫦棣那二位公主的意，钻了这个套。

他认出这是个套来，自然当务之急便是杀去小厨找了帝君，他原本想自己同帝君换一换便罢了，让那两个使计的吃个憋也算小惩她们一番。帝君立在一个小火炉跟前，听他说了心中的打算，握惯佛经的手里头握了柄木勺，缓缓搅着炉子上的稠粥："对方是女人，你就下不了手了？还记得利落两个字是怎么写的吗？"帝君说这个话的时候，神色格外平静，声音却让他有些发冷。

他早有耳闻帝君做事的利落，但那些皆是关乎六界的大事，今日这桩却算是个琐屑家务，他其实想看看帝君他要如何方能利落。

帝君也着实没有多做别的，只是拖到两位公主将上君请入船舱才撩了帐子。不过，这撩帐子的时机，他悟出来却极有学问。倘帝君撩帐子在前，顶多如自己所言令两位公主吃个瘪，帝君如今这个身份，因要卖上君的面子，着实罚不了两位公主什么。但撩帐子在后，这个事情，就变成了上君需为了安抚他的面子亲手教训两个不懂事的女儿。比之前者，既能让两位公主得教训，又无须帝君动脑动手，果然是利落。

晨光大盛，将小舱中素色的桌椅摆件照得亮堂，苏陌叶斜眼瞅了瞅凌乱的床铺，挑了挑眉，怪不得方才望见帝君，觉着他不如在小厨中瞧着动气。这个事情却是那二位公主无心插柳柳成荫，帝君他老人家，倒是玩得挺开心。

第四卷　影中魂

这便是阿兰若的一生。

凤九却始终无法明白，阿兰若最后那个笑是在想着什么。

从这段记忆中出来，面前竟又立着那面大雪铸成的长镜，凤九伸手推开镜面，蓦地眼前一黑，临失去意识的前一刻，她觉得，这下，自己总算是要真的晕过去了罢，早这么晕过去多好。

第七章

01.

　　王都的花，比之南边观尘宫的茶花，花期一向晚些。赏过观尘宫的茶花，转悠回王都，正是晚樱玉兰之类斗艳的时节，满大街锦绣的花团，看着就挺喜人。

　　这一派大好的春光，却并未将凤九的情操陶冶得高尚，她自打回到王宫，闭门不出，一直在琢磨着如何将橘诺嫦棣两姊妹坑回去。

　　九曲笼中嫦棣同她结了大梁子，尚未等她蓄养好精神，橘诺又掺进来一脚给她下了相思引。

　　她长得这么大，头一回一而再再而三地被人坑成了个同花顺，自尊心颇受了些打击。

　　两位公主一直被上君软禁着，不说罚，也不说不罚。凤九琢磨，照上君对嫦棣的宠爱，估摸关个几天此事也就罢了。但明显她不能作罢，她得候着她们被放出来时再将她们关进去。

　　这个打算倒是有胸怀也有骨气，她眼巴巴数着手指头等了数日，可最终，却等了个未遂。

　　三月二十七，宫中辗转传出一个消息，说橘诺公主不守闺训，与人私通，怀下孽子，大辱宗室，已判削首之刑，功德谱中永除仙名，近日便要行刑。

关于嫦棣，明面上虽没有听说什么，但从内帷里也隐约传出几句私话，说是嫦棣公主因前几日打碎了上君钟爱的一盏明灯，被上君流放去了一处荒凉地界思过自省。

凤九得知此事，有些傻眼。

橘诺未婚有孕，肚子里的孩子竟还颇受上君、君后的看重，她起先亦有些疑惑，心道区区一个比翼鸟族，民风难道敢比他青丘更旷达不成？后来问了苏陌叶，才晓得原来橘诺这个孩子怀得不一般，乃是怀的比翼鸟族下一任神官长。历代神官长皆是未婚少女感天地之灵而结孕，这也是为甚橘诺未嫁人就敢怀个胎还怀得理直气壮，且还能请动息泽神君下山特地调养她的缘故。凤九犹记得当日自己还感叹了两句橘诺的好运气，但今日，怎的又说她腹中这个孩子是与人私通？

正要差人去打探，茶茶却将苏陌叶引进了屋中。

自相思引之事后，为了避嫌，陌少其实已很少单独找她议事，今日来得这样突然，可见是有不得已的急事。

果然今日陌少不如平日淡定，少了许多迂回做派，手中的温茶只润了润喉咙，已开门见山道：“月前我曾说，有几桩决定阿兰若终局的大事情，需请你帮忙同她做个一样的抉择，这话你可还记得？”

凤九捏着个杯儿点头。

陌少沉吟：“第一桩事，已经来了。”

凤九嗯了一声提起精神。

陌少蹙眉道：“这桩事，或许你做起来不甘，但此时需以大局为重。”看着她，低声道，“救一救橘诺。”

凤九猛地睁大了眼睛。

凤九其人，其实很有青丘的风骨，你敬她一分，她便敬你十分，你辱她一分，虽不至于十倍奉还，到头来送回到你身上的，挤巴挤巴也得是个整数。

青丘之国九尾狐一族奉行的美德，从来没有什么不明不白的宽容，也

第四卷 影中魂

没有什么不清不楚的饶恕。更别提此番这样的以德报怨。

陌少生了颗全西海最聪明的脑子，在同辈的神仙中是数一数二的精于算计。阿兰若这个事情上，他精于算计地发现，照着这一世诸事的进展，如同从前一般，上君将橘诺斥上刑台问斩，乃是早晚之事。他精于算计地思忖，从前乃是君后处置人处置得不妥帖，方漏了个把柄，导致橘诺怀胎的真相终有一日东窗事发。他精于算计地打算，此次只需将这个事发的由头往后挪一挪，给凤九足够的时间让她同橘诺嫦棣先了断私怨，之后橘诺再被推上刑台，他请凤九兑现诺言勉力一救，以她爽朗不拘的性子，此事可成哉。

但陌少千算万算，却算漏了东华帝君。

他记得从前橘诺怀胎之事败露是在四月十七，可宫中此次传出的消息，却早了整二十日。当是时，他脑中一瞬闪过的，竟是帝君在小厨房中平平静静地同他所说的利落二字。

他到此时，方晓得帝君说的利落是个什么意思。

帝君怕是早已晓得比翼鸟这一辈王室的秘辛。

四海之内，大荒之中，有权力，有女人，有纷争，就有秘辛。每个王室，都有那么一段秘辛。比翼鸟一族的秘辛算不得多么新鲜，相关也无非就是那么两件，王位和女人。

这段纠结的往事，说起来其实挺简单，传如今的上君相里阒的王位是弑兄而来，宠爱的君后倾画夫人，其实是从亲大哥手中抢过来的嫂子。

传说里倾画夫人当年也很贞烈，本欲以死殉夫，但因肚子里头怀了橘诺，相里阒爱她心切，言她不死便允她留下大哥的骨血，她才这么活了下来。倾画如愿生下橘诺，宝贝一般养着。再后来生下相里阒的骨肉阿兰若，却因她当日深恨相里阒，孩子刚落地便亲手扔进了蛇窝。这也是阿兰若的一段可怜身世。

留下橘诺，是当年相里阒万不得已用的一个下策。眼看少女一日日出落得美丽聪颖，更是扎在他心中的一根长刺。相里阒早已有心拔掉她，无奈倾画夫人护得周全。

后头的事情，论来也是橘诺自己不争气，同教她习字的夫子有了私情，怀了身孕。比翼鸟一族体质殊异，怀胎不易，堕胎更不易，动辄横尸两命。堕胎是死，这个事被相里阕晓得也是死，为了保下前夫唯一的血脉，倾画夫人别无他法，辗转思忖后，终于撒下这个弥天大谎。

苏陌叶叹了口气。这些过往都实实在在发生过，遮掩过往的木盒子再结实也未免透风，有形有影的事情，帝君想要晓得，自然就有法子可以晓得。

虽然瞧着帝君日日一副种树钓鱼的不问世事样儿，但听过这位天地共主执掌六界时的严谨铁血，他自然不信帝君堕入此境后果真诸事不问。

见微知著，睹始知终，这才是帝君。帝君他当日在小厨房中说出利落二字时，怕已是在心中铺垫好了今日的终局。

苏陌叶盯着杯中碧绿的茶汤犯神，橘诺绝不能死，倘若死了，后头什么戏也唱不成。既然这一次是帝君做主将橘诺的事晾在了上君跟前，是帝君他老人家要借相里阕这把刀惩治橘诺，若旁的人将橘诺救出来，岂不是等同于与帝君为敌？

果然无论如何，还是只能靠凤九出这个头啊。

陌少神思转回来时，正瞧见凤九眼睁睁直盯着自己，眉间纠结成个川字，话中间疑惑道："阿兰若虽然不如我折腾，但从前同橘诺结的梁子也不算轻，为何她当此关头却要救橘诺一命，这个理我想不顺。今日你若能说通我，我就全听你的，你若说不通我，我就还要想一想。"

陌少欣慰她居然也晓得自己折腾，捞过一个趁手的圆凳落座，又给自己续了半杯茶，摆出一个长谈的架势方道："阿兰若当初要救的，并不是橘诺，而是沉晔。"又问她道，"阿兰若同沉晔，你晓得多少？"

凤九比出一个小手指来，大拇指抵着小手指的指尖给陌少看："晓得这么一丢丢。"

陌少手抚茶杯，良久道："我可以再给你讲一丢丢。"

02.

世间之事，最无奈不过四个字，如果当初。

陌少的这段回忆中，"当初"是若干年前的四月二十七，刑台上橘诺行刑。"如果"，是那时他领着阿兰若前去台前观刑。

凡人在诗歌中吟咏四月时，免不了含些芳菲凋零的离愁，生死相隔的别绪，借司命的话说，乃是四月主杀。

梵音谷虽同红尘浊世相离得甚远，这一年的四月，却也笼了许多的杀伐之气。先是宗学里处决了一位教大公主习字的先生，再是王宫中了结了几个伺候大公主的宫奴。未几日，大公主本人，竟也被判上了灵梳台问斩。

身上担了两条重罪，一条欺君罔上，一条未婚私通。

大公主是谁的种，晓得此事的宗亲们许多年来虽闭口不言，此时到底要在心中推一推，这是否又是上君的一则雷霆手段？不明就里之人，则是一边恼怒着大公主的不守礼知耻，一边齐拱手称赞上君的法度严明。这桩事做得相里阒面子里子都挣得一个好字。

到底是公主问斩，即便不是什么光彩事，也需录入卷宗史册。为后世笔墨间写得好看些，刑官拔净一把山羊胡，在里头做足了学问。观刑之人有讲究，皆是宗亲；处刑之地有讲究，神宫跟前灵梳台；连行刑的刽子手都有讲究，皆是从三代以上的刽子手世家海选而来。

这样细致周到的斩刑，他们西海再捎带上一个九重天都比不上，苏陌叶深以为难得，行刑当日，兴致盎然地揣了包瓜子捎领着阿兰若在观刑台上占了个头排。

他本着一颗看热闹的心，阿兰若却面色肃然，手中握着一本往生的经文，倒像是正经来送这个素来不和的姊姊最后一程。

行刑的灵梳台本是神官祈福的高台，轻飘飘悬着，后头略高处衬着一座虚浮于半空中的神殿，传出佛音阵阵，有些缥缈仙境的意思，正是歧南神宫。

风中有山花香，天上有小云彩，橘诺一身白衣立在灵梳台上，不像个受刑之人，倒像个绝色的舞姬将在云台之上献舞，肩头担的罪名虽然落魄，脸上的神色到底还有几分王家体度。

观刑台上诸位列座，两列刽子手抵着时辰抬出柄三人长的大刀，刀中隐现猛虎咆哮之声。此刀乃是刑司的圣物，以被斩之人的腕血开刀，放出护刀的双翼白额虎，吞吃被斩之人的血肉生魂，并将魂魄困于刀中若干年不得往生。笔头上虽也是斩刑两个字，这却又是和凡界砍人脑袋的斩刑有所不同。

大刀竖立，橘诺的腕血祭上刀身的一刻，四围小风立时变作接地狂风，虎啸阵阵，明晃晃的刀身上呈映出清晰的虎相。眼看乌云起日光隐，狰狞的虎头已挣脱刀刃，橘诺煞白着一张脸摇摇欲坠，白光一闪，利剑破空之声却清晰灌入耳中。

声音尽头处，一柄长剑没入巨大虎头七寸许，利落地将白额虎逼入刀身。

英雄救美这出戏，怎么演，都是出好戏，都不嫌过时。

天幕处阴影沉沉，狂风四揭，受伤的猛虎在刀刃中重重喘息。变色的风云后，却见紧闭的歧南神宫宫门突然吱呀大开。

黑色的羽翼在灵梳台上投下稀薄淡影，年轻的神官长在台上站定，脸上是最冷淡疏离的表情，身后的羽翼尚来不及收回，却将瑟瑟发抖的橘诺拦在身后，遥遥望及观刑台上上君的尊位，声音清晰而克制："臣旧时研论刑书，探及圣刀裁刑的篇章，言圣刀既出，倘伏刑人在生魂离散前将刀中虎锁回，便是上天有好生之德，不论伏刑人肩负如何重罪，皆可赦免她的死罪。上君圣明，不知今日橘诺公主此刑，是否依然可照此法度研判？"

救美的英雄并不鲁莽，有勇有谋，有进有退。上君寒着脸色点了个头。刑书中的法度是祖宗定下的法度，在此见证的都是宗亲，当着诸位爱卿的面，上君自然不能说出一个不字。

但双翼白额虎自诞生日起，向来以执着闻名，一旦出刀，不饮够伏刑人的血绝不善罢甘休，虽然祖宗有赦免的法度，且半途劫刑的不在少数，但这么万儿千年的，还没有一个人能真正逃脱白额虎的两排利齿。若说方才英雄的利剑将它逼退了些许，这头虎却也不至于这样脓包，蓄好时力再行挣脱出刀，是顷刻的事。

有勇有谋的英雄能不能救得美人归，还须讲个时运。

阴风萧萧，玄衣的神官长袖一挥利剑已转回手中，白额虎再次越刀而出，橘诺木木呆呆，被推到角落，座上上君捻须沉默，观刑台上的诸位却像是个个打了鸡血般瞧着刑台一派精神抖擞。

青年与猛虎僵持缠斗，剑光凛冽羽翼纷飞，难分高下各有负伤，打得着实精彩，也很有看头。但白额虎生于戾气，虎相只是一种化形罢了，添在它身上的伤远不及看上去严重，与之一比，倒是神官落了下乘，不过招招式式间仍然气度十足，不落歧南神宫的高华派头。

阿兰若歪靠在座椅中向她师父道："既要在刀剑中好好应付这头白额畜生，又要凝力寻找将它关回去的法门，沉晔他一人这么单打独斗，未免有些艰难。"

苏陌叶转着茶盅笑："法门不是没有，白额虎嗜血，橘诺若肯主动让那畜生饮一半生血，沉晔再以灵力全力相封，大约还挣得出一两分生机。不过既然橘诺有孕在身，失一半生血，怕是难以保命。"漫不经心敲着杯沿道，"你同橘诺一个娘胎出来，自然生血也差不多，不过你若心生同情想帮他们，我看还是免了罢，一来得罪你父亲，让他老人家不高兴，二来台上那位神官大人，可一向忌讳你是蛇窝里长大的，怕并不想承你这个恩惠。"

阿兰若颔首一笑，恍然了悟："哦？原来做这个事还能让父亲他不高兴？那真是不做都不行了。"

未及苏陌叶抬手阻拦，雪白的羽翼瞬然展开，眨眼间已飞向浓云密布的灵梳台。苏陌叶愣在座椅上，回神过来时撞豆腐的心都有。

阿兰若喜着红衣，便是这么个不吉利的日子也是一身大红，偏偏容貌生得偏冷，旁的人穿红就显得喜庆，她穿红愣是穿出冷清来。但即便冷清，这个色儿也够显眼。羽翼拍过长空时，连正和白额虎打得不可开交的神官都分神望了一望。

照凡界的戏路来演，此等危急时刻，翩翩佳人与翩翩公子这么一对望，定然望出来几分情意，望出从今后上天入地的纠葛。但可叹此番这个戏本并非一套寻常戏路，公子望着佳人时，佳人正引弓搭箭，目沉似水地望着狂怒的白额双翼虎。双箭如流矢，穿透狂风正中白额虎双目，猛虎痛嘶一声，攻势瞬间没了方向。不过这是头用兵器杀不死的虎，此举也不过是为找到法门多争一时半刻罢了。

狂风迷眼，虎声阵阵，少女离地数尺虚浮于半空中，俯身看着玄衣的神官，贴得有些近："她背叛了你，你却还要救她？"

青年脸上是天生的冷倨，微微蹙眉："她是我未婚的妻子，一起长大的妹妹，即使做错了事，有一线生机，又如何能不救？"

少女愣了愣，眼中透出笑意："你说得很好。"轻声道，"你还记得吗？虽然不同你和橘诺一起长大，我也是你的妹妹，你小时候说过我很脏，被蛇养大，啃腐殖草皮，身体里流的东西不干净。我送过你生辰贺礼，被你扔了。"

年轻的神官长有片刻沉默："我记得你，相里阿兰若。"

少女弯了弯嘴角，突然贴近他的耳廓："我猜，你还没有找出将白额虎关回去的法门？"

猛虎似乎终于适应了眼盲的疼痛，懂得听音辨位，狂吼一声，利爪扫来。青年揽住浮空的少女紧退数步，方立稳时却见少女指间凭空变出一截断裂的刀刃，长袖扬起，趁势握住他的左手十指交缠，刀刃同时刺破两人手掌，鲜血涌出。

青年的神情微震，两人几乎是凭本能躲避猛虎的攻势，十指仍交缠紧握，腾挪之间，少女直直看着他的眼睛，神情淡定地含着笑："世说神官之血有化污净秽之能，今日承神官大人的恩泽，不知我的血是不是会干净许多？"

两人的血混在一处，顺着相合的掌心蜿蜒而下，血腥气飘散在空中，青年神色不明，却并没有抽回自己的手："激怒我有什么意思？你并非这种时刻计较这种事情的人。"

少女目光荡在周围，漫不经心："白活了这么多年，我都不知道原来我不是这种人。"瞄见此时二人已闪避至端立的长刀附近，神情一肃，顺着风势一掌将青年推开，续足力道朝着长刀振翼而去。青年亦振开羽翼急速追上去，却被刀身忽然爆出的红光阻挡在外。

红光中少女方才刺破的右手稳稳握在圣刀的刀刃上，旧伤添新伤，鲜血朝着刀身源源不断涌入。白额虎忽然住了攻势，餍足地低啸一声。少女脸色苍白，面上却露出戏谑，朝着突然乖顺的猛虎道："乖，这些血也够你喝一阵了，贪玩也要有个度，快回来。"猛虎摇头摆尾，果然渐没入刀身，因吸入的血中还含有神官化污净秽之血，灵力十足，一入刀身便被封印。

红光消逝，猛虎快攻时萦绕刀身的黑气也消隐不见，端立的圣刀仿佛失了支撑，颓然倒下。

橘诺颠颠倒倒躲在沉晔身后，沉晔瞧着横卧于地的长刀，阿兰若从长刀后头转到前面来，蹒跚了一步，没事儿人一样撑住，随手撕下一条袖边，将伤得见骨的右手随意一缠，打了个结。

观刑台上诸位捡起掉了一地的下巴，看样子关于这精彩的变故着实有满腹言语想要倾诉，但为人臣子讲究一个孝顺，不得不顾及上君的怒火，压抑住这种热情。

上君明面上一副高深莫测，内里估摸快气晕了。他想宰橘诺不是一天两天，终于得偿凤愿，误打误撞沉晔却来劫法场。他估摸对白额虎寄予厚望，望它能一并把沉晔也宰了，神官长替九重天履监察上君之职，沉晔为人过于傲岸又刚直，也是他心中一根刺，孰料半途却杀出个阿兰若，真是什么样的运气。

事情到了这个地步，待要何去何从，诸位此时自然要等候上君的发落。

上君寒着脸色，威严地一扫刑台，启开尊口下出一个深思熟虑的结论。橘诺公主死罪既逃，活罪却不可免，罚出宗室贬为庶民，永不得入王都。神官长沉晔救人虽未违祖法，却是本着私情，担着监察之职，事及自身却徇私至此，有辱圣职，即日向九天回禀，将其驱逐出歧南神宫，亦贬为一介庶民永不得入王都。至于阿兰若，身为一个公主光天化日下大闹刑场有失体统，判一个罚俸思过。

上君虑得周全，倘哪天王宫中死了个公主抑或神宫里死了个神官长，着实是桩天大的事。但族里若莫名死了两个庶民，却实在不足为道。

不死已是大幸，橘诺最后一次照着公主的做派拜了个大礼，沉晔垂着眼睫面上没什么表情，阿兰若却向着上君，脸上含着一个戏谑："今日女儿为了姐妹亲情如此英勇，原本还指望得父君一声赞，这个俸禄罚得却没道理。"不及上君道一声放肆，又道，"再则关乎神官长大人，前几日息泽传给女儿一封信，信里头请神官长大人打一面琉璃镜，待九天仙使到谷中来时，好托带给天上的太子殿下做生辰礼。说起来这也是他不像话，早先去天上面见圣颜时，同太子殿下吹嘘过一两句沉晔大人制镜的本领，却不想就此被太子殿下放在了心上。"无奈状道，"息泽令我将沉晔大人请入府中潜心制镜，但此番父君既令他永不得入王都，父君的圣令自然一等一威严不可违背，但夫训也是不可违的一件事，所以我也有些疑惑，是不是将府邸搬到王都外头去好些？还有些疑惑，搬府这个钱从哪里出好些？"

上君揉着额角道："息泽爱卿果真有来信？信在何处？"

阿兰若面不改色道："果真有来信，但这个信此时却没在身上，不过来信时师父他老人家也在，"瞟了眼上君座旁，"母妃也恰过来探看我，他们都瞧见了。因信里头提了几句制琉璃镜有些材料需我备好，我不大懂，还将信递给师父请他指教过两句。"

上君目光如炬向苏陌叶，倒血霉的陌少抽搐着嘴角点了点头："正是，但我并非比翼鸟族，有些材料亦不大懂，就将信又递给君后请她瞧了瞧。"

君后救侄儿心切，亦点了点头。

上君沉思半晌，判为国库着想，阿兰若无须迁府，沉晔以戴罪之身入阿兰若府制镜，镜未成不得出府，镜成须即刻离都。

这个事情，就这么了了。

曲终收场，侍卫们宽容，未即刻收押橘诺，容她跪在地上帮沉晔清理伤口。灵梳台上空空荡荡，红衣的少女没有离开的意思，面色是失血过多的苍白，却悠闲地溜达着步子走过去，半蹲在一对苦命鸳鸯跟前，和橘诺四目相对。

半晌，咧出个冷意十足的讽笑："真是对可叹又可敬的未婚夫妻。不过，从今天开始，你们没什么关系了，记得要离他远些。"将受伤的右手搭在沉晔的肩上，"他是我救回来的，就是我的了。"

橘诺含泪恨声："沉晔不是你的，我自知如今配不上他，但你也不配。"

灵梳台巍峨在上，阵风散后台边聚起几朵翩翩的浮云，红衣少女像是心情愉快，踱步到台沿，伸手握进云中："世间事飘忽不定者多，万事随心，随不了心者便随缘，随不了缘者便随时势。你看，如今这个时势，是在何处呢？"

神官原本沉淡的眸色中，有一些东西缓慢冻结，状似寒冰。

茶凉故事停，瞧得出回忆阿兰若一次就让陌少他伤一次。

凤九识大体地替陌少换上一盏新茶，待其缓过神来，委婉地拈出心中一个疑问："情这个东西，譬如天上的子母树一树生百果，我自晓得个个该有个个的不同。但阿兰若此时既已嫁了息泽，对沉晔生出的这个情果，是否有些不妥当？"她近日同息泽处得多些，自觉算个熟人，难免为息泽抱一抱屈。

陌少道："她同息泽与其说是夫妻，不如说一对忘年友。比翼鸟这些地仙，在我们看来朝生夕死何其的脆弱，似乎更耽于享乐，但息泽却比谷外的些许神仙还要无欲无求些，他对阿兰若，倒比我更担得上师父这个名头。"

凤九一言不发了半日，道："你说的是那位……前头和橘诺嫦棣各有纠缠，近日不晓得为何又对我颇有示好的……息泽神君？"

陌少咳嗽一声道："这个嘛，此地既是被重造出来的，兴许出了一些差错，令神君他性情变化了一二也说不准，咳，从前……从前息泽神君他确然最是无欲无求的。"

凤九忍住了问陌少一句有无法子可将神君他变回从前那个性情，将话题转到一桩她更为好奇之事上，道："既然阿兰若和沉晔后来有许多纠缠，那时她救了他，他是不是有点喜欢上她了？"

苏陌叶远目窗外："比翼鸟一族将贞洁两个字看得重，倾画夫人一身侍二夫，沉晔其实不赞同，三姐妹间只橘诺一人得他偶尔青眼，倾画改嫁给上君后生下的阿兰若和嫦棣，他都看不太上，其中又尤数阿兰若排在他最看不上的名册之首。"

凤九讶道："但是她救了他，这不是一种需以身相报的大恩吗？"

陌少冷淡道："沉晔冷淡自傲，在他看来，他从前瞧不起阿兰若，辱了她，她将他要到府中如同要一件玩物，不过是要囚禁报复他罢了，说他因感激而喜欢她，不如说他那时其实有些恨她。"良久，又道，"我有时想起阿兰若的那句话，无论为仙为人，需随心随缘随势，她将此语参悟得透彻，但她的心或许在沉晔那里，缘和势，却并不在沉晔那里。"

一席话听得凤九颇唏嘘。

第八章

01.

苏陌叶润了口茶入嗓，道："你略想想，若愿帮我这个忙，劳茶茶给我传个信。"

天阴有雨，小雨淅沥下了一个时辰零三刻。未时末刻，有信自前府来，陌少斜倚窗栏，听雨煮茶，拎着信角儿将信纸懒懒在眼前摊开，瞧着纸片上凤九几个答允的墨字，脸上浮出个意料之中的笑容。

此境到底是谁造出，苏陌叶曾疑过沉晔，但此君待凤九扮的阿兰若在行止间同从前并无什么大分别，若果真是沉晔所造，按他在阿兰若往生后的形容，能重得回她，即便是个假的，也该如珠如宝地珍重着，这么一副不痛不痒漠不关心的神态，倒是耐人寻味。

再则帝君已有几日不见，他老人家的行踪虽向来不可捉摸，但消失得如此彻底，却并非一件常事。帝君在谋什么大事陌少自觉不敢妄论。近几日帝君似乎用他用得趁手，时常在他肩上排一些重任，晚一日晓得帝君的谋划，算是落几天心安少几天头疼。

他私心盼帝君他最好消失得更久一些无妨。

另一厢，自打送出信后，凤九就很惆怅。

在陌少的回忆中，阿兰若空手握白刃握得何等的云淡风轻，撕袖子又撕得何等的潇洒意气。凤九寻了把同传说中的圣刀有几分形似的砍柴刀，在手上比了比，刀未下头皮先麻了一层，又演练了一遍单手撕袖子做绑带的场景，手都红了袖子却连个边角也没损。

凤九觉得，阿兰若是真豪杰，但她是真纠结。那么，若是提前把血放出来，拿个口袋盛着，待她上灵梳台救人时，啪一声直接将血包扔到刀身上，这样行不行呢？会不会显得很突兀呢？

她日思夜想，自觉憔悴。

橘诺的大刑定在四月初七。

四月初二，凤九夜观星象，嘘声叹气，三垣二十八宿散落长天，太微垣中见得月晕，她的星相学虽只学得个囫囵，大约也晓得此乃是赦罪之兆，略放宽心。

心宽后忽省得陌少这篇戏本子里，息泽神君亦是个重角色，从前乃是因他没有下山，由得阿兰若在上君跟前胡乱编派，但此回息泽时时在上君跟前晃荡，编胡话前，她是否需先同他知会一声？

息泽神君，他近日是在何处来着？

正沉思间，忽然遥见得天边乍现一道银蓝的光阵，凤九早晓得这个世界有边有界，天边自然也不会是真正的天边，瞧这个方向，像是白露林旁的水月潭。

水月潭于原来的梵音谷而言，是唯有女君得以前去泡温泉的禁地，此境中的水月潭，却是连王族也不能涉足之所，愈加的神秘。陌少提过一两句，说水月潭就像是连着现世与新创之世的一个通道，既不循现世的法则，也不遵新创这个世界的法则束缚，是个险地，亦是个混乱之地。

既然是这样的地方，此时却陡现光阵，虽只那么一瞬，亦大不寻常。陌少有句话点评凤九点评得中肯：好奇心甚重。一个无声诀捻起，不过顷刻，这个好奇心甚重的少女已端立在白露林里水潭中间的一块巨石上。

刚站稳，不及将四周瞟上一眼，听闻背后蚊子哼哼的一个声儿："姑娘，姑娘，你挡着我了，麻烦站开些。"

凤九吓一跳，回头一望，几步外伞大的莲叶结成一串，似盾牌般竖立在水潭旁，翠绿翠绿的极为扎眼且刺眼。提醒她的声儿就是从那后头传来。

凤九几步过去，揭开其中一张莲叶。叶子后头出现一张小童的脸，惊叹地和她对视了片刻，立刻往旁边让了让，羞赧道："方才没有瞧见是这么漂亮的一个姊姊，来来你坐我旁边，最近这一排的好位置都被占完了，幸亏我人长得小可以给你挪个位置出来……"

凤九其实没有搞懂这是在做什么，但一看有位置，本着一种占便宜的心态，顺其自然地就坐了。左右绵延一望，果然都挤满了小童，每个人手里头皆扶立着个荷叶柄挡着自己，虔诚地望着高空。

凤九伸手弹了弹眼前的荷叶："你们立这个是做什么？"

身边的小童子极为热心道："这个嘛，这是一种隐蔽，潭里栖息的一尾猛蛟老爷正同一个厉害神仙打架，打得可好看了，我们阖族的小鱼精都跑出来看热闹，撑个荷叶免得被猛蛟老爷注意到，呵呵……"

凤九抽了抽嘴角，猛蛟老爷它直到现在也没有注意到这个扎眼的荷叶阵真是太不容易了，心中对方才所见的光阵因何而来有了个谱，诚恳求教道："不知在此收蛟的却是哪位神君？这尾猛蛟……猛蛟老爷又是犯了什么样的大错？"

小童子递给凤九一把煮毛豆，挨着她又坐近一些，手指朝着前头的水月潭一比画道："是这样的，这个潭底有一个储着许多灵气的冰棺，冰棺里头睡了一个美人，我在下面玩的时候都看到过。冰棺里的灵气有时候会流出来，就引来了住在水潭另一头的猛蛟老爷，因为护卫这口冰棺的法术施得很高超，猛蛟老爷起先只敢躲在周围分食一些跑出来的灵气，后头觉得不过瘾，就想打破冰棺将灵气全部放出来。那天猛蛟老爷不行运，撞冰棺的时候正好被这个厉害的神仙路过遇到，就同它打了起来，已经打了两天了。他们现在可能是在更前头些的水里头打所以看不到，一会儿还会冒出来的。我们先休息一会儿,吃点儿煮花生和煮毛豆……"说着又递给凤九一把毛豆。

凤九剥着毛豆，觉得潭底睡了个人这桩事还挺稀奇，但此时却不安全，待打架的那二位从水里头冒出来后倒是可以下去一观。

嘴里头嚼着无味的毛豆，凤九叹息小鱼精们其实挺懂享受。坐了人家的位子还吃了人家的豆，免不了在厨艺上提携他们一两句："你们族里有七香草没有？晒干磨粉拿个小罐封好，往后煮花生毛豆抑或是炒瓜子板栗都可以往里头勾一两勺，味道比现在这个好。"

小童子眨巴眨巴水汪汪的大眼睛，里头盛满了钦佩和仰慕，诚恳地受了教。

不过片刻，远处果然有水浪冲天而起，带得他们眼前的荷叶都晃了一晃，正好晃出个缝隙来，凤九趁势将攒在身旁的毛豆壳扔出去。小童子一只手稳住荷叶柄激动道："看，他们出来了……"另一只手再递给她一把毛豆。

凤九抬头一望，倒抽了一口凉气。

水潭中参天大树的光华将林子渲染得如同白昼，腾腾雾色缭绕着翠兰的树冠，远望竟有几分九天瑶台的意思。此时台上正盘踞着一尾吐息粗重的银蛟，而月色清辉之下，银蛟对面衣袂飘飘的持剑之人，不是几日不见的息泽神君却是哪个？

紫衣的神君气定神闲，浮立在最大的一株白露树的树梢头，身后是半痕新月，清风入广袖。

这是凤九头一回看息泽拿剑，大多时候她见到他时他都在捣鼓药材，因此她私心将他定位得有些文弱。此时见他对着猛蛟的气势和威仪，竟觉得这种神姿似乎同他更合称些。

他持剑的模样，有一种好看的眼熟。

银蛟长居于水潭之中，尤其擅水，长啸一声，竟有半塘的水颠簸起来，腾空化形为冰魄利箭。箭雨直向紫衣神君而去。

凤九瞧着这个阵仗头皮一麻，心道幸好息泽原本就是此境中人，此时可以聚起仙障来对抗，像她这种境外之人，在这里会受到法术的限制，寻常仙术尚可，却使不出什么重法来，这种时刻必定被箭雨射成个筛子。

箭雨疾飞，一涌而来，却见息泽并未聚起什么仙障，反而旋身出剑。雪白的剑光中流矢纷落，待息泽手中剑光缓下来时，她眼尖地瞧见，最后几簇箭头被他用剑锋轻轻一转打偏，竟回射向愤怒的银蛟。

银蛟蜷起身子闪避，紫衣的神君冷静地瞅着这个空隙急速出手，剑气擦过蛟尾，竟斩下完完整整的一条尾巴来。

银蛟痛吼一声，断尾拍打过身下的白露林，林木应声而倒，上头粘着大块的蛟血，落进水里头融开，老远都闻得到血腥味。

一列的小鱼精个个兴奋得眼冒红光，凤九身旁的小童子激动得毛豆都忘了剥，手紧紧地拽着凤九的膝盖："猛蛟老爷是头多尾蛟，尾巴能长七七四十九次，前头砍的那四十九回它的尾巴都立刻就长出来了，你看这回就没有长出来！"

凤九目瞪口呆，生怕自己是看错了，迟疑道："我方才似乎瞧着神君他没有祭出一丝法力，光凭着剑术把那个箭头雨破了，还把你们猛蛟老爷的尾巴砍了？"

小童子握拳点头道："这两天都是这么打的呀，厉害神仙要是施法术就打不了这么久了。我娘说打架这种事，最忌讳双方悬殊过大，三招两式间定胜负有什么看头。打架的趣味，在于你来我往间胜数的缥缈，悬着打架之人的命，也悬着看架之人的心，看得人眼珠子都舍不得挪，这才是一场有责任感的精彩好架，厉害神仙他很负责吧！"

徒剑宰蛟譬如空手擒虎，这个人的剑术到底是有多么变态，凤九无言了半晌，斟酌地捧场道："神君他很负责，你娘也是一番高见。"

小童子面露得色，突然惊吼一声："呀，猛蛟老爷逃到水里去了。"着急道，"他不晓得伤口流血的时候在水里头血流得更快吗？"

凤九心中感叹这是多么有文化的一个小鱼精，脖子亦随着他的声儿朝着战场一转。

四下搜寻间，潭水中蓦然打出一个大浪，沉入水底的猛蛟突然破水而出，头上顶着一团白光，细辨白光中却是个棺材的形制。

一直淡定以待的息泽神君脸色竟似有微变，凤九琢磨银蛟头上的这个，兴许就是方才小鱼精口中睡了个美人的冰棺，一时大感兴趣，探头想看得再清楚些。

息泽的剑中有杀意。方才虽然他砍了银蛟的尾巴，她却并没有感到这种杀意，银蛟似乎亦有所感，得意地一番摇头晃脑，但顷刻肚子上就中了一剑。

冰棺自高空直垂而下。

在它垂落的过程中，凤九感觉有一瞬看清了棺中人的面容，还来不及惊讶，便被一种魂魄离体的轻飘之感劈中，脑中一黑。待稳住心神消了眩晕后，她惊讶地发现，自己似乎正在半空急坠。

有一只手揽上她的腰，接着撞进了一个带着白檀香和血腥气的胸膛。耳边有急速风声，沉稳心跳声。

凤九试着抬头，望上去的一瞬，对上一双深幽的眼睛。这双眼睛前一刻还含着冻雪般的冷肃之意，待映出她的面容迎上她的目光时，却猛地睁大。

真是漂亮。青丘的第一个春阳照过雪原也不过如此。

凤九分神想着，觉得搂着自己的手更紧了些，近在耳畔的喘息竟有一丝不稳。

息泽神君他，有些失态。

在这里看到自己是这么值得激动的一桩事吗？凤九觉得稀奇。

风声猎猎，也不过就是几瞬，略哑的声音贴着她的耳廓说了两个字："藏好。"下一刻已将她推了出去。虽是一个危急时刻，力度却把握得好，她掉落在白露树的一个枝丫上时没有觉得什么不适。

再抬头望时，息泽御风已飞得极远，将银蛟彻底引离了这一方水潭，似乎打算将新战场设在潭那边的一方秃山上。

凤九栖在白露丫子上，右手在眉骨处搭个凉棚往秃山的方向一瞧，什么也没瞧见，耳中只听到猛蛟时而痛苦的长啸，料想息泽正占着上风，并不如何担心。新月如钩，潭似明镜，待要从栖着的丫子上下来，却见潭水中映出一个佳人倩影。凤九定睛瞧清楚潭水中佳人的倩影，一头从树丫子上栽了下去。

哆嗦着从水里爬上岸时，凤九都要哭了。她终于搞清了方才息泽为何有那么一惊。原来冰棺里的美人醒了。

醒来的美人在何处？片刻前在息泽的怀中，此刻正趴在岸上准备哭。

一心一意准备哭的凤九觉得，她今天实在是很倒霉。普天下谁有她这样的运气，看个热闹也能把魂魄看到别人的身上。陌少说过此地混乱，但她没想到能乱到这个地步。她此时宿着冰棺美人的壳子，她连怎么宿进她壳子的也不晓得。她离开了阿兰若的壳子，也不晓得那个壳子现今又如何了。

还没等她酝酿着哭出来，几棵白露树后却率先传出来一阵肝肠寸断之声。她认出来哭天抢地的那个正是方才挨着她坐的小鱼精，围着他的另外两串小鱼精默默地抹着眼泪，他们中间的地上，直僵僵躺着的恰是阿兰若的壳子。

萍水相逢的小鱼精哭得几欲昏厥："漂亮姊姊你怎么这么不经吓啊，怎么就吓死了啊……"强撑着昏厥未遂的小身子，鼻子一抽一抽："阿娘说人死了要给她上两炷香，我们没有香，我们就给你上两把毛豆……"其余的小鱼精也纷纷效仿，不多时，阿兰若的身上就堆满了煮花生和煮毛豆。

小鱼精们的义气让凤九有点儿感动，一直感动到他们掏出一个打火石来打算把阿兰若给火葬了。趁着火星还没打出来，凤九躲在树后头，赶紧捻动经诀隔空将阿兰若的壳子推进了水中。壳子掉进水中的那一刻，她抹了把脑门上的冷汗，亦不动声色潜进了水潭中。

在凤九的算盘里头，一旦她靠近阿兰若的壳子，说不准就能立时换回去，届时她同这个冰棺美人各归各位，正是造化得宜。

她在水底下握住阿兰若的手，没有什么反应；抱住阿兰若，还是没有什么反应；捻一个魂魄离体的诀，却觉此时自己的三魂七魄都像被捆在冰棺美人的壳子里，脱离无法。

事情它，有些许大条了。

诚然她并非真正的阿兰若，变不回去心中也觉没什么，但顶着阿兰若的脸，吃穿用度上不用操心，顶着这个冰棺美人的脸，莫非天天跟着小鱼精们吃毛豆？毛豆这个东西偶然一吃别有风味，天天吃还是令人惶恐。再则她还应了陌少要顶着阿兰若的身份帮他的忙，半途而废也不是她的行事。

凤九在水底下沉思，既然变不回去了，而她又必得让所有人继续认为她是阿兰若，有什么法子？

唔，施个修正之术，将比翼鸟一族关乎阿兰若模样的记忆换成这个冰棺美人的，或许是条道。

凤九想起她的姑姑白浅有一句名言，只有课业学得不好的人才是真正的聪明人。此情此景，片刻就能想出这么个好主意，凤九在心中钦佩自己是个真正的聪明人，顺便一赞姑姑的见解。但课业不好，却始终是个问题。当初夫子教导修正术时她一直在打瞌睡，施术的那个法诀是怎么念的来着？

被银蛟顶出去的冰棺如今已落回湖中，就在她们脚底下，凤九胡乱将阿兰若塞入冰棺，又胡乱照着一个朦胧印象施了个修正术，胡乱宽慰自己既然是个真正的聪明人，一个小小的修正术岂有什么为难之理。做完这一切，她登时将诸烦恼抛诸脑后，踩着水花浮上水面，打算关怀一下息泽打架打得如何了。

看热闹的小鱼精已散得空空，徒留岸边一排扎眼的荷叶恹恹摊着，远处的秃山似乎也没有什么动静，凤九感到一瞬莫名的空虚。

低头再望向水面时，水中人长发披肩，白裙外头披了件男子的紫袍，瞧着竟然有些缥缈熟悉。

一道白光蓦然闪过凤九的灵台，这个冰棺中的少女，会不会是她真正的壳子？她无法再移到阿兰若的壳子里，乃是因她机缘巧合回到了自己的身体中？这个想法激得她不稳地后退一步。

但来不及深想，天边忽然扯出一道稠密的闪电，雷声接踵而至，老天爷有此异象，必是有恶妖将被降服。果然，秃山上传来猛蛟的声声痛吼，冷雨飘泼，借着白露林的璀璨光华，可见乃是一场赤红的豪雨。

凤九抬头焦急地搜寻息泽的身影，雨雾烟岚中，却只见紫衣神君遥遥的一个侧影，身周依然没有什么仙法护体，银色的长发被风吹得扬起来，手中的剑像是吸足了血，绕着一圈淡淡的红光，气势迫人。

猛蛟身上被血染透，已看不出原本覆身的银鳞，眼中却透出凶光，露出极其狰狞的模样。

凤九不禁打了个哆嗦。

被激得狂怒的困兽昂头嘶吼，电闪之间弯角向紫衣神君疯狂撞过去，像是已放弃了法术，要以纯粹的力量做最后的胜负一搏。凤九一颗心提到嗓子眼，嘶声急喊快躲开。紫衣神君却并未躲开，反而执剑迎上去，剑锋极稳极快，斩风破雨之势直劈向蛟首，但那样硬碰硬的姿势，坚硬的蛟角亦无可避免刺过他的身体。那一瞬间不晓得眼睛为何那样灵敏，凤九见他反手斩断刺进身体的蛟角，只皱了皱眉，脸上甚至没有其他痛苦的表情。

白露林的光华一瞬凋零，满目漆黑间，凤九觉得自己听到了蛟首落地时的沉重撞击。她喊了两声息泽，没有人回应。她跌跌撞撞地爬上一个小云头，朝着秃山行得近了些，血腥气渐重间，她一迭声地喊着息泽，但仍然没有人回应。

02.

空中影出一轮圆月，四月初二夜，却有圆月，也是奇哉。雨下得更大，倒是褪了血色。凤九的小云头吸足了雨水，一动一行软绵绵的，顶不住沉重，最后歇在秃山的一个山洞口。

她全身上下都被雨水浇透，心口一阵凉。

息泽在哪里，是不是伤得很重，还是已经……他最近都对自己不错，冒险去始空山给她取护魂草，送她鱼吃，她被橘诺两姐妹算计时，他还来给自己解围。

她不晓得心头的恐慌是不忍还是什么，也不晓得身上的颤抖是冷还是在惧怕什么。她觉得她不能待在这个山洞，外头雨再大，不管他是伤了还是怎么了，她得把他找出来。

正要再冲进雨幕，身后的山洞里却传来一声轻响。此种深林老洞，极可能宿着一两头奇珍异兽。凤九攀着洞壁向里头探了一两步，并未听到珍兽的鼻息，又探了一两步，一阵熟悉的血腥味飘进鼻尖。

顾不得小心扶着岩壁，凤九颤着嗓子试探地喊出息泽两个字，几乎是一路跌进了山洞。

洞口还好些，依稀有月光囫囵见得出个人影，洞里头却是黑如墨石。

她一向怕黑，自从小时候走夜路掉进一个蛇窝，也不怎么再敢走夜路，今天晚上不晓得哪里借来的一个肥胆。子夜无边，湿乎乎的山洞里头一线光也没有，她浑身发毛，哆嗦着预备从袖子里掏颗明珠出来照明。方才她在洞口就该将它掏出来，也不至于不体面地滚进山洞，她不晓得那时候自己怎么就会忘了。

手指刚触到袖子里的明珠，忽感到一股大力将她往后一扯。她啊地惊叫一声，明珠啪一声坠地，顺着一个斜坡直滚到一个小潭中。小水潭酝出浅浅的一团光，但只及得她脚下。她才发现方才自己是站在一尾卧蛇的旁边，再多走一步，一脚踩上去，难免不会被它两颗毒牙钉入腿中。此刻，这尾卧蛇已断作两截。

一只手搂在自己腰间，将她稳稳收进怀中。她虽是个小女孩，到底青丘的帝姬做了这么多年，家学渊源还是能耳濡目染一些，晓得判断这种时刻，会救自己的不一定就是友非敌，需更祭出些警醒来。她定了定神，像凡间那些随意扯块布就能当招牌的摸骨先生一样，有意无意地摩挲过围在腰间的手，想借此断出身后人大体是个什么身份。

极光洁的一只手，食指商阳穴处并无鳞片覆盖，不是什么山妖地精。小指指尖圆润，亦并非鬼族魔族。手掌比自己大许多，应是个男子。指端修长，肤质细腻，看来是位养尊处优的公子哥儿。手掌略有薄茧，哦，公子哥儿偶尔还习个刀或习个剑。

正待进一步摸下去，忽然感到身后的呼吸一窒，又是一股大力，反应过来时，凤九发现自己背贴着身后的岩块，困在了公子哥儿和洞壁的中间。

洞顶的石笋滴下水珠，落进小潭中，滴答。

朦胧光线中，她双手被束在头顶，公子哥儿贴得她极近，面无表情地看着她，干燥的手指却抚上她的脸颊，如同方才她抚着他一般，眉毛，眼角，鼻梁，状似无意，漫不经心。

她不晓得原来这种摩挲其实是很撩人的一件事，要是她晓得，借她一千个胆子她方才也不那么干。

对了，公子哥儿是息泽神君。

她方才没有猜到是息泽，因那只手温暖干燥，并无什么血痕黏渍，干净得不像是才屠过蛟龙的手。此时一回想，她同息泽相见的次数也算多，但着实没有看过他狼狈的模样，这样的行事做派，倒像是一下战场就能将自己收拾得妥帖。

他的手指停在她唇畔，摩挲着她的嘴唇，像立在一座屏风前，心无旁骛地给一幅绝世名画勾边。凤九忍不住喘了一口气，在唇边描线的手指骤停，凤九紧张地舔了舔嘴角。息泽古冰川一般的眼忽然深幽，她心中没来由地觉得有什么不对，本能往后头一退。身子更紧地贴住岩壁那一刻，息泽的唇覆了上来。

后知后觉的一声惊呼被一点儿不留地封住，舌头叩开她的齿列，滑进她的口中。他闭着眼，每一步都优雅沉静，力量却像是飓风，她试着挣扎，双手却被他牢牢握住不容反抗。她闻到血腥与白檀香，原本清明的灵台像陡然布开一场大雾。

她觉得脑子发昏。

这样的力道下，她几乎逸出呻吟，幸好控制住了自己，但唇齿间却含着沉重的喘息，在他放轻力度时，不留神就飘了出来。

紧握在头顶的双手被放开，他扶上她的腰，让她更紧地贴靠住他，另一只手抚弄过她的肩，一寸一寸，扶住她的头，以勉她支撑不住滑下去。她空出的双手主动缠上他的脖子，她忘了挣扎。他吻得更深。她不知道为什么觉得这种感觉很熟悉，好像这种时候她的手就应该放在那个位置。

她脑子里一片空白。他的唇移到了她的颈畔。她感到他温热的气息抚着她的耳珠。体内像是种了株莲，被他的手点燃，腾起泼天的业火。这有点儿像，有点儿像……她的头突然一阵疼痛，灵台处冷雨潇潇，迷雾刹那散开，迎入一阵清风。

神思归位。

洞中的尘音重灌入耳，钟乳石上水滴石上，像谁漫不经心拨弄琴弦，静谧的山洞中滑出极轻一个单音。她一把推在息泽的前胸，使了大力，却没推动。他的嘴唇滑过她的锁骨痛哼了一声，头埋在她的左肩处，仍搂着她的腰，轻声道："喂，别推，我头晕。"

推在息泽胸口的手能感觉到莫名的湿意，举到眼前，借着潭中明珠渐亮的暖光，凤九倒抽一口凉气，瞧着满手的血，只觉得几个字是从牙齿缝里头蹦着出来的："流了这么多的血，不晕才怪。"

肩头的人此时却像是虚弱："别动，让我靠一会儿。"

血腥味越来越浓重，凤九咬着牙道："光靠着不成，你得躺着，伤口没有包扎？"

息泽低声："正准备包扎，你来了。"

凤九木声道："我没让你把我按在墙上。"

息泽不在意道："刚才没觉得疼，就按了。"又道，"别惹我说话，说着更疼了。"

扶着重伤的息泽前后安顿好，凤九分神思索，这个，算是什么？

她被占便宜了。被占得还挺彻底。

按理说，她该发火，凡是有志气的姑娘，此时扇他一顿都是轻的。但占便宜的这个人，如今却是个重伤患，不等她扇，已恹恹欲昏地躺在她的面前，她能和一个伤患计较什么？

她没有想通，他方才的力气到底是打哪里冒出来的？

那样的阵仗，着实有些令她受惊，亲这个字还能有这么重的意思，她连做梦都没有想过。其实今天，她也算是长了见识。

洞中只余幽幽的光和他们两人映在洞壁的身影，细听洞外雨还未歇。

听着潇潇雨声，凤九一时有些出神。

在青丘，于他们九尾狐而言，三万岁着实幼龄，算个幼仙。她这个年纪，风月之事算够格沾上一沾，更深一层的闺房之事，却还略早了几千年。加之在她还是个毛没长全的小狐狸时，就崇拜喜欢上东华帝君，听折颜说，比之情怀热烈的姑娘，帝君那种型约莫更中意清纯些，她就一心一意把自己搞得很清纯。

念学时她一些不像样的同窗带来些不像样的书册请她同观，若没有东华帝君这个精神支柱她就观了，但一想到帝君中意清纯的姑娘……她没收了这些书册，原封不动转而孝敬了她姑姑。

当年他老爹逼她嫁给沧夷时，其实是个解闺房事的好时机。按理说出嫁前她老娘该对她教上一教，但因当年她是被绑上的花轿，将整个青丘都闹成了一锅糊涂粥，她娘亲顶着一个被她吵得没奈何的脑子，那几日看她一眼都觉得要少活好几年，自然忘了要教她。

她去凡间报恩那一茬，无论是那个宋姓皇帝还是叶青缇，却皆是不得她令连握她一根小指头都觉得是亵渎了她的老实人，这一层自然揭过不谈。

到此时，凤九才惊觉，她长这么大，宋皇帝叶青缇再加上个息泽神君，被迫嫁出去三回，沧夷神君处算是欲嫁未遂一回；且此时一边担着个寡妇的名号，一边被迫又有了个夫君。自然，这等经历对他们当神仙的来说并不如何离奇，离奇的是，她到此时竟仍对闺房之事一无所知。当年追东华时追得执着，她窃以为有了这层经历，谦谨说自己也算一颗情种了，但天底下哪有情种当成她这个样子？

从前没有细究，今日前后左右比一比，究一究，寿与天齐的神女里头，她这颗清纯的情种连同她十四万岁高龄才嫁出去的姑姑，在各自的姻缘上，实在是本分得离谱，堪称两朵奇葩。

她娘家的几位姨母时常深恨她长得一副好面皮，竟没有成长为一个玩弄男仙的绝代妖姬，实在是很没有出息，见她一次就要叹她一次。她今日恍然，自己的确令赤狐族蒙羞。从前在姨母们唏嘘无奈的叹息中，她还想过要是她能将无情无欲的东华帝君搞到手，就会是一桩比绝代妖姬还要绝代妖姬的成就，届时定能在赤狐族里头重振声威，族里所有的小狐仔都会崇拜自己。追求帝君没有成功，她才明白原来绝代妖姬并不是那么好当的。而如今她连这个志气都没有了，都遗忘了。

她想了许多，只觉得，这些年，她实在是把自己搞得清纯得过了头，有空了还是应该去市面上买几本春宫——那种册子不晓得哪里有得卖。

枯柴被火舌燎得毕剥响动。她方才施术从洞外招来几捆湿透的柴火烘干，一半点着，一为驱寒，一为驱蛇，另一半捻细拍得松软，又将身上的紫袍脱下来铺在上头，算临时做给息泽的一个卧床。她觉得她那件紫袍同息泽身上的颇有些像，但也没多想什么。

此时火光将山洞照得透亮，水月潭虽是个混乱所在，倒也算福地，周边些许小山包皆长得清俊不凡，连这个小山洞都比寻常的中看些。

他们暂居的这处，洞高且阔，洞壁上盘着些许藤萝，火光中反射出幽光。小潭旁竟生了株安禅树，难为它不见天日也能长得枝繁叶茂，潭中则飘零了几朵或白或赤的八叶莲，天生是个坐禅修行的好地方。

息泽神君躺在她临时休整出来的草铺上，脸色依然苍白，肩头被猛蛟戳出来的血窟窿包扎上后，精神头看上去倒是好了许多。

凤九庆幸蛟角刺进的是他的肩头，坐得老远问："现在你还疼得慌吗？可以和你说话了吗？"

息泽瞧她几乎坐到了洞的另一头，皱了皱眉："可以。"补充道，"不过这个距离，你可能要用吼的。"

凤九磨蹭地又坐近了几寸，目光停在息泽依然有些渗血的肩头上，都替他疼得慌，问道："它撞过来的时候，你怎么不躲开啊？"

息泽淡声："听不清，大声点儿。"

凤九鼓着腮帮子又挪近几寸，恨恨道："你肯定听清了。"但息泽一副不动声色样，像是她不坐到他身旁他就绝不开口。她实在是好奇，抱着杂草做的一个小蒲团讪讪挨近他，复声道："你怎么不躲开啊？"

息泽瞧着她："为什么要躲，我等了两天，就等着这个时机。不将自己置于险地，如何能将对方置于死地？"

他这个话说得云淡风轻，凤九却听得心惊，据理反驳道："也有人上战场回回都打胜仗，但绝不会把自己搞成你这个模样的，你太鲁莽了。"但她心中却晓得他并不鲁莽，一举一动都极为冷静，否则蛟角绝非只刺过他的肩头。她虽未上过战场，打架时的谋划终归懂一些。不过斗嘴这种事，自然是怎么让对方不顺心怎么来，斗赢了就算一条好汉。

息泽却像是并未被激怒，反而眼带疑惑："近些年这些小打小闹，你们把它称之为战场？不过是小孩子过家家罢了。我今次这个也谈不上什么战场，屠个蛟是多大的事。"

凤九干巴巴地道："此时你倒充能干，倘若用术法就不是多大的事，你为什么不用术法？"

这个问题息泽思忖了一瞬，试探道："显得我能打？"

凤九抄起脚边一个小石头就想给他伤上加伤，手却被息泽握住，瞧着她低声道："这么生气，因为我刚才亲得不够好？"

凤九捏着个小石头，脑中一时空空，话题怎么转到这上头的她完全摸不出名堂，他们方才不是还在谈一桩正经事吗？她迟钝了片刻，全身的血一时都冲上了头，咬牙道："他们不是说你是最无欲无求的仙？"

这个问题息泽又思忖了一瞬，道："我中毒了，蛟血中带的毒。"

凤九瞧着他的脸，这张脸此时俊美苍白，表情挺诚恳，凤九觉得，这个说法颇有几分可信。息泽近日不知为何的确对她有些好感，但遥想当日她中了橘诺的相思引，百般引诱他，此君尚能坐怀不乱，没有当场将她办了，他虽有些令人看不透，但应是个正人君子。

她暗自觉得，他适才的确是逼不得已，她虽然被占了便宜，但他心中必然更不好受，顿时怜悯，道："我在姑姑的话本子里看过，的确是有人经常中这样的毒，有些比你的还要严重些。若适才只为解毒，我也并非什么没有悬壶济世的大胸怀的仙，这个再不必提了，你也不必愧疚，就此揭过吧。"

息泽赞同地道："好，我尽量不愧疚。"侧身向她道："唱首歌谣来听听。"

凤九疑惑："为什么？"

息泽道："太疼了，睡不着。"

虽然他全是一派胡说，但凤九却深信不疑，且这个疼字顷刻戳进了她的心窝。

要强的人偶尔示弱就更为可怜，她愈加地怜悯，注意到息泽仍握着自己的手，也没有觉得在占她的便宜，反而意料他确然疼得厉害，此举是为自己寻个支撑。

怜弱的心一旦生出来，便有些不可收拾，觉察息泽这么握着自己的手不便当，她干脆弃了小蒲团坐在他的卧榻旁。晓得息泽此时精神不好，歌谣里头她也只挑拣了一些轻柔的童谣唱。

有些许回声，像层迷雾浮在山洞中，息泽的头靠在她腿上，握着她的手放在胸前，微微闭着眼，模样很安静。

她料想着他是不是已经睡着，停了歌声，却听他低声道："我小时候也听人唱过一些童谣，和你唱的不同。"

凤九道："你又不会唱。"

息泽仍然闭着眼睛："谁说不会。"他低声哼起来，"十五夜，月亮光，月光照在青山上，山下一排短篱墙，姑娘撒下青豆角，青藤缠在篱笆上，青藤开出青花来，摘朵青花做蜜糖。"

凤九印象中，年幼的时候，连她老爹都没有唱过童谣哄过自己。在她三万多年的见识里头，一向以为童谣两个字同男人是沾不上边的。但息泽此时唱出来，让她有一种童谣本就该是男人们唱的错觉。他声音原本就好听，此时以这种声音低缓地唱出来，如同上古时祝天的祷歌。她以前听姥姥唱过一次这个歌谣，但不是这种味道。

好半天，她才回过神来，轻声道："我听过，最后一句不是那么唱的，是做嫁妆。青藤开出青花来，摘朵青花做嫁妆。你自己改成那样的对不对，你小时候很喜欢吃糖吗？"

洞中一时静谧，火堆亦行将燃灭，她靠着安禅树，息泽的声音比她的还要低："如果吃过的话，应该会喜欢。我没有父母，小时候没人做糖给我吃。看别人吃的时候，可能有点儿羡慕。"她睡意蒙眬，但他的话入她耳中却让她有些难过，情不自禁地握了握他的手指，像是今夜，她才更多地知道息泽。

"你以后会做给我吃吗？"她听到他这样问，就轻轻地点了点头。困意重重中，觉得他可能闭着眼睛看不见，又抚了抚他的手指，像哄小孩子，"好啊，我做给你吃，我最会做蜜糖了。"

渐微的火光中，洞壁的藤萝幽光渐灭，潭中的八叶莲也合上了花心。

紫衣的神君睁开眼睛，瞧见少女沉入梦乡的面容。黑如鸦羽的墨发披散着，垂到地上，像一匹黑绸子，未曾绾髻，显得一张脸秀气又稚气，额间朱红的凤羽花却似展开的凤翎，将雪白的脸庞点缀得艳丽。这才是真正的凤九，他选中的帝后。

不过，她给自己施的这个修正术，实在是施得乱七八糟。这种程度的修正术，唬得过的大约也只有茶茶之流法力低微的小地仙。

他的手抚了抚她的额间花，将她身上的修正术补了一补。她呢喃了一两句什么，却并未醒过来。九尾白狐同赤狐混血本就不易，生出她来更是天上地下唯一一头九条尾巴的红狐狸，长得这样漂亮也算有迹可循。他觉得自己倒是很有眼光。

　　但有桩事却有些离奇。

　　他确信，当初是他亲手将小白的魂魄放入了橘诺的腹中，结果她却跑到了阿兰若身上。此前虽归咎于许是因这个世界创世的纰漏，但今日，她的魂魄又自行回到了原身上。

　　这不大寻常。

　　倘说小白就是阿兰若，阿兰若就是小白……

　　帝君随手捻起一个昏睡诀施在凤九眉间，起身抱着她走出山洞。

　　肩上的伤口自然还痛，但这种痛于他不过了了，他乐得在凤九面前装一装，因他琢磨出来，小白有颗怜弱之心，他只要时常装装柔弱，纵然他惹出她滔天的怒气，也能迎刃化解。小白有这种致命的弱点，但他却并不担心其他的男仙是否也会趁她这个弱点。他觉得，他们即便有那个心，可能也拉不下这个脸皮。他有时候其实很搞不懂这些人，脸皮这种身外物，有那么紧要吗？

　　山外星光璀璨，冷雨已歇。

　　不消片刻，已在沉入水底的冰棺中找到阿兰若的躯壳。帝君抱着凤九，招来朵浮云托住盛了阿兰若的冰棺。方走出不拘这个世界法则的水月潭，注目冰棺中时，阿兰若的身体已如预料中般，一点一点消逝无影。顷刻后，冰棺中再无什么倾城佳人。

　　凤九在睡梦中搂住他的脖子，往他怀中蹭了蹭。他寻了株老树坐下，让她在他怀中躺得舒服些。眉头微微蹙起，有些沉思。

　　这是取代。

　　因小白是阿兰若，或阿兰若曾为小白的转世，所以当初她的魂魄才会罔顾他的灵力相扰，进入阿兰若的身体里，取代了这个世界里阿兰若的魂魄。若彼时，不是他将小白的身体放在水月潭修养，若她的身体亦进入此境的法则中，必是从躯壳到魂魄，都完完全全取代阿兰若，就像此时。

　　但倘小白真是阿兰若……

若他没有记错，阿兰若是降生于二百九十五年前，比翼鸟族盛夕王朝武德君相里阕即位的第五年。

　　三百年前，妙义慧明境呈崩塌之相，迎来第一次天地大劫，他以大半修为将其补缀调伏，要将舍去的修为补回来，需沉睡近百年。阿兰若降生时，他应是在无梦的长眠中。虽不大晓得世事，但据后来重霖报给他的神界的大事小事，那时候小白应是在青丘修身养性。

　　好八卦的司命也提过一提，近三百年来，小白她唯一一次长时间离开青丘，是在二百二十八年前，去凡界报个什么恩报了近十年。

　　这么说，阿兰若出生的时节，小白不可能来梵音谷，时间对不上。再则，相貌也对不上。

　　小白同阿兰若，必然有什么联系，但到底是个什么联系，此时却无从可考。

　　倘有妙华镜在，能看到阿兰若的前世今生，一切便能迎刃而解，可惜妙华镜却在九天之上。

　　他平素觉得这个瀑布做的镜子除了瞧着风雅些外并无大用，没想到还真有能派上大用场的时候。

　　为今之计，只有现打一面了。估摸需四下寻寻有没有合适的材料，他记得梵音谷有几座灵气尚可的仙山。他许久没再打过镜子，妙华镜，也算是把高难度的镜子。花费的时间，大约会有些长。

128

01.

四月初七，橘诺行刑之日顷刻至。

凤九依稀记得，她姑姑白浅曾念给她一句凡人的诗，意图陶冶她的气度。这句诗气魄很大，叫作暮色苍茫看劲松，乱云飞渡仍从容。

凤九很遗憾，问斩橘诺的这个灵梳台上，没有让姑姑瞧见自己看劲松仍从容的气度。虽则她这个气度其实也是被逼出来的。

据传那把圣刀挑食，从来非鲜血不饮，她那个朝圣刀扔血包的大好计策不得不作罢，事到临头，只得硬着头皮上了。

不过，她豁出去勇斗猛虎智取上君，虽则徒手握上刀锋时，额头冷汗如潇潇雨下，但好歹没有半途掉链子，风风光光地救下了台上一对小鸳鸯，也算出了风头。

唯一可叹之事是在水月潭时忘了同息泽对一对口径。

不过好在近日上君估摸也寻不见他。那日她同息泽在水月潭入口分手，息泽说他要出趟远门，十日后回歧南神宫，倘有事可去神宫寻他。

她思量片刻，觉得需先封个书信存着，待息泽回神宫时即刻令茶茶捎过去，将此弥天大谎囫囵个圆满，这桩事才真正算了结。

再则，除了给息泽的这封书信，还要给沉晔写信。

还不是一封信，是许多许多封信。

她瞧着自己被包成个肉馍馍的右手，十分头疼地叹了口长气。

凤九自然晓得，灵梳台上阿兰若对沉晔的拼死相救，绝非只是为了惹怒她的父亲。

据陌少所言，阿兰若性子多变，沉静无声有之，浓烈飞扬有之，吊儿郎当亦有之，但往她心中探一探，其实是个爱憎十分分明之人。譬如上君君后自幼不喜她，她便也不喜他们。陌少自幼对她好，她便谨记着这种恩情。但为何沉晔素来不喜她，她却在灵梳台上对他种下情根，这委实难解。

或者说天底下种种情皆有迹可循，却是这种风花雪月之情生起来毫无道理，发作起来要人性命。

从前，灵梳台橘诺受刑后，后事究竟如何？

据苏陌叶说，四月二十八，沉晔只身入阿兰若府，被老管事安顿在偏院。阿兰若上午习字下午听曲，入夜同陌少辩了几句禅机，未去瞧他。次日袖了几卷书，在水阁旁闲闲消磨了一日，又未去瞧他。再日天阴有雨，水阁不是个好去处，便在花厅中摆了局棋自在斟酌，亦未去瞧他。

入夜老管事呈报，说他头一日便照着公主的话转告过神官大人，他此来府中乃是贵客，若是那一进偏院不合他意，府中还有些旁的院落可腾出来，府中各处除了公主闺房，他闲时都可随意逛逛，寻些小景聊以遣怀。

但这三日来，神官大人却一步未迈出过偏院，且看得出他心绪十分不佳，时时蹙眉。

再则，他虽照着公主的吩咐，预先去神宫打听过神官大人的口味，但按着他口味做出来的饭菜，他动得其实也少。

此种情势他不晓得如何处置，特来回禀。

老管事袖着手，竖着耳朵听候她的吩咐。

阿兰若沉默片刻，信手拈了本素笺，蘸墨提笔，写了一封信。

这是她写给沉晔的第一封信。

阿兰若一生统共给沉晔写了二十封信。同沉晔决裂时，这些信被还到了她手中，她死后这些信则辗转到了苏陌叶手中，不过二十来张素笺，被他一把火焚在了阿兰若灵前。

半生情谊，只得一缕青烟。

但信里头许多句子，陌少到如今都还诵得出，譬如第一封的开头："适闻孟春院徙来新客，以帖拜之。旧年余客居此院三载，唯恐别后人迹荒至，致院中小景衰颓，今闻君至，余心甚慰。"

她在信里头假装是个曾在公主府客居过的女先生，去年出府进了王族的宗学，闲时爱侍个茶弄个酒，暂居在孟春院时，埋了许多好酒在院中，尤以波心亭下一坛梅子酒为甚。她已出府无福享用，便将这坛酒聊赠予他，念及客居总是令人伤情，愿他能以此酒慰怀清心。

信在此处收尾，句句皆是清淡，也没有多说什么。

留名时，她书了文恬两个字。

文恬其人，确是宗学里一位女才子，早年清贫，以两卷诗书的才名投在她门下，入宗学还是她托息泽的举荐。但文恬并未住过孟春院。

院名孟春，说的是此院初春时节景致最好。倒是阿兰若她每个春天都要去住上一住，种几株闲茶，酿几坛新酒。

信封好，老管事恭顺领了信札，阿兰若想起什么，嘱咐了句："沉晔他若问起此信的来处，就说宗学中一位先生托给你的，我嘛，半个字都不要提。"

老管事低头应是，心中再是疑惑面上也见不着半分。阿兰若却自斟了杯茶，续道："若晓得是我的信，他半个字也不会读。被拘在此处，的确烦心，有个人同他说说话，也算一星半点儿宽慰。能同他说得上话的人，我估摸怕是不多，大约也就宗学里几位先生，他瞧得上些。"

假名文恬的这封信札，果然挣出个好来。信去后的第三日，老管事回禀，连着两日，神官大人进食都比前几日多些。昨夜用完膳，神官大人还去波心亭转了一转，底下人不敢跟得太近，但他逗留的时刻亦不长，回来写了封回信，令他带给宗学的文恬先生。

阿兰若拆开信来，亦是枚素笺，沉晔一手字写得极好，内容却简单，只淡淡表了一声谢意。若寻常人而言，这样简单的信，泰半就是个敷衍的礼节。但依沉晔的性情，倘真要敷衍，不回信才是他的行径。阿兰若唇角抿了抿，眉眼中就有了一丝笑意。老管事察眼意知眉语，赶紧呈上笔墨纸砚，催请主子提笔。

第二封信札里头，她着意提了孟春院的书房，本意是助他消磨时光。那间书房的藏书其实比她如今用的这间更丰富，一向也是她亲自打理，且沉晔来的前日晚上，又添了些新本进去。这里头的书她尤爱几本游记，文字壮阔有波澜，是以上头她的批注也分外不同些。她放在书架最下头，寻常其实无人会注意。

这一茬她自然并未在信中列明，只向他荐了几套古书的珍本，再得他回信时，他的信却长了两句，提及房中几本游记的批注清新有趣，看笔迹像是她的批注，又荐了两本他爱的游记给她。

后来有一日，苏陌叶排了个名为千书绘的玲珑棋局给她解，她苦思无果，正值老管事呈递上沉晔的第六封回信，她随手将这盘玲珑局描下来附在去信中。当日下午便得了他第七封回信。两部纸笺，一部是已解开的苏陌叶的玲珑局，一部是他描出来令她解的另一盘玲珑局。

暮春将尽，他信中言辞亦渐渐多起来，虽仍清淡自持，但同开初的疏离却有许多分别。

据老管事呈报，近日神官大人面上虽看不大出什么，但心绪应是比往日都快慰开朗些，他自然仍未出过孟春院院门，但时而解解棋局或绘绘棋谱，或袖卷书去波心亭坐坐，或在院中走走停停。只有最后这一桩走走停停，他不晓得神官大人是在做什么。

阿兰若却晓得沉晔是在做什么，上一封信中他寥寥几笔提及，他在院中寻出了她从前埋下的一坛陈酿，取四个白瓷壶分装，夜中就棋局饮了半壶，猜是采经霜的染浆果所酿，封坛藏地下三季，再将秋生的蚨芥子焙干，启坛入酒中浸半月，染以药香，复封坛地下两载，问她是或不是。

自然，他猜得不错，说得正是。老管事随这封回信呈过来的还有一个白瓷壶，说此酒亦是神官大人吩咐带给文先生的。

这是沉晔第二十封回信。

月黑风高夜，阿兰若拎着白瓷壶一路溜达到孟春院外，纵身一跃，登上了院外头一棵老樟木。

此木正对沉晔的厢房，屋中有未熄的薄灯一盏，恰在窗上描出他一个侧影。阿兰若于枝杈间寻个安稳处一躺，弹开酒壶盖，边饮边瞧着那扇紧闭的小窗。

酒喝到一半，巧遇苏陌叶夜游到老樟木上头，闲闲落座于她身旁另一个枝杈上头，开口一通挤对："为师教导你数十年，旁的你学个囫囵也就罢了，风流二字竟也没学得精髓，鱼雁传书这个招嘛，倒还尚可，思人饮闷酒这一出，却实在是窝囊。"

阿兰若躺得正合称，懒得动道："师父此言差矣。独饮之事，天若不时，地若不利，人若不和，做起来都嫌刻意。而今夜我这个无可奈何之人，在这个无可奈何之地，以这种无可奈何的心境，行此无可奈何之事，正如日升月落花开花谢一般自然，"她笑起来，酒壶提起来晃了一晃，"此窝囊耶？此风流耶？自然是风流。"

风流两个字刚落，对面的小窗砰然打开，黑色的身影急速而出。阿兰若眼皮动了动。沉晔立在远墙上与他二人面面相对时，白瓷壶已妥帖藏进她袖中。

玄衣的神官迎风立着，他二人不成体统地一个躺着，一个坐着。沉晔皱着眉将他二人一扫，淡淡道："二位深夜临此，想必有什么指教。"

苏陌叶站起来立在树梢上头："指教不敢当，今夜夜色好，借贵宝地谈个文论个古罢了。"又道："听说神官大人于禅机玄理最是辨通，不知可有意同坐论道？"

阿兰若扑哧笑道："师父是想让神官大人坐在墙头上同你论道吗？"

苏陌叶正经八百道："论道之事，讲的是一个心诚，昔年有闻佛祖身旁的金翅鸟未皈化前，就是同仇家在一棵树上同悟恩怨的因果……"

沉晔的眼睛却直视着阿兰若，问出不相干的话来："你喝的什么酒？"

她怔了怔，顷刻已恢复惯有的神色："一个朋友送的，不过只得一小壶，方才已饮尽了，大人可出现得不凑巧。"

苏陌叶瞧着他二人，挑了挑眉笑道："送酒的朋友明日正要过府来同我们聚聚，神官大人若对这个酒有兴趣，明日亲见一见那位朋友不就明白了。"

沉晔望着他："送酒的是谁？"

未等苏陌叶答话，阿兰若的声音就那么无波无澜地响起："宗学的文惬，文惬先生。"

那个名字响起时，沉晔冷肃的神色有些与平日不同。

02.

照陌少的说法，当日阿兰若借文惬之名同沉晔有书信往来之事，是他无意中发现。那夜明晓得阿兰若在沉晔面前竭力遮掩，仍要将送酒之事拿出来发挥两句，却是他有意为之。

那时候，他不晓得自己对阿兰若是什么心，只觉她既然想得到沉晔，他就帮她得到他。这个事上头，她思虑得太重，一心顾着沉晔，曲折得让他都看不下去。他说出那番话时，只想着，早日做成一个时机，令文惬站到沉晔跟前，方能早日促阿兰若下个决断。

要么她在沉晔跟前认了她才是信中的文惬，一切摊开说，这段情会怎么样就看造化，但终归有一线生机。要么她将自己做成沉晔与真文惬二人间的一座牵线桥，将这个姻缘让给真文惬，彻底断了自己对沉晔的念头。但无论哪一种，都比她现在这样拖着强些。

陌少觉得，借着他人的身份陷在一段情里头自苦，这不该是他徒弟做的事。

凤九思量，若是她，就选第一种。一切只因她听过一个传闻，帮人牵姻缘牵够两回，自个儿就难嫁出去，她屈指一算已帮东华姬蘅牵过一回了，再牵一回这辈子就完了。

但阿兰若，或许其时已嫁出去了，再无后顾之忧，又估摸从未做过牵线桥，想试试其中滋味。

总之，一夜枯坐后，她选了后者。天蒙蒙亮时便将文恬传入了府中，在她一番惊叹里头，将二十封沉晔的信札稳稳递到了她手中。交代给文恬的话里头，前事后事面面俱到，唯独隐了她对沉晔的心思，不咸不淡地编了一口胡话："橘诺被放出王都时求我照应神官大人，你晓得我还算心善，自然要照应。但我同他却一向看彼此不顺眼，照应他的信留我的名必然更惹他愤恨，是以留了先生的名。但近日府中事多，我亦有些力不从心，方请先生过府一叙，不知先生可否接下这个重任，代我书信上照应照应神官大人？也无须写些特别的，不过闲时生活杂趣罢了。"

文恬从前受了她许多恩惠，加之又是个懂礼的人，自然应允帮这个忙。对她的一篇胡话亦不疑有他。

她瞧着文恬一封一封翻看沉晔的书信，时而赞两声："从前倒是未曾留心，原来神官大人亦是位妙人，这些棋局，倒是有趣。"

阿兰若笑了一笑，道："先生棋艺精湛，从前在府中时我便极少胜过先生，今次正好可以同神官大人多切磋切磋。"顿了顿，又道，"不过先生回信时还需摹一摹我的笔迹，当日未想得太多，那些去信虽留的先生之名，字迹倒还是我自个儿的。"

文恬抿了抿唇道："这并非难事。"

次日小聚，沉晔果然到场。

阿兰若没有什么讲究，但陌少骨子里其实是个讲究人，故而小聚的场地被安置在湖中间一个亭子里头。

此亭乃是陌少的得意之作。只一条小栈连至湖边，亭子端立于湖心，四周种了一圈莲花，远望上去亭子像是从层层莲叶中开出来的一个花苞。亭子六个翘角各悬了只风铃，风吹过铃铛随风响，便有丝幽禅意。可谓集世间风雅大成，无处不讲究。

但亭子名却是阿兰若起的，拿捏了最不讲究的三个字，直白地就叫湖中亭。陌少琢磨了一阵，觉得这个名儿也算直白得有趣，忍了。阿兰若拎了块未上漆的红木板儿，狼毫笔染个经水也不易落的重墨，板儿上写出湖中亭三个字朝亭上一挂就算立了牌匾。陌少抽着嘴角，觉得这个匾儿也算天然质朴，又忍了。

沉晔入亭时，在亭前留了步，目光悬在红木板儿龙飞凤舞的三个大字上头。亭中素衣的少女望了阿兰若一眼，有些了悟，向亭外道："那三个字文恬写得不成气候，承公主美意至今仍悬在亭子上头，今日却叫大人见笑。"

沉晔的眼光就望向她。文恬的容貌只能说清秀，但一身素衫立在亭中，衬着背后缥缈的水色，瞧着竟是十分的淡泊平和。

沉晔的目光有些许柔和，低声道："文恬？"

少女就微微笑起来："正是。"

后来苏陌叶问过阿兰若，瞧着这个场景，她心里头是如何想的。这个后来，也没有后得多久。沉晔入亭方过片刻，便被文恬邀去湖边一个棋桌上手谈一局。

亭中只剩他与阿兰若，一个围着红泥小炉烹茶，一个有一搭没一搭地剥着几个橘子，眼光虚浮得也不晓得在想什么。

陌少的这个问题，其实有些刻薄，刻薄得戳人心窝。

湖边玄衣的青年与白衣的少女恍若一对璧人。阿兰若剥出来一个橘子扔给陌少，脸上竟仍勾得出笑，却笑得有些无奈："文恬是个好女子，才学见识都匹配得上他，家世虽不济些，不过他如今也是落魄，文恬在这个时候同他结缘，正见出她不求荣华的淡泊，今日我做到这个地步，若他二人佳缘得成，也算我一个行善的造化。"

苏陌叶皱眉："那日灵梳台上你对橘诺说那些话，可不像你今日会这么做。"

阿兰若挑眉："那些话嘛，不过为了逗逗橘诺罢了。"远目湖岸处那一黑一白对棋的侧影，低声道，"他这个人，冷淡自傲，偏偏长得好，灵力好，剑使得好，字习得好，棋下得好，情趣见识也够好，显得那种冷淡自傲，反倒挺吸引人的。"

又笑道："你想过没有，他讨厌我其实也并非他的错。母妃二嫁后诞下我和嫦棣，此为不贞，因而我同嫦棣皆血统污浊。这其实，也不过是一种看法罢了。对这世间万物，每个人都可以有每个人的看法，不能说谁对谁错。

只是他有这种看法，我和他自然再没什么可能了。他那么看着文恬，其实我有些羡慕。"

良久，道："但我也希望他好。"

苏陌叶递给她一杯茶："情这种事，摊上就没有好处，所幸你看这桩事还留了几分神志，既已到这个田地，你早早收收心吧。"

阿兰若接过茶，谢了他两句。

此事便像就此揭过，再无只言片语提及，两人只闲话些家常，待湖边的璧人杀棋而归。

湖中亭小聚后，听老管事说，沉晔和文恬互递了四封书信。文先生随信还附过两件小礼，一只草编的白头雀，一个手绣的吉祥纹扇坠，沉晔回了她两卷书。

书是沉晔定的，差他去市上买的，两本沧浪子的游记。阿兰若彼时正捧着一盏茶在荷塘边喂鱼，一不留神茶水烫了舌头，缓过来时，吩咐老管事今后他二人如何，可以不必呈报，终归沉晔到她府上又不是来蹲牢的。又道，沉晔送给文恬的两本书，也买两本给她瞧瞧。

某些层面来说，凤九有些佩服阿兰若。遥想她当年伤情，偶尔还要哭一鼻子喝个小酒，而阿兰若白将意中人送到他人手里，遑论哭鼻子喝小酒，连一声多余的叹息都没有，每日该干什么仍干什么。凤九觉得同她一比，自己的境界陡然下去了，有点儿惭愧。

但天意，不是你想让它怎么走，它就能怎么走。风平浪静中莫名的出其不意，这才是天意。

三四日后，沉晔夜游波心亭，无意中瞅见亭旁一棵红豆树上题了两行字。有些年成的字，深深扎进树干里，当真是铁画银钩，入木三分，同留在他书匣中那摞信纸上的字迹极为相似。十六个字排成两列，月映天河，风过茂林，开怀畅饮，尘忧顿释。

两列字略偏下头留了一个落款。

他借着月光辨出落款，脸色一白。落款中未含有年成时节，单一个名字孤零零站在上头。相里阿兰若。

凤九竖起耳朵，急切想听到下文，苏陌叶却敲着碧玉箫卖了个关子："此时真相大白下，倘你是沉晔，晓得一直写信给你的并非文恬而是阿兰若，你会如何？"

凤九想了片刻，试探道："挺……挺开心的？"

陌少笑道："是我我也挺开心的，有个姑娘肯这样对我好，还是个绝色，怎么想都是赚了。"

凤九如遇知音，立刻坐近了一寸："可不是嘛！"

苏陌叶停了一会儿，却道："可惜阿兰若遇到的是沉晔，而沉晔他不是你，也不是我。"

阿兰若在书房里头，迎来了盛怒的沉晔。

其时她正剥着瓜子歪在一张矮榻上看沧浪子新出的游记，猛见一截刻字的树皮重重落在自己眼前。顺着树皮看上去，是玄色的袍子，沉晔沉着中隐含怒色的脸。

他居高临下，目光中有冰冷的星火："信是你写的，酒是你酿的，棋局亦是你解的。将我当作一件玩物，随意戏耍捉弄，是不是很有意思？"

他逼近一步，眼中的星火更甚："看我被你骗得团团乱转，真心真意一封一封回信给你，想着我竟然也有这一日，心中是不是充满快意？"

阿兰若瞧着书册上的墨字许久，突然道："师父跟我说，要么我就争一争，要么就断了念头。本来我已经断了念头，你不应该跑过来。"

她想了一会儿："就算有些事情你晓得了，其实你也该装作不晓得，我们两个，不就该像从前那样形同陌路吗？"

沉晔看着她，语声冰寒："从前我们竟然只是形同陌路？难道不是彼此厌恶？"

阿兰若抚着书册的手指一颤，轻声道："或者，你就没有想过，我并不像你讨厌我那么讨厌你，或许我还挺喜欢，做这些其实是想让你开心。"

她抬起头来："你看，你不晓得是我写这些信前，不是挺开心的吗？"

他退后一步："你在开玩笑。"

她像是有些烦乱：“如果不是玩笑呢？”

他神色僵硬道：“我们之间，什么可能都有，陌路，仇人，死敌，或者其他，唯独没有这种可能。”

阿兰若看了他许久，笑道：“我说的或许是真的，或许是假的，或许是我真心喜欢你，或许是我真心捉弄你。”

听说那之后，沉晔同文恬再无什么书信往来。文恬传信问过一次阿兰若，她简单说沉晔晓得实情了，先前将她扯进来有些对不住。文恬没说什么，回信安慰了她两句。

苏陌叶将故事讲到此处，瞧天色渐晚，暂回去歇着了。

凤九曾想过许多次阿兰若同沉晔到底如何，却没想到是这样伤的一个开头，令她有些沉重，亦颇为唏嘘。因此临睡前多吃了个包子，却撑得睡不着，花园中转了一圈，想起白天苏陌叶讲的故事，叹了几口长气，沾了些夜露，方才回床上躺安稳。

第四卷　影中魂

139

第十章

凤九手上伤好,提得动锅铲的那一日,她屈指一算,息泽神君约莫该回歧南神宫了。

水月潭中,她曾同息泽夸下海口,吹嘘自己最会做蜜糖。青丘五荒,她最拿得出手的就是厨艺,可恨前几日伤了手不能及时显摆,憋到手好这一日很不容易。药师方替她拆了纱布,她立刻精神抖擞旋风般冲去小厨房。但这个蜜糖,要做个什么样儿来?

唔,普天之下,凡是有见识的,倘要喜欢一个走兽,自然都应该喜欢狐狸。她私心觉得息泽算是个有见识的。她对自己的狐狸原身十分自信,干脆比着自己原身的样儿烧了个小狐狸模子。待糖浆熬出来,哼着小曲儿将熬好的糖浆浇进模子里,冷了倒出来,就成了一只不可方物的糖狐狸。每个糖狐狸都用细棍子穿好,方便取食。

她连做了十只不可方物的糖狐狸,齐整包好,连着几日前备给息泽请他帮着圆谎的信一道,令茶茶尽早送到歧南神宫,交到息泽手上。话里头叮嘱茶茶:"糖和信比,信重要些,倘遇到了什么大事,可弃糖保信。"

茶茶看她的眼神，有一丝疑惑，接着有一丝恍然，有一丝安慰，又有一丝欣喜。

她听到与茶茶同行的一个小侍从不明不白地开口相问："为什么信重要些呀？"

茶茶已走到月亮门处，压着嗓子说什么她没听清，好像说的："殿下头一回给神君大人写那种信，自然信重要些。"

凤九挠着脑袋回卧间想再回去躺躺，那种信，那种信是个什么信？一个小宫婢竟比自己还有见识，还晓得什么是那种信。话说回来，到底什么是那种信？

苏陌叶酉时过来，神色匆匆，说息泽急召，他需去歧南神宫一趟，阿兰若给沉晔的信料想她还没有动静，他这几日将它们全默出来了，她隔个两三日可往孟春院送上一封。

凤九的确还没有什么动静，暗叹陌少真是她的知音。虽有些奇怪，苏陌叶作为谷外的一位高人，连上君都要给他几分薄面，原不是凭息泽召就能召得动的，但见着眼前这二十封信的喜出望外，暂时打消了她这个疑虑。

她小时候最恨的一堂课是佛理课，其次恨夫子让她写文章。陌少此番义举，令他在她心中一时伟岸无双，她几乎一路蹦蹦跳跳地恭送他出了公主府。

趁着月上柳梢头，凤九提了老管事来将第一封信递去了孟春院。

晚膳时她喝了碗粥用了半只饼，正欲收拾安歇，一个小童子跌跌撞撞闯进她的院中。小童子抽抽噎噎，说孟春院出了大事。

凤九惊了一跳，什么样的大事，竟将一个水灵的小孩子吓成这样。小童子摸着额头上一个肿包，哭得气都喘不上来。

难不成她的府里还有欺凌弱小这等事，还是欺凌这么弱小的一个弱小，忒丧心病狂了。凤九握住小童子的手，义愤地锁定眉头："走，姊姊给你做主去。"

孟春院中，几乎一院的仆婢侍从都拥在沉晔的房中，从窗户透出的影子看，的确像是有场鸡飞狗跳。

凤九琢磨，教训下仆这个事，她是严厉地斥之以理好，还是和蔼地动之以情好。一路疾行其实已消了她大半怒气，她思忖片刻，觉得应该和蔼慈祥些。

刚做出一个慈祥的面容跨进门，一个瓷盅儿迎面飞来，正砸在她慈祥的脑门儿上。

瓷盅儿落地，一屋子人都傻了，指挥大局的老管事扑通下跪，边抹汗边请罪道："不——不知殿下大驾，老——老奴——"

凤九拿袖子淡定地揩了一把脸上的汤水，打断他："怎么了？"

众仆训练有素，敏捷而悄无声息地跳过来，递帕子的递帕子，扫碎瓷的扫碎瓷，老管事哆嗦着赶紧回话："沉晔大人今夜醉得厉害，老奴抽不开身向殿下呈禀，怕久候不得老奴的呈报殿下会担忧，才使唤曲笙通传一声，却没料到惊动了殿下，老奴十万个该死——"

凤九这才看清躺在床上的沉晔。

床前围着几个奴仆，看地上躺的手上拿的，料想她进来前，要么正收拾打碎的瓷盏，要么正拿新汤药灌沉晔。

原来是沉晔醉了酒。醉酒嘛，芝麻粒大一件事，她要只是凤九，此时就撂下揩脸的帕子走人了。

但此时她是阿兰若。

阿兰若对沉晔一片深情，他皱个眉都能令她忧心半天，还周全地写信去哄他，惹他展颜开心。此时他竟醉了酒，这，无疑是件大事。

老管事瞄她的神色，试探地进言道："沉晔大人醉了酒，情绪有些不大周全稳定，殿下……殿下在这里难免不被磕着绊着，里头有老奴伺候着就好，殿下要么移去外间歇歇？"

凤九审度着眼前的情势，若是阿兰若，此刻必定忧急如焚，她心中这么一过，立刻忧急如焚地道："这怎么能，我此番来就为瞧一瞧他，他醉成这样，不在他跟前守着，我怎能安心？"此话出口，不等旁人反应，自己先被麻得心口一紧，赶紧揉了一揉。

老管事听完这个话，却似有了悟，斗胆起来扶她坐在一个近些的椅子上，宽慰道："大人他喝醉了其实挺安静的，只是奴才们要喂大人醒酒汤时，大人有些抗拒，初时还由不得奴才们近身，待能靠近些了，瓷碗瓷盅一概递出去就被大人打碎，这顷刻的工夫，也不晓得打碎了多少，唉——"

话间，啪，又是一个瓷碗被打碎。沉晔床前蹲了两个婢女一个侍从，一个训练有素地收拾碎瓷片，一个训练有素地又递上一只药碗，孔武有力的小侍从则去拦沉晔欲再次将药碗打翻的手。

这个时候，为表自己对沉晔的纵容和宠爱，凤九自然要说一句："他想砸就砸嘛，你们拦着作甚。"

小侍从火烫一样缩回手，老管家脸上则现出可惜且痛心的神色："殿下有所不知，大人砸的瓷器，皆是宫中赏赐的一等一珍品，譬如方才这个碗，就顶得上十斛明珠……"

凤九心中顿时流血，但为以示她对沉晔的偏爱，不得不昧着良心道："呵呵，怪不得碎的这个声儿听着都这么的喜庆。"

老管事瞧着她，自然又有一层更深的了悟。

一个有眼力的侍婢专门拧了条药汤泡过的热帕子给凤九敷额头上的肿包。床上的沉晔却突然开口道："让他们都下去。"

凤九眼皮一跳，这个话说得倒清醒。

侍从婢女们齐刷刷抬头看向她，凤九被这些眼神瞧着，立刻敬业地甩了帕子三两步奔到床前，满怀关切地问出一句废话："你觉着好些了没？"

老管事招呼着众仆退到外间候着，自己则守在里间靠门的角落处以防凤九万一差遣。

沉晔睁开眼睛看着她，醉酒竟然能醉得脸色苍白，凤九还是头一回见。听着说话像是清醒，但眼神中全是昏茫，凤九觉得，他确是醉了。

沉晔看了她半晌，终于开口："我知道这里不会同从前一模一样，许多事都会改变。但只要这具躯壳在，怎么变都无所谓。最好什么都变了，我才不会……"这话没有说完，他似乎在极力压抑什么，声音中有巨大的痛苦，"可一个躯壳，只是个躯壳罢了，怎么能写得出那封信。不，最好那封信也没有，最好……"他握住她的手，却又放开，像是用尽了力气，"你不应该是她。你不能是她。"良久，又道，"你的确不是她。"

凤九听得一片心惊，低声问他："你说，我不应该是谁？"

沉晔瞧着帐顶，却没有回她的话，神色英俊得可怕，冰冷得可怕，也昏茫得可怕，低哑道："我和她说，我们之间，什么可能都有，陌路、仇人、死敌，或者其他，唯独没有彼此欣赏的可能。她那时候笑了。你说笑代表什么？"

凤九沉默半晌："可能她觉得你这句话有点儿帅？"

沉晔没有理会，反而深深瞧着她，昏茫的眼神中有克制的痛苦，良久，笑了一下："你说或许是捉弄我，或许是喜欢我，但其实，后者才是你心中所想，我猜得对不对？"这痛苦中偶然的欢愉，像在绝望的死寂中突然盛开了一朵白色的曼殊沙华。凤九终于有些明白为何当初阿兰若一心瞧上沉晔了，神官大人他，确然有副好皮囊。

她沉默了一下，不知该回答什么，半天，道："呃，还好。"

沉晔显然不晓得她在说什么，她自己也不晓得。其时她想起苏陌叶讲给她的故事，心中已是一片惊雷，脑中也是一片混乱。见沉晔停了一会儿，似乎要再说什么，有些烦不胜烦，一个手刀劈下去砍在他肩侧。

四下安静了。

她正要理一理自己的思绪，不经意抬眼，瞧见老管事缩在门脚边惊讶地望着她。

凤九顿时明白，这个手刀，她砍得太突兀了，看了一眼被她砍昏在床的沉晔，嘴角一抽，赶紧补救道："他不愿喝醒酒汤，也不愿安稳躺一躺，这岂不是更加的难受，手刀虽是个下策，好歹还顶用。唉，砍在他身上，其实痛在我心上，此时看着他，心真是一阵痛似一阵。"

老管家惊讶的神色果然变得担忧且同情，试探着欲要宽慰她："殿下……"

凤九捂着心口打断他："有时勾着勾着痛，有时还扯着扯着痛，像此时这个痛，就像一根带刺的细针儿一寸一寸穿心而过的痛，啊，痛得何其厉害！我先回去歇一歇，将这个痛缓一缓，余下的，你们先代我伺候着罢！"话间捂着胸口一步三回头地走向门口。

老管事眉间流露出对她痴情的感动，立刻表忠心道："奴才定将大人伺候规整，替殿下分忧。"

转出外间门，凤九呼出一口气，揩了一把额头的汗。演戏确然是个技术活，幸而她过去也算有几分经验，才未在今夜这个临时出现的阵仗跟前乱了手脚。

记得苏陌叶有一天多喝了两杯酒，和她有一两句叹息，说情这个东西真是奥妙难解，怎么能有这样的东西将两个无关之人连在一起，她开心了你就开心，她伤心了你就伤心。此时凤九心中无限感慨，这有什么难解，譬如她和沉晔，到今天这个地步，他们不管什么情总有一点情。他开心了，就不会来惹她，她就很开心，他伤心了，就来折腾她，她也就很伤心。

她叹了一声，回望了一眼沉晔又喧嚷起来的卧间，又忆起方才对老管事说的一通肉紧话，打了个哆嗦，赶紧遁了。

自个儿的卧间里头，凤九拈着个茶杯在手里头转来转去，她想一些东西的时候，有拈个什么东西转转的毛病。

她晓得苏陌叶一直在疑惑，造出这个世界的人是谁。此前他们也没瞧见谁露出了什么行迹。直到今夜沉晔醉酒。酒这个东西，果真不是什么好东西。

但倘若果真沉晔便是此境的创世之人，他造出这个世界，是想同阿兰若得一个好，那为何自她入此境来，沉晔却对她一直爱答不理？这有些说不通。今夜他还说了些怪话，譬如她不该是阿兰若，她只是个壳子之类。

陌少说过，创世之人并非那么神通广大，掉进来的人取代了原来的人，按理只有掉进来的人自己晓得，创世之人是不可能晓得的。换言之，沉晔不可能晓得她是白凤九而非阿兰若，但他一直说她只是个壳子，难道……他另造出阿兰若来，却没法骗过自己这个阿兰若是假的，所以才说她只是个壳子？

灯花噼啪了一声，一丝缥缈记忆忽然闪入她的脑海。那夜她被沉晔救出九曲笼后，在昏睡中曾听到一句话，多的虽记不住了，大意却还有些印象："我会让你复活，我一定会让你回来。"现在这么一想，那个声音，竟有些像沉晔的。

凤九想了一通，自觉想得脑袋疼，再则深夜想太多也不宜入眠，搁了杯子打算睡醒再说。

一觉天亮，醒时老管事已候在她门外，呈上来一盅醒神汤，说沉晔大人酒已醒了，听说昨夜公主亲自来探看他，颇感动，料想公主昨夜必定费神，因而吩咐下厨熬了这盅汤，命自己呈过来给公主提一提神，看得出来沉晔大人还是关怀着公主。

老管事说着这个话时，眼中闪着欣慰的泪花。凤九在他泪光闪闪的眼神中喝下这盅汤，果然颇提神。早膳再用了半碗粥，收拾规整后，她觉得今天似乎有些什么大事要思索，这些大事，好像还同沉晔昨夜说的什么话相关。费了半天的力，却想不起来昨夜沉晔说了什么，也想不起来要思索什么了。她默了一阵，觉得既然想不起来，多半是什么不打紧之事，或者是自己一时糊涂记错了，也就未再留神。

苏陌叶被息泽召走了，茶茶被她派去给息泽送糖狐狸了，息泽嘛，息泽本人此时亦在歧南神宫蹲着。说不准他们仨此刻正围着一张小案就着糖狐狸品茶，一定十分热闹，十分和乐。

凤九觉得有些凄凉，又有些寂寞。

她凄凉而寂寞地窝在小厨房里做了一天的糖狐狸，做出来自己吃了两个，院子里的侍从婢女老妈子各送了两个，给苏陌叶留了五个，竟然还剩五个。她想了一想，想起来早上沉晔送了盅汤给她，来而不往非礼也，她是个有礼节的人，将剩下的糖狐狸包了一包，差老管事连带第二封信一起捎给了沉晔。

第十一章

01.

是夜，凤九和衣早早地躺在床上，她预感今夜沉晔又会出个什么幺蛾子折腾自己，一直忐忑地等着老管事通报。

等了半个时辰，迟迟不见老管事，自己反而越等越精神，干脆下了床趿了双鞋，打算溜去孟春院偷偷瞅一眼。凤九暗叹自己就是太过敬业，当初阿兰若做得也不定有她今日这般仔细。

叹息中，窗外突然飘进来一阵啾啾的鸟鸣。府中并未豢养什么家雀，入夜却有群鸟唱和，令人称奇。她伸手推门探头往外一瞧。

凤九觉得，她长到这么大，就从来没有这么震惊过。

亭院打理上头，因阿兰若爱个自然谐趣，院中一景一物都挺朴实，以至她这个院子看上去就是个挺普通的院子，特别处不过院中央一棵虬根盘结的老树，太阳大时，是个乘凉的好去处。

但此时，当空的皓月下，眼前却有丰盛花冠一簇挨着一簇，连成一片飘摇的佛铃花海，叫不出名字来的发光鸟雀穿梭在花海中，花瓣随风飘飞，在地上落成一条雪白的花毯，花毯上头寸许，飘浮着蓝色的优昙花，似一盏盏悬浮于空的明灯。

紫衣神君悠闲地立在花树下，嘴里含着半个糖狐狸，垂头摆弄着手上的一个花环，察觉她开了房门，瞧了她一会儿，将编好的花环伸向她，抬了抬下巴："来。"

凤九半天没有动静，几只雀鸟已伶俐地飞到息泽手旁，衔起花环叽喳飞到凤九的头顶。安禅树的嫩枝为环，缀了一圈或白或蓝的小野花，戴在她头上，大小正合衬。

凤九仍靠门框愣着，脑中一时飘过诸多思绪。譬如折颜时常吹嘘他的十里桃林如何如何，如今看来他那十里桃林除了能结十里桃子这点比佛铃花强些外，论姿色逊了何止一筹。又譬如歧南神宫路远，息泽此时竟出现在此院中，可见是赶路回来，要不要将他让进房中饮杯热茶坐一坐？再譬如上古史中记载，上古时男仙爱编个花环赠心仪的女仙做定情物，息泽竟送了个花环给自己做糖狐狸的谢礼，可见他忒客气，以及他没有读过上古史……

雀鸟啾鸣中，任她思绪繁杂，息泽却仍闲闲站在花树下："过来，我带你去过女儿节。"

这个话飘过来，像是有什么无形之力牵引，走向息泽时她的裙子撩起地上的花毯，离地的花瓣融成光点，萦绕她的脚踝。

凤九折回去信步踢起更多的花瓣，花瓣便化成更多的光点。鸟雀们在光点中扑闹得欢腾，她踢得也欢腾，高兴地向息泽道："难得你把这里搞得这么漂亮，我们就在这里玩儿一会儿，不出去了……"话还没说完，腰却被揽住，"成不成"三个字刚落地，两人已稳稳立于王城的夜市中。

天上有璀璨的群星，地上有炫目的灯彩，佛铃与优昙悬于半空，底下是喧嚷的人声。

凤九瞧着半空中飘飞的落花目瞪口呆："你将幻景……铺满了整个王城？"

正有两个姑娘嬉闹着从他们跟前走过，落下只言片语："大约是哪位神君今夜心情好，为了哄心仪的女子开心，才在女儿节做出这样美丽的幻景，叫咱们都赶上了，那位神君可真是痴心，他心仪的女子也真是有福分！"

有福分的凤九一心追着往市集里走的息泽，姑娘们说的什么全没听清，追上时还不忘一番语重心长："做这样的幻景虽非什么重法，但将场面铺得这样大难免耗费精力，你看你前些时日身上还带着伤，此时也不知好全没有，我其实没有想通你为什么会做这等得不偿失之事，啊你怎么想的，我方才在院中时都忘了你身上还带着伤这回事。"

息泽的模样像是她问了个傻问题："她们不是说了吗，我今夜心情好。"

凤九很莫名："前些时也没见你心情好到这个地步，今日怎么心情就这么好了？"

息泽指了指化得没形的糖狐狸："你送我这个了。"

凤九卡了一卡。

她默默地看了一眼糖狐狸，又默默地看了一眼息泽，良久，道："我送你几个糖狐狸，你就这么开心？"

息泽声音柔和，答了声嗯，目光深幽地瞧着她："你送我糖狐狸，我很开心，回来陪你过女儿节，做出你喜欢的幻景，我是什么意思，你懂了吗？"

息泽方才的那一声嗯，早嗯得凤九一颗狐狸心化成一摊水，听他底下的这句话，化成的这摊水暖得简直要冒泡泡。这是多么让人窝心的一个青年，小时候没了父母，没得着什么疼爱，此时送他几个不值钱的糖狐狸，他就高兴成这样。这又是多么知恩的一个青年，她送了那么多人糖狐狸，就他一人用这样方式来郑重报答她，旁人是滴水之恩涌泉相报，他简直是滴水之恩喷泉相报。

凤九给了息泽一个我懂的眼神，嗓音里含着怜爱和感动："我懂，我都懂。"

息泽默了一会儿："我觉得你没有懂。"

凤九同情地看着他。如今这个世道，像息泽这样滴水之恩喷泉相报的情操，确然不多见了，想来也不容易觅得知音。息泽他，一定是一个内心很孤独的青年。太多人不懂他，所以遇到自己这种懂他的，他一时半会儿还不太能接受。这却不好逼他。

她越瞧着他，越是一片母性情怀在心头徐徐荡漾，恨不得回到他小时候亲自化身成他娘亲照顾他，手也不禁抚上他的肩头："你说我没有懂，我就没有懂吧，你说什么就是什么。"又看他的手："这个糖狐狸只剩个棍子了，其他九只你也吃完了？你喜欢吃这个？我此时身上却没带多的，夜市里头应该有什么糕点，我先买两盒给你垫着，回家再给你做好不好？或者我再给你做个旁的，我不单只会做这个。"

息泽又看了她许久，轻声道："我不挑食，你做什么我吃什么。"又道，"你在我身上这样操心，我很高兴。"

凤九几欲含泪，这个话说得多么贴心，她也认识另外一些内心孤独的少年或者青年，为人就没有息泽这样体贴柔顺。这就又见出息泽的一个可贵之处。

凤九瞧着他的面容，遥想他小时候该是怎样一个体贴可爱的孩子，无父无母长到这么大，不晓得受过多少委屈，就恨不得立刻将他幼时没有见识过的东西都买给他，没有玩过的把戏一个一个都教他玩得尽兴。

她满腔怜爱地一把拽住息泽的袖子，豪情满怀："走，我带你玩儿好玩儿的去。"

女儿节，照字面的意思就是姑娘们过的节日，梵音谷外的神仙不过这种节，但凤九两百多年前乃是凡界的常客，自然有些见识，看出凡界有个七月七过的乞巧节，同这个有几分相类。

但地仙们过节，自然更有趣致。譬如排出的这一条街灯，灯上描的瑞兽便个个都是能言能动的，即便是个上头只描了花卉的灯笼，凑近些也能听到灯里传出自花间拂过的风声。再譬如小摊上拿面泥捏的面人，也是个个古灵精怪得同活物一般，光瞧着都很喜人。

卖面人的小哥拿剩泥捏了个箜篌拿根棍儿穿着，插在一众花枝招展的泥人儿间，泥箜篌竟自己就奏出乐声来。凤九瞧着有趣，多看了两眼，听到息泽在她头上问："你喜欢这个箜篌吗？"

息泽这样一问，不禁令她想起她的表弟糯米团子来。团子是个十分委婉的孩子，想要什么从来不明着要，例如她带他出游凡界，他睁着荷包蛋一样水汪汪的大眼睛，绞着衣角羞怯地问她："凤九姊姊，你想吃个烧饼吗？"她就晓得，团子想吃烧饼了。

息泽此时这个问法，句式上和团子简直一样一样的。

面人小哥正对着息泽舌灿莲花："公子果然有眼光，小人虽然有个虚名叫面人唐，但其实最擅捏箜篌，城中许多公子都爱光顾小人买个泥箜篌送心上人，摊上这个已是今日最后一件了，公子若要了小人替公子……"

话没说完凤九一锭金叶子啪一声拍在摊位上头："好，我要了，包起来。"

面人小哥一手稳住掉了一半的下巴，结巴道："是小……小姐付账？一向不……不都是公子们买给小姐们吗？"

息泽还没反应过来，凤九已接过面人，巴巴地递到他手里，口中异常的慈爱："你小时候没有玩过面人对不对，这个虽然是米面做的，但入不得口，将它放在床头把玩几日即可。若要能入口的，前头有个糖画铺子，我再给你买个糖画去。"期待地道，"这个泥箜篌你喜欢么？"

息泽艰难地看了她一会儿，斟酌道："……喜欢。"

凤九感到一种满足，回头向目瞪口呆的面人小哥豪爽道："你做出这个来，他很喜欢，这就是莫大的功劳了，多的钱不用找了，当是谢小哥你的手艺。"

面人小哥梦游似的收回找出去的银钱，敬佩地目送凤九远去的背影，喃喃赞道："真奇女子，伟哉。"

凤九如约给息泽买了个会喷火花的龙图案糖画，还买了两盒糕。

一路上，息泽问过她想不想要一个比翼鸟尾羽做的毽子，一个狐狸面孔的会挑眉毛的桧木面具，一把拼错了会哼哼的八卦锁。于是她又一一给息泽买了一个毽子，一个面具，一把锁。买完势必满含期待地问息泽一句喜不喜欢，自然，息泽只能答喜欢。

她听着息泽说喜欢两个字，就忍不住高兴，就忍不住将卖这些小玩意儿的摊贩打赏打赏。

逛了一夜，逛得囊中空空，她却十分地满足。

三四个戴面具的孩子打闹着跑过他们身前，有个长得高的孩子跳起来捞一朵落在半空的优昙花，花朵像是有知觉似的躲躲闪闪，孩子愣了一瞬，咯咯笑着就跑开了。

凤九顿时想起自己混世魔王的小时候，回头挺开心向息泽道："我像他们这么大的时候，也爱在街上这么跑来跑去。"

她的童年里头着实有许多趣事，边走边眉飞色舞地同息泽讲其中一则："那时候我有个同窗，是头灰狼，有一回我没答应他抄我功课，他趁我在学塾里午睡时把我身上的皮毛……呃，羽毛全都涂黑了。"

息泽将落在她头上的光点拨开："你小时候常被欺负？"

凤九扬眉："怎么可能，旁的同窗们巴结孝敬我还来不及，就灰狼弟弟还敢时不时反抗一下，当然我都报复回来了。次回夫子带我们去山里认草药，晚上宿在山林里，我就去林子里抓了只灰兔子，趁灰狼弟弟睡着时把兔子塞在他肚子底下，次日清晨告诉他那是他做梦的时候生出来的，我还帮他接了个生，灰狼弟弟当场就吓哭了。"

息泽唇角浮出笑来："做得很好。"

凤九叹一口气："但后来他晓得是我耍了她，撵着我跑了两个月。"

息泽道："只撵了两个月？"

凤九无奈地看他一眼："因为两个月后年终大考，他想抄我的上古史。"

息泽点头道："看来你的上古史修得很好。"

凤九有一瞬的怔忪，但立刻抛开杂念，坦荡地道："这个嘛，因我小时候崇拜一位尊神，他是上古的大英雄，一部上古史简直就是他的辉煌战功史，我自然修得好。"

瞧息泽忽然驻足，她也停下来，又道："其实那时候，我还想过在他喜欢的课业上也用一用功，无奈他喜欢的是佛理课，这个我就有心无力了。我一直不大明白他从前成天打打杀杀，后来为何佛理之类还习得通透，有一天终于明白了，挥剑杀人的人，未必不能谈佛理。其实他还喜欢钓鱼之类，但可惜夫子不开钓鱼这门课。"话毕由衷感到可惜地叹息了一声。

恍一抬头，息泽的眼中含了些东西她看不大明白，他的手却扶了扶她头上有些歪斜的花环，低声道："你为他做了很多。"

凤九听出这个是在夸她，不大好意思，顺手从他手里拿过那个桧木面具顶在面上，声音瓮瓮从面具后头传出来："这……这着实算不上什么，只不过小时候有些发傻罢了。"忽听得前头一片熙攘喝彩声，踮脚一瞧，立刻牵住息泽的袖子，声音比之方才愉悦许多，兴奋道："前头似乎是姑娘们在扔香包，走走，咱们也去瞧瞧！"

02.

比翼鸟族女儿节这一日，姑娘们扔香包这个事，凤九曾有耳闻。

听说夜里城中专有一楼拔地起，名婺女楼，乃万年前天上掌婺女星的婺女君赠给比翼鸟族一位王子的定情礼。婺女星大手笔，然比翼鸟族惯不与外族通婚，二人虽有一番情短情长，终究只能叹个无缘，徒留一座孤楼仅在女儿节这夜现一现世，供有心思的姑娘们登高，圆一圆心中的念想。

传说中，是夜，姑娘们带着亲手绣好的香包登楼，若心上人自楼下过，将香包抛到心上人的身上，他有意就收了香包，他无意就抛了香包，但收了香包的需陪抛香包的姑娘一夜畅游。

凤九发自肺腑地觉得，这果真是个有情又有趣的要事，若早几万年青丘有这样的要事，迷谷他也不至于单身至今。

她兴致勃勃引着息泽一路向婺女楼，途中经过方才买面人的小摊，面人小哥在后头急急招呼了他们一声："小姐行色匆匆，是要赶去婺女楼罢？奉劝小姐一句，你家公子长得太俊，那个地方去不得！"

凤九急走中不忘回头谢面人小哥一句，乐道："我们只是去瞧瞧热闹，他是个有主的，自然不会乱接姑娘们的香包，劳小哥费心提醒。"

小哥又说了什么，声音淹没在人潮中，但方才他那句倒是提点了凤九，不放心地向息泽道："方才我说的，你可听清了？"

息泽自然地握住她的手以防她被人潮冲散："嗯，我是个有主的。"

凤九将面具拉下来，表情很凝重："啊，自然这句也是我说的，但却不是什么重点，要紧是你万万不可乱接姑娘们的香包，可懂了？"

方才忘了叮嘱他，息泽这等没有童年的孤独青年，此时见着什么定然都新奇，从他对毽子面具八卦锁的喜爱，就可见出一斑。要是他觉得姑娘们的香包也挺新奇，怀着一颗好奇之心接了姑娘的香包……抛香包的姑娘自以为心愿达成，他却只是出于一种玩玩的心理，姑娘们晓得了，痛哭一场算是好的，要是个把想不开的从婺女楼上跳下来……

想到这里，她心中一阵沉重，又向他一遍道："一定不准接她们的香包，可懂了？"

息泽深深看了她一眼，含着点儿不可察觉的笑意，道："嗯，懂了。"

"真的懂了？"

"真的懂了。"

凤九长舒一口气。

可叹她这口气尚未松得结实，婺女楼前，迎面的香包便将他二人砸了个结实。

凤九皱着眉，传说中，姑娘们将香包抛出来，接不接，在书生公子们自己的意思，抛，不过抛的是一个机会，一则缘分。但此时砸在息泽身上这数个香包，却似黏在上头，这种抛，抛的却是个强求。

她终于有几分明白面人小哥的提醒是个甚意思。

婺女楼上一阵香风送来，楼上一串美人倚栏轻笑，另有好几串美人嬉闹着欲下楼，邀被香包砸中的公子，也就是息泽神君他兑行诺言。

楼旁卖胭脂的大娘赠了凤九同情一瞥："姑娘定是外来的，才会在今夜将心上人领来此处罢？"

凤九没理会她那个心上人之说，凑上去道："大娘怎晓得我们是外来的？大娘可晓得，这些香包，怎会取不下来？"

在婺女楼底下卖胭脂卖了一辈子的大娘自然晓得，神色莫测道："从前这些香包，确然只是普通香包，婺女楼也确然是求良缘的所在，但百年前城中出了位姿容卓绝的美男子，是许多小姐闺梦中的良人。小姐们为了能得这位美男子一夜相伴，于是集众人之力，做出了这等砸到人就取不下来的香包。"唏嘘一声，"那位美男子因此而不得不在女儿节当夜，以一人微薄之力陪七十三位小姐共游王城。老身尤记得当年那一夜，那可真是一道奇景。"

凤九脑中想象了一番，赞叹道："确是道奇景。不知后来这位美男子娶了七十三位小姐中的谁，不过无论娶谁，想必都是段佳话罢。"

大娘再次给予她同情一瞥："后来嘛，后来这位九代单传的美男子就断袖了。"

凤九愣了一愣，猛地回头看了眼息泽。难怪今夜楼前走来走去的男子多半歪瓜裂枣，难怪息泽一出场就被砸了一身。亏得他身手敏捷，可能为护着她又不太把砸过来的香包当回事，身上才难免中了数个。

是她执意将息泽带来此处，她虽是无心，但倘若息泽步先人的后尘，亦在此被逼成个断袖……这简直不可想象。

她不敢再多想象，一把握住息泽的手，抓着他就开跑。只听后头依稀有女子娇嗔："公子，别跑呀……"她拽着息泽硬着头皮跑得飞快。

人群纷纷开道，一路尾随着稠急风声，落下来的优昙也被撞碎了好几朵。

街灯渐渐地稀少，被拖着跑的息泽在后头慢悠悠地道："怎么突然跑起来？"

凤九听他这个话，想起楼上的众美人，顿时打了个哆嗦："不跑能如何？难不成你想一整晚都耗在她们身上，陪她们夜游王都？"

息泽停了一停："你不想我陪她们？"

话间将凤九拉进一条小巷中，这里灯虽少些，佛铃和优昙却比灯市上稠得多，月亮也从云层中露出脸来，颇亮堂。

凤九站定一边喘气一边心道，这真是句废话，我自然不希望你被她们逼成个断袖，但她适才急奔中说了两句话，岔了喘息，此时连个嗯字都嗯不出来，只能勉强点个头。这个头，却似乎点得让息泽满意。

佛铃和优昙悠悠地浮荡，巷子里静得出奇，只能听见她的喘息。方才跑得那样快，头上的花环竟也未掉下来，未束的发像自花环中垂下的一匹黑缎，额角薄汗湿了些许发丝，额间凤羽花丽得惊人，雪白的脸色也现出红润。

她的确长得美，但因年纪小，风情二字她其实还沾不大上，可此时，却像是个真正风情万种的成熟美人。

桧木面具挂在她脖子上，面具上的狐狸耳朵挡住下颌，摩得她不舒服，伸手拨了拨，但又反弹回去，她就又拨了拨，这个动作显得有些稚气。

息泽走近一步，伸手帮她握住面具，只是那么握着，没说帮她取下来，也没说不帮她取下来。他漂亮的眼睛瞧着她。

凤九不知他要做什么，亦抬眼瞧回去，目光相缠许久，她迟钝地觉得，此时的氛围，有些不大对头。眼看息泽倾身过来，她赶紧退后一步，开口道："好久没这么跑过……"话尾却被息泽含在了口中。他一只手仍握住那枚面具，一只手揽住她的腰，在她唇间低声道："我也是。"

凤九眨了眨眼睛，伸手推了息泽一把，没推动，他的气息拂过她嘴角，令她有些痒。她的手放在他胸口，推又推不动，不推又不像话，她就又推了推，又没推动。还想再推，感到他搂在她腰间的手突然用了力道，她整个人都贴在他身上。她吓了一跳，开口轻呼了一声。看到他漆黑的眼中闪过一点笑意，口中顷刻侵入软滑之物，她脑中轰了一声，震惊地明白过来那是他的舌头。

他的眼睛仍然沉静，仿似被月光点亮，缠着她的舌头却步步进逼，她不知他想将自己逼到何处，隐约觉得这样下去不是办法，摸索着将木讷的舌头亦动了一动。感到息泽一僵。这令她大受鼓舞，笨拙地缠着息泽的舌头想将他逼回去。息泽目不转睛看着她，唇舌间的动作却十分配合，由着她抵着他的舌，直到滑入他的口中。

她有时候的确好强，也爱逞强，且好强逞强的心一升起来，一时片刻就收不回去。白檀香笼住她，是息泽身上的味道。她脑中一片空白，凭着本能中的好强，只想着要将息泽也逼得退无可退。

她的手攀上他的肩，踮着脚，唇紧紧贴着他的唇，舌头在他口中胡搅蛮缠，自以为很有攻击性。好半天，唇舌离开息泽时，觉得舌根都有些麻痹发痛，还喘不上气。息泽的呼吸却平稳，抵着她的鼻尖，唇移到她嘴角，抚弄过她饱满的下唇，那轻柔的触弄令她颤了一颤，他在她唇角停了一下，放开了她。

桧木面具重新挂到她颈上，狐狸耳朵仍挡住她的下颔。

像是静止的时光终于流动，身旁的优昙花聚拢分开，撞出一些光斑，譬如夏日萤火。

凤九蒙了许久，愣了许久，意识到方才做了什么，沉默了许久。

息泽的手抚上她头上的花环，她偏了一步躲开，徒留他的手停在半空，正巧一朵优昙落下来，撞上指尖，幽光破碎，像在手心里长出一圈波纹。

她的身影停在暗处，道："我……"我了半天，没我出个结果，见息泽没有理她，半晌，声音里带着一丝羞愧，前言不搭后语地道："我刚才不知道自己在做什么，我本来挺开心的今晚上，就像没有忧虑也没有烦恼的小时候，其实这一阵，我本来都挺开心的。"

息泽看着她："为什么现在不开心了？"

她收拾起慌张，强装出镇定："近日你帮了我许多，我觉得你我的交情已担得上朋友二字，或者我做了什么令你有所误会，但却不是我的本意。我们虽有个夫妻之名，但这也并非你我的本意。我们就做个交心的朋友，你觉得好不好？"

息泽淡声道："你觉得这样好？"神色平静地道，"那你刚才，是在想着谁？"

她想着谁？她自然谁也没有想，她只觉得方才自己撞邪了才会在那种事情上逞强。头摇得像个拨浪鼓道："我没有想着谁，你别冤枉我。"她只求他将这一段赶紧揭过，又补充道，"我听说无执念、无妄心有许多好处。我从前不是这个样，现在却想变成这个样，我不想有执念和妄心，也不想自己成为他人的执念和妄心。我这么说，你明白了吗？"

息泽静默地瞧着她，她说这些话的时候，全不见方才于优昙间肆意奔跑的天真，神色间含着难得一见的谨慎。果然，还是太快了。他有时候觉得她挺聪明，她却挺笨，有时候觉得她挺笨，她又挺聪明。要放低她的戒心，看来只能先顺着她的意。

他目光停在她身上，片刻，道："刚才只是我余毒未清，你在想什么？"

凤九傻了。

方才息泽亲她，她自然想到，要么是息泽又中了毒，要么就是喜欢她才亲她。她觉得他不能这么倒霉，连着两次都栽在毒这个字上头，那自然是有些喜欢她，而她竟然亲了回去，显然是她脑袋被门夹了。

她鼓足勇气，自以为拿出一篇进退有礼又不伤息泽自尊的剖白，却没想到他只是余毒未清，或许自己将他亲回去也是染了他身上的毒。果然还是个毒字。

息泽问她她在想什么，一定是听出来她觉得他喜欢她了，这个话一定是暗示她想多了，她的确想得太多了，思绪到此，一张脸立时惭愧得通红，遮掩地干笑道："哦，原来是余毒，我……我这个人心思细密，有时候是容易想得多些，你别见笑，哈哈……哈哈。不过你这个毒也着实厉害，十几日了竟还有余毒，不要紧吧？"

息泽沉默地看了她一会儿，斟酌道："蛟龙的毒，是要厉害些，倒不是很要紧。"

凤九抵着墙角，一时也不晓得该再说些什么，见息泽不再说话，气氛尴尬，半天，道："那这些天毒发时，你一定很难受吧？"

息泽淡定道："嗯，都是靠忍。"

凤九哦了一声，巷中又是半刻沉默，沉默中她脑中升起一个疑问，想要忍住，最终没有忍住，问道："既然都是靠忍，那你……你方才为什么不忍？"

息泽坦诚地道："忍多了不太好。"又道，"你说过我们是交心的朋友，既然是朋友，帮个小忙我想你应该觉得没什么。"

凤九不知为何有点儿想发火，但息泽说得也有道理，而且此时发火就显得自己气量太小了，只得继续哈哈道："我自然觉得没有什么，但反正你已经忍了那么久了……"

息泽深深看了她一眼："就是因为忍了很久，不用忍时才不需要忍了。"不待凤九回应，捂着胸口皱眉做疼痛状道，"方才跑得急，伤口似乎裂开了，有些疼，先回去。"

十几日了还有余毒，且伤口未愈，但息泽竟说不要紧。想来是诓她。凤九本性中有时候颇爱操心，此时方才的尴尬一应皆忘，心中唯有一片忧虑，忙上前一步扶住息泽道："我看你这个伤像是不大平稳，早晓得不出来也罢，赶紧回去，我让人给你治治。"她担忧地皱眉扶住息泽时，却没注意他嘴角噙着的一丝得逞的笑意。

茶茶尚滞留在歧南神宫，替她的小婢子长得一脸机灵相，但因年纪小，有些事终归不如茶茶会拿捏。譬如息泽今夜宿在何处这个问题。

若是茶茶，约莫神不知鬼不觉往凤九床上再添个瓷枕罢了。替她的小婢子却谨慎，一板一眼地请示凤九："殿下，今夜神君可是按往例仍宿在厢房中？东厢西厢殿下都曾为神君备过一间，却不知神君是想宿东厢还是西厢？"

其时息泽懒洋洋躺在凤九的床上，药师刚来探看过他身上的伤。

他身上原本没什么伤，没想到凤九大半夜还真能延请来药师，见血的障眼法又障不了神仙的眼，于是挺干脆地自发将胸口又弄出伤来，此时这个养伤，倒是养得名副其实了。

凤九打着哈欠问息泽："时候不早了，你想宿在东厢还是西厢？"

息泽的胸口缠着绷带，闭着眼睛头也没抬，道："我觉得我可能挪不动，今夜就宿在此处吧。"

凤九上下眼皮直打架，打了个哈欠道："也好，你今夜宿在此，我去东厢歇一歇。啊，需留个小厮在房中伺候，倘有什么事也好差他来通传我。"

息泽仍没动，口中道："小厮哪有知心好友照顾得周全。"状似疑惑地看着她，轻声道，"你不是说，我们是知心好友吗？"

凤九头皮一麻，知心好友，这的确是她说出的话。但她说出这个话时，是拿小燕壮士做的参照。小燕也是她的知心好友，常陪她吃酒谈心，虽然没什么文化，却一直在尝试着变得有文化。但息泽这个知心好友，简直就是她的大爷。

她无奈地挠了挠头，挫败道："好罢，但今夜若再毒发，你需忍着。"又偏头吩咐小婢子，指着床前的六扇屏风道，"在屏风外头替我搭个小榻。"

凤九爱心软，又容易被激出母爱，倘今夜她的母性情怀一直绵延，说不准不消息泽提，她就颠颠地留下来亲自看顾她。可叹息泽无意的一亲，亲得她一颗被母爱浸泡得柔软的小心肝刹时掉进个冰窟窿。

息泽反思得没错，他那一步，确是有些快了。幸而后头神来一笔，算救回半个场子。

息泽暂宿在凤九院中养伤的这几日，每每她有走出院门去做个别的事的打算，他就有伤势要复发的征兆。作为知心好友，她自然什么别的也不能做，只能整天寸步不离地守着他。

所幸守着息泽并不无趣，还让她长了一些见识。

譬如饮茶，她原以为东华那种煮个茶喜用黑釉盏的已算是种讲究，跟着息泽才晓得，此种讲究是个穷讲究，饮茶的情趣高旷，在于天地合一，就地取材八个字。

正待初夏，院中开了几蓬莲花，息泽令她寻几个荷花盏，将几味粗茶搁在花心里盛着，待入夜后花苞合起来，将纳于其中的茶叶一熏，次日取些山泉水再将这些茶随意一烹，即使拿个大茶缸子喝，入口也是天然妙味，自有谐趣。

再譬如院中盛开的花木，她从前只晓得，瞧着入眼的可折一两枝插瓶玩赏，从未听过还有盆玩一说。息泽却是有闲情，寻来宽碗做盆，覆上泥沙，在园中花丛里挑选嫩枝植入泥沙中，点缀以灵璧石，稀疏杂以小花穗，就是一盆意态风流的山水小景。剩下的花枝他偶尔还会编个蝴蝶或是兔子给她。

偶尔他们也杀杀棋，她自然不是他的对手，他却并不一味赢她，时不时也让她赢一两局过把瘾，但这个让字又做得很有学问，让得知情知趣，不显山不露水。

她睡不着时，他会隔着屏风给她念书，他声音低沉，放轻柔时就如拂面的微风，很快就让她睡过去。每每此时，她就觉得有个有文化的知心好友是多么难得，她都可以想象，倘若小燕给她念书，书中一定有一半字不认得要请教她，只能越念越令她精神。

越是相处，她越觉得息泽是个妙人，同他这么处着，时光竟逝若急流，过得有些不知朝夕了。

这日她心血来潮，亲去厨房替息泽备药汤，回廊上隔着一丛嫩竹，两个小婢在嫩竹后头说私房话，絮絮的私语无意间飘进她的耳朵："我就说神君其实对咱们殿下用情深，听说女儿节那夜，满城的花海就是神君的手笔，想必是将殿下打动了，自那日后殿下同神君关在房中日夜相守，算来已有六日，呀——说不准咱们府中很快便能添个小殿下了，你说我们要不要现在就做些小衣裳小裤子备着，届时托一托茶茶姊姊带给小殿下，想着小殿下穿着咱们做的小衣裳在院子里头扑蝴蝶，不觉开心嘛，神君他务必动作要快些啊——"

凤九脚底下一滑，差一点儿就栽进旁边的鱼塘，幸亏眼明手快扶住了围栏。但经这么一提点，她恍然自己原已陪着息泽折腾了六日。她从来是个坐不住的，此番竟能在区区斗室中一困就是六天……她由衷地感到震惊。再听这两个小婢说息泽对她用情颇深，还盼着他二人闭门造个小殿下出来，她就有些哭笑不得，一路抽着嘴角去了厨中。

　　待端了药汤回房，本想将这个话当个趣闻同息泽一提，敞亮的正房中，却不见他的人影，倒是靠窗的长桌上留了张字条。

　　字条上笔走银钩，颇有气势，说要出门一趟，今日或明日回来。出门做什么，他却没有细说。

第十二章

01.

　　凤九幼时上的族学，学中驳杂，什么都教，因此她学过佛，亦修过道。她认为，道这个字最要紧是讲个调和，譬如有天就有地，这是种调和。有男就有女，这也是种调和。息泽走了苏陌叶回来了，这还是一种调和。

　　陌少突然出现在湖中亭时，凤九正攀着桅栏，有一搭没一搭地喂鱼。

　　听见身后有响动，漫不经心回头，看清苏陌叶的模样时，一个哆嗦差点儿从桅栏上摔趴下去。

　　西海第一风雅第一风流的苏陌叶苏二皇子，此时正散着发丝赤红着双眼，修长的玉手里头一个大茶缸子，豪放地朝自己猛灌凉茶。

　　片刻寂静，凤九掐了自己一把，确定此时并非做梦，凑过去疑惑地道："陌少你这副形容，难道是昨夜闯了哪家姑娘的香闺，被姑娘她爹拿根棒子打出来了？"

　　苏陌叶撩下茶缸，瞥了她一眼，眼神中饱含悲愤：

"息泽邀我至神宫助他打件法器，正要紧的时刻，你让茶茶送什么糖狐狸，他接到那个鬼东西，二话不说将后头诸事全抛给我，下山后就再没回来过。我累得很，此时手脚都是僵的，脸也是僵的。"

看她面上吃惊，叹了口气道："我说这个话也并非怪罪你，但你需体谅，今日我这个形容是连着七八日大耗仙力且未曾合眼的形容，此时还有口气能同你说长道短，着实西海福荫，还需算上我命硬。"

凤九方才一愣，同愧疚其实无甚干系，只为感叹息泽的报恩心切。此时眼中影入陌少颓废的面容，心中莫名地燃起同情，宽慰他道："你看，息泽他是个知恩的人，你施了这样大的恩给他，待这件法器制成功，他不晓得会怎么来报答你，想想都让人激动。"话到此处，果然有些激动，动容地道："不过，陌少你并不缺宝物，也不爱美人，我猜，他必定会选一种更有情谊更值得珍重的报恩法，譬如说亲自下厨做一桌小宴款待于你……"

帝君的厨艺，是一个很玄且很危险的东西。连宋的唏嘘言犹在耳。陌少手里的茶缸子不禁一抖，道："他若想不起来报答，你千万不要提醒他。"瞧凤九面露疑惑，木着一张脸补充道，"因日行一善乃是我们西海的家规，要的就是不求回报这四个字，施恩若还望报，却是落了下乘，会被族人瞧不起。"

凤九顿时了悟，眼中流露出激赏神色。陌少咳了一声，赶紧将话题一拨，道："此事便不议了，我今次回来，一为去王宫取个东西，二来其实也是问一问你，沉晔处，这几日可有什么不妥当？"

什么叫妥当，什么叫不妥当。凤九沉思着这个问题。沉晔近几日安静地困在孟春院中，安静得若非陌少提醒，她都快忘了她府中还住着这么一尊大神，她的概念中，这个就叫作妥当。但她不晓得这是不是陌少想要的妥当，含糊地道："他没来惹我，应该算是妥当。"

陌少笑了一声，神色间却不见什么笑意，当然要从他此时这张脸上看出笑意来着实也有点困难，道："他原本就不会先来招惹你。从前对阿兰若是如此，此时对你也理当如此。"

这却勾起了凤九一些好奇，道："我也听过一些传闻，说沉晔后来曾为阿兰若一剑斩三季，这个传闻还传得挺广的，可见出他对阿兰若的情分。但万事皆有因果，我觉得，这情分总不至于阿兰若仙去后才凭空而生罢，上回你将他二人的过往同我讲了一半，今日不妨讲讲另一半？"

苏陌叶半靠着椅背，远目湖中田田的荷叶，道："另一半嘛？我晓得的也不多，有影的事，不过一两件罢了。"又道，"上回我讲到何处？可是沉晔晓得给自己的信是阿兰若执笔，勃然大怒，去她的书房同她说了些决绝话？"

凤九唏嘘道："陌路，仇人，死敌，他说他们之间只有这种可能。"

陌少冷笑道："他该毕生谨记这句话，毕生奉守这句话。这对阿兰若来说，才是一件幸事。"

亭中一时沉默，良久，苏陌叶轻声道："阿兰若她，有一种气度，在寿不过千的灵物中，是我生平仅见最为从容潇洒。"

阿兰若的潇洒，在与沉晔的书房一别后，可见出一二来。若旁的女子，被心上意中之人说了如许重话，虽不致日日以泪洗面，颓在闺中三四日却是寻常。

但阿兰若的行止，却像是那日书房中事并未发生。

不用再变着法儿关怀沉晔，她的日子倒过得越发清闲起来，除开常例的习字听戏之类，适逢宗学里头教射御的夫子回家探亲，她还去宗学中顶替这位夫子，教了几日射御。日出而作，日落而归，同闷在孟春院中的沉晔相安无事。

近日因她在宗学代教，时常偶遇袖一卷书行色匆匆的文恬。文恬正应了她这个名字，性子恬淡，下学后也不爱与同僚闲逛，日子过得一板一眼。她前几日有些对不住文恬，料想她成日扎在书堆中，回家估摸也是对灯枯坐，必定乏闷，偶尔碰到她时，便令厨中多备双筷子，将文恬领回去一道用个晚膳。

文恬爱棋成痴，曾与沉晔有一棋之缘，阿兰若虽不知他们当日那一局杀得如何，看文恬的模样却似乎念念不忘。终于在第三回她将文恬领回来时，女先生期艾了半天，小心同她讨问，能不能去孟春院探一探沉晔，同他请教几个棋路。

她自然是允的。

文恬满面感激之色。

此后文先生常出入孟春院中。

老管事头几日常来禀，今日文先生几时进的院门几时出的院门，同沉晔说了几句话，两人又杀了几局棋。

有一回还忧心忡忡地在话尾添了一句，他看出来沉晔虽不好亲近，却愿意高看这位文先生一眼，再让这位先生出入孟春院中，是否不大稳妥了。

阿兰若笑看老管事一眼，道："有个朋友能陪着消遣是件好事，你这样着人亦步亦趋跟着，却够败人的兴致。神官大人要做什么，是他的事，他此时落难，我们敞开府门，是予他一个方便，却并非将人诓来蹲牢。这个话，我记得早前似乎同你提过。"

老管事揣着这个训诫，回去认真琢磨了一番，磨出个道道来，将嘴缝上了。

不过，老管事一辈子跟着阿兰若，本着忠心二字，觉得即便殿下似乎暗示了自己沉晔的事今后无须再禀，但该禀的，还是得禀。譬如沉晔大人近日时常在与文先生对弈中出神，这个就该禀一禀。

老管事一颗老心细致得像蛛丝儿缠成的，注意到近日沉晔虽然爱出神，但并非时时出神，只是当棋局布在波心亭抑或小石林中时，沉晔落子落得不大上心。

波心亭中，他爱盯着亭旁的一棵红豆树瞧。照老管事看，这棵红豆树并没有什么玄机，只是长得格外清俊些，粗壮的树干上缺了一截树皮罢了。他隐约记得这棵树上曾有过阿兰若的一两句题字。

小石林是孟春院中阿兰若从前练箭的地方，以巨石垒阵，空旷幽寂，天有小风时，在此对弈颇能静气宁心。

文先生手中捏着棋子，容色格外平和秀美，心稍粗些的大约会以为沉晔是瞧着文先生发呆，但老管事何许人，自然看出来沉晔的目光从文先生的头顶擦过去，乃是凝目在她身后的巨石上头。

巨石上有几行字，题的是："愁怀难遣，何须急遣。浮生多态，天命定之。忧愁畏怖，自有尽时。"

虽然未有落款，老管事却晓得这是谁的字。阖府就阿兰若平日爱写个书法，但正经用毫笔将字写在纸上却非她所爱，就好兴之所至时，随手捡个东西题画上几笔，早前还中规中矩地在题字下头落个款，后来写得多了，连落款也懒得题了。

忠义的老管事看在眼中，默在心中，趁着阿兰若心情好的一日，将缝着的嘴掀开一个缝儿，状若无意地把此事漏了出来。

阿兰若匀着墨，笑叹了一声道："我诳过他，他瞧着我的字难免有气，你们何苦还将棋局设到这些地方。"手上的墨渐浓厚，又道，"不过，孟春院中没我题字的地儿也少，他若实在不顺眼，你瞅着如何处置一下，或者刻在树上的就剥了，刻在石上的就凿了罢。"

阿兰若说得十分轻松，但那些题字，老管事却舍不得。他心中有些觉得她或许想错了，又有些觉得，就算她想对了，沉晔不是没说出来自己对这些题字看不顺眼嘛。那如何处置它们，是毁还是留，就等着他亲口说出来那一日再做打算罢。

算来几日也生了不少事，但沉晔被拘进公主府，寻的是个替太子夜华制琉璃镜的借口，虽是句托词，明面上的功夫总要做一做。孟春院中早已为沉晔辟出一屋，连日搜罗的制镜所需的秘材，也于近日搜攒齐备，只待开炉炼镜。文恬又来找过一回阿兰若，说早听闻关乎沉晔制镜的传闻，一直想见识见识，此番他炼镜需找个人搭一把手，她毛遂自荐，向公主求个机缘。

阿兰若给了她这个机缘。

苏陌叶敲着杯沿向她道："文先生这个模样，像是真瞧上了沉晔，她求什么你应什么，此种大度我很佩服。"

阿兰若倾身替他添茶："沉晔有他瞧得上的姻缘，他瞧不上我并非一种过错，你想我因此就变成个因妒生恨的小人吗？"又道，"这世上有一半的仇恨，都是自生仇念罢了，我却并不觉得这个有仇恨的必要，大约这也是未曾得到过的好处。今次不过予他的姻缘一个方便，举手之劳，又何谈大度不大度。"

良久，苏陌叶道："我原本便不以为你会为此等事愤恨，但介怀总是难免。

我只是在想，若有一天你因他而愤恨，会是为了什么？"

阿兰若转着手中的茶杯："那一定是因得到过。譬如他爱上我，后来不爱了，又去爱了别人。"又自顾自笑道，"儿女情长事渺如尘埃，师父定然听得酸牙，喏，喝杯茶缓一缓。"

苏陌叶瞧着杯中："世间有大事，亦有小事，何为大事何为小事，这个却难分断，譬如九天之上太子夜华君与白浅上神的那段情，我就觉得不可轻视。"

阿兰若道："师父说得是，不过我这桩却是没影儿的事，我想也没想过。"

凡界有位先贤云，世事不可绝对论，说的大约就是这个。神仙们自负寿长，不到失意处不究天命。可知何为神仙，非那些生而为神的遗族，但凡强修为仙的妖精凡人皆须断绝六欲七情。六欲既断，也没什么可失意，因而在探论未知上头，多数神仙其实不如凡人。

教射御的夫子归来，呈上许多家乡带的土产，千谢万谢了阿兰若。不用去宗学，她在府中闲了几日，偶尔袖书去湖中亭纳凉。湖塘边遇到过沉晔文恬一两回。她不偏不躲地走过去，文恬含笑同她请安，她就含笑应一声。沉晔瞧着她沉默不语，她走过两步又回头道："昨日徐管事说你炼镜有味特别的秘材，好像是枚什么石头产于歧南后山，他们未帮你搜罗周全，徐管事哪识得这等秘材，这却需你亲去挑拣，我已传信给了上君，明后日也正要去探探息泽，你同我一道？"

沉晔冷冷道："这是见我囚鸟般困在此处可怜，给我的一个恩赏？"

阿兰若拿书册挡住当头的日光，道："啊，你说是恩赏，那便是恩赏吧。"

文恬打圆场道："届时我可否同去，歧南山一向无君令示下不可妄入，但我挺想去见识见识。"

两人的目光仍在半空胶着，谁也不肯退让半分，沉晔道："文恬自然同去。"

阿兰若愣了一愣，笑道："有文恬在免得我俩途中打起来，也好。"

02.

两日后，歧南后山梧桐照日影，清风送竹涛。

阿兰若携了一篮子自制的蒸糕煮糕煎糕安稳坐在竹舍外头的敞地上，候着息泽调息完毕，开门会客。沉晔冷冷瞧了她身旁的篮子一眼，没说什么，携着文恬先去山中采石去了。

息泽调息至正午，方才开门，打着哈欠白衣飘飘地倚着篱笆墙："你倒来得快。啊，给我带糕了？"

阿兰若提起篮子迎过去："你既来信告知捕到了犬因兽助我练弓，就该晓得我最迟不过今明两日便要造访，闭门半日，我还当你是不想见我。"话是这么说，脸上却燃起十二分的兴致，"犬因现在何处？"

息泽接过篮子朝外头走了几步："你方才那模样半死不活，吓我一跳，自然不能放你进门将晦气过给我，此时人总算新鲜过来，早这样新鲜多好，难得来看我一眼，就该这么新鲜。"

阿兰若叹道："这些日精神是不大好，可也当不上半死不活罢，你让我在屋外熬半日的日头，就为将我晒出些活气？"

息泽拈了块糕入口："不为这个为什么？"抬手一划，所向处雾霾渐开，呈出一片石林。林中怪石叠嶂，上头笼着圈紫光，隐隐传出异兽的咆哮。大约觉得这个声儿挺赏心悦目，听了好一会儿才道："这头犬因为祸多年，花了我好些力气才捕到，所有异兽中，身形最活的是它，且没有痛觉，最合你练弓。若你能射中犬因，梵音谷中便没有射不到的东西。"

阿兰若从袖中化出弓来，笑道："让我去会会它。"

犬因兽乃一头四角的上古遗兽，习性也对得起它狰狞的长相，就一个猛字。阿兰若祭出戬时弓，飞身入石阵。犬因兽被息泽饿了几天，闻到人味很激动，尽管身上力气被饿得不大足，爪子却比平日更利，身形也比平日更活，为了一口食几乎豁出老命，怪难得。

阿兰若借着石阵的阻拦，凝神同犬因兽拉开距离，无羽箭破空疾飞，但未近它身就被灵巧躲开。息泽在外头慢悠悠道："你瞄准了射它是射不中的，你从前射的那些东西没一个比你的箭快，但犬因却永远能快过你的箭，不如算算你箭的速度，再算算它移动的速度，往偏里射。"

息泽说的未尝不是道理，但着实不大容易，这就意味着阿兰若需做三件事，一是躲着犬因谨防被它逮住一口吞了，二要立刻在心中做出一个精确算筹，三还需花大力气观察把握住它的习惯动向。

阵中激战了半个时辰，谁也没讨着谁的便宜，美食在前却不能享用，可想犬因兽有多么愤怒。

息泽立在石林旁，边喝茶边道："你差不多该出来了罢，个把时辰内射不中它很正常，若因疲累被它吞了我如何向你师父交代。"

话音刚落地，阵中响起犬因兽一声狂怒的咆哮。

红衣少女方才借力在石柱上，腾至半空放出精心算计的一箭，正中四角兽胸腹，极妙，且极准。她沉静的眼中现出一丝飞扬之色，欲落地急退出阵。悲剧，却就在这个时刻发生了。

落地的一刹那，没留神地上一堆枇杷核，脚底一个不稳，直直摔下来，前额正磕在近旁的一截石笋上。

而说时迟那时快，狂怒的犬因兽已作势要猛扑而来。

羽翼振空之声乍然响起，玄色的翼幅似片浓云遮蔽天日，急扑而来的玄因兽被一柄长剑当胸刺过钉入一旁的石柱。一切只在瞬息间发生。玄衣的青年目沉似水，手中封起印伽，银光之中，林中怪石轰然而动，犬因挣脱长剑的束缚，嘶吼着欲穿过石阵。

阵法因被沉晔做了调动，不像方才那样懒散松垮，犬因兽一静一动皆被牵制，但他二人出阵也不像方才那样便宜，他只在离犬因兽最远的西南方留了一段薄弱小口，容二人相拥滚过去。

阿兰若捂着额头上流血的伤口模糊地看着他，像是没搞清他怎么会突然出现。此等危急时刻，岂容有什么别的思虑。沉晔一把抱住阿兰若，一只手将她受伤的头按在胸口护住，黑色的羽翼紧紧覆住二人，在犬因挣扎着穿过最近的怪石前，擦身滚过那道薄弱的结界小缝。待他们滚出阵外，息泽已将结界再做了一次加固，目光落在沉晔身上，赞赏道："几年不见，你临战倒是越发冷静了。"又道，"小时候就爱冷着一张脸不理人，大了怎么一点儿长进没有？"

沉晔面无表情道："犬因兽如此凶险，你让她去同犬因对战？"

息泽道："她不是射中了吗，要不是突然摔了一跤，"挠着头愧疚道，"啊，也怪我，昨天去阵中溜达，剥了几个枇杷……"但又立刻正色道，"但真正的战场也是如此，可不会有人帮她清扫枇杷核，全靠自己操心，我这个也正是为了警醒她。"

阿兰若躺在沉晔的怀中，幽幽插话道："我觉得，战场上可能不会有人吃枇杷，所以我不用操这个心。"

沉晔瞧着息泽，眼光里没有一丝温度："她身处险境时你在做什么，她是你的发妻。"

息泽立刻又很愧疚地道："我在吃她带给我的糕，没怎么留意……"但又马上正色道，"拜了堂就是夫妻吗，这就是你们的陋见了，我同阿兰若可都不这么觉得。再说，你不是快我一步救到她了，我出手岂不多余？"

沉晔的面色沉得像块寒冰："我若不快一步，她已被犬因咬断了胳膊。"

息泽奇道："可能被咬断胳膊的是她，她都没有质问我，你为何质问我？"

沉晔的手还覆在阿兰若流血的额头上，她脸上亦出现好奇的神色，附声道："啊，这是个好问题，我也想知道。"

沉晔第一次低头看她，她额头的血沾在他手上，他曾轻蔑地说这些东西不干净，此时却任由它们污了他的手指。他没有将手拿开，眼神中有类似挣扎的情绪一闪而过。

阿兰若轻声问："沉晔，你是不是喜欢上我了？"

他道："你怎么敢……"

她拨开他压住她额头的手指，他声音中含着一丝怒意："安分些。"

她笑起来："你真的喜欢我，沉晔。"

他的手指重压上她的额头，紧抿着唇没有说话，但沉淡眸色中，却仅容她的影子。她的模样那样闯进他眼中，像某个世外之人闯进一座尘封的雪域平原，除开她的笑，背后仍是千年不变，有飞雪漫天。

但这已经够难得了。

她就高兴起来，伸手挑起他的下巴："不承认也没什么，我头痛，你笑一个给我看看。"

他仍抱着她，顺她的手抬高下巴，却微垂着眼看她："你找死。"

她似笑非笑："有谁曾像我这样捏着你下巴调戏你吗？"

他仍那么看着她，等着她将手收回去："你说呢？"照理说该含着怒意，语声中却并无怒意。

文恬赶过来送丝帕的手僵在半空，脸色发白，息泽往口里又送了一块糕，看了眼天色，咳了一声总结道："该挪到床上去躺着的赶紧挪，该做饭的赶紧做饭去，都在这里戳着算是怎么？"

沉晔是否喜欢阿兰若，虽然在听陌少讲这个故事的前半段，凤九着实在心中捏了把冷汗，此时却譬如一座大石猛然沉入深谷，砰一声巨响后头，升起的是她一颗轻飘飘的心。她觉得欣然，且释然。

确然，在听陌少提及犬因兽时，她也想过，为了唱好同此时这个沉晔的这台戏，她是否也需去歧南后山会一会传说中的犬因兽。

她想到这个时，头皮也的确是麻了一麻。

但对阿兰若同沉晔终成眷属的感动，悄然淹没了先前的一丝隐忧。她命中对情字犯煞，情路走得不太平，因她由衷地欣赏阿兰若，故而希望她的情路好歹比自己顺一些，这个结局倒令她满意。

她提起一只杯子灌茶，苏陌叶瞟了她一眼，似笑非笑的神色攒上颓唐面容，那笑意一瞬冷进骨子里，凤九打了个哆嗦，想起来对面坐的这位仁兄有个雅号叫作千面神君。

千面神君苏陌叶手指轻敲了两下桌子："我知你在想什么，可觉得这是个好结局？"远目湖中道，"这可不是什么结局，而后还有许多事，算得上好的，却只那么一件。"停了一停，道，"息泽一直在找时间同阿兰若和离。"目光仍向着湖面，絮道，"息泽为人颇仗义，这桩婚事虽于他无意义，多年来他从未上表提和离之事，却是怜悯阿兰若是个身份尴尬的公主，顶着他发妻的名头，日子总算好过些。自歧南后山这一日，沉晔同阿兰若在一起两年，他们有些什么我不大清楚，那时我回了西海，只知两年中，沉晔仍被困在阿兰若府中。"

凤九暗忖，陌少说他回西海乃因西海有事，保不准是个托词。兴许那时他总算明白过来阿兰若于他而言是什么，可叹佳人已另觅良人，陌少他是因伤情，才回了西海。既然琢磨明白这一层，凤九自觉说话时应躲着这一处些，道："连你也不晓得的事，不提也无妨，只是你方才说还有许多不好之事，却不晓得是哪几桩？"

苏陌叶怔了一怔，良久，道："史书载两年后，上君相里阆病逝，太子相里贺即位，即位日七月二十四，正是龙树菩萨圣诞日。即位不过七天，邻族夜枭族痛斥比翼鸟族纵容边民越境狩猎，发兵出战。相里贺御驾亲征，将夜枭族拒于思行河外，八月十七，相里贺战死。相里贺无子，按王位承继的次序，若橘诺未被贬为庶民，便是她即位，再则阿兰若，再则嫦棣。八月十九，却是流放的橘诺被迎回王都即君位，次日，阿兰若自缢身死。"

凤九震惊。

苏陌叶续道："或许因阿兰若魂飞魄散，而于比翼鸟言，自缢确是能致人魂魄飞散的好法子，他们才敢拿这个来诓我。"

凤九平稳了片刻心绪，蹙眉道："我曾听闻，阿兰若故去后，时任的那位女君即刻便下令将她的名字列为了禁语。此时我却有些疑惑，橘诺越阿兰若即位，宗族竟允了？且他们铁口咬定阿兰若自缢，便没给你一个她自缢的理由吗？而橘诺她又为何要将阿兰若三字列为禁语？"

苏陌叶面无表情道："有传闻说，上君并非病逝，而是被阿兰若毒杀。"

172

他撤回目光看向凤九："自然，若是这个理由，你提的问题便不再难解，但你信这个传闻吗？"

凤九本能摇了摇头，忽想起来道："此时沉晔呢？"

苏陌叶冷笑道："沉晔？那则传闻说上君死后，他被重迎回歧南神宫，阿兰若因上君之死被关，他曾上表……"

凤九心中没来由一沉："表上写了什么？"

冰冷的笑意在苏陌叶眼中描出一幅冰川："表中请求将阿兰若之案移给神宫，道她既犯了如此重罪，理应由神宫亲自将其处死。"停顿良久，道，"次日，阿兰若便自尽了。"

第十三章

01.

　　这一夜，凤九做了一个梦，梦中有浓云遮蔽天幕，风吹过旷野，遍地荒火，暗色的烟尘漫于长空。一条颓废的长河似条游蛇横亘于旷野中，河边有摇曳的人影。

　　凤九模糊地辨认出河边那人一身红衣，虽看不清模样，心中却知道那是阿兰若。她揣着数个疑问，踩过枯死的草茎，想靠她近些，却不知为何，始终无法近她的身。

　　眼看红衣的身影将陷入浓厚烟尘，她急切道："你为何要自尽，什么样的事，值得你冒着魂飞魄散之苦也要一心求死？"

　　女子带笑的声音随风飘过来，含着就像苏陌叶所说的那份洒脱："是啊，为何呢？"荒火蓦地蔓延开来，如一匹猛兽蹿至凤九脚底，她吃了一惊，腾空而起，只感到身子一轻，醒了。

　　凤九琢磨了一早上这个梦的预示，没有琢磨出来什么。恰逢昨日陪着陌少一同回来的茶茶提着裙子跑进来，提醒她陌少要回神宫了，她昨夜收拾书房，瞧见有个包着糖狐狸的小包裹，上头贴了个条子给陌少的，还打不打算再给陌少。凤九一拍脑袋，深觉茶茶提点得是时候。杀去书房取了糖狐狸，兴冲冲地去找陌少。

苏陌叶得了一夜好睡，今日总算有个人样，翩翩佳公子的形神也回来了十之七八。

凤九豪气地将糖狐狸朝他座前一丢，苏陌叶一口茶呛在喉咙里头："这个东西，我也有份？"

凤九大度道："自然，我院中连扫地的小厮都有一份，没道理不给你留一份。"邀功似的道，"自然你这一份要比他们那一份更大些，且你这个里头我还多加了一味糖粉。送去沉晔院中的与你这个口味一样，听说沉晔分给了他院中的小童子，小童子们都觉得这个口味还不错。"

陌少脸上神色变了好几变，最后定格在不忍和怜悯这两种上头，收了糖狐狸向凤九道："这事，你同息泽提过没有？"

凤九奇道："我为何要同他提这个？"

陌少脸上越发地不忍且怜悯，道："啊，没提最好，记着往后也莫提，对你有好处。"

凤九被他弄得有些糊涂道："为何不能提？"

陌少心道因我还想多活两年，口中却斟酌道："哦，因你这个身份，亲自做蜜糖赏给下人或赠给我们这些师友，其实都不大合规矩，从前阿兰若就不做这等事，你若同息泽他说了，万一引得他起疑，岂不节外生枝。"

凤九恍然："这倒是，这个事却是我没想周全，还是你虑得周到。"

话说到此处，因提了息泽几回，有另一事忽然浮上凤九的心头，向苏陌叶道："我突然想起来，有一事还要请教于你，因我是个陆上的走兽，对水族晓得不多，不过你是水族可能知道，蛟龙的血毒可有什么解法？"蛟龙的血毒盘踞在息泽体内十九日未清干净，比翼鸟族的药师们终归只是地仙，没有什么见识，竟诊不出这种毒，虽据息泽说不是什么要紧的毒，却令凤九有些担忧，是以有此一问。

苏陌叶莫名道："蛟龙的血毒？蛟龙并非什么毒物，反倒蛟血还是一种极难得的滋补圣品，且等闲毒物若融入蛟血，顷刻便能被克制化解。有些巨毒因混的毒物太多，药师们一贯爱取蛟血为引，先将部分能化解之毒化解，拔出剩下的毒就容易很多。谁同你说蛟血中竟会含毒？"

凤九懵懵懂懂地看着苏陌叶，震惊得话都说不利索："可……可他说他中了蛟血中带的毒，会……会那样是因毒发身不由己之故。"

苏陌叶给自己倒了杯茶，挑眉道："谁同你说这话定是在诓你。"茶杯刚沾上唇，猛然顿住，转头看她道："你说他会那样，会那样是会哪样？"

凤九不说话。

苏陌叶试探道："他没有占你什么便宜罢？"

凤九的脸先白了一下，继而两腮透出粉来，粉色越晕越浓，一句话的工夫，已像抹了胭脂般通红。

苏陌叶抽了抽嘴角。这个人是谁，他心中八分明白了。

帝君。

今日他真是倒了血霉，或者说，自他承了连宋的托付进到此处遇到帝君开始，他就一直在倒血霉。帝君追姑娘的路数太过奇诡，恕他搞不明白，但要是让帝君晓得他搅了他的好事，他会有什么下场他就太过明白。

凤九逆光坐在一张梨花椅上，仍呆愣着，不知在想什么。

苏陌叶咳了一声，昧着良心补救道："其实，蛟血这个东西吧，虽能化解一些小毒，但情毒却不在此列，若是一剂情毒融进蛟血……"

凤九手背贴着脸，脸上的红晕退了些，淡声道："你想说也许那条蛟龙先中了情毒，将毒过给别人也未可知？但譬如我中了情毒，你沾了我的血，难不成也会染上情毒吗？世上哪有这样的情毒，陌少，你不会以为我当真如此好诓吧？"

苏陌叶干笑了一声，几乎预见到帝君将苍何剑架在他脖子上是个什么情景。良久，他叹了口气，向凤九道："你从前告诉我，你想遇到一个更好的人，一个你有危险就会来救你的人，救了你不会把你随手抛下的人，你痛的时候会安慰你的人。你有没有想过，说不定那个诓你的人，就是你要找的这个人？"

凤九愣了一愣，道："我同他的确处得不错，但……"

苏陌叶道："其实那人是谁，我大约也猜出七八分。你是不是觉得，某些时候，他在情趣品性上同东华帝君很像？"不等凤九回答，又道，"我想，你不是不喜欢他罢，只是觉得，这就像把他当作东华帝君的影子，到头来说了那么多次放下最终却仍然没能放下，你是这么想的吗？"

其实苏陌叶这一篇话，泰半是在胡诌。当然，他也晓得他胡诌得很荒谬，凤九必然扬声反驳，他少不得要多说许多歪理，竭力将她引到这条歪道上。她若能往他说的那些话上头想一次，就必然会想第二次，多想几次，说不准就相信她果然喜欢上息泽了。

这也是事到如今，他能补救帝君的唯一办法。

凤九沉默了片刻，片刻中，苏陌叶喝了半盏茶，他觉得凤九此时的沉默乃是为蓄积精力，好一气呵成淋漓尽致地骂他一顿，这顿骂本就是他自找的，他候着。

良久，凤九终于开口，低声道："啊，可能你说得对。"

苏陌叶剩下的半盏茶直接灌进了衣领中，目瞪口呆地望着凤九。

凤九又沉默了片刻，向他道："今日你说的许多，都称得上金玉良言，令我有醍醐灌顶之感，你还有什么要忠告我吗？"

176

苏陌叶顿时有一种神游天外的不真实感，声音却很平静地道："哦，没什么了，只还有一句，若你果然喜欢他，不要有压力，可能因你喜欢的本就是那个调调，恰巧帝君同他都是那个调调罢了。"

陌少离开后，凤九在他房中坐了半天，晨光耀耀，很宜思考。方才同陌少说话时，不过半炷香里头，她就在震惊、愤怒、疑惑、恍然四种情绪间转了一大圈，转得她脑子有些晕乎，想事情想得不很清楚。她震惊于息泽诓她，愤怒于息泽竟然诓她，疑惑于息泽为何诓她，恍然于息泽诓她，可能是喜欢她。

这个恍然，初时自然将她骇了一跳，但从前她姑姑白浅教她做占卦题的诀窍，有一句名言，说她们这种没天分的，要想在夫子眼皮底下将这一课顺利过关，须得掌握一种蒙题的诀窍。排除所有已知的可能，最后剩下的那个可能，就算看上去再不可能，也是最大的可能，这就是相命占卦的诀窍。

诚然，关于是不是看上了她这件事情，息泽曾否认过。但凤九也算是在情关跟前扑腾过的人，看事自然不再肤浅，晓得于情之一字，有那种打落牙齿和血吞型的，譬如她姑父夜华；有那种敢作敢为愣头青型的，譬如她好友小燕；还有一种死鸭子嘴硬型的，恐怕息泽就是这一种。

她对息泽，到底如何看的，这一点，她开初没有想明白。在她所有朋友中，息泽无疑是最有文化的一个，最有品位的一个，她对息泽自然是有好感的，否则就算借着蛟毒的名头，他占了她便宜要想全身而退也不大可能。当年灰狼弟弟同她玩木头人这个游戏时，没留神撞了她且在她脸上磕了个牙印，她就把灰狼弟弟揍得三个月不敢同她说话。

但倘说她心中其实有几分留意息泽，为何当初以为息泽喜欢她时，她却那样惶恐？她着实懵懂了一阵。直到苏陌叶那一席话飘进她耳中，像是在她天灵盖上凿了个洞，一束通透之光照进她脑海，虽痛，却透彻。她深觉陌少不愧是陌少，可能她心中的确是这样想的。而陌少最后对她的那句提点，更似一阵清风拂过她心中，将方才那束通透之光尚未除尽的些许迷雾一应吹散。陌少有大智慧。

瞬间，她觉得自己澄明了。

不错，她对息泽的一些熟悉之感，乃是因他同东华帝君都是一种调调，但她对息泽的好感，却并非东华帝君之故，因她喜欢的就是这个调调，碰巧他们都是一个调调。

陌少说得有理。或许息泽，正是自己要找的那个人。

她想想，自己身上还背着什么债？

首要是叶青缇。水月潭中，同战过蛟龙的息泽一别后，她在袖中发现了装频婆果的锦囊，晓得此时这个外壳果然是自己的原身。频婆果安然无恙被她好好藏着，就待走出梵音谷后，能以此果复活叶青缇，届时，她欠他的债，就算还清了，为他守孝的诺言也可废止了。

再者是……东华的名字浮上她心头。她愣了一愣，帝君着实给了她许多恩，当然也令她吃了许多苦头。不过，此时他既已同姬蘅双宿双飞，她要做的，该是大度一些，祝他二人能长长久久。帝君同她其实已不再有什么瓜葛，若干年后他若想起她，大约印象中不过是位挺能逗乐的旧年小友。

她透透彻彻想了一通，自觉身上的确没背着什么人情债了，既如此，她一心想遇到的一个人从天而降了，为何不赶紧逮着？

息泽他嘛，不过就是死鸭子嘴硬些，不过，连东华帝君这么难搞的她都尝试过了，息泽还能比东华更难搞吗？如此一想，她淡定地喝了一口茶，顿觉很有把握。

02.

三日后，橘诺出王都。当日灵梳台上橘诺受大刑动了胎气，倾画夫人百般恳求，上君方发了个善心，允她滞留王都一些时日养胎。

凤九从陌少处听闻当年阿兰若做过人情，令沉晔同橘诺相见最后一面，故而前些日便打点好刑官，在城外一条清清小河旁，为二人排了一出送别戏。据说当年阿兰若其实并未跟着去，但她闲来无事，觉得跟去瞧瞧热闹应该没有什么。

残阳余晖照进河中，河畔杨柳依依。比翼鸟一族盛行的游记中描绘的那些感人场面，譬如折柳相赠泪洒满襟之类，全然没有见到。

橘诺形销骨立，立在一株垂柳之下，沉晔站得挺开，遥望着河对岸。大胡子刑官站在他们身后三四步，目光如炬射向二人，前头两人长久无话。

凤九叹息世间竟有人没有眼色至斯，任谁被个外人这么目不转睛盯着，恐也说不出什么掏心窝子的话。她叹息一声，招呼大胡子刑官过来帮她试茶。她前一阵在息泽处学到一个野地饮茶的乐趣，顺道捎带了套茶具出来练手。

果然大胡子前脚刚抬，后脚处，橘诺便有了动静，话说得小声，无奈凤九一双狐狸耳朵尖，轻言细语随风而来入她耳中，十分清楚。

她说的乃是一句悔悟之言："表哥的情意今生只能辜负，却是我太不懂事，如今我已配不上表哥，只望……只望在此结下来世盟约，若有来世，定不相负。"

凤九手上顷刻暴出一层鸡皮，分茶的手都有些抖，她竖起耳朵，想听听沉晔的反应。她耳朵竖了片刻，但沉晔在片刻之间，没有任何反应。良久，才似疑惑道："我对你，有什么情意？"

橘诺的声音中含着一丝不稳："你……你说我是你从小一起长大的妹妹，就算我做错了事，却不能放任不管，你并非爱管闲事的人，明知救我有什么可怕后果，却以身犯险，这些，难道不是因表哥你对我……"

沉晔淡淡道："救你是为你父亲全下一条血脉，知恩不报枉为君子，你要感谢你父亲对我施有大恩。"

橘诺不能置信道："那为何你今日来送我，不是……不是不舍我吗？"

沉晔道："借机出来走一走罢了。"

橘诺颤声道："你……你从小便不喜嫦棣和阿兰若，但对我却最好。"

沉晔蔑然道："你母亲身上的血不贞不祥，我早该知道，你和嫦棣一母所生，自甘堕落，本该没什么不同，从前我高看了你。"

橘诺气得发抖，声音中含着哭腔："若我是不贞不祥，阿兰若呢？她也同我一母所生，已嫁做他人却仍来招惹于你，不更是不贞不祥，自甘堕落？你却甘愿为她所困……"

沉晔冷笑道："我就是甘愿为她所困，你要如何？"

凤九竖着的耳朵冷不丁一颤，手撑着下巴免得它掉地上，刑官担忧地上前道："殿下可是牙痛？"凤九摇头递给他一杯分好的茶，又指了指河边，意思是他喝完了可以上路了。

今日来瞧热闹，果然瞧到好大一个热闹。她着实没料到沉晔救助橘诺其实还有这层隐情，但这也挺合他的性子。沉晔确然不是个怜香惜玉之人，一张嘴能将人伤到什么地步，凤九感触颇深，此刻遥望橘诺在风中颤抖得似片枯叶的身影，心中简直要溢出同情。

橘诺走得落魄，沉晔负手在河畔看风景，王城外头，山是高山，水是流水，比之府里头那些琢磨出来的小景，自然要旷达些。

凤九思索，方才沉晔同橘诺动了口舌，或许口渴，是否该邀他过来喝杯茶润嗓。打招呼的话一出口，却有些后悔，依照沉晔开初时对阿兰若的厌恶，多半不会过来，她是白招呼了。这么一想，顿觉讪讪的无趣，预备把剩的半壶茶倒掉，将茶具也收一收。

不料沉晔竟走过来了。不仅走过来了，还盘腿坐下了。不仅坐下来了，还坐在她正对面。抬手向她："你说的茶呢？"

唱戏这上头，凤九不愧是有经验的，迅速地进入角色，道："啊，在此在此。"将一只刚倒满热茶的小盏递过去。

为演得逼真，以示阿兰若对沉晔的上心，凤九还在顷刻间筹出了两句关怀言语，他唇沾杯沿时，担忧地道："我才刚煮好不久，恐有些烫，你先吹吹……"他饮汤入喉时，又期待地道，"这个茶没甚新鲜，粗茶罢了，但煮茶的水却是从荷叶上采集的荷露，你尝尝看喝得惯否？"沉晔放下茶杯，神色高深地看着她。她淡定地递过去一张丝帕，继续她的关怀三部曲，宠溺地道："方才喝茶时是有些心不在焉吗？瞧，嘴角沾了茶渍，用这个揩一揩罢……"

沉晔瞧了她一会儿，接过丝帕，话音中含着一丝讥诮："我搞不懂你，前几日还听闻你同息泽神君鹣鲽情深，是如今宗室中贵族夫妻的典范，今日你却来如此关怀我，却是为何？"

凤九心中咯噔一声。原本阿兰若的时代，息泽从未出过歧南山，兰沉二人的故事与他也并无什么相干。但此番她却忘了，息泽是个变数。陌少曾告诫她，旁的事她想如何便如何了，但阿兰若同沉晔的关系，还须她务必照着从前的来尽力，因这条线极关键，保不准便是日后结局的引子。

凤九握住沉晔的手，无限真诚地道："我同息泽嘛，不过逢场作戏罢了，对你……"方是真心四个字即将脱口而出，因突然想起这个时段阿兰若不过暗中恋慕沉晔罢了，这段情并未摆上台面来，又赶紧咬回舌中。

事有凑巧，茶茶领着突然回府的息泽来河畔找凤九时，二人遇到的，正是这一幕。

当是时，杨柳拍岸，和风送来，茵茵碧草间一桌茶席，沉晔与凤九相对而坐。凤九隔着茶席牢握住沉晔的手，一双眼睛含着无限柔情，正低声絮语什么。

彼时茶茶的脑子其实是昏的，瞧身前的息泽走近了几步，自己也尾随走近几步，便听到自家殿下的声音飘进耳中："息泽是个好人，或许逢场作戏四个字我方才用得不大准确，但你那些话委实令我着急，我同他确然只是一些互帮互助的情谊，我可指天发誓，同他绝无什么，此前没有什么，此时没有什么，将来也断不可能有什么，你信我吗？"

茶茶没来得及琢磨凤九一番话说的是甚，单听她这个软软糯糯的声儿，骨头已酥了一半。无意中打了个喷嚏，偏头时瞧见息泽的脸色，却有些愣住，神君一张脸雪白，眼神冷得像冻了几千年的寒冰。

茶茶战战兢兢地转回头，瞧见茶席中方才正低语的二人看着他们一个冷淡一个惊诧，想来是被方才她那个喷嚏惊动了，这才发现了他们。

茶茶打眼一瞟，殿下的手仍覆在沉晔的手背上，殿下眼中虽有惊讶，但方才过多的柔情尚未收回去，仍徐徐回荡在剪水双瞳中。且殿下今日一身红衣，同一身白衣的沉晔坐在一处，瞧着简直像一对璧人，天造地设，何其般配。

息泽的目光凝在他们那一处片刻，她从未见过神君脸上有那种表情，但到底是种什么表情，她也说不上来。神君向前跨了一步，又停了，看了静坐不动的二人片刻，没说什么，却转身走了。她记得从前神君的背影一向威仪，纵有天大的事他脚下的步子也是不紧不慢，自有一种风度，此时不晓得为何却略为急迫。

茶茶呆在原地，自觉此时不宜跟上去。她听到沉晔意味深长向她主子道："既然你们没什么，他为何要走？"

她听到她主子殷切但含糊地道："啊，我同息泽的确没有什么，你不用拿这个试探我，或许他觉得打搅了我们饮茶赏景所以走了罢。还是你觉得饮茶人多些更热闹？如果你喜欢更热闹些我去把他叫回来。"

茶茶看见神君的背影顿了顿，她有一瞬间觉得神君是不是要发作。但只是一晃神的工夫，神君已消失在他们的视线中。茶茶回忆神君的背影，觉得神君不愧为神君，就算是一个背影也是玉树临风，但风可能大了点儿，将这棵临风的玉树吹得有些萧索。茶茶的心中陡然生出一种同情。

03.

凤九瞧着窗外头像是从天河上直泼下来的豪雨，出了一阵神。

午后野地里那一出，她敬佩自己眼睁睁瞧着息泽甩手而去，仍能一边安抚地陪着沉晔吃完后半顿茶，再安抚地将他送回孟春院中。这便是她的敬业了。她当时的处境，正如一个逛青楼找姐儿的风流客，遇到自家的泼辣夫人杀进来捉奸。她觉得，便是个惯犯，也不定能将这档子事圆得比她今次更如意些。她一面觉着情圣这个东西不好当，一面又觉着自己似乎当得挺出色，是块料子。

沉晔回孟春院后，她去找了息泽半日，直找到潇潇雨下也没找着息泽的人影，她就回来了。据她猜测，息泽是醋了，但他一向是个明理的人，给他解释也不急在这一时，对付沉晔这个事挺费神，她须留些精力，倘被雨淋病了就不大好了。

茶茶拎个烛台搁在窗前，瞧着豪雨倾盆的夜空，担忧地向凤九道："此时雨这样大，神君定要被淋坏了。"

凤九打了个哈欠道："他能找着地方避雨，这个不必担忧。"

茶茶唏嘘道："殿下找不着神君，定是神君一意躲着殿下了。他定是既想见到您，又怕见到您。既想见到您同他解释您同沉晔大人没有什么，又怕见到您同他解释您确然同沉晔大人有一份情……"

凤九道："他不是个这么纠结的人吧……"

茶茶叹了口气道："想想神君大人他走在荒无人烟的野地中，此刻天降大雨，但神君大人心中早已被震惊和悲伤填满，还能意识到下雨了吗？冷雨沉重地打在他的身上，渗进他的袍中，虽冰冷刺骨，跟心底的绝望相比，这种冷又算得了什么呢？"

凤九道："他不会吧……"

茶茶幽怨地看了凤九一眼："待意识到下雨的时候，神君大人定然想着，若是这样大的雨，殿下您仍能出现，与他两两相对时他定然将您拥入怀中，纵然您狠狠伤了他他也全不在意了。可殿下您，"她再次幽怨地看了凤九一眼，"殿下您竟因为天上落了几颗雨，就利落地打道回府了。您这样将神君大人置于何地呢，他定然感到万分凄惨悲苦，恨不得被雨浇死了才好呢。"

凤九有一种脑袋被砸得一蒙的感觉，道："他不至于这样吧……"

茶茶打铁趁热地道："殿下要不要再出去找一找神君？"

凤九试图在脑中勾勒出一幅息泽神君在雨中伤情的画面，倒是出来一幅他一边赏雨一边涮火锅的画面。雨中伤情这档子事，怎么可能是息泽干得出来的事？她暗叹茶茶的多虑，咳了一声道："我先睡了，息泽嘛，想必他早睡了，明日雨停了我再去找他。"

茶茶一口长气叹得百转千回，恨铁不成钢地摇了摇头，转身帮她铺被去了。

窗外风大雨大，凤九模糊想着，近日出了几个大日头，来场雨正好将天地间的昏茫气洗一洗，冷雨敲着窗棂，她渐渐入眠。睡到半夜，却陡觉床榻一矮，一股湿气扑面而来。她今夜原本就睡得浅，惊醒的瞬间一个弹指，帐外的烛台蓦地燃亮。

昏黄烛火些微透过薄帐，能勉强照出个人影。息泽神君闭眼躺在另一半床榻上，周身都冒着寒气，觉察有光照过来，眼睛不大舒服地睁开，目光迷茫了片刻，定在缩于床角拢着衣襟的凤九身上，道："你在这里做什么？"

凤九看了他一阵，无言地道："这个话，可能该我来问要好些。"

息泽的目光中露出不解，她打了个呵欠道："因为这个是我的床。"瞧着息泽今夜像是诸事都慢半拍的模样，奇道，"你是不是早回来了，怪不得在外头找了你一下午没瞧见人影，你是住在东厢还是西厢？此时逛进我房中……是梦游逛错房了吗？"

息泽静了半天，道："在外头散步，忘了时辰，刚回来，没留神走错房了。"

窗外仍有呼啸的风声雨声，凤九一个激灵，在床头扒拉半天，扒拉出个贝壳拨开，房中立时铺满柔光。凤九此时才瞧见息泽一身像在水里头泡过一般，连床榻上他身下的被面都被身上的水浸得湿透。

凤九呆了一呆，茶茶神算子。

她伸手握上息泽冻得泛青的手指，像是握上一个雪疙瘩。

凤九咬牙道："这么大的雨，你就不晓得躲一躲吗，或化个仙障出来遮一遮你都不会了？"

息泽闭着眼睛小寐道："我在想事情，没留神下雨了。"

凤九从他身上跨过去。

息泽一把握住她的手，语声中透着疲惫道："何必急着躲出去避嫌，我都这样了能对你做什么？"

凤九挣了挣。

息泽道："我不会对你做什么，我头晕，你陪我一会儿。"

凤九额头上青筋跳了一跳："避你大爷的嫌，陪你大爷的一会儿，浇了五六个时辰的雨，你头能不晕吗，我去搬澡盆放洗澡水给你泡泡，你还动得了就给我把衣裳脱了团个被子捂一捂，动不了就给我待着别动。"

息泽道："我动不了。"

凤九挽着袖子在屏风外头一边搬澡盆一边道："那你就穿着衣裳泡。"

息泽沉默了半天，道："又能动了。"

有术法的好处就在这里，即便半夜仆役小厮们都安眠了，也能折腾出一盆热气腾腾的洗澡水。凤九将手臂浸进去试了半天水温合不合宜，又拿屏风将澡盆围了，搬个小凳子背身坐去门口，方招呼息泽可以去泡泡了。

听到后头僻里啪啦一阵响动，凤九疑心息泽是否撞到了桌椅，但此时若他已宽了衣……她克制住了扭头去关怀他的冲动，直待屏风后头传出水声。方转身搬着凳子移去屏风附近坐着，以防息泽有什么用得着她的地方。

比翼鸟族因本身就是个鸟，不大爱在屏风器物上绘鸟纹做装饰，眼前排成一排的几盏屏风乃用丝线织成，上头绣着静心的八叶莲。但此时袅袅水雾从屏风后头升腾起来，连绵的八叶莲似笼在一片雾色中，瞧着竟有些妖娆。

凤九掐了把大腿，就听到息泽的声音从屏风后头飘过来："我散步的时候，在想你写给我的那封信。"

凤九莫名道："什么信？"

屏风后水声暂停，息泽道："你说借我的名于灵梳台救下了沉晔，因你觉得他对橘诺情深且有义气，挺让你感动。"

凤九终于想起来和着糖狐狸一道送给息泽的那封关乎沉晔的信，大约很写了几句冠冕的话，但其实她已记不得信中具体写了些什么，也不晓得息泽突然提起此事是何意，只得含糊道："啊，是有这么回事。"

息泽道："我开始是信了的，因我觉得，你不会骗我。"

凤九一颗心瞬间提到嗓子口，这话说得，难道他已晓得自己并非阿兰若，且晓得了自己同陌少正干着什么勾当？一颗冷汗滑落脑门。

息泽继续道："原来你是因喜欢他才救他。"他低沉的声音笼在雾色中，听得不真切，凤九心中却陡然松落，他原来是这个意思。一抹脑门上的冷汗，顿感轻松地接口道："我的确没有骗你，你想太多了。"但因她提起的心猛然放松，声音中难免带着一种轻快，听在息泽的耳中，似乎他提起沉晔这个名字，都让她格外地开心。

又是一阵难言的沉默。

息泽缓缓道："你从什么时候开始喜欢他的？"不及她回答，又道，"因他在九曲笼中救了你，而我没有赶到？你想要一个你有危险能赶去救你的人，你觉得他才是那个人是不是？"

凤九一下精神了，息泽此前口口声声说他二人不过知心好友，这是知心好友该说出的话吗？再则，她想要个什么样的人，她记得此话只同陌少略微提过，怎么此时倒像是人人都晓得她想要个什么人了？

嘴硬的死鸭子，有要开口的迹象。她得意地清了清嗓子，意欲激得息泽开口得更确凿些，道："你是我的知心好友嘛，我有危难时你着实无须第一个赶到，你瞧，你同沉晔又不一样。"

她等着息泽来一句捏心窝的话，屏风后头却良久没有声音。她等了许久，屏风后静得不正常，连个水声都没有。凤九心中咯噔一下，他此时头昏着，不会是晕在水里头了吧。

也顾不得计较息泽此时光着，她三两步跨过屏风。因她方才加了干姜透骨草之类有助于驱寒的药草，澡汤被药草浸得浑浊，桶面上未瞧见息泽。

凤九喊了两声，水中没有回应。她颤抖着两步跨近桶旁，顾不得挽袖子，朝水中伸手，碰到个硬物，一捞一拉一提。息泽破水而出，半边身子裸在水面上，一只手被她拽着，一只手拢着湿透的长发，皱眉看着她。明珠柔光下，水珠在他裸露的肌肤上盈盈晃动，凤九将目光从他锁骨上移到他脖子上，再移到他脸上，克制着就要漫上脸的红意，假装淡定地道："吓我一跳，你躺在水底做什么？"

息泽淡然道："想事情，你太吵了。"

凤九捏着他胳膊的手僵了一下，她方才还拿定，他是对她有意，此时他说出这等话，她却拿不准他究竟是有意还是无意了，或许近日其实是她自作多情，息泽行迹虽古怪，但其实他对自己并无那个意思？因她感情上的军师小燕壮士不在此地，不能及时开解她，她茫然了一瞬，讪讪放了他的手，道："哦，那你继续想，泡好了穿上衣裳回东厢罢，我先去东厢将床被之类给你理理。"

她转身欲走，露出袖子的手臂却被息泽一把握住，身后传来压抑的哑声："沉晔哪里比我好？"

凤九在原地呆了一呆，倘他没有嫌过她烦，她会觉得他多半是醋了，但此时，她却搞不明白了。若就这个问题字面上的意思……她想了片刻，诚实道："这个我却没有比较过。"

她从未对沉晔有过非分之想，自然不会将他同息泽比较。但此话听在息泽的耳中，却分明是她对沉晔一意钟情，不屑将沉晔与旁人比较。屋中一时静极，吐息间能听得窗外的风声。凤九觉得喉头不知为何有些发涩，挣了挣手臂。

忽然一股大力从臂上传来，她一个没站稳蓦地跌倒，澡盆中溅起大片水花。鼻尖萦绕驱寒的药草香，温水浸过她贴身的长裙，肩臂处的薄纱被水打湿，紧贴在雪白肌肤上。凤九动了一下，惊吓地发现自己坐在息泽腿上。息泽的脸近在咫尺。

这么一个美男子，长发湿透，脸上还带着水珠，平日里禁欲得衣襟恨不得将喉结都笼严实，此时却将整个上半身都裸在水面上，深色的瞳仁里像在酝酿一场暴风雨，神色却很平静。

凤九的脸红得像个番茄，坐在他腿上，一动不敢动。这个阵仗，她着实没跟上，不晓得唱的是哪出。

息泽空出的手抚上她的脸，低声道："沉晔会说漂亮话逗你开心？说你长得好，性格好，又能干？"他停了停，盯着她的眼睛，"你想听的这些好听话我没说过，也说不出。但我对你如何，难道你看不出？"

凤九平调"啊"了一声，片刻，恍然升调又"啊"了一声。

前一个啊，是听完他的话脑子打结没听懂的敷衍的啊，后一个啊，是想了半刻排除各种可能性终于明白了他在说什么，却被惊吓住的啊。

兜兜转转，他果然，还是那个意思嘛。

凤九强压住就要怒放的心花，面上装得一派淡定。

良久，息泽续道："我没想过来不及，没想过你会不要我。"他这句话说得实在太过自然，仿佛果真是凤九将他抛弃让他受了无限委屈。

凤九接道："因此你就醋了，就跑出去淋雨？"

息泽仰头看着房顶："我在想该怎么办，结果没想出来该怎么办。除掉沉晔或许是个法子，但也许你会伤心。"

凤九欣慰道："幸好你还虑到了我会不会伤心，没有莽撞地将沉晔除掉。"

息泽淡淡道："你虽然让我伤心，我一个男人，能让你也伤心吗？"

凤九倒抽一口凉气："你竟说你不会说好听话。"

息泽颓废道："这就算是句好听话了？"

说话间，澡盆中的水已有凉意，凤九瞧息泽的情绪似乎有所缓和，大着胆子手脚并用地爬出澡盆，息泽神色有些恹恹地靠在盆沿，没再拦着她，也没多说什么。

凤九立在澡盆外头，居高临下看着息泽，这种高度差顿时让她有了底气，心中充盈着情路终于顺畅的感慨和感动，方才在澡盆中的局促与胆怯一扫而空，息泽这个模样，醋得不是一般二般，她觉得自己挺心痛。但谁让他此前死鸭子嘴硬来着？

施术将水又温了一温，她神神秘秘靠过去，在闭目养神的息泽耳畔轻声道："你醋到这个地步也好歹收一收，我亲口说过我喜欢沉晔了吗？"息泽的眼睛猛地睁开。她的手搭上他肩头，像哄孩子，"下午不过一个误会罢了，我这么喜欢你，又怎么会不要你。"说完，在他脸上亲了一口，心中满是甜蜜。息泽还没反应过来，她倒是先打了个喷嚏，察觉纱裙贴在身上浸骨地凉，赶紧迈过屏风换干衣裳去了。

凤九今夜，对自己格外佩服，如此简单就将息泽拿下，自己逾千年练就的，果然是一手好技术，不比隔壁山头的小烛阴差了。

此时只还一桩事令她有些头痛。她这个阿兰若，是假的，自然不能一生待在此境，但息泽却是此境中人，届时如何将他带出去？不晓得他又愿意不愿意同她一道出去？

她想了一阵，又觉此事不急于一时，便也懒得想了，一面哼着小曲儿一面将方才被息泽躺得湿透的床铺换一换。二人如今已心意相通，他人又还晕着，自然无须大半夜地另搬去东厢，便在此处歇着，她同往常一般在床边搭个小榻即可。

息泽估摸还需再泡一泡，她收了明珠，只将一盏烛台挪到屏风旁留给息泽，因想着大半夜的，倘息泽出来她也有点儿不好意思，不晓得该说什么，便爬上小榻先行歇着，意欲装睡。

装睡，这个她挺在行。

她听见有窸窣的脚步近在榻前，晃眼间灯烛皆灭，小榻外侧一矮。息泽沐浴而归，同她抢睡榻来了。她原本侧身靠里躺着，此时只觉后背沾上一片温热，氤氲水汽似乎被带到榻上，夹杂一些药草香和白檀香，不知为何竟生出些缠绵意味。

凤九捏着被子纠结，此时她是继续装睡，还是提点息泽一句，大床的被褥她已挑了干燥的替他换了，让他躺到大床上去？

所幸息泽没有更深的动静，只拉了个被角搭在自己身上，低声向她道："既然对沉晔无意，下午为何同他说那些话？"

凤九在心中长叹，你问得倒直接，不过对不住，我睡着了。

息泽的手贴上她的肩，声音极轻，几乎贴着她耳畔，道："想不想知道装睡会有什么后果？"

凤九似被明火烫到，瞬间滚到睡榻边儿上，口中不自然地打着哈哈道："那个嘛，我同沉晔唱台戏激一激你罢了，没想到你这样经不得激。"

这诚然是篇胡说，但此时并非说实话的良机，况且息泽也像是信了她这个胡说。想起息泽喝醋的种种，着实令她怜爱，但也有些好笑，她抿着嘴笑话他："这个也值得你醋成这样，往后是不是我多和谁说几句话，你都要醋一醋。忍这个字是个好字，你要多学一学。"

一只手隔着被子抚上她的脸颊，息泽轻轻叹息了一声："我没有吃醋，我是怕来不及。"

凤九一时哑住了，热意立时浮上面庞。此时最忌沉默。她假装不在意地翻了个身，背对着息泽道："哪有那么多来不及，这个上头，你就不如我想得开了，我讲个故事给你听，你就晓得你要向我学一学。"

她咳了一声，果然拿出讲故事的腔调来，道："在你之前，我喜欢过一个人，看月令花时我同你提过，想必你也晓得。为了接近他，我当年曾扮成他的一个宠物。初时他对我还挺好的，但后来他有了一个未婚妻，事情就有些不同了。我被他未婚妻欺负过，还被他未婚妻的宠物欺负过，他都向着她们，不过就是到这个境地，那时候我一心喜欢他，我都没觉得我来不及过。"

讲完这段过往，她唏嘘地静了一阵，又咳了一声，数落躺在另一侧的息泽："这个故事吧，虽然是个挺倒霉的故事，但于你也算是有一点借鉴的意义，你看你醋了我就出来找你，你被雨浇了我就给你调配泡澡的驱寒汤，就这样你还说来不及，那我……"

剩下的话却被她咽进了喉咙，息泽从她身后抱住了她，低声道："他是个混账。"她惊讶得屏住了呼吸，什么也说不出。他今夜行止间不知为何格外温存，将她揽在怀中，手臂环着她，像她是什么不容遗失的绝世宝物。窗外狂风打着旋儿，这个拥抱却格外地长久。

今夜可能会发生什么，她不是没想过，她虽满心满意喜欢着息泽，但对圆房这个事，却本能地有些畏惧。

房中只闻彼此的吐息，良久，她感到脑后的长发被一只手柔柔拨开。近日她被子盖得厚，夜里就穿得少，身上只一条纱裙，顾及息泽在房中，才在纱裙外头又随意罩了个烟罗紫的纱衣。此时，纱裙纱衣却随着息泽的手一并滑下肩头，裸出的肌肤有些受凉，她颤了一颤。

一个吻印在她光裸的肩上，她能感到他的嘴唇沿着她的颈线一路逡巡，她能感到他近在咫尺，有白檀的气息。虽然房中漆黑不能视物，他的手却从容不迫滑到她身前，解开纱袍的结带，滑入她贴身的长裙，带着沐浴后特有的温暖,抚过她敏感的肌肤。指间的沉着优雅，像是写一笔字,描一幅画,弹一支曲子。

凤九觉得自己像是被架在一口大锅上，用文火缓缓熬着，熬得每一寸血都沸腾起来，她有些受不住地喘息，伸手想拦住他贴着她肌肤游走作乱的手指，握上他的手臂时，却使不出一丝力气。

今夜他的行止全在她意料之外，她攒出声音来想要拒绝，刚模糊地叫出他的名字，唇就被封住。此时不仅血烧得厉害，连脑子都被熬成一锅糨糊，她记得他们之间有过几个吻，但都不像此时这样，凶猛的舔吻噬咬，将人引得如此情动。对了，情动。

她一只手抵在他赤裸的胸前，一只手攀住他的肩，被他吻得晕晕乎乎，还能分神想他今夜袍子穿得着实松散。她瞧不见他的模样，伸手触及他的胸膛坚硬温暖，却并不平滑，像有些瘢痕，无意识地用手摩挲那一处，却引得他在她腰腹脊背处轻柔抚弄的手指加大了力道，他吻也吻得更深。

压抑的喘息中，一丝愉悦攀上她的脑际，她迷糊地觉得似乎片刻前想过要将他推开，为什么要将他推开？她想不出这个道理，只是一遍一遍回应他的吻，血液中的灼热令她亟待找到一个出口，直到衣衫褪尽同他肌肤相贴之时，那微带汗意的湿润和温暖终于令她有些舒缓。

从前，她听说过这桩事有些可怕，此时却不觉有何可怕之处，眼前这银发青年的亲吻，明明令人极为愉悦。她不知接下来会如何，只觉得无论发生什么，都应当是水到渠成之事。但纵然如此，当他进入她身体时，她仍感到震惊。

他的喘息带着好听的鼻音，近在她耳畔，身体里生出一种微妙的疼痛，方才还不够用的糨糊脑子眼看要有清醒的迹象，他的手指却以绝对的克制在她敏感的身体上煽风点火，吻也如影随形而至。

那些抚摸和亲吻带来的舒缓将原本便不太明显的疼痛驱散开来，他汗湿的额头抵着她的额头，问她："痛吗？"声音沉得像暴风雨前的阵风，尾音像一把小钩子，令她的心颤了颤。

她委屈地点了点头，手却罔顾意志地攀上他的肩，牢牢抱住他，在他耳边哭腔道："有些疼。你淋了雨，不是头还晕着吗？"他的手揽过她的腰，沙哑道："不管了。"

一夜豪雨过，次日艳阳天。晨光照进软榻，凤九笼着被子坐在睡榻的一侧，睡榻旁靠了盏座屏挡风。榻上的青年侧身熟睡，发丝散乱于枕上，绸被搭在腰间，银发被含蓄的日光映出冰冷柔软的光泽，衬着熟睡的一张脸格外俊美，凤九的脸就红了。

咳咳，昨夜，她同息泽圆房了。圆房这个事，其实也并不如传闻中的可怕嘛。的确初始是有些痛，但与和人打架白刀子进红刀子出的痛比起来，着实无足挂齿，况且后来也就不痛了。她隐约记得她哭过一回，但也不是为了那个哭。生于民风旷达的青丘，她觉得这没有什么，从前为了东华帝君而将自己搞得那样清纯，才更令她那些知情的亲族捉摸不透。

她觉得同息泽圆房，这很好，她既然喜欢息泽，息泽也喜欢她，做这样的事实在天经地义不过，就是……就是有些突然。但这也有好处，她此前还有些担忧，真相大白之时息泽不愿和她一起离开此境，此番他彻底占了她的便宜，还赖得掉吗。想到此处，她备受鼓舞。

这个人，是她的了。

她就有些振奋地靠过去，绸被的窸窣声中，息泽仍没有动静，看来他着实睡得沉。她将被子往他身上再搭了些，伸手理了理他的银发。没想到他竟然迷糊地开了口："为什么不睡了？"她红着脸轻声道："因为风俗是圆……圆房的第二天要……要早点儿起来吃紫薯饼啊。"他仍闭着眼睛，唇角却有一点儿笑，声音带着睡意："你想让他们都知道，我们昨天才圆房？形式之类，不用拘泥了。"伸手胡乱摸索到她的手，牢牢握住，"再陪我睡一会儿。"她就躺下来，同他十指交握，在这大好的晨光中，满心满足地闭上眼睛，同他继续睡回笼觉了。

01.

凡人有句诗，提说春日的短暂，叫作"鸟歌花舞
太守醉，明日酒醒春已归"。当年凤九从他那位性喜文
墨的老爹处听得这句诗时，难得展现出了她于文墨上
的悟性，说这个凡人感叹春日短暂，乃因春天是四季
中最好的时节，好东西大抵令人沉溺，也就觉不出时
光的流逝，恍然回头，总觉短暂。她说出这个话，令
她老爹如遇知音，那一阵子看她的眼神尤其安详。

今日将息泽神君丢出府门，遥望神君远去的背影
打哈欠时，凤九就有点儿惆怅地想起了这句诗。酒醒
春已归，她同息泽此番相聚虽不至于如此短暂，但这
六七日着实稍纵即逝，如同一场春醉。

她本心其实想将息泽留得久些，但这难免对陌少
有点儿残忍。昨日陌少传给息泽一封长信，不意被她
瞧见，信中可怜巴巴道他正打的那件法器到了收尾之
期，此种高妙法器，成相之日最为凶狠，尾收不好，
此前耗进去的精力白搭不提，可能还会被它反噬，兹
事体大，请神君务必早日回宫操持。

信末还声声泪字字血地问了一句，他前几日传给神君的统共十一封长信，神君是没收着呢还是收着却当废纸点灯烛去了。

她当时便想起了这几日夜里，灯烛中若有若无飘出的墨香味，心中不禁对陌少升起一点同情。

本着一颗同情和大义之心，次日，她利落地将息泽从府里头丢了出去。

将息泽丢出去，的确有些可惜，她跟着息泽这几日，在王城各处胡混得有滋有味，过得不知比从前有趣多少。

譬如息泽领她垂钓，她其实对垂钓这桩事没甚兴趣，原本想着迁就迁就他罢了，但一路游下来，却是她玩闹得最有兴致。息泽备了叶朴素的小木船，船头搁了小火炉和一应装了油盐酱醋的瓶罐，带着她顺水漂流，欣赏城郊春日的盛景，近午时将小船定下来，他钓鱼时她温酒，鱼钓上来她洗捡洗捡便做出来一顿丰盛大餐，用过午饭他将船划进附近的荷塘，就着荷叶的荫蔽，他看书她就躺在他怀中午睡，日光透过荷叶缝斑斓地照在她脸上，她就将头埋在他胸前紧紧贴着。

他爱握着书册无意识地抚弄她柔软发丝，从前她作为一只小狐狸在太晨宫时，东华帝君也爱这么折腾她的毛皮，彼时她作为一头灵宠，觉得挺受用挺安心，此时息泽这个动作，不知为何却让她安心之余更觉贴心。她琢磨大约这就是心意相通的不同，又叹服心意相通是多么神妙的四个字。

因息泽是个视他人飞短流长如浮云之人，诸如领她垂钓，带她赏花，陪她看杂耍之事，他大大方方就做了，也未曾想过乔装遮掩一二，难免碰到熟人将他们认出来。于比翼鸟族而言，贵族夫妇春日冶游着实算不得什么稀奇事，但旁的夫妇们出游更多为炫耀排场，似他们这种二人徒步游长街的，确有不同。没几日，前神官长大人与二公主殿下夫妻情深之名便传遍了整个王都，中间凤九去宫中请过一趟安，君后瞧着她的眼神都有些不同。

这个事情，宫中如何传的凤九不大放在心上，她只隐隐担忧，不能让沉晔晓得。凤九觉得，照凡间一句俗谚，她这种行径就是吃着碗里的，瞧着锅里的，乃是混账所为。但她既应了陌少，心中纵然愧疚，也只能一心

193

一意当一个好混账。好混账是什么样？先生们虽没教过，好在有天上的连三殿下可供参详。

　　沉晔的召唤在第三日午后传来，是他院中的老管事过来递的话。凤九刚从午睡里头起来，对这个召唤有些一头雾水。陌少的故事里头，沉晔他似乎没主动请过阿兰若去孟春院？还是说其实从前沉晔请过，只是陌少不晓得，或是忘了同她提说？她揣着这个疑问，以不变应万变之心，入了孟春院，绕过小石林，上了波心亭。

　　亭中此时渺无人烟，空旷石桌上却搁了只琉璃罐。午后昏茫的日光照来，将罐中翻腾的银白雾色镶了层金边，约莫罐子施了结界，汹涌雾色始终无法从罐中逸出。

　　凤九好奇心切，手抚上罐身，彻骨冰凉立时袭上头脑。她一颤，想将手收回来，罐子却像粘在手上。凤九有些惊诧，一时只注意罐子去了，也未留神身周的动向，直到一个声音在跟前响起："可感到熟悉？"凤九抬头，迎上玄衣青年沉淡的眸色。沉晔。

　　她的确感到有些熟悉，因这只罐子同她小时候玩的蟋蟀罐子其实有几分相似。但她隐约觉得，沉晔应该不是问她这个。她注意到沉晔抬袖时单手结起的印伽，瞬息之间，琉璃罐中的结界已消逝无踪。远方有风雷声起，似鬼号哭，万里晴空刹那密布阴云。电闪扯开一条灰幕，日头隐下去，换出一轮残缺的白月。月光倾城。

　　不同于这妖异的天色，罐中暄软的白雾却渐渐平息了奔涌，似扯碎的云絮，一丝一缕，缭绕于凤九指尖。冷意寸寸浸入指骨。

　　天降此等不吉之相，或因厉妖被驯化收服，或因谁正施逆天之术。她强忍着脑中腾起的眩晕，看向沉晔："这是……这是什么法术？"

　　玄衣的神官注目进入她身体的白雾，淡声道："你可听说，寿而有终的地仙们，也能如凡人一般，用结魄灯或别的法子，重造出一个魂魄？"停了片刻，看向她道，"纵使魂魄燃成了灰烬，连天上的结魄灯也无法，但有人告诉我，若能造出此境，不但可以从头来过，还能有如同结魄灯一般的功用，为死去之人重做出一个魂魄。"

凤九一怔，她迷糊有个印象，自己似乎曾怀疑过，此境可能是沉晔所造，但为何后来不了了之，却无论如何想不起来了。今天他竟这样大方就承认，她感觉自己并无想象中的惊骇。

　　她同苏陌叶导了一场大戏，原本还有些愧疚，殊不知，沉晔竟也是在演戏。

　　脑海中唯剩一缕清明，她晓得她至少要装出一副震惊样和一副无知样，以证明她确然是沉晔亲手造出来的这个世界的阿兰若。看样子，他对她也的确没什么怀疑。

　　视线已然有些模糊，她紧咬嘴唇，听得他声音极轻："错了就是错了，我从未想欺骗你从头来过，但无论如何，你要回来，恨我也罢，视我如陌路也罢，这都是一个结果，为这一天，我等了二百三十年。"每说一句，脸色便白一分，似乎这每一句话，都让他感到痛苦，偏偏声音里全是冷然。

　　待银白的魂魄全数进入凤九的身体，她只感到眼前一黑，耳边响起最后一句话，仿佛来自世外："他们说，这个世界是你的心魔，只有我知道，你从没有什么心魔，有心魔的是我。"

　　凤九从不晓得，陷入一场沉眠是如此痛苦的一件事。

　　按理说，晕的好处就在无知觉三个字。她如今身体上的确没什么知觉，但意识里头，却有些遭罪。

　　在脑海中眼睁睁瞧着自己的魂魄同另一个魂魄干架，此种体验于谁而言，都算新奇。凤九一开始其实没反应过来，还操着手在一旁看热闹，直到眼前的两团气泽纠缠愈烈，甚而彼此吞噬，她开始觉得脑袋疼，才惊觉眼前是两个魂魄在干仗。

　　她觉得今日自己脓包得令人称奇，她无力拦阻两个魂魄干架，只能白挨着疼痛还算情有可原，可方才手指被强压在琉璃罐子上时，她竟也无还手之力，这事却很稀奇。

　　脑袋疼得像百八十个乐仙扛了大锣在里头猛敲，凤九忍痛分神思索，刚要想出些什么，却见自己的魂魄猛然发威，一口吞掉了阿兰若的魂魄。而就在阿兰若的魂魄寂灭之时，鹅毛大雪于刹那间纷扬而来，片刻便在她身前积成一面长镜。她不长记性，再次伸手，指尖触及镜面之时，一股大力将她往镜内猛地一拽。尚未站稳，一段记忆便从时光彼端，呼啸而来。

那不是她的记忆，是阿兰若的记忆。这面莫名其妙的长镜后头，阿兰若的人生，阿兰若的所思所想，阿兰若的欢娱悲伤，她竟在刹那间全都感受到。那段过往如同一盏走马灯，承载着零碎世事，永无休止地转着圈，但每转一圈，都是不同的风景。

凤九有些好奇，此种境况，难道是因她的魂魄吞噬了阿兰若，将阿兰若化入己身，成了她的一部分？那阿兰若还会如沉晔所说，再次复活吗，若她复活，自己又会怎样？

这个关乎性命的问题，她思索了有一两瞬，觉得这种乏味之事等醒过来再想也是可以的，不宜多浪费时间，眼前还有另一桩亟待发掘的重要之事需她劳心费神。她想通这个，立刻将这项疑问抛诸脑后，满怀兴致地、全心全意地关怀起另一件亟待她发掘的重要之事来——歧南后山犬因兽的石阵里头那一场患难见真情之后，沉晔同阿兰若的八卦，后续如何了？

她费力在回忆中思索，将诸多片段串起来，看到一些事情的实景，首当其冲者便是陌少口中他不甚清楚的两年。

02.

那迷雾重重的两年，凤九欣慰于自己猜得不错，沉晔同阿兰若确有一段真情。因是阿兰若的回忆，阿兰若对沉晔之心清清白白可昭日月，沉晔对阿兰若之心，估摸阿兰若当年从未看得真切，如今凤九自然也看不真切。

天上的连三殿下有段名言，说一段情该是什么模样，端看历这段情的人是个什么模样。譬如世间有那种轰轰烈烈的情，也有那种细水长流的情，还有那种相敬如宾的情。有人情深言浅，有人情深言深。不能说旁人的情同你的情不一样，旁人的情就算不得情。

她一向敬佩连三殿下是位风月里的高手，连三殿下亲口提说的风月经自然是本好经。她将这本好经往沉晔和阿兰若身上一套，觉得两年来，纵然沉晔行止间少有过分亲近阿兰若的时候，言谈中也挑不出什么揪心的情话可供点评，但或许，他就是那类情深言浅之人，他的情，就是那种相敬如宾之情。

两年的回忆太过琐碎，凤九懒得一一查验，随意在最后一段时日里头挑了一节在脑中打开。入眼处只见一面荷塘开阔如镜，中央一亭矗立，亭中石桌上搁了堆不知名的花束，花束旁立着个阔口花瓶。

沉晔握了卷书坐在石桌旁，两年幽居，将他一身清冷气质沉淀得更佳，目光凝在书册之上，时而翻一翻页。阿兰若挨着他坐，专心捣鼓着桌上的花束，时而将削好的花枝放到瓶口比对，时而拿到沉晔眼前晃一晃，让他瞧瞧她削得好不好，还需不需修整。

如是再三，沉晔将目光从书册上抬起来，淡淡向她："你坐到我旁边，就是专门来打扰我看书的？"

阿兰若作势用花枝挑他的下巴："一个人看书有什么趣味，奴家这么迁就大人，"她笑起来，"不是因为大人一刻都不想离开奴家吗？"

沉晔将头偏开，无可奈何地用手指点了点花枝上一处略显繁复的叶子："你自说自话的本事倒是日益长进，这一处梗长了些，叶子也多了些。"

阿兰若从容一笑："大人谬赞，奴家只是一向擅长猜测大人的心思罢了。"

沉晔正从她空着的那只手中接过花剪，手一抖道："再称我一句大人，自称一句奴家，就把你丢出去。"

阿兰若柔声带笑："大人说过许多次要将奴家丢出去，可一次都没做到过。"收回花枝时花盏正挡住她耳边鬓发，别有一种艳丽，他的目光良久地停留在她侧脸上，她恍若未见，将最后一枝花束插入瓶中时，却听到他低声道："转过来。"

她回头瞧他，眼中仍是含笑："方才一句玩笑罢了，可别为了赌气扔我。"

他却并未说什么，起身摘过花瓶中一朵小花盏，微微俯身，插在她的鬓边，他的手指在她鬓角处轻抚后一停，收了回来，书册重握回手中，目光也重凝到书页上，片刻寂静中，还作势将书卷翻了一页。

她愣了一愣，手抚上鬓边怒放的花朵，许久，轻声道："我有时候会觉得不够，但有时候又觉得，你这样就很好。"

他的目光再次从书页中抬起来，像是有些疑惑："什么不够？"她却只是笑着摇了摇头。

晨曦将小小一个湖亭染得一片暖色，天也高阔，水也幽远，一池清荷在晨光中开出妍柔的姿态，莲香阵阵。亭中相依的二人在回忆中渐渐淡去，只在山高水阔中留下一个淡色的剪影。

这幅剪影令凤九动容，甚至有些同情地觉得，他二人的故事若能在这个时刻永远停驻也没什么不好。但该来的总会来，陌少当日提说史书关乎这两年后的记载，寥寥数言，不可谓不惨烈。凤九私心觉得史书嘛，难免有个不靠谱的时候。可将随后的记忆细细铺开，她讶然，史书关乎上君相里阕之死的记载，倒是难得靠谱了一回。

七月十六夜，宫里传来消息，说上君病薨。上君一向身体安健，却不晓得摊上个什么稀罕病，竟说薨就薨了。消息传来时阿兰若正同沉晔杀棋，黑子落在棋盘中啪嗒一声，自乱了阵势，沉晔拈着白子不语，仆从取来赶夜路的披风慌里慌张搭在她腕中。阿兰若疾步出门，跨过门槛时回头道了声："方才那一子不算，这局先做残棋留着，改日我再同你分个胜负。"沉晔出声道："等等。"起身自书案的插瓶中摘下一朵白花，缓步到她跟前，取下她发鬐中的玉钗，将白花别入她鬐中，手指在她鬐角处轻抚后一停，才道："去吧。"

三日后阿兰若方得闲回府，府中一切如常，只是孟春院中客居了两年的神官长，说是片刻前被迎回歧南神宫了。

老管事抹着额头上的冷汗回禀，说正要派人去宫中通传公主，不想公主已回了，神官长出门不过片刻，想来并未走远。言下之意是公主若想同神官长道个别，此时还赶得及。

以阿兰若的身份，此时追出去其实并非一件体面事，老管事急昏了头，所幸她还秉着清醒。只是失神了片刻，将披风解下来，取下鬐上枯萎的白花，呆坐了一阵。晚风拂过，花瓣被风吹落，躺在地上，衬着清扫得一丝灰尘都不染的白石板，就像是什么污迹。她瞧着手里光秃秃的花梗，苦笑了一声："那夜你送我这个，其实是在道别？我竟没有察觉出。"

一朝天子一朝臣，不同的君王在权力上有不同的安排。神宫的力量独立于宗室之外，饶是相里阕在位，压制一个失了神官长的神宫都有些费力，遑论即将即位却毫无根基的太子相里贺。这就是沉晔被迎回歧南神宫的缘由。

虽然同为一方之君，相里贺的这些考量，凤九却着实不能理解。自她记事起，他们青丘五荒五帝只换了一荒一帝，还是她把她姑姑给换下来了。且她记得她姑姑自从被换下来开始每天都过得十分开心，看着她的眼神饱含一种过来人的同情。再则东荒的臣子们大多不学无术，最大的爱好是假装自己是平头百姓跑去集市上摆摊，会掐起来多半是谁占了谁摆摊的摊位。照他们冠冕的一个说法，他们青丘之国的神仙，虽为家为国谋着一个职位，掌控着一点权力，但岂能像凡人，让权力反过来愚弄他们，虽然九重天上的神仙也有那种好争权的，那全是因他们没有人生追求，没尝过摆摊的乐趣，尝过了却仍去弄权的，那就是他们没有生活情趣。凤九觉得，她这些臣属说得对错与否暂且不论，但省了她不少事倒是真的。

这一段记忆紧锣密鼓，一环扣着一环，像是一帘瀑布从峭壁上轰然坠下，击打在崖底碎石上，溅起一丛丛冰冷水花。所谓悲剧，从古来开天，便是这样一副遽然仓皇却又狰狞无情的模样。记忆的下一环，紧扣着苏陌叶曾告诉她的那则传闻。

原来，那并非一句虚言。

七月二十二，上君大殁将尽，是夜，公主府被围，阿兰若被一把铁锁锁出府门，押进了王宫，安在她头上的罪名，是弑君。

主理此案的刑司大主事是她娘倾画夫人的亲弟，她的亲舅舅。

上君薨了，按理说承权的该是太子，但太子相里贺从前是个不被看重的太子，此时是个势微的太子，将来也许只能做个傀儡上君，大权一概旁落在倾画夫人手里。而朝中谁都晓得，刑司的这位大主事是倾画夫人的心腹。换言之，往阿兰若身上安罪名的是她亲娘，困她的是她亲娘，一门心思要置她于死地的，仍是她亲娘。

阿兰若蹲牢的第七日，倾画夫人屈尊大驾，来牢中探视她。牢中清陋，一蓬压实的茅草权当一个睡铺，挨着牢门搁了张朽木头做的小桌子，桌沿有盏昏沉沉的油灯，阿兰若一身素衫，靠在小桌旁习字，牢门外一个卒子守着一个火盆，她习一张卒子收捡一张烧一张。

倾画夫人委地的长裙裾扫过地牢中阴森的石阶，她听到绫罗滑过地面的窸窣声，抬头瞧了来客一眼，眉眼弯弯："母亲竟想起来看我，可见宫中诸事母亲皆已处置停妥。"语声和缓，像她们此时并非牢狱相见，乃是相遇在王宫的后花园，寒暄一个寻常招呼。

倾画宫装严丽，停在牢门前两步，卒子打开牢门退下去。阿兰若将手中一笔字收尾，续道："牢中无事，开初我其实不大明白母亲为何往我头上安这样的罪名，但琢磨一阵，也算想通了一些因由。"

倾画淡声道："你一向聪慧。"垂目在她脸上停留片刻，自袖中取出封文书并一个瓷瓶，手中掂量片刻，俯身一道搁在枯朽的木案上，"看看这个。"听不出什么情绪的声音，如平日里她向她请安时，她那些惯常却毫无感情的敷衍回应。

烛光昏沉，映照在叠好的文书上，隐隐现出墨迹。阿兰若伸手摊开面前的文书，掠过纸上一笔清隽刚劲的墨字。枯瘦烛影中，目光在纸上每下移一分，脸色便白一分。良久，抬头望向她母亲，除了面色有些苍白，小指仍在微颤，神情竟仍然从容，甚而唇角还能筹出一个笑："沉晔大人呈递的这封文书，写得中规中矩，不如他一向的洒脱恣肆，文采风流。"

倾画看着她，眼神几近怜悯，良久，却问她道："还惯否？"

阿兰若似垂头思虑，半晌，低笑了一声，答非所问道："父亲一生刚绝果断，却不想败在一个情字上头。他大约从未想过，直至如今，母亲你仍未忘记橘诺的生父罢。橘诺确是他的眼中刺，他将橘诺赶出王城，断送她的前程，彼时只图快意，却埋下了他今日病薨的祸根。但母亲你多年隐忍，乃是成大事者，自然不愿就此止步，母亲最终，是想让橘诺即位，将父亲从她生父那里抢来的全要回去，对不对？"

瞧着手旁的烛焰，又道："太子、我，还有嫦棣，我们都挡了橘诺的路。太子非母亲所生，母亲自然不会留情，嫦棣她脑中空空，除了骄纵也不剩别的，或许让她疯了是条路，宗室也不会让个疯姑娘做上君。但两个待继位的女儿全疯了容易招人闲话怀疑，必定要死一个，母亲既保了嫦棣，我便非死不可。"她勉强一笑，"我没想过母亲会做到这个地步，母亲这个计策，当真半点儿后路也不曾留给我。"

牢中一片如死的宁静，阿兰若伸手将文书搁在一旁，摊开一张白纸，重执了笔，一滴墨落在纸上化开，她轻声道："母亲问我住得惯否，当日被母亲弃在蛇阵中，我也熬过来了。今次母亲将我关在此处，却还记得我好习字，破例备了笔墨纸砚给我，让我打发时日，我又怎会不惯呢？"

许久，倾画道："你当知，此事非我一人之力。"

阿兰若手中的笔一颤，纸上是"浮生多态，天命定之"八个字。本是一笔好字，最后一字却因执笔的颤抖，生生坏了气韵。

可她仍然牢牢执着笔。

倾画的目光停在她的字上，淡声道："沉晔他生来居于高位，连上君都忌惮三分，自小就是个极有主见的孩子，纵然因救下橘诺自毁了前程，但世间事，最好谋划者莫过于前程，他本意在流放中从长计议，你却将他占为己物，可知，这触了他的大忌？"瞧她一眼，续道，"方才你叹息你父亲重情，最终败在一个情字上。你父亲雷霆手段，我生不如死，却只能拴在他身旁。可你呢，你虽聪慧，此事上比之你父亲，却远远不及，沉晔稍许逢场作戏，便让你用足真情，落到这个田地，不也是败于一个情字？"

烛影寥落铺在置于案沿的文书上。从前也有这么一笔字，落在白底信笺上，提问阿兰若，他在院中寻出的她那些陈酿，是不是他信中所述的酿法。如今仍是同样的笔迹，落下的寥寥数语，却是句句荒唐，"相里阿兰若弑君杀父，此心狠毒，不啻虎狼，恶行昭然，更胜豺豸……"

正书写的宣纸上头，"天命定之"一句后又添了八个字，"忧愁畏怖，自有尽时"。遇到痛苦难当之事，她爱用这个安慰自己。八个字写得力透纸背，将最后一个字收笔，她低声道："母亲说逢场作戏，是何意？"

倾画的眼神更见怜悯，道："他向你王兄求了一门亲事。"

阿兰若缓缓抬头。

倾画道："不是什么有家底有身份的女子，好在端正清白，在宗学里供着一个教职。听说这女子是从你府中出来的，单名一个恬字，文恬，名字起得倒是娴静。"

阿兰若紧闭双眼，良久，道："我有些累，母亲请回吧。"

倾画转身行了两步，又回头道："你的案子今晨已定下来，安在三日后行刑，沉晔午时递上来这则文书，请上君将行刑之权移给神宫。你去神宫已是势必之事，神宫那些刑具，比刑司地牢中的多上许多，我知你即便魂飞魄散也不愿受此屈辱，若实在承受不住，便用瓷瓶中的药自我了结吧。这是我作为母亲，能给你的最后怜悯。"

待倾画的身影消失在油灯笼出的微光之外，阿兰若突然身子一颤，一口鲜血将案上的黑纸白字染得斑驳，油灯的小火苗不安地晃动，终于熄灭。

倾画的身影在地牢口一顿，待要举步时，牢中的阿兰若突然出声，语带嘶哑道："母亲对我，谈何怜悯？"

一阵咳嗽后，又道："母亲可还记得，那年陌师父将我从蛇阵里救起，我第一次见你，他们说你是我的母亲，我真是高兴，你那么美丽。我看你向我走来，便急急地朝你跑过去，想要求你一个拥抱，却不小心摔倒。你从我身边走过去，像没有看到我，像我是一株花、一棵草，或是一枚石头。长裙擦过我的脸、我磕伤的手臂，你目不斜视从我身边走过去，绫罗曳地的声音，同今晚的一模一样。"

倾画的手指握住身旁的木栏。

又是一阵咳嗽，她轻声续道："今生我不知爱是什么，母亲吝惜给我，我自己争来的，母亲也将它毁掉了，其实我更想什么都不晓得，母亲为何非要如此残忍呢？难道我是母亲的仇人，看着我痛，是一件很快意的事情吗？"

倾画的嘴唇动了动，许久，道："若你还有轮回，来世我会还你。"

阿兰若笑了一笑，疲惫道："同母亲的尘缘，就让它了结在这一世罢，若还有轮回，我也没什么好求，只求轮回中，不要再同母亲相遇了。"

巨大的沉默中，倾画的脚步渐行渐远，细微分辨，能听出那貌似稳重的脚步声中隐有杂乱。待倾画的身影消失在牢口那扇阴森的大门外时，站得远远的小卒子慌里慌张跑过来，重点起一盏油灯。

这一段最后一个场景，是阿兰若叠起木案上染血的文书，缓缓置于油灯上，火苗纠缠着那些模糊的血痕，燃尽只是瞬息之事。灰烬落在木案上，还带着些微火星。

苏陌叶曾问她，若有一天她因沉晔而愤恨，会是为了什么，彼时她一句玩笑，说那一定是因得到过，譬如他爱上她，后来不爱了，又去爱了别人。却不想一语成谶，他甚至也许从未爱过她，连那些她自以为珍贵的回忆都是假的。多么高明。

　　她垂目被火苗舔伤的手指，半晌，自语道："看到我如今这副模样，是不是就让你解气了，沉晔？"许久，又道，"你可知这样的报复，对我来说，有些过重了。"油灯将她的侧影投在幽暗的石壁上，端庄笔直的仪态，却那么单薄。

03.

　　世事波折，难如人意。难如阿兰若之意，也未必合倾画之意。
　　移往歧南神宫的前一日，阿兰若被劫走了。

　　歧南后山天色和暖，日头照下来暖洋洋的，林子里偶尔传出来几声鸟叫，连不远处石林中的犬因兽都在安详地袒着肚皮晒太阳，一派祥和平静，像山外的风云变幻全是场可笑的浮云。
　　凤九瞧见坐在石板上同阿兰若讲道理的白衣青年时，其实没认出来他是谁。
　　青年一头黑发闲闲束于冠中，长得一张清寒淡然的脸，行止间却颇不拘，手中掂着根玉米棒子，像是恨不得将这根玉米棒子直敲到阿兰若脑门上："事已至此，那个破王宫里头还有什么值得你惦念的，我好不容易将你救出来，你却急不可待又要回去，难不成，是为了沉晔？"话到此处略有沉吟，玉米棒子在石板上敲了一敲，"不对，到此时还放他不下，这不合你的性子，你下山，究竟要做什么？"
　　青年栖身的石板旁，两棵老树长得茂盛苍郁，树间用结实的青藤搭了个可供躺卧的凉床，阿兰若靠坐在上头远目林外景色，和声道："你从前常说的那句，浮世浮生，不过一场体验，我觉得甚有道理。生之长短，在乎体验，体验得多便是寿长，体验得少便是寿短。我近日了悟，我这段人生，看起来短，其实也算长了。"停了停，续道，"若说王宫中还有何人值得惦念，不过王兄罢了，他性子淡薄，其实无意上君之位，此时与夜枭族这一战绝非偶然，定然是母……倾画夫人的计策，意欲借刀杀人，将王兄除掉。王兄他非御敌良将，一旦上了战场，定然不能活着回来。"

白衣青年皱眉道："即便相里贺待你好，但这是他的命数，此种状况下，你还能保他一命不成？你此时既出了那团旋涡，何必再将自己搅进去。"

阿兰若缓声答道："你既晓得我的性子，便该料到我不能弃王兄于不顾。我会去战场上将王兄换下来，届时还需你看顾看顾。你放心，我惜命得很，自会权衡，比之王兄，我并非处处死路，还有生机。"瞧着白衣青年沉肃的脸色，笑道，"你这个脸色倒不多见，所幸今生对我好的人不算太多，你和陌师父也不像王兄这样倒霉，无须我如此冒险相救。"

白衣青年凝目看她片刻，道："你一向顽固，我此时说什么也留不住你，但战场凶险，若是此行回不来呢？"

她神色平静："若此行回不来，即便我死，也是以王兄的名义战死，比之倾画夫人逼我自杀，这种死法倒是有意义许多。届时便劳烦你将王兄改名换姓，送往安全之地，让他过寻常日子罢。"良久，续道，"我曾写给沉晔二十封信，也劳烦你帮我要回来，信里头那些真心实意，再存在他那里，想想有些可笑。"

白衣青年叹息一声："你这些托付我都记着，只望到时候用不着我做这些，你何时下山？"

她仰躺在藤编的凉榻上，随意将手搭在脑后，唇角攒出来一点笑意："和风，日影，今日是个睡觉天，让我再偷一个浮生半日闲罢。"

歧南后山这片桃源景渐渐消逝在日暮的薄影中，凤九押着一颗沉甸甸的心，竭力排开最后一段回忆。论及话本子，她姑姑白浅处有无穷的珍藏，她打小耳濡目染，自然多有涉猎，那些痛彻人心像是从泪罐子里捞出来的故事，她读过不知多少则，却全比不上今次她眼见这一桩。这段回忆甚至没有半滴泪水，却像一柄绝世名剑，极冷也极沉，夺人性命时干脆利落，绝不拖泥带水。阿兰若伤得平平静静，痛得平平静静，连赴死，都赴得平平静静。

苏陌叶讲给凤九的史册记载，说相里贺御驾亲征，拒敌十七日，力有不逮，终战死疆场。掩盖在薄薄史页后的真相，凤九在这段回忆里看到。战死的不是相里贺，而是阿兰若。

同夜枭族一战，因由是比翼鸟族纵容边民越境狩猎，两族开战，这个战场，自然开在边境上。思行河穿越亘古悠悠流淌，流到最南边，拐过平韵山的隘口，一年复一年，汇入慈悲海中。挨着平韵山慈悲海的一段思行河，一向称的是南思行河，河旁有座巨大的乐音林，遍植乐音树。比翼鸟及夜枭两族历代以此林为界。

八月初七，阿兰若赶赴战场。战事初一拉开，不过六天，比翼鸟族已丢失大片土地，被迫退于思行河以南，八万大军损了三万，五万兵士与夜枭族十二万雄兵隔河相望。

一道道请兵支援的军令加急送入王城，倾画恍若未闻，按兵不动。前有雄兵，后无援手，军中士气低迷，未曾歇战，已显败象。是夜，阿兰若潜入军帐，迷晕相里贺将他运出军中，自己则穿上他的盔甲，坐镇主帐。

阿兰若领着五万疲兵，以半月阵依思行河之利，将夜枭族阻于河外。思行河中流血漂橹，南岸上也是遍野横尸，本是夏末时节，夜晚河畔凉风过，却只闻腐尸与血腥。半月阵阻敌七日，迫使夜枭族折兵五万，却因粮草不足且久无援兵，耐不住夜枭族凭着人多之利轮番攻阵，终在第七日半夜被攻破一个缺口。

天上长庚星亮起，夜枭族大王子喜不自胜，正欲领军渡河。月光星辉之下，隔河瞭望，却遥见对军主将手中蓦然化出一张一人高的铁弓，三支无羽箭携着凛冽风声划破夜空，无羽的长箭直直坠入河中央，化作三根巨大铁柱，立于汹涌水面一字排开。

招魂阵。

长庚星被忽起的墨云缠得摇摇欲坠，一团金光忽从矗立于铁弓旁的颀长身躯中凶猛挣开。破空的长鸣后，浮于半空的金光竟凝成一只巨大的比翼鸟，俯瞰着河滨两岸威严盘旋，翅膀扇起的烈风将金戈铁骑扫得人仰马翻。铁弓旁的身影却一动未动，烈风吹落头盔，现出一头漆黑的长发，一张冷丽的脸。

哀哀嘶鸣中，金色的比翼鸟栖伏于河中央的铁柱之上，羽翼覆盖大半河面，翅膀再次扇动，周身竟燃起火焰。

烈焰熊熊燃烧，像是一场无终的业火，阻断整个思行河，做成一道拒敌的天然屏障。焚风将对岸的乐音林吹得叮咚作响。乐音树树名的由来，原本便是因其树枝树叶随风吹过而能奏出乐音。

为阻敌于思行河外，阿兰若使了招魂阵，燃尽了自己的灵魂。这便是她魂飞魄散的原因。这才是她魂飞魄散的原因。

浓墨似的天幕，奔涌河流中滚滚业火，比翼鸟的哀鸣穿过乐音林，林中奏起奇妙的歌声，仿佛哀悼一族公主之死。而渺渺长河上，那些小小的白色的乐音花却不惧焚风，像一只只迁徙的幼鸟，穿过火焰漂散于河中，又似一场飞扬的轻雪，有一朵尤其执着，跋山涉水缓缓漂落于阿兰若鬓边，她抬手将它别入鬓发，手指在鬓角处轻抚后一停。那是沉晔给她别花后，惯做的一个动作。她愣了愣，良久，却笑了一下。金色的比翼鸟最后一声哀鸣，她抚着鬓边白花，缓缓闭上了眼睛。大鸟在河中静成一座雕塑，唯有火焰不熄，而长发的公主已靠着铁弓，耗尽了生命，步入了永恒的虚无。大火三日未熄，熄灭之时，公主与铁弓皆化为尘沙，消弭于滚滚长河。

这便是阿兰若的一生。

206

凤九却始终无法明白，阿兰若最后那个笑是在想着什么。

从这段记忆中出来，面前竟又立着那面大雪铸成的长镜，凤九伸手推开镜面，蓦地眼前一黑，临失去意识的前一刻，她觉得，这下，自己总算是要真的晕过去了罢，早这么晕过去多好。

01.

公主府至高处乃波心亭，亭外遍植古木，棵棵皆是参天古韵的派头，日光穿过林叶照进亭中，为一个小小山亭平添了一层古意。

此时山亭中容了四个人，东华帝君与神官长沉晔两两相对，沉睡的凤九被揽在帝君怀中，苏陌叶站在一旁垂手而立。天时地利人和，平心论，其实是幅好图景。

然苏陌叶苏二皇子瞧着眼前阵仗，却着实有些迷茫，因面前相对的二位皆是不动声色之人，他虽长于察言观色，但近日他被帝君折腾着打造法器，脑子累得有些不灵便，再则三日来发生的诸事仿佛连着的电闪，闪得他至今不能平静。

三日前是个黄道吉日，老天爷慈悲了一回，令他传给帝君的第十二封急信起了效用，将帝君召回了歧南神宫。他催帝君着实催得吐血，好在帝君回来了，他就把这口血含了回去，指望着法器收尾后他能下山歇一歇。

帝君要打件什么法器其实从未同他明说过，他本着做臣子的本分也不曾问起，只循着帝君说的一一照做罢了。待帝君回神宫为法器收尾，成相之时他才晓得，这竟是面镜子，且是面不同寻常的镜子——妙华镜。

九重天第七天垂挂的那面妙华镜他听闻过，说此镜能再现三千大千世界数十亿凡世的兴衰更迭，但比翼鸟族所居的梵音谷亦是仙地并非凡世，妙华镜理当照不出它的过往是非。他有些疑惑，既然并非这个功用，那帝君如此费心打这面镜子来做什么。他思忖，总不至于是打给凤九的梳妆镜……又思忖，娘的这其实很有可能。

所幸此番帝君并没有离谱到这个境地，彼时镜成，帝君随意端详了片刻，提笔随手在纸上勾了个什么抛入镜中，未几，镜中便浮现出一幕清晰的小景。

镜中景令他蓦地晃神，正是两百多年前解忧泉旁的蛇阵。凄风邪雨中，四尾磐石的巨蟒血红着眼仰天长嘶，满含失子的伤痛。被他抱在怀中的小女孩伸长了手臂挣扎着要重回蛇阵，瞳色分明的眼中蓄出泪水，口中吐出咝咝的蛇语。他立在云头，碧玉箫浮在半空，无人吹奏却发出驱蛇的乐音。小女孩兀自在他怀中反抗，他原本可用法术禁锢，却不知那一刻想着什么，竟只用了手上力气将这个爱躲在石头后听他吹箫的小姑娘锁在怀中。她无计可施，眼看眼泪就要掉下来，他抚着她的额头轻声道："你很聪明，虽不会说话，但该听得懂我在说什么，你不是一条蛇，是比翼鸟族的二公主。你是想要继续当一条蛇，生在方寸之地，被你的同族视为异物，还是想要展翼翱翔天际？"眼泪凝在女孩眸中，良久，她咬着唇，像是忍受着什么巨大的痛苦，振翼声起，肩背处一双雪白的羽翼瞬然展开，她模仿着他的声音："……比翼……"他笑道："好孩子，这是你第一次展翼？从此后，我就是你师父。"

比翼鸟或有单翼，或有双翼，阿兰若是只双翼的比翼鸟。

许多年前的情境在眼前重温，他自是愣怔，帝君却已泡好一壶茶，分了两个瓷杯，随口向他道："这面镜子我改了改，如此仙的前世今生也看得到了。"望着妙华镜，道，"造出此境的大约是沉晔，先看看他要做什么，再看看小白同阿兰若有什么干系，你留下来同观，后续若有什么事，方便代我打理。"

他一时竟忽略了帝君允他留在此处乃是指望他继续为他做白工，脑子有一瞬的浑噩，语中带颤道："帝座是说，这面镜子，可以看到阿兰若的死因？"

帝君莫名道："这很稀奇？"

他沉定情绪道："我从不知世间还有能断出神仙前世今生的法器，确然稀奇。"又道，"听闻妙华镜一次只能显露事情的一面，请教帝座，此时显露的这段过往，是否仅为沉晔所见的那一面？"

帝君淡淡点了个头，提壶倒茶间提醒他道："手别碰到镜框上，当心被镜中人的思绪搅乱心神。"奈何这声提醒提得忒悠然忒不紧不慢了些，他的手早已好奇地抚上镜框，而刹那之间，一份沉得像山石的情绪，随着那只与镜框相连的手，直击入他心底。像是转瞬间亲历了一段人生。旁人的人生。沉晔的人生。

陌少记得，若干年前，阿兰若曾告诉他，她同沉晔第一次见面，是在沉晔一次满十的生辰前几日。彼时她刚出蛇阵不久，虽有他这个师父照料，偌大王宫里头未免觉得孤单，瞧着谁都想去亲近。

那日她逛到花园中，从一棵老杏树后瞧见前头花丛里，沉晔领着橘诺嫦棣二人正玩猜百草的游戏。她这位表哥原本就长得俊，那日许是日光花影之故，瞧着更是清俊不凡，令她极愿亲近。

不几日他的生辰，她觉得这是亲近他的良机，她该去贺一贺。她想起那日他立在清雅花丛中的风姿，本想去花园中摘一捧做贺礼，不想此花花期短暂，业已开败。她凭着记忆中花丛的模样稚嫩地临了张图在纸上，满心珍重地捧着它去舅舅府中为他贺生。生辰那日他不同在花园中穿着便装，一身神官服显出一种超出年纪的沉稳俊朗。他仍同橘诺嫦棣待在一处，只远远瞧了她一眼，便将淡漠目光移向别处。

午后她在后院一个小水沟中寻到了自己送给他的画，墨渍已浸得看不出原画的行迹，她的小妹妹嫦棣站在水沟旁奚落她："沉晔哥哥说你被蛇养大，啃腐殖草皮长大，脏得要命，他才不要你画的画……"

彼时她同他讲起这段往事，笑道，她同沉晔幼时只见过这么两面，此后她再未生出亲近沉晔之心，也再未去母家舅舅处做过客。她同沉晔，其实从一开始就没有缘分，她后来仍强求同沉晔的缘分，也不知强求得对还是错。

陌少以为，阿兰若确是强求，且他深信她是因强求这段姻缘方种下灰飞的祸根。而沉晔对阿兰若，他从不相信他对她竟会有什么情，如若有情，何以能眼睁睁看着她走向死地？退一万步，他厌了她几十年，同她处得好些也不过两年，即便两年种种能称作情，也断不能以深厚论之。至于阿兰若死后他的所为，不过是一种失去方知珍惜的老生常谈罢了。沉晔并不爱阿兰若，若他爱着阿兰若，这才是一个笑话。

可老天爷就喜欢闹笑话。妙华镜中的情绪如洪水奔涌，陌少的脸色渐渐发白。帝君喝着茶问他："还受得住吗？"他脸色难看地笑了一笑："望帝座指教，受得住待如何，受不住又待如何？"帝座的指教言简意赅："都受着。"

世说神官长冷淡寡言，思绪难测，上君的圣意还可揣摩揣摩，神官长的即便揣摩了却也是个白揣摩。而此时这位难揣摩的神官长的思绪，就直白地摊在陌少的眼前。

他看得那么清晰，就像他就是他。

210

02.

沉晔降生并不太平。他母亲怀着他时被接去神宫待产，但他降生这一日，天上却并未现出什么异相，且生下他竟是个极虚弱的小孩子，连啼哭都不会。时任的神官长息泽不在宫中，几个不大心善的神官嘟囔着要将他母子二人逐出神宫，到神宫消暑的上君相里殷正好路过，怀着一把善心将他同他母亲留了下来。

眼看着他呼吸渐弱，相里殷割腕放血，用半碗腕血救了他一条性命。他第一声啼哭落地时正值当午，原本只矗着一个明晃晃日头的东天，却陡然爬上一轮圆月，一时天地间日月齐辉，相里殷大笑："这不正是我族的小神官长，既然天降的异象是光照倾城，不如起名一个晔字。"他跟着母姓，受相里殷封赐，便有了一个名字，叫作沉晔。

上君相里殷做主了他母亲的婚事，将她许给了自己的大舅子，她母亲便搬出神宫去了夫家，而他在周岁时受封继任神官长，被尊养在歧南神宫，跟着时任的神官长息泽学一个神官长该有的本事。

时光匆匆，山下的宫变发生时，他不过五岁。息泽神君边吃绿豆糕边告诫他，歧南神宫虽履的是个监察之职，但若非因上君失德以致生灵涂炭，旁的事都不在神宫监察之列。宫变这等事，他们争他们的，咱们有兴趣就去瞧个热闹，没兴趣就将宫门关严实了，喝个茶水吃个糕。

他们关着宫门吃了好几天绿豆糕，外头传来消息说新君即位，且娶了前任上君相里殷的王后倾画做贵夫人，王宫的礼官来请神官长的祝祷。息泽借口绿豆糕吃撑了，不便出行，指派几个随从抬着五岁的他去了趟王宫。他第一次主持祝祷礼，仅有五岁，竟没有出什么差错。息泽十分满意，此后益发懒洋洋，宫中有什么用得着神官长的地方，一应差遣他去顶缸。每一次顶缸，他都顶得挺出色，简直令息泽爱不释手。

他母亲嫁了倾画的哥哥，倾画便是他的姑母。不久倾画生了橘诺，因他常去宫中，便时常将橘诺拿给他照看。十岁那年，因入山修行之故，整整两年未再涉足王宫，再次入宫时，橘诺糯糯告诉她，一年多前母亲新添了一个妹妹，妹妹长得十分软糯可爱，但母亲却将她扔进了蛇窝，好在那四条蟒蛇没有吃掉妹妹，还抓来老鼠，咬断老鼠的颈子将血喂给妹妹喝。

王宫里的蛇窝仅有一处，便是解忧泉旁。为何想去看看橘诺口中这个孩子，他说不上来。那夜月银如霜，他踩着月色正待步入花园，听到一丛竹影后几个宫婢絮语，说蛇阵里那个孩子一向爱在这个时辰爬来爬去，今夜却不知为何没有响动，该不会是病了还是怎么了，需不需禀给君后。几人推搡着谁去禀给君后为好，却又害怕君后发怒，谁也不想去，拈出借口道君后将这个孩子扔进蛇阵原本就不希望她活下来，若这个孩子真病了应该正合君后之意，她们多此一举前去禀告，岂不自招晦气，还是当不知晓不禀为好。絮语一阵便散了。

他靠近蛇阵，蹲了巨蟒的四座华表静立，而在华表框出的蛇阵边缘，果然瞧见一个岁余的婴孩趴伏在地上，正瑟瑟地发着抖。这夜十五，天上月圆，正是至阴的时辰，华表中的巨蟒想是汲月华灵气去了，无暇看顾这个孩子。他妨着惊动巨蟒，小心蠹在阵缘，勉力伸手翻过孩子。月光底下，瞧见孩子一张脏兮兮的小脸，干裂的嘴唇难受地翕合着，几粒乳齿咯咯地碰撞，怀中抱着一只死鼠，手上全是血。

这是他的表妹。同是表妹，橘诺从小锦衣玉食娇生惯养，这孩子却衣不蔽体，脏兮兮地圈在这个蛇阵里，仅能以鼠血为生。小小的孩子躺在地上，颤了一阵，终于受不住地哭出来，像被谁捏着嗓子，声儿轻轻的、细细的。就是这样一声语不成调的啼哭，却猛地击在他心上。

这孩子得了什么病他不晓得，需用什么良药他也不晓得，但梵音谷中没有哪味良药比神官之血更具奇效，这个他晓得。因蛇阵的结界阻挠，他不能身入阵中将孩子带出来，只能咬破手指，勉强将手伸进结界够着孩子的嘴唇，几滴血下去，孩子终于有力气自己抱着他的手指吮吸了。这孩子食量大，并不知他的血此时只是治她病的良药罢了，反当作维生的养分，像吸食鼠血般非要喝到饱才肯放开。

他的血救了她一命，此时流在她身体里，他从未用自己的血救过谁一命，这让他觉得这个孩子于他是不同的。

他拿衣袖擦干净她的脸，看到孩子清晰的眉眼，想起橘诺说她的妹妹长得软糯可爱，他想她的确十分软糯可爱，倾画夫人竟然忍得下心。餍足的孩子睁开黑白分明的大眼睛静静看着他，他抚着她的额头笑了一下，聪明的孩子便也学着他的样子，挑起稚嫩的嘴角笑了一下。他用手轻轻拍着她哄她入睡，她睁着眼睛仔仔细细看了他好一会儿，才终于闭眼睡着。而至阴时快要过去，巨蟒的警戒心该要回来了。

那之后，每次出入王宫，他常找时机悄悄去看那孩子。但往往只有十五至阴夜方能靠近蛇阵。后来他从息泽处知悉上君之血能让巨蟒在华表中沉睡，便借着祭祀之名储了不少上君的指血。用这个法子他终于能踏入蛇阵，有一回他试着能不能将孩子抱出阵外，但孩子软乎乎的手臂方触到阵沿的结界，不知为何，华表中沉睡的巨蟒竟蓦然惊醒，亏得他动作快，才没有葬身蛇腹，那时他才晓得，自己一个十来岁的小孩子，虽担着一个继任神官长之名，力量却是多么弱小。

他很怜悯这个表妹，暗中照看了她五年。她饿时，就带食物给她吃；她挨冻时，就用巨蟒蜕下的蛇皮做成衣裳供她御寒，这些照顾不露痕迹，五年来一直无人发现，也就免了她倒霉。她刚出生便被扔在蛇阵里，自然没有名字，她不是一条蛇，是比翼鸟族的公主，得有名字，她的父母不愿给她，他想他可以给她。他为她起名阿兰若，是寂静的意思。他在她手心写阿兰若三个字，缓缓念出来，阿兰若，这是你的名字，以后我说这三个字，就是在叫你的名字。聪明的孩子有样学样地拿手指在地上胡画，让他觉得好笑，他用术法将这三个字烙在她手臂上，轻轻道，照着这个来画。懵懂的孩子紧抓着他的衣袖，眨眨眼睛，费力道："晔……晔……兰……"他轻声道："对，我是沉晔，是你的表哥，你是阿兰若，相里阿兰若。"

历代继任神官长皆需在十五岁闭关长修，长修之期二十年，修成便晋为副神官长。他小时候无所牵挂，一心盼着这段长修，如今照看着阿兰若，却觉能推一天是一天。但终归，这是躲不过的职责。

他担忧他走后她无人照拂，又重蹈食鼠肉饮鼠血的覆辙，临别的那个夜晚，为她在蛇阵中种下四季果的果树，并从神宫中拿来天泉水浇下。果树在片刻间枝繁叶茂结出果实，他摘下一个果子递给她，教导她从此后饿了就吃这个，渴了就喝解忧泉的泉水，万不可再以鼠为生。

是年她已经五岁，生得玉雪可爱，却因蛇阵中常有瘴毒之故，不大记事也不大会说话，但估摸也晓得这是一场离别了，伸手牢牢牵着他的衣角不肯入睡，他看着她，良久道："你这么小，我回来时，你一定已经忘了我。"孩子却以为他在说什么嘱咐，似懂非懂地点头。他伸手揉揉她的额发，洁白的月光底下，四季花随风飘落，有一朵落在孩子的肩上，他拾起来别在她耳畔，手指轻抚后一停，对着小小的孩子许诺："我会回来，等我当上神官长，就可以救你出来。"顿了顿，将孩子搂在怀中，"我是你唯一的亲人，阿兰若，他们不要你，你还有我。"

那夜他走的时候，孩子从梦中惊醒，哭得很厉害。但他没有回头。由着孩子的哭闹声渐渐消失在身后。

二十年恍如隔世，他再回王宫恰是十五夜，上君赐宴，他急切想见到那个孩子。而听到的关乎她的第一桩消息，却是西海的贵客二皇子闯了蛇阵。上君领着宴上众臣急急赶至解忧泉，他亦紧随在列。再次涉足此地，满目疮痍间，首要入他眼的却是半空的云絮上，被白衣男子抱在怀中的童稚少女，蛇皮做的粗裙外裹着件男子的白外袍，白色的袍子随东风扬起，她漆黑的长发亦在风中翻飞，显出一张未脱稚气的脸来，格外精致。二十年不见，那孩子长大了。

解忧泉中碧水翻腾，巨蟒长咝不止，碧玉箫乐音轻动，那孩子在白衣男子怀中有生以来第一次展翼，王室中再无人有如此洁白的羽翼，白色的稚羽飘然落下，他伸手接住，而云絮之上，白衣男子的目光抚过那孩子的手臂，突然道："阿兰若，这倒是挺好的意思，你没有名字，不如就叫阿兰若吧。"他瞧见她懵懂地看着那白衣男子，断续道："阿……兰……若？"白衣的男子笑道："念得很好，阿兰若，我是苏陌叶，西海的苏陌叶。"

我是沉晔。是你的表哥。你是阿兰若。相里阿兰若。

二皇子揽着她站在高空，向着上君颔首，面上是个客客气气的笑："我们西海想教养出好男儿来，也爱将他们扔出去历练打磨，想来上君是存了磨炼二公主之心，才令她在此阵中修炼罢，不过这孩子合苏某眼缘，今日既将她收成徒弟，便想带在身边教养着，不知上君肯否做给苏某这个人情？"

这番话说得体面又刁钻，上君神色复杂，但终是允了。

他见二皇子抚着那孩子的额头，轻声道："从此后你再不必待在此处，跟着我，你开心吗？"她轻轻点了点头，挑起稚嫩的嘴角笑了一下，她笑的方式，还是她小时候他教的那样。他想她果然将他忘了，但总有一些东西还是留在了她身上。因二十年苦修之故，如今以他之力已可将她救出蛇阵，但他此时并非大权在握，救出她也只能躲躲藏藏。西海二皇子的庇护，比他能给她的庇护更好。

驱蛇的乐音停驻的一刻，忽有一尾巨蟒扬起利齿铲向云中，专为对付这些巨蟒做成的细针飞出他的指尖，那狰狞的蟒蛇缓了攻势，重重摔在地上。他不动声色地收手入袖，趁着众臣的惊叹，悄无声息地离开了解忧泉。他想她出生时运不济，此时总算迎来好的命运，这是桩好事。

二十年艰辛长修，山中无味的岁月里，他常想起她。他是天定的神官长，他母亲将孕育他看作一项荣光，从不将他视作己子，对他尊奉更多于爱，他从未尝到过亲情的滋味。他曾对她说，我是你唯一的亲人，但她何尝不是他唯一的亲人。他将她从死亡边缘救回来，给了她名字，将所有亲情倾注在她身上。他有执念，执念是她。但如今她有了更好的依靠。他想，若要令执念不成魔障，放就要放得彻底，这一念方才能平息。

十年，他仍常想起她，但未曾提及她一句，未曾靠近她一分。

他长修之时倾画夫人生下了嫦棣，大约彼时对相里阂的恨已消减不少，比之阿兰若，嫦棣这个公主当得倒是平顺。回回入宫，橘诺同嫦棣爱黏着他，姊妹二人时常在他面前提起阿兰若。橘诺素来文静，这种话题里头不大爱嚼舌头，虽则如此，却也忘了幼时对阿兰若的善心。而嫦棣每每说得最是起劲，令他烦不胜烦。

一日嫦棣又提及她："今日我听一个老宫婢说，阿兰若在蛇阵里时都是饮鼠血食鼠肉为生，你们能想象吗，饮了那样多鼠血，她身体里流的血，也大半都变成鼠血了吧，啧……如此肮脏低贱，想不通父君为何竟允了她重回族里还坐上公主之位，她怎么配！沉晔表哥，你说我讲得对不对？"

他想若她饮了鼠血身体里便是鼠血，那她也饮过他的血，是否如今她身体里亦流着他的血？这让他有些失神。

嫦棣还要催促他："表哥，你说我方才讲得对不对？"他极不耐烦，冷淡道："若要论血统，你知道歧南神宫唯一低视的血统是什么。"嫦棣的脸唰地一白。歧南神宫低视的是不贞的血统，若从这个条理上说，嫦棣和阿兰若的血没有任何区分。但阿兰若是他养大的，亦饮过他的血，即便承了她母亲不贞的血统，那又如何。

息泽近年已不大理事，在歧南后山造了个竹园精舍，传出话来说身上染了重病，需移到彼处将养云云。他初时信了，去精舍瞧他，却见息泽挽了裤腿光着脚正生机勃勃地在河中摸鱼，面上看着比他都要生猛且精神。

息泽假模假样咳嗽几声，一派真诚地道："本君确染了病，但只因本君是个坚强人，不屑那种病恹恹的做派，你瞧着本君才像个没病没痛样，实则本君都快病死了。"

他向快要病死了的息泽神君道："颇多同僚相邀近日将来探视你，你这样坚强必定令他们感动。"息泽脸上的笑僵了僵。

听说后头再有神官前去精舍探望息泽，瞧着的都是息泽卧病在床的颓废样。

息泽既然沉疴染身，神宫诸事自然一应落在他肩头。是年，九重天太上老君于三十二天宝月光苑办道会，以道法论禅机，他代息泽赴会。道会办了九九八十一天，长且无趣，但因此趟道会所邀仙者众多，尤显热闹，因而道会结束后，趁着热闹劲儿百果仙开了一场百果宴招待众位仙者，又耽搁九天。

待他再回梵音谷时，未曾想到，所闻竟是唢呐声声。

阿兰若出嫁了。嫁的是息泽。

那日是个风天，歧南神宫飘浮于半空，幻化出一道及地的云梯。仙乐缥缈中，一身华服的息泽神君拾级而下，自送亲的软轿中牵出他红衣的新嫁娘，握住她的手，一步一步走向威严宫门。他立在宫门旁一棵无根的菩提后，见她嫁衣外罩着同色的披风，防风的兜帽挡住大半眉眼，只露出朱红的唇和雪白小巧的下颌。他蹙着眉，自袖中取出一支黑色的翎羽，于掌心轻轻一吹，云梯上狂风乍然而起，掀开她的兜帽，她用手遮住飞扬的发丝，仰起头来，秀眉微微挑起。他已经许久不曾见她。她那个样子很美。

他有一瞬的失神，那一夜四季花纷落如雪，花树下他搂着还是孩子的她，轻声对她许诺："我是你唯一的亲人，阿兰若，他们不要你，你还有我。"

而自从十年前月夜下那个转身后，说定的誓言再不成誓言。她会有越来越多的亲人，她的师父、她的丈夫，往后还有她的孩子。最后一眼，是狂风渐息，息泽将她的兜帽重合好，她朱红的唇勾起一抹戏谑的笑。那不是他曾教给她的笑，但他知道有个人是那种笑法。西海二皇子苏陌叶。

时光如水，她身上再没有痕迹是他曾留给她，就像他从未在她生命中出现过。息泽携着她踏进神宫，宫门沉沉合上。黑色的翎羽轻飘飘回到他手中。十年前他就失去了她，已经失去，谈何再失去，只是这一次同她的错身，不知为何，远比上一次更令他感到疼痛。

而后二十余年，息泽退位，他继任神官长之位，成为梵音谷有史来最为年轻的一任神官长。息泽装出副病得没几天活头的模样避去歧南后山，他亲送他去竹园，息泽还调侃他："俊得不像话，聪明得不像话，却整日板着个脸，自然你板着脸比笑着时更俊，但来送别我你还是笑着好些，我心里舒坦。"

他环视竹园，却未看到半件女子用品，终于忍不住道："你妻子呢？"息泽抖开条有些发潮的被子晒在大太阳底下："一个小姑娘家，年纪轻轻同我在这里隐居有什么意思，自然该待在山外她府里头。"

他瞧着山中野景，淡淡道："你待她很好。"

息泽笑了，得意地赞同："她的确有福气，碰到我这样的好人。"

世传这一任神官长有一副绝代之貌，却兼有一副冷淡自傲的性子，令人难以亲近。他的所为同传言也颇合，自他接管歧南神宫，神宫行事越发低调，若非大祭，难觅神官长身影。

他即位的第二年，倾画夫人求上君赐婚，选他做橘诺的驸马，时年他根基不稳，难以推辞，但借口尚未成年，需清净长修，只行定亲之礼，而将婚期无限长延。订婚礼后，他更是闭在神宫，习字练剑，种树下棋，只与清灯素经为伴。他住的园中，阿兰若成婚那年他种下一园四季花，并未以天泉水浇灌，因而生得缓慢，悠悠二十来年过，橘诺出事的时候，才刚落完第一树花，结完第一树果。

纵然橘诺所为大大扫了他的颜面，但橘诺是相里殷唯一的血脉，不能不救。他亦知救橘诺乃是死局，上君必将借此良机将他逐出神宫。但有些事情，看似死局，时机把握得宜，倒是意外的一条生路。

相里阆是位专横君王，自即位日起，便虎视眈眈盯紧了神宫，大有将神宫纳入囊中之意。息泽看事透彻，却是个嫌麻烦的主儿，因而相里阆一上台，他这个继任者不过童稚小儿，息泽便欢欣鼓舞地将诸事都丢给他，逍遥自在避去歧南后山了。神宫中势力冗杂，并未察出相里阆野心且又顽固不化者不在少数，近年他虽在神官长的高位上坐着，行事却时有掣肘，未免为难。不过，一旦神宫失去神官长，以相里阆的刚愎个性，对神宫的野心当不会再勉力压制。若不幸相里阆近年行事谨慎了些，他也有办法令他不再压制。

歧南神宫内里无论如何相斗，终归容不得外力亵渎它。相里阆早一日对神宫下手，如此，神宫中各派势力便能早一日放下芥蒂，共敌外侮。他是天定的神官长，即便相里阕废黜了他，一旦王宫和神宫真刀真枪对起来，歧南神宫坐镇的只能是他，即便是那些食古不化的老神官，除了迎回他也别无他法。此乃以退为进。

　　他坐在那样的高位上，年轻而神秘的大神官长，享着世人尊奉，人生却像是一块荒地，唯矗着一座歧南神宫，或许东风吹过遍地尘沙，还能见出几粒四季花的种子。也仅仅是，不能开花的种子罢了。

　　而究竟是什么样的因缘，让他在橘诺的刑台上再见到她。她一身红衣，展开雪白的羽翼，浮立于半空中微垂头瞧着他，嘴角勾起一点笑："你还记得吗，虽然不同你和橘诺一起长大，我也是你的妹妹。"

　　阿兰若，这是你的名字，以后我说这三个字，就是在叫你的名字。

　　"世说神官之血有化污净秽之能，今日承神官大人的恩泽，不知我的血是不是会干净许多？"

　　你这么小，我回来时，你一定已经忘了我。

　　"他是我救回来的，就是我的了。"

　　我会回来，等我当上神官长，就可以救你出来。

　　"你看，如今这个时势，是在何处呢？"

　　我是你唯一的亲人，他们不要你，你还有我。

　　如何能忘记。阿兰若。

　　但他着实离开她太久，不知何时，她也学会了囚禁和掠夺。

　　在那些最深、最深的梦里，他其实梦到过她，梦到那一年是他将她救出蛇阵，而她在他怀中展翼。他并非没有想过有一日他会落魄，但这世间，若说他唯独不希望谁见他落魄，那人只能是阿兰若。可此时，他被她困在她府中，小小一方天地，活像一个囚徒。

　　没有人喜欢被囚禁。

　　而后便是她写给他的信，假他人之名的一则戏弄。

　　他一向最懂得掩藏情绪，若那人不是阿兰若，他绝不会那样盛怒。

　　书房中烛火摇曳，她懒懒靠在矮榻上："你就没有想过，我并不像你讨厌我那么讨厌你，或许我还挺喜欢你，做这些其实是想让你开心。"若是想让他开心，为何要借他人之名，为何不在信末题上她自己的名字？他着实气极，生平第一次口不择言。而她笑起来："我说的或许是真的，或许是假的，或许是我真心喜欢你，或许是我真心捉弄你。"

她说真心喜欢的时候，微微偏着头，模样里有一种他许久不曾见到的天真。

在她说出这两个字之前，那些深埋在他心底，不能发芽的四季花种子，他不曾想过也许是喜欢。而她说出这样的话来，就像是打开一只被咒语禁锢的盒子，那些潜藏的东西齐涌出来。

为何要长修，为何要救她，为何在那些最深最隐秘的梦境中，唯一会出现她的身影。

在犬因兽的石阵中，他入阵救她几乎是种本能，他搂着她从结界中滚出来，她轻声在他耳边道："你真的喜欢我，沉晔。"他抱她在怀中，见她眼中流露出灵动的光彩，就像她小时候他教她念她名字的那个月夜，"晔……兰……"她念得语不成调。那语不成调的两个字，或许却正是一种预示。

他注定会爱上她。他其实从没有停止过渴望她。

03.

此后两年，是一段好时光。他将几株四季果树移来孟春院，当夏便有一半开花，一半结果。阿兰若立在果树下若有所思："蛇阵里也有四季果树，我幼年时都是吃这个，听说从前蛇阵中并无此树，却是一夜间生根发芽开花结果，大约是老天怜悯我罢。"那些往事，她被蛇阵中瘴气所困，果然再也记不起来。这也没什么所谓，他想，如今这样已经很好。

她有时会在月夜搬个藤床到四季果树下乘凉。那夜他从制镜房中出来，远远只见月色如霜华，而她躺在藤床上，已睡熟的模样，四季树巨大的树冠撑在她头顶，投下些许阴影，她手边滑落了一册诗卷。

他最爱看她熟睡的模样，即便心中缭绕再多烦恼事，瞧着她沉静的睡颜，也能让他顷刻忘怀。她还在他身边。

白色的花朵散落在藤床上，他俯身靠近她，端详许久，拾起一朵别在她鬓边，手指在她鬓角处轻抚后一停，滑过她的眉毛、鼻梁、嘴唇。他第一次为她别花也是在四季树下，这样亲密的举动，就像在履行一个誓言，你还有我，阿兰若，有我就足够了。良久，他俯身在她额头印下一吻。她并未醒来。

而命运，却在此开始出错。

倾画夫人借口查验他制镜的进度，到阿兰若府中同他一叙。制镜房中，倾画面具般的妆容出现在他手中的双面镜碎片里，浅声道："相里阏一日在位，你便一日不能回歧南神宫，我不知你有何良计，却知你并不愿困在此间。你从来敬重先夫，而我为先夫报仇之心也未有一日泯灭。为何你我不合力各取所需，倘橘诺即位，我代她立下此誓，王宫将永不冒犯神宫。"

照他此前的计策，若他此时是自由身，早已逼得相里阏同神宫动上干戈了，而如今相里阏果真已不再如昔日鲁莽，对神宫乃是走的压制蚕食的路子，神宫表面上瞧着无事，想必内里的神官们，却已被相里阏暗中替换了许多。近两年幽居，他并非对外事一无所知。他一直在等着倾画来找他。

他幼年时，息泽常在他跟前说一句训诫，咱们歧南神宫，不到万不得已时，绝不卷入凡尘之争，这种事情，有失咱们的格调。大约息泽早已预料到终有一日他们将卷入这种降格之事，他不愿为此事，因此将担子卸给了他。既有倾画相助，相里阏必有一死。纵然倾画意在扶橘诺上位，但橘诺即位还是太子相里贺上位，于他又有何干？歧南神宫只需相里阏的一死。

倾画三次过府，显出十足的诚意，他方将筹谋放在一个锦囊中交给她。用毒从来就不是什么出奇妙计，却是最适宜倾画之计，相里阏天性多疑，因而在最后那一步之前，还有颇多路需绕行。每一程路该如何走，有何需规避，朝野中有谁可拉拢，可从谁开始拉拢，有些事成了该如何，不成又该如何，载了厚厚一叠纸，就像算筹一样精准。相里阏虽宠着倾画，却如笼中鸟一般禁着她，此前她对朝野之事不甚了解，却是他，将她带上了权谋之路。

相里阏薨逝的前两夜，倾画再次过府。镜房中，他正提笔描琉璃镜的镜框，好叫人照此打个模子。虽是他的姑母，倾画却敬重地称他大人，同他商议相里阒的近况，并允诺事成后即刻迎他重回神宫。他提着笔，专注在画纸上，道："此事若成，我要阿兰若。"倾画蓦地抬头。他做出冷淡的模样："她加诸在我身上的，自然要一分不少，尽数奉还给她。"抬眼看向凝眉的倾画，"还是说她终归是君后的骨肉，君后心疼了？"倾画沉默片刻，道："事成之日，阿兰若便是大人的。"

他不会再娶橘诺，而神宫的力量既不能归于橘诺，倾画也不会让它归于阿兰若。要将她安全带回神宫，这是最好的借口。

但他这一生，最大的错，却是低估了倾画。

七月十六夜，相里阒薨。七月十九，他被匆匆迎回神宫，主持相里阒大丧。而不过三日，便有消息传入神宫，阿兰若弑君，已被收押。彼时神宫大殿之上，黑色的祭瓶自他手中蓦地滑落，啪一声脆响。倾画未兑现她的诺言。她如今虑事的周密，竟在他意料之上。

他对阿兰若是假意还是真情，倾画如何能知晓。她行此一招，不过是防着有朝一日，万一他对阿兰若动了真情，会帮着阿兰若威胁橘诺的王位。她要将阿兰若置于死地，她从未当自己是她母亲。他怎会没有想到。

阿兰若被关后，他也被密实地监视起来。

倾画到过一回神宫，在他面前摊开的一席话，看似出于一个母亲的苦衷："你那样恨阿兰若，本宫瞧着，却觉难过，她因了你酿成大错，但终归是本宫的骨肉，她若长久受苦，本宫却是不忍。看在本宫的面上，即便她有天大错处，一死还不能泯你之恨吗？你若做给本宫这个人情，往后有什么用得着本宫，也只管开口。"话虽如此，甄别他神情的眼神，却难掩锐利。

他蹙起眉来，就像果真十分不满的模样，片刻，方缓缓道："宗学中有位叫文恬的女先生不知君后可识得，若觉此事对不住我，君后可否认文恬做义女？我落魄时她待我不薄，我同她情投意合，意欲聘她为妻。"倾画缓缓笑了："有何不可。"那笑容中，终于有几分放松。

倾画允文恬到神宫陪他，此番相见，一贯恬静的女子脸上却难有笑意，无人时蓦然向他道："我知你娶我是为报恩，你可知对你施恩最大的，却是二公主殿下？公主待你的好连我都看在眼中，此番她蒙冤受屈，你却坐视不理。我的确曾喜欢过你，但今日才发现，你当不上我的喜欢。"

他未有辩解，这样的非常时候，除了自己，他谁也不信。若文恬出于本心说出那些话，他很钦佩。若是受倾画旨意说这些话来试探于他，他就更需谨慎。

倾画终是信了他，放在他身上的监视渐渐松动，尤其文恬在的时候。是日，他捎带文恬去后山取天泉水，避开她去了一趟青衣洞。青衣洞洞名青衣，乃歧南山最为灵气汇盛之地。息泽两年来一直在此洞闭关。

无羽箭携着叠好的书信闯过洞外结界，信中所述乃是阿兰若被困之事。

息泽当年闭关之时，领了两位神官入洞护法，他虽信息泽，却信不过护法的两位神官，因而信中矫了他人笔迹。此番只望息泽能亲眼见到此信，出洞一救阿兰若。

事急之时，更需冷静与周密考量。倘息泽救出阿兰若，三五月后，他便悄无声息离开神宫，同她重会。倘息泽并未见到此信，唯一的法子，却是将她的行刑之权移至神宫。届时他护着她成功逃离的可能虽仅有一半，或许还更少，但总有那么一些。

倾画如此算计他，若能逃过此劫，他亦不会让倾画如意。她一心想让阿兰若死，那么终有一日，他却定要让她坐上上君之位。

这天地苍茫浩大，他从没有亲人，阿兰若也不再有亲人，即便所有人对他们都是算计那又如何，他们仅有彼此，有彼此，就足够了。

八月朔日，阿兰若被劫。此日亦为相里贺出征日，消息传来时，他正于灵梳台主持大军出征的祝礼。近日脱轨而行的事着实太多，好在这一桩终于走了正轨，他没有押错息泽。但阿兰若被劫后，他被看得愈加严密，倾画终还是有些疑他。不过好在她平安了。她平安就好。

与夜枭族的一战，时有战报传来，他虽身在神宫，亦知一二。但这一二中，并不包括此时思行河主帐中坐镇的已是阿兰若，并非相里贺。

八月初六，大军被夜枭族逼退至思行河以南，折损三万士卒。

他闲步在神宫中，瞧见满栽四季花的园子里，一些落地的果子被鸟雀啄食，裸出一些褐色的种子，他将这些种子收起来。

八月初八，阿兰若以半月阵阻敌，将夜枭族阻于河外寸步难行。

他在园中清出一块空地，将种子撒在空地上，天泉水兑了些普通泉水浇灌，种子次日便长成清俊的树苗。

八月十四，夜枭族攻破半月阵，阿兰若使了招魂术，思行河上燃起泼天业火。

他替树苗培了土，这几日它们已长出翠冠，还有一株竟开出一朵清妍的小花，他用术法存起来，想这一朵很适合她。

八月十七，阿兰若战死，魂魄成劫灰，湮灭于思行河。

他徘徊于园中，四季树已花满枝头，他拿了剪刀挑拣出一些饱满的花枝剪下，想着这些亦可存起来，日后供她插瓶赏玩。

传闻中相里贺战死，阿兰若死罪在身，相里阒生前最宠的嫡棣，也在听闻相里阒死讯后过度伤心以至发疯，偌大一个王室，即位者仅存橘诺一人。八月十九，流放在外的橘诺被迎回王都即位。八月二十，橘诺亲上神宫求他的祝祷，礼毕时请他去荷塘边站站。

从前单纯而自持身份的少女，此时脸上却布满了沧桑，远目荷塘中水色，良久方道："流放两年，虽历了些艰辛，但这两年我才像真正活着，想通了一些人，也想清了一些事。我们姊妹三个，其实真正得着好教养的，倒是阿兰若，长大后我会那么讨厌她，不过因她活得那样无拘束，让我很羡慕。她刚生出来的时候，我记得我是很喜欢她的。"他不知她此话何意，没有接话。

片刻，橘诺又道："许多事母亲不同我明说，但我心中其实有张谱，说阿兰若她弑君，我，不觉得这是真的。"她回头看向他，"表哥，母亲她让我觉得，有些可怕。"

倾画一生为着这个大女儿，虎毒尚不食子，她却毫不在意用小女儿们的血肉铸成橘诺的王座。到头来，橘诺竟未有半分感激，倒只觉她的可怕，这是报应。

他淡淡回了一句："你害怕的不是她，是她手中的权力。如今你已是上君，你母亲不该干政太久。"

八月二十二，是个好天，日头不烈，偶有小风。这种天色，最宜访亲拜友。像是特地挑好似的，息泽神君来神宫探他。

彼时他袖了本书正在四季树园子里随意翻看，息泽穿过月亮门，一路行至他跟前，神情有些颓然冷淡，省了寒暄落座到他对面，道："山外的天已变了一轮又一轮了，你幽在此中，倒是闲适。"

他抬头略瞟了一眼息泽，手指翻过一页，目光重回到书册上："我记得从前你常说，神宫乃世外之地，既如此，那些世间之事与一个世外之地又有何干？"手中书册再翻一页，道，"阿兰若她……"

息泽皱眉打断道："情之一字，我没沾过，自然不晓得你同阿兰若都是如何想的。但既然你有此一问，可见心中也还顾念着她，既如此，又何苦将她逼到那个境地。当然你二人之事，我一个旁人，不大说得上什么，你选的路，她选的路，不过都是你们各自的命数。"叹了口气道，"今日我来此，也不过念着她一个心愿，听说她有二十封信在你处，她临行前，托我替她讨回来。"

息泽一篇话像说了什么，又像什么都没有说，唯独"临行"两个字如同两根长针钉入他耳中，他手指僵在书页上，缓缓道："临行？你救了她，却让她走了？"

息泽怔了一怔，像是有些不明白他为何有此一问。

一丝不祥忽漫上心头，他倏然起身，向园门而去："既然你来了，应有办法助我早日离开此地，不管她去了何处，我们即刻下山，还能赶得上找回她。你不知她时常有奇思妙想，她若只身一人在外我不放心……"他不是个爱说话的人，此时却唯恐被人打断也似，到底在惧怕什么，他自己明白。他和阿兰若，他们仅有彼此，命运再是出错，却万不能在此刻出错，若是连这一步都错了，若是……

息泽却像是突然明白了什么，在他身后道："没有人告诉你吗，沉晔，阿兰若她去了战场，换……"却被他厉声打断："不要说。"

不要说。

仿佛息泽不说出来，如他所愿的一切便还会依然如他所愿。

园中寂静如死，唯有凉风闲翻过书页，刺啦几声轻响。

他的手撑住园门，额头浸出冷汗，却还强撑着一脸平静，仿佛装成这个样子，他此刻心底最深的恐惧，那足以将他彻底摧毁的恐惧，就不会也不曾发生。

但息泽终还是缓声阻住了他的步伐，道："阿兰若她……"顿了一顿，"你的那封表书，倾画给她看了。临去思行河前，她说她今生可能并无姻缘，你是她争来的，同你两年情深即便是场虚妄，她也认了，只是没料到你恨她至斯，她再是心宽，终究有些承受不住。"又道，"她说她会回来，我不知她去思行河，原是一心求死。"

平平静静的一篇话，字字如刀，像最锋利的匕首扎进他心口，他知息泽不是有意，他却想让它们扎得更深、更痛，因这样才能感到自己还活着，才能有力气反驳息泽："阿兰若她不会死，你说的字，我一个都不信。"

息泽端视他片刻，低声道："你信也好，不信也罢。"叹息道，"她死后倾画和橘诺才晓得此事，因关乎王权种种，她们瞒了臣下，但我不晓得她们为何要瞒住你。"

他不知自己如何发出声音："告诉我，她在何处？"

息泽沉默许久，无边的静寂中，仿佛终于明白，眼前这年轻的神官不愿相信，却又不得不相信，但与其相信他，他更愿相信自己的眼睛。许久，息泽道："她孤注一掷，启开招魂阵，上古的凶阵噬尽了她的魂魄，化为尘沙湮灭在思行河中。"

他的身影狠狠颤了颤，脚下踉跄，步伐却更急。

那一日，王宫密探们自以为那位被看守得严严实实素无反抗之力的神官长大人，竟打他们眼皮底下，自正门走出了神宫。此举令他们无限恼火，纷纷自半道现身相拦。而神官长面若修罗，只手执剑，剑光闪过，相拦的密探们便个个身首异处。百十来密探里头唯留一个活口，是个平日反应奇慢此时来不及现身的小密探。待神官长走远，小密探哆嗦着唤出传信的鸽子，将神官长离宫之信绑在鸽腿上，传给远在思行河的倾画母女。倾画二人在思行河，乃是按比翼鸟族的族例，为死去的将士们祈福。

八月二十六，南思行河畔，将士们的枯骨旁搭起百丈高台，台上招来祥云点缀，女君祈福的仪仗铺排得很大。几日急行，他亦恰在这一日赶至此处。

河似玉带，蜿蜒于平韵山旁，耀耀晨光中，乐音林玎玲轻响。不吃不喝急行赶路的这几日，阿兰若时时萦绕于他空白脑际，一闭眼，脑中便全是她的影子，那么鲜活，容不得他相信她已离他而去。但如何能不相信，他不是自欺欺人之人。这几日他如在云中，思绪与痛苦皆离他而去，他要来思行河，他来找她，因此地是她给他的答案，将是他的终局。

他未曾想过躲开女君的仪仗，他只是沿着河畔，想象那是她临终时走过的一段长路，她一生最后的一段路。走过这段路时，她在想着什么？她仍恨着他吗？

行到河畔尽头，便是高台突兀，旌旗如莲华，紫色华盖下倾画的脸映入他眼中，竟是难得的慌乱惊恐，他不知他的模样是否令人害怕，只知倾画僵着脸下了什么号令，便有铁箭如雨蜂拥向他，他本能挥剑，长剑立于河畔，铸起森严剑气格挡，但箭雨无终，终将他阻得进退维谷。

河畔忽有阵风吹过，乐音林中似有谁奏出一曲挽歌，白色的乐音花脱离枝头，竟穿过凛冽箭雨，飘落于他的剑阵之中。小小的乐音花栖立于剑柄处，像一只纯白的蝶。蝶翼扑闪之下，阿兰若就那样出现在他眼前，漆黑的发，绯红的衣，带着一点笑意，从他的剑柄上取下那朵白花，指间把玩一阵，缓缓别入发鬓，手指在鬓角处轻抚后一停。他心中狠狠一痛，伸手想要握住她，握住的却只是虚空。那不过是，乐音树存留下来的一段影子罢了。心神动摇间，便有铁箭穿过护身的剑气直钉入他肩臂，刚硬的力道逼得他后退数步，口中的鲜血染红剑柄。

"适闻孟春院徙来新客，以帖拜之。"

"我说的或许是真的，或许是假的，或许是我真心喜欢你，或许是我真心捉弄你。"

"你真的喜欢我，沉晔。"

"我有时候会觉得不够，但有时候又觉得，你这样就很好。"

他失去她那么多次，眼看着她的影子消逝在眼前，才第一次明白，失去究竟是什么。

那个人，你再也见不到她，再也不能听她说话，再也无法触碰到她。

她甚至决绝得放弃了轮回，无论有多少个来生，无论你变成谁，也再不能同她相遇了。

她已经不在了，离开得彻底。

巨大的痛苦从内里深深剖开他，一寸一寸蔓延，是迟来的绝望，他一生从不曾品尝过的绝望。早知如此，他的那些隐忍是为了什么，他对这俗尘俗世的忌惮是为了什么，他活着又是为了什么？

狂风自天边而来，东天的日光瞬间被密云覆盖，阻挡箭雨的长剑忽然爆出一阵玄光，靠近的羽箭竟在这玄光中熔得无形。依剑身而起的玄光一分一分延开，犹如一只可怕的焚炉，所过之处万物无形。这是毁天灭地之力，他不知自己何时有了这样的力量，只是令万物同葬的欲念一旦生出便难以再收回，他也不打算收回。

高台之上，倾画与橘诺眼中含着浓黑而纯粹的恐惧，她们这样无能为力，他很满意。阿兰若在此处安息，这里有山有水，也有花鸟虫鱼，这很好，既然她再不能回来，那么与她同葬在此处，便是他的终局，也将是她们的终局。

不祥的玄光蔓过思行河，滔滔长河悄然蒸腾，唯余一河泥沙，眼见离那座祈福的高台不过数丈，橘诺已晕了过去，唯余倾画仍勉力支撑。危急时刻，高台旁的浓云中却蓦然浮现一个人影。息泽神君。终归是一场灭族的大劫，一向逍遥的前代神官长亦不能袖手旁观。

白衣的前代神官长广袖飘飘仙气卓然，神色间却难掩疲惫，祭出全力克制住玄光的蔓延，向他道："阿兰若并非无可救之策，传说九重天上有件圣物唤作结魄灯，能为凡人塑魂造魄，此结魄灯虽不能为我等地仙所用，但万物皆有其法度，依照结魄灯的法度，造出一个养魂之地，为阿兰若重塑一个魂魄，又有何不可？沉晔，你是想怀着遗憾与她同葬此间，还是想再见她一面？"

浮蔓的玄光瞬然停滞，息泽的话入耳中，令他有了一些神志，他平视着前方的白衣神官，声音喑哑道："我要怎么做？"

息泽低声："你愿不愿穷尽此生修为，为她另造一个世界？即便她初始只是一具虚假的躯壳，直到你付出足够的耐心，重塑出她的魂魄，方能令她完全复活。你愿不愿因此，付出你的一生？"

他看着面前的神官，神情格外平静："既然我已经失去了她，你说还有什么，是我不能付出的呢？"

第十六章

01.

　　苏陌叶苏二皇子风流一世，即便在阿兰若处伤情，也伤得自有一种情态和风度，令人既悲且怜，引得无数重情之人赞他一句公子难得。苏陌叶一向以为在阿兰若的情路上，自己这个打酱油的唱的算是个苦情角儿，但观过妙华镜，方知论起苦情二字，沉晔这个正主却要占先他许多，再则沉晔身上有几道情伤，还是拜他这个打酱油的所赐，这一茬儿他无论如何也不曾料到。但无论如何，这是一个结果。他追寻此事两百多年，无非是求一个结果，而此事真相竟然如此，他的爱恨似乎一时都没了寄托，但终归，这是一个结果。

　　陌少自个儿谦谨自个儿耳塞目盲，未曾料及之事，沉晔同阿兰若的过往是一，沉晔造出阿兰若之梦的真相是一，这两者已足够令他震惊，而当第三桩他未曾料及之事揭开在他眼前时，却已非震惊二字能够令他述怀。

　　这第三桩事，同陌少并没有什么相干，倒是与帝君他老人家，有着莫大的干系。

彼时妙华镜中正演到沉晔一剑斩下梵音谷三季，倾尽修为在息泽神君指点下创制阿兰若之梦。苏二皇子因一时手欠，一只手还同镜框连着，迫不得已在沉晔的情绪里艰难起伏。一派昏茫中，听到靠在一旁的帝君他老人家慢悠悠道："你倒回去我看看。"

苏二皇子虽被镜中沉晔的一生牵引，却着实不晓得如何将它们倒回去，帝君似乎也想起来这一点，只是一向吩咐人吩咐惯了，瞧着他这个废柴样略沉思片刻，提笔三两画描了个什么抛入镜中，镜面便似被吹皱的春水，漾出圈圈涟漪来。镜中画面在涟漪中渐渐消隐，苏陌叶受制于镜框的右手突然得以解脱，抬首再向镜中望去时，涟漪圈圈平复，镜面上现出的却是九天祥云，仙鹤清啸。

苏陌叶疑惑道："这是……"

帝君撑腮注视着镜面，淡淡道："三百年前。"

苏陌叶扫过镜中熟悉的亭台楼阁，更为疑惑道："既是将沉晔的人生倒回三百年前，镜面上，却又为何会现出九重天阙？"

帝君指间转着瓷杯沉吟："若没猜错……"话说一半，住了口。

帝君不常沉吟，更不常欲语还休。因沉吟和欲语还休都代表着一种拿不准。帝君不常有对事情拿不准的时候。苏陌叶心中惊奇，再往镜面上一瞧，却见祥云渐开，妙华镜中现出一轩屋宇，四根柱子撑着，横梁架得老高，显得屋中既广且阔。然这既广且阔的一轩屋子里头，旁的全没有，唯有一张宽大云床引人注目，云床上模模糊糊，似躺着一个人影。镜中的画面拉近些许，苏陌叶一头冷汗，云床上躺着的那位紫衣银发的神君，不是东华帝君却是哪个？然斜眼一撇活生生坐在自己身旁的这个帝君，帝君仍有一搭没一搭地转着瓷杯，瞧着镜面的神情，有一种似乎料定诸事的沉稳。

未几，云床前有了动静。一位着衣板正的青年仙官挨近了云床，板板正正地换了床头装饰的瓶花，板板正正地在屏风前燃了炉香，又板板正正地替沉睡的帝君理了理被角。被角刚理顺，房中进来一位上了年纪的老仙伯。因青年仙官与老仙伯皆着便服，瞧不出二人阶品，但胡子花白的老仙伯见着板正的青年仙官却是一个极恭顺的拜礼，道："重霖仙君急召老朽，不知所为何事。"

重霖，这个名字苏陌叶听过，传说中帝君自避世太晨宫，便钦点了这位仙者做宫中的掌案仙使。重霖仙官乃帝君座下一等一耿介的忠仆，以多虑谨慎而闻名八荒，数万年来一直是九重天上诸位仙使们拜学的楷模。

重霖仙官板正的脸上一副愁眉深锁，掂量道："此次请耘庄仙伯前来，乃是为一桩极其重大之事。帝君因调伏妙义慧明境而沉睡，你我皆知他老人家下了禁令，此事万不可惊动宫外之人，以免令六界生出动荡。说来前几日亦多亏仙伯的一臂之力，将司命星君司凡人的命格本子改了一两笔，方能欺瞒住众仙，假意帝君他乃是对凡人的生老病死、怨憎会、爱别离、求不得、五阴炽盛这人生八苦有了兴致，转生参详去了。帝君他睡得急，虽并未留下旁的吩咐，但近日有个思虑，却令我极为不安。"

耘庄仙伯迈近一步："敢问何事令仙君不安？"不愧是太晨宫中的臣子，没沾上九重天说话做事转弯抹角的脾性，说话回话皆是直杀正题。

重霖叹息道："帝君虽已调伏妙义慧明境，锁了缈落，但倘若晓得帝君为此沉睡，即便那缈落业已被囚，我亦担心她会否闹出什么风浪来。为保帝君沉睡这百年间缈落不致再生出祸端，我思虑再三，近日倒是得了一个法子。仙伯极擅造魂，若是仙伯能将帝君的一半影子造一个魂魄投入梵音谷中……自然，此魂若生，他断不会知晓自己是帝君的影子，也断不会知晓肩负着守护慧明境的大任，但此魂终归有帝君的一丝气息，只要他投生在梵音谷中，便是对缈落的一个威慑。且梵音谷中的比翼鸟一族寿而有终，一旦皮囊化为尘埃，投生的那个魂魄自然重化为帝君的那半影子，于帝君而言也并无什么后顾之忧。"

耘庄仙伯静默半晌，沉吟道："仙君此事虑得周全，老朽方才亦思虑了片刻，这却是唯一可行之法。但依老朽之见，待老朽造成此魂，投入梵音谷后，仙君同老朽却都需饮一饮忘尘水忘却此事。仙君行事向来严谨，想来也赞同老朽所为，虽说投生的魂魄仅为帝君几分薄影，但亦是帝君的一部分，若你我无意中透露此事，被有心之人拿捏去，将此魂炼化吞食，帝君沉睡中正是虚弱时，必会动摇他的仙根。"

重霖颔首："仙伯这一点，提得很是。"

镜中画面在重霖携了仙伯走出宫室后悄然隐去，起伏的祥云连绵的亭阁都似溶在水中，妙华镜端立在他们跟前，就像是面普通镜子。

新一辈的神仙中，陌少一向觉得，自己也算个处变不惊的，但今日不知是何运气，料想外之事接踵而至，令他颇有应接不暇之感。直至眼前这桩事揭出来，他觉得自己彻底淡定不能了。妙义慧明境是个什么鬼东西，他不晓得，但剥离这一层，镜中重霖与耘庄两位仙者的话中所指，却分明，分明说沉晔乃是帝君的影子。沉晔竟是帝君的影子？青天白日被雷劈也不能描出陌少此时心境之万一，但若要说被雷劈，此时镜子跟前，理当有位被劈得更厉害的罢，他不由得看向帝君。

理当被雷劈得更厉害的帝君却从容依旧，沉稳依旧，分茶的风姿也是依旧。

其实沉晔是自己影子这桩事，初入此境时，东华他确然没想过，即便时而觉得这位神官的气息有些熟悉，也因懒得费心思之故，随意以二人可能修的乃是同宗法术的借口搪塞了。他不大想动脑子时，脑子一向是不转的。疑惑沉晔是否同自己有什么干系，却是于妙华镜中瞧见沉晔的毁天灭地之力。那灭世的玄光，原本是他使得最趁手的一个法术。倒回去一看，他料得不错，沉晔同自己，倒果然是有几分渊源。

但这个渊源，也不是不能接受。

一个影子罢了。

晓得沉晔是自己的影子，远不及当日他看出原是个地仙使出创世之术更令他吃惊。而如今，一介地仙缘何使得出创世之术，这个就好解释多了，毕竟是自己的影子嘛……

他从前是没考量到还有影子一说，思虑得不够周全，既然沉晔是自己的影子，那小白和阿兰若……他抬手提笔，正欲描出阿兰若的画像投进业已平息的妙华镜中，窗外却蓦然有风雷声动，抬眼一观，不祥的密云竟似从王都而起……茶杯嗒一声搁在桌上，妙华镜遽然入袖，他起身急向王都而去。

风雷声动时，苏陌叶亦往窗外瞧了一瞧，口中正道"这雷声听着有些妖异"，一阵风过，见帝君已从房中急掠而去。他跟着帝君这么些时日，还未曾见过帝君如此不从容的时候，好奇心起，未来得及踌躇，亦跟上了。

妖风起，鬼云举，东华御风而行，落在王都阿兰若公主府的波心亭外。是时正见沉晔自亭中一张闲榻上抱起凤九，神官一双手刚扶上佳人玉臂，便被钉过去的一柄长剑及时拦住，一个措手，似乎睡熟了的凤九殿下，已稳稳躺在东华的怀中。苏陌叶慢吞吞从云头上下来，心中暗赞了声帝君好身法。

苍何剑钉入亭柱，横在沉晔眼前。说来帝君当日千挑万选出息泽这个身份，将此境中真正的息泽神君冻在歧南后山的青衣洞，开始一心一意演着息泽这个角儿时，诚然，息泽神君原本的品貌性情他都当浮云了，但至少有一桩事他办得还算靠谱——每当拔剑时，好歹将随身那柄八荒闻名的苍何剑障了模样，不致让人因认出这柄剑而看穿他的身份来。

然此时，名剑之祖的苍何神剑，却就那么大刺刺地、无遮无掩地摊在沉晔眼皮子底下，剑柄上皓英石截出的万余截面辉映着漏进亭中的暮光，简直要晃瞎人的眼睛。

苏陌叶料定，若没有苍何相阻，看沉晔的架势必定是反手便要将凤九重夺回，然苍何不愧一代名剑，一出场便将眼前这位神官给镇住了。须臾沉寂中，听沉晔缓缓道出："苍何？"苍何既已识出，又岂会识不出眼前这位尊神真身为何？年轻的神官默然片刻，的确是难得聪颖，抬眼再向帝君时，神色中含着三分莫测："尊神莅临此境，令沉晔不胜殊荣，然沉晔何德何能，竟能劳动尊神亲临此间，惦念臣下的一己私事？"

面对着自己的影子，此时帝君脸上的神色……帝君脸上看不出什么神色，目光略瞟过石桌上的空琉璃罐子，向着沉晔道："为阿兰若塑魂的气泽看来你已集全了，已将它们全数搁到小白的身体里了？"苏陌叶抬眼一瞟帝君怀中的凤九，帝君此话说得平和，看来殿下她身上并无大碍。

沉晔静默半晌，道："果然世上无事能逃脱尊神的法眼，臣虽不知尊神为何现于此境，然尊神怀中的女子，却是臣下的执着，还望尊神网开一面，将她还与臣下。"

东华坐定在石桌旁的闲榻上，将熟睡的凤九扶靠在自己胸前，单手搂着微微抬眼："我的人，为什么要让给你？"

沉晔猛然抬头。

东华空着的手轻轻一拂，卸掉了凤九身上的修正之术，淡淡道："小白她掉入此境，你造出的阿兰若的躯体，被她取代了。"瞧着沉晔脸上的震惊，淡淡道："前代神官息泽，倒的确是个高人，阿兰若她若仅仅是只比翼鸟，他教你这个复活她的法子纵然逆天，也还可行。但阿兰若不过是个影子做成的魂魄罢了，原本就只有一世之命，一世了结便回归为烟尘，即便你如何收集她的气泽，也再做不成一个魂魄。你无论如何也复活不了她，她不会再回来了。"

苏陌叶手中碧玉箫啪一声摔在地上，沉晔失神道："你说……什么？"

妙华镜自帝君袖中重见天日，立在石桌之上。东华怀中仍搂着凤九，从容抬手自空中拈来一副纸笔，描出阿兰若一幅小像，又在小像旁添了几笔字，投入镜中道："她为何会作为一个影子而生，我也有些好奇，一道看看也好。"

02.

不同于先前探看沉晔的生平，初时便是他的降生，此时妙华镜中所现，却是一个学堂。

学堂外是个青青的山坡，坡上正有些灵禽灵兽玩耍，学堂里传来一阵琅琅读书声，念的是段《般若经》。日影西移，念书声渐渐歇下来，像是将要下学。未几，一位蓄着山羊须的老仙者携着卷书从学中踱出来，陆续又有好些学子从学堂里出来，各自从山坡上牵了灵禽灵兽坐骑，三三两两飞离山头。

慢吞吞走在最后头，被好几位俊秀少年簇在正中的，是位红衣少女。少女长发如泼墨浓云，秀眉似如钩新月，眉间一朵朱红的凤羽花，眼若星子，唇染樱色，神色间透着一股不耐烦。正是青丘的凤九殿下。

苏陌叶开口："这也是，三百年前？"

帝君注视着镜中的凤九："二百九十五年前，阿兰若降生前些时候。"

说阿兰若或许是凤九的影子，不过是帝君他一个推测，但妙华镜中投入阿兰若的小像，镜中却现出凤九，其意不言已明。此事果然如他所料，阿兰若的魂魄确然是取小白的影子做成。但小白她为何会将自己的影子放来梵音谷投生？且看她的模样，似乎也并不晓得阿兰若竟是自己的影子。此事令帝君有些疑惑。

镜中凤九跟着几位少年渐渐走近，挨凤九挨得最近的三个少年，分别穿一身蓝衫、一身白衫、一身绿衫。瞧穿衣的式样，不像是青丘的神仙，倒像是天族的少年。

妙华镜中能传出诸人说话声时，正轮着蓝衫少年，少年面上一派风流，含情目探向凤九："早听闻青丘是块仙乡福地，一直想着游学这些时日要去各处走一走，正巧前几日拜见白止帝君时，帝君提起殿下于山水之道甚熟，大后日正有一日旬假，不知殿下可有空陪我一同游一游青丘？"

凤九顶着少年的含情目道："我……"

绿衫少年一把将蓝衫少年撞开，一双丹凤眼亮闪闪地看向凤九："游山玩水仅一日哪得够，听闻殿下厨艺了得，旬假那日不如同我一起去凡界吃酒，在凡界我有几个颇心仪的馆子，有些菜谱连天上都没有，想必殿下一定也有兴趣得很。"

凤九顶着少年的丹凤眼道："我……"

白衫少年将绿衫少年和蓝衫少年一同拦在身后，秋水眸中含着忧郁，向凤九道："吃喝玩乐终归不是个正经，听闻殿下神兵锻造一课同上古史一课均修得颇有造诣，不巧这两门却正是我的弱项，不知旬假时殿下可有空助我将这两门课业补一补？"

凤九顶着少年的秋水眸道："我……"

三位少年目光中均流露出期待。

凤九顶着三人期待的目光转过身，从身后提出一个打着瞌睡的少年，向少年道："我……大后日的旬假，有安排了吗？"

瞌睡少年揉着眼睛，从袖子里摸出个小本儿来，翻开几页，打着哈欠道："啊，殿下的安排很多啊。白止帝君有令，午时前殿下需去探望三位神君的伤势，哦，就是分别于上上上个旬假上个旬假及上个旬假邀您游乐时被您打断了腿折断了手划伤了脖子的那三位神君，午时后，我看看啊，午时后殿下您还需赶去钟壶山同织越仙姬决斗，这可是一场死斗呢，唔，如此说来，殿下能空出来的时候大约只有晚上罢。"

蓝衫少年绿衫少年及白衫少年静成一片。

凤九面无表情地替瞌睡少年合上小本儿，转向面前三人，平和且慈祥地道："同织越仙姬火并，也没有死斗这么严重啦，就是卸掉她一条胳膊的事儿，可能打到酉时我就能回来，诸位，你们谁要等我？"

三位少年惊悚地对视一眼，一时连灵禽仙兽也忘了牵，靠跑着直冲下山头，溜得比兔子都快。

帝君的目光凝在镜面上，略弯了弯嘴角。

镜中天色已渐渐晚下来，瞌睡少年掀起眼皮瞥了眼凤九，半空中化出一支笔来，重新翻开摊在手中的小本儿，舔了舔笔尖将上头几个名字画掉，叹道："又被你吓跑三个，虽说你家为你做亲的确做得早了些，但也无须这样惊吓他们，你此时虽没这种心思，但万一往后你想做亲的时候，兴许还用得着他们呢？"

凤九将手搭在眉骨处，岔开话道："我没坐骑，灰狼弟弟你也没坐骑，小叔的坐骑毕方他今日估摸又有个什么事儿来不及接我们，你看我们是招朵云下山还是走着下山？"

瞌睡少年合上小本儿遥指天边："咦，那朵祥云是什么？"

凤九顺着他的手指遥望，没瞧着祥云，不过，被夕阳余晖染成条金线的天边，倒确见几朵浓云滚滚而来。

苏陌叶料想，帝君整改过的妙华镜虽观得出地仙的前世今生，却不应观出一位青丘神女的前尘过往，若观得出，这过往必定应同阿兰若降生有几分干系。方才一幕他确然没瞧出同阿兰若有何干系，而此时，待镜中浓云落地散开时，他才明白为何妙华镜会现出这个学堂。落地在凤九与灰狼弟弟跟前的仙者，是幽冥司的冥主谢孤栦。

凡人乃至寿而有终的灵物生死，关乎三位神仙，一是北斗真君，二是南斗星君，第三便是幽冥司的冥主孤栦君。南斗注生，北斗注死，而幽冥司则掌理人死后的刑狱讼断，还管着一个轮回台。孤栦君如他的名字般，行事也带一个孤字，常年幽在冥界，不爱同众仙往来，每年面谒天君的大朝会上，方能见到这位神君一回。苏陌叶印象中，每每相见，这位神君总是一副病容清显的模样。

　　此番孤枬君立在凤九跟前，仍是一脸病容，容她将身旁的灰狼弟弟打发走，方指着眼前一条崎岖山道开口："青丘晚景不错，我们沿着这条路走走。"

　　凤九跟在谢孤枬身后，诸学子皆已归家，半山静寂，雀鸟归巢时偶尔一两声鸟鸣自他们头上划过。二人寻着棵如意树坐下，谢孤枬自腰间拿出个酒壶饮了一口道："近来有桩事，我估摸还是过来知会你一声。"

　　凤九赔笑道："是给你送酒送晚了这桩事吗？这个你大可放心，你我朋友情谊，既然答应了送你一坛折颜的桃花酿我便绝不会食言，只不过，唉，近日折颜他同我小叔父闹别扭正在气头上，是个鬼神难近的时刻，即便是我也不大好……"

　　话头被谢孤枬拦腰截断："是东华帝君之事。"

　　凤九的笑僵在脸上。

　　谢孤枬道："此事天上地下可能并无人知晓，北斗南斗估摸也未曾察觉，大约因我掌着轮回台，方才察知。"

　　瞧凤九洗耳恭听，续道："近日梳理生魂册，发现某处异界投身了一个魂魄，前去查探，乃知是无前生无后世的一个魂，非从轮回台而来，死后也不会过轮回台。未经轮回台便投生化世，此种魂魄只能是仙者生造，而世间能生造出这种魂魄的人寥落可数，神族中除开我，也只有太晨宫中的耘庄仙伯了。前些年便听闻帝君因想参透红尘八苦而自求投身凡世，司命的命格簿子中虽载着帝君投生入凡世乃是三十年后，据传此三十年他是在太晨宫中静修，但静修之时，令耘庄仙伯用自己的影子造出魂来投往异界先历练一番，也未尝不可，并不妨碍什么。"说得口干，谢孤枬提起酒壶来又饮了一口，"帝君既瞒着诸位仙者，想来此事极为机密，我思虑许久将此事告知于你，你可知为何？"

　　鱼尾似的晚霞皆已散去，山巅扯出半轮模糊的月影，凤九躺下来，望着蒙蒙的天色笑道："为了多诓我一坛子酒吗？"

　　谢孤枬斜看她一眼，晃了晃酒壶："我跟前你逞什么能，你有什么是我不知道的？七年前与你同饮，醉乡中你不是说帝君在琴尧山救你一回，你想着报恩在十恶莲花境救帝君一回，结果又被他反救了回来，到头来你还欠着他一回救命的大恩，迟早还需寻个时机回报给他嘛。依我看这是个时机，对着帝君的影子比对着帝君本尊强些，再让你回太晨宫面见他，怕是有些难为你罢？"

凤九闭目道："你今日却不像你，如此话多。"缓了缓，又道，"你从前说心伤这个东西，时间长了，自然就淡了，这话不对。"

谢孤栦垂头看她："哦？为何？"

晚风吹过，凤九拿手挡住眼睛："十年了，我仍记得那些伤心事，想起来时，那时候如何心伤，此时便如何心伤。"

谢孤栦亦躺下来，同望着蒙蒙夜空："那是因为你的时间还不够长。"

凤九偏头看他："其实我也有想起那些好时光。我同你说过没有，帝君他曾为我做过一个六角亭避暑，给我烤过地瓜，做过糖醋鱼，还给我包扎过伤口。"

谢孤栦道："还有呢？他还为你做过什么？"

凤九张了张口："他还……他还……"一时不知还能说些什么，将头转回去，半晌道，"他救过我。"

谢孤栦淡淡道："救你不过举手之劳，那种情境下，无论是谁，帝君都会伸手一救。"叹了口气道，"他待你好的回忆，就只有这么一点儿吗凤九，那些不好的回忆又有多少呢？"

凤九仰望着月空："不好的回忆……你想听我做过的那些可笑的事吗？"静了一阵，道，"唔，有一次，我改了连宋君的短刀图，姬蘅冒认说是她改的，我咬了姬蘅，帝君却责骂了我而护着她，我那时候负气跑出书房，入夜了不知为何总觉得帝君会因冤枉了我而来找我道歉，真心诚意地担心他找不到我怎么办，特意蜷在他寝殿门口，很可笑罢？"

谢孤栦道："那他来找你了吗？"

凤九默不吭声，许久，道："没有，他在房中陪姬蘅作画。"

月亮渐爬过山头，几只萤火虫集结到如意树下，谢孤栦道："后来呢？"

凤九无意识道："啊，后来。"沉默了一阵，道："后来姬蘅一直陪着他，我虽然委屈，但其实也想去陪他，你晓得那时候我总想待在他身边，但我找不到一个合适的时机。再后来……我又抓伤了姬蘅，他将我关了起来，重霖看我可怜，将我放出来晒太阳，却遇到了姬蘅的宠物索萦，它……它弄伤了我，我不小心掉进河里，被司命救了，再再后来，他同姬蘅成亲了，我就离开了九重天。"喃喃道，"都是些很无趣的事，想必你也听得无趣吧？"

谢孤栦皱眉道："那以来，他都没有再同你说过什么话吗？而你就那样离开了九重天？"

凤九有些失神，轻声道："啊，是呢。"抬手从指缝中看着天幕景色，"司命说我这种，已当得上对帝君情深似海了，但其实情这个东西是什么，深情又是怎么一回事，我并不大清楚。虽然他无论什么样我都很喜欢，但比之他那样尊崇地高高在上，要我希望的话，我却宁愿他不要那么好。我希望他没有住在太晨宫，不是帝君，这样就只有我一个人看到他的好，只有我一个人喜欢他，我会对他很好很好。知鹤曾说她自幼同帝君在一起，同帝君之间的感情是我不能比的。我也知道有许多人喜欢他，但单论对他的感情，我想，所有人中，却一定是我最喜欢他。"

谢孤栦叹息道："你的心意，他过去不曾知晓，也许一生都不会知晓。"又道，"那时候他对你冷漠，你不伤心吗？"

凤九喃喃道："怎么会不伤心呢？但，终归是我想和他在一起，为了他将自己变成了一个宠物，所以被他徒看作一个宠物也是自然。宠物就是这样的，有时候受宠，有时候不受宠。他对我稍冷漠一些我就伤心得什么似的，可能是我在心里并没有将自己看作一个宠物。"

谢孤栦摇了摇头道："在他面前你已经足够卑微了，为了他舍弃了珍贵的毛皮、尊崇的身份、家人和朋友，若是报恩，这些也够了。"

凤九闭眼道："舍弃这些，只是为了我的私欲，这同报恩却不能混为一谈。"良久，又道，"你说得对，若帝君下界的是一个影子，这不失为一个好时机，帝君既然瞒着众仙，他在哪处异界我还是不要知道为好。你不妨将我的影子也拿去，做成一个魂魄，投生到他所在之处。我希望这一次，我的影子可以代我好好地报恩，他有危险的时候就去救他，他想要什么，都帮他得到。"

谢孤栦伸手牵过酒壶道："他想要什么都帮他得到……若是他未得到想要的，这场报恩依然不成呢？"

凤九远望着月光下静寂的远山道："你不是说三十年后帝君会以本体投生到凡界？若此次仍不成，届时我去求求司命，问清帝君他投生至何地何处人家。"轻声道，"三十年，我想那时候我见到他，一定不会再像现在这样没用吧。"

谢孤栦喝着酒温声道："好，将你一半影子给我，无论这个恩是否报成，届时我都告知你一声。"

03.

月朦胧，鸟朦胧，镜中景在一派朦胧中幻作一个青天白日，梵音谷中阿兰若降生，后事在镜中一一呈现。阿兰若魂飞于思行河畔，铸魂的影子重归于幽冥司谢孤栦手中时，亭中沉晔踉跄而去，苏陌叶未阻拦，他要去何处，他也未打探。

沉晔是个聪明人，想必已猜出他是帝君的影子，亦看出阿兰若是凤九的影子，两个影子，他们的人生不过他人命途中一段可有可无的消遣，任谁被告知此事也未免受打击。且，正如帝君所说，阿兰若再不会回来了。而为何她爱上沉晔，要救沉晔，无论沉晔想要什么她都尽心让他得到，苏陌叶终于明白，因她出生便是为他而来，她注定一生为他。他不知沉晔想着什么，他失神离开时面色十分痛苦，他不忍问。

沉晔离去，帝君也并未加以阻拦，毋宁说阻拦，帝君其时凝目只瞧着镜中，像并未注意到他。帝君蹙着眉，他不大清楚帝君神色中是否含着哀伤，他从未见过帝君这个模样。

苏陌叶想，一面镜子，不过是个死物，却照出各人悲愁。

须臾，镜中现出谢孤栦再次踏入青丘，往生海畔与凤九对坐而饮。

清风微凉，凤九提壶斟酒道："我的影子可有好好履她的职责？帝君的影子想要的东西，我的影子可否已帮他得到了？"

谢孤栦接过酒杯叹息道："并没有。他最想要的东西，她到死都不曾明白。这场报恩并未如我们所料有个终局。"

凤九一顿："她……死了？这么说报恩又失败了？看来不得不找个黄道吉日去求求司命。"

谢孤栦饮过一杯，取过酒壶自斟道："此时再见帝君，你已不觉为难了？"

一朵雨时花飘落凤九指间，她垂头清淡一笑："心伤这个东西，时间长了，自然就淡了。我从前不信你，此时却觉你说得对。届时凡界相见，不过报恩二字。或许终有一日，我与他能在天庭相见，可能是在个什么宴会上，他是难得赴宴的尊神，我是青丘的凤九，而我在他眼中，也不过是个初见的小帝姬，我同他的前缘，不过就是我曾经那样喜欢过他，而他从不知道罢了。"

东华一震，她第一次见他，是在琴尧山上，而他第一次见她，却是在两千多年后的往生海畔。她说终有一日，也许他们能在一个什么宴上相会，她说得不错，后来他们在她姑姑的婚宴上相见，她差点儿将一个花盆踢到他头上。他令她伤心了许多年，但那时候，她的脸上却看不出什么，做得像是第一次拜见他的一个小帝姬，聪明，活泼，漂亮。

妙华镜已静了有些时候，帝君却迟迟未出声。苏陌叶道："帝座。"帝君的目光不知放空在何处，仍未出声。苏陌叶上前一步，再道一声："帝座。"帝君像终于回过神来，看了他片刻，方道："你第一次见小白，是什么时候？"

苏陌叶有些诧异，可能方才镜中所现，凤九的话令帝君伤怀，想起了什么才问他这个。但这个问却不好答，他遇着凤九是在折颜上神的十里桃林，且二人是私下里得了个见面的机缘，并非世家正统的结交。若照实答了，说不准帝君以为他对凤九有什么，这个不妥，若此时瞒了，倘往后帝君得知，说不准以为他所以隐瞒乃因他的确对凤九有什么，也很不妥。踟蹰片刻，又觉得帝君他并未拘泥他们相见的形式，问的只是时刻二字，遂谨慎道："大约千年前罢，只是无意中见了殿下一面罢了，帝座问这个，不知……"

东华的目光凝在怀中熟睡的凤九面上，空出的手抚在凤九睡得有些泛红的脸旁，蹙眉道："她若想要见你们，都可以很快见到，她喜欢我，想见到我，到太晨宫中做宫婢四百多年，我们却没一个照面的机缘，照理说，我们的相见不该如此困难，依你之见，这是为何？"

苏陌叶记得，凤九当初同他诉这一段情时，用的是无缘两个字。 彼时他并未将这两个字当真，他一向觉得，所谓无缘，应像他同阿兰若这等郎有情妾无意的才叫无缘，而凤九同帝君未曾嫁娶且各自属意，只是因世事难料有些蹉跎罢了，怎能叫无缘。然今日帝君这一问，却让他有些思索，斟酌道："殿下曾道，许是同帝座无缘，但臣下以为，不过是殿下因有些辛苦，为放弃找的一个借口罢了，当不得真。"

东华抬起的左手间结出一个印伽，道："小白说得没错，或许的确是缘分作祟。"话间忽有阵风席地而起，亭上青瓦响个不歇，凤九被帝君单手护在怀中，仍没有睡醒的征兆，而中天的月轮竟陡然拉近，月轮前横出一座巨石，一位须发皆白的老仙者倚在巨石旁。

此乃叠宙术。坠入此境之人若施出重法易令此境崩溃，而叠宙术却正是一等一的重法。创世者在，此境即便碎了还能轻易复苏，但倘他们几人陷入危险中，交待在这里却未可知。苏陌叶箭步上前："此术万不可施，这座土坡已有些动摇，帝座且冷静冷静！"

巨石旁的老仙者慈眉善目道："依老朽之见，帝君却比这位仙僚冷静许多，仙僚可是因身在其中而未曾发现这个世界原本已有些崩塌之相？帝君施不施叠宙术召老朽前来探问天命，此境也撑不了多少时候了。"

苏陌叶愣了一愣。

老仙者将两手兑在袖中向东华道："老朽枯守天命石数万年，未想到第一个召老朽探究天命者却是帝君。世间万物的造化劫功自在帝君手中，老朽愚钝，帝君并非困惑于天命之人，此番却不惜以叠宙术传老朽来见，不知帝君欲从天命石中探究的是甚？"

横在圆月前的天命石随着老仙者的话又膨大了些许，可见出石头上一些深深浅浅的字迹来，东华缓缓道："本君同青丘凤九的缘分，天命石是如何注解？"

苏陌叶面上一怔，老仙者面上亦有一怔，怔过方道："天命石刻着神仙的天命，帝君亦知虽有天命注定这个说法，但不为人知的天命方为注定，天命若为人所知，便会随行变化，即便今日老朽告知帝君天命石上关乎帝君同那位殿下是如何刻载，至多明日，那些刻载便不会再与今朝相同了，变好者有之变坏者亦有，若帝君问了，同那位殿下的这线缘变坏了可如何是好，老朽窃以为帝君还是……不问为妙。"

叠宙术掀起的骤风不曾歇过，骤风之间东华淡淡道："还有什么能比本君同青丘帝姬无缘更坏？"

老仙者面露诧异，却只在脸上一闪，复叹息道："帝君料得不错，帝君同青丘的那位小殿下，原本确是，确是半分缘分都不曾有。小殿下对帝君执着一心，虽令人感动，然缘分一事，却由不得人力。照天命石原本的刻载，那位小殿下……一片痴心必得藏冰雪，一腔艰辛合该付东流。不过，"斟酌片刻道，"三百年前帝君放了影子下界，却在天命石上生出一个变数来。"

帝君沉声道："继续。"

老仙者捋须道："帝君的影子下界，小殿下亦放了自己的影子下界追随帝君，此等执着却为罕有，不知是否感动上天，小殿下的影子下界后，天命石上竟做出这对影子的一桩姻缘来。天命所定，这对影子缘起在一个蛇阵中，被救的以身相报，救人的得偿所愿，一生虽也有些许坎坷，但并非大坎坷，该和美到老的，"老仙者眼角余光无奈瞟了苏陌叶一眼："无奈这位仙僚却无意中横插了一脚，不幸乱了天数生了枝节，天数之事，牵一发而动全身，以致那二位本该是有缘人走的却是条无缘路。奈何奈何，可惜可惜。"

苏陌叶脸色泛白，道："我竟无意中做了罪人？"

老仙者道："事有两面，不该一概论之，在此是罪过，说不准在彼却是桩功德，仙僚无须如此介怀，若单论此事，帝君其实当谢你一谢。"叹道，"那二位有未尽的缘分，然影子并无来世，天命石便将这段未尽之缘安在了帝君同小殿下身上，如此，才有了小殿下与帝君后来的正经相见，若非如此，帝君和小殿下合该是终生不见的命运。"

话到此处，略有几分踌躇道："帝君与小殿下如今其实也算有缘，只是帝君既探问了，明日天命石自然要改写，帝君与小殿下将来有缘无缘，却不是老朽能分辨的了，只是老朽觉得，若这好不容易得来的微薄之缘因帝君此番探问而消弭，却有些可惜。"

东华淡声道："天命说有缘如何，无缘又如何，本君不曾惧怕过天命，也无须天命施舍。"

老仙者一震，兑袖再拜道："老朽听闻帝君避世，愈加淡泊，今日所见，我主仍是我主，此话老朽说来大约有些逾越，但见我主如此，老朽甚感欣慰。"

老仙者再拜之间，亭阁蓦然大动，青瓦坠地，木石翻滚，苏陌叶扶着亭柱向东华道："可是因叠宙之术？"

帝君抬手取过仍扎在亭柱中的苍何，开口道："是沉晔。"

清风如旧，银月如旧，但银月清风之下，这个被沉晔生造出的世界却是一派地动山摇，眼见着高山倾倒流水折道，四下里人声哭喊不绝，是此世行将崩溃的征兆。

创世之主的沉晔既断了求生之念，此世理当崩塌，而他们在思行河畔寻到沉晔时，果然见他已沉入水中。

素日白浪滔滔的思行河平如明镜，河中的浑水也化作碧泉，映出河底玄衣神官俊美安静的面容，像是从没有什么痛苦，也没有什么烦恼。

苏陌叶说不准自己对沉晔是种同情抑或是种愧怍，这世间就是有这样阴差阳错的情，明明两心相悦，却要分隔天涯，先是生离，再是死别。世人道情之一字，最痛痛不过生不能相会死不能聚首，世人道轻了。情之一字最令人伤怀，应是明明爱着她，她却到死也不曾知晓，不曾明白，而你再也无法令她知晓了。

苏陌叶开口道："其实我一直有个疑惑，沉晔他既造出了此间，为何那时还会救橘诺，由着悲剧在此境中像从前一样发生呢？"

东华淡淡道："救下橘诺方能逼倾画反上君，上君死，他大约会设法让阿兰若即位，前一世阿兰若死在无权二字上，他大约是想给她这个，就算他不在，也能保护她。"

苏陌叶哑然。回神时却见帝君轻抚依旧沉睡的凤九额头，指尖凝出一团银白光晕，苏陌叶脱口道："这是……"

帝君接道："沉晔费心收集的阿兰若气泽虽被小白吞食了，再将它分离出来其实并非难事。"话间劈开思行河水面，碧波漾起高浪，白色的光晕缓缓进入沉晔的身体。

水浪合上之时，水底已不见玄衣神官的身影，水中却长出一株双生的四季树，树高参天，花满枝头。

东华抬手，四季树化为树苗落入他掌中，凝目瞧了片刻，转递给苏陌叶道："出去后将它交给息泽，种在歧南神宫中吧。"

苏陌叶接过树苗讷讷道："沉晔若死，魂魄自然该归于帝座重化为影子，莫非帝座……"

东华点头道："我将它封在了此树中。"顿了顿道，"连同小白化作阿兰若的那半影子亦封在了此树中。他二人，本该身死万事灭，但世间万事皆以常理推之，未免少了许多奇趣。将它们封印于此，千万年后，它们是否能生出些造化，就再看天意了。"

身后乍然有烈焰焚空，不知何处传来窸窣声响，似琉璃碎裂，苍何剑闻声出鞘，顷刻化出千万剑影，结成一个比护体仙障更为牢固的剑障，牢牢护着剑障中的三人。

随着一声堪比裂天的脆响，再睁眼时，已是梵音谷解忧泉中。

四面水壁的空心海子上，九重天的连三殿下从棋桌上探过头来，居高临下地同他们打招呼："哟，三位英雄总算回来啦。"喜笑颜开朝着棋桌对面道，"他们毫发无损回来了，这局本座赢得真是毫无悬念，哈哈，给钱给钱。"棋桌上一个打瞌睡的脑袋登时竖起来，现出如花似玉的一张脸，目光转到平安归来的三位英雄身上，立刻怒指道："小九怎么了，为何冰块脸竖着出来小九却是横着出来，老子果然英明，早说了冰块脸不如老子仁义，不晓得怜香惜玉！"苏陌叶晕头转向朝海子上二位道："拌嘴斗舌确是桩奇趣，但二位可否暂歇一歇，先找个卧处让我们躺躺？"

第五卷　错天命

见帝君并不回答，只是挑了挑眉，她傻了一会儿，将脸扭向一边一脸克制：『你别挑眉，你一挑眉我就有点儿，就有点儿……』

帝君好奇地继续挑眉：『就有点儿什么？』

她脸颊绯红，憋了好久才憋出来……『忍……忍不住想亲亲你。』

就见帝君靠过来，声音低沉道：『给你亲。』

第十七章

01.

连宋君其人其实并非一个正直仙者，时常做亏心事，但因连宋君从未觉得这些亏心事有什么，因而鲜有良心不安的时候，拿连宋君自个儿的话说，此乃他的一种从容风度，拿连宋君心仪的成玉元君的话说，彪悍的混账不需要解释。

彪悍的混账连宋君，今日却因良心不安，而略有惆怅和忧郁。

说起连宋君的惆怅和忧郁，不得不提及东华帝君。

帝君三人自阿兰若之梦出来后，比翼鸟中有眼色的仙仆们不及吩咐，已鞍前马后为三位收拾好三处就近的卧间。帝君抱着凤九随意入了其中一间，连宋君知情知趣，正要招呼仙仆们不用入内随侍了，却见已然入内的帝君突然又出现在门口："你进来一下。"

连宋君有些懵懂，他刻意做出这么个时机，令他二人同处一室说些小话联一联情谊，劫后余生嘛，正是诉衷情的好时候，美人这种时刻最是脆弱，稍许温存即可拿下，这种拿美人的关键时刻，他招自己进去做什么？

　　连宋君懵懵懂懂进了屋，瞧着和衣躺在床上的美人凤九，愣了一愣道："你在她身上使昏睡诀做什么，我看你们出来后她已有些要醒来的征兆，你担忧她希望她多睡一睡养养精神，我可以理解，但其实睡多了也不大好……"

　　帝君边用一双黑丝带扎紧袖口边道："帮我守一守她，我回来前别让她醒过来。"

　　连宋君瞧着他扎紧的袖口道："你这不是炼丹的装束吗？"关怀道，"难不成凤九她其实染了什么重症？"

　　帝君深深看了他一眼："再咒一句小白身染重症小心我把你打得身染重症。"

　　连宋君凑过来仔细瞧了瞧凤九面色："那你为何……"

　　帝君叹息道："她不想见我，所以阿兰若之梦里同她在一起时我都是假借息泽的身份，但她醒来想起这桩事必定难办，你送过来的老君那瓶丹，此时算是派上了用场。"

　　连宋大惊："你打算喂了她那丹药令她忘记阿兰若梦里的事？"

　　东华理了理袖口，淡淡道："我并不想她将那些事全忘了，所以须重炼那瓶丹药，改一改它的功用，将她那些记忆全重写一遍，尤其我瞒她那些。"

　　连宋木呆呆道："这就是你想出的法子？"他这种情圣决计想不出如此粗暴直接的法子，一时震惊得无言以对，好半晌方回过神来道："虽然同她坦白有些冒险，但候她醒来你老老实实坦白求她宽恕才是治本之法，你这样，若她终有一日晓得真相岂不是更加难办？你多想想。"

　　帝君抬手揉了揉额角："我召了天命石，天命石说我们缘薄，经不得太多折腾。小白她在我的事情上……一向有些纠结，此时若让她想起我在阿兰若之梦里瞒了她，后头不晓得会闹出什么来，唯独这件事我不敢冒险，思来想去还是此法最好。"

　　连宋长叹道："早知如此，那个梦里你就不该扮息泽哄她。"又调侃道，"瞧着她同你扮的息泽亲近起来你就没有横生醋意？"

　　东华皱眉而莫名道："为何我要生出醋意，不过假借了息泽一个身份罢了，我还是我，她再次爱上我难道不是因为她此生非我不可吗？"

　　连宋干笑道："你说得是。"

帝君话罢利落出门，徒留连宋君坐在床边叹息，要紧时刻太过瞻前顾后说不准误了大事，直来直往确然是帝君的作风，不过他今次这个决断，连宋心中却隐约有些担忧。诓骗小狐狸之事，如今他也算半个帮凶。连宋君往床上忧郁一看，复又惆怅一叹。小狐狸纯真和善，诓她其实有些下不了手。但不诓帝君就会对他下手，下的必定还是重手。诓耶，不诓耶？还是诓罢。

凤九睁眼时已经入夜，窗外半轮清月照在房中一个温泉池里，水光微漾，如同鱼鳞，鼻息间袭来清淡花香，借着月光仰头一观，原是床帏旁以丝线吊了个漆板，上头坐镇一盆怒放的摩诃曼殊沙华。若她没有记错，这仿佛是梵音谷中女君为帝君安置的行宫，他们这是，回来了？

凤九望着头顶火红的曼殊沙华发了半日呆，是了，帝君为姬蘅换了频婆果，她盗果时坠入了阿兰若之梦，帝君追来救她，还亲了她，同她说了许多温存话，她就原谅了帝君，后来她的魂不晓得为何入了阿兰若的壳子，而帝君不知为何成了息泽，阿兰若和息泽原本便是夫妻，她同帝君就做了夫妻，帝君给她编花环，带她过女儿节，领她垂钓，陪她赏花，湿透的长发，荷叶下的亲昵，帝君的吻……凤九瞬间清醒了，半晌，喃喃道："其实是在做梦吧……"

感到身旁有什么动了一下，迟钝地转身，清淡的月光下却正对上一张脸。帝君的睡颜。凤九的心漏跳一拍。或者其实并没有做梦，只是她藏在心底最深的渴望，无论说多少次要放弃却始终不能放弃的渴望竟化作现实，一时不能习惯，所以每每午夜梦回时总是恍然梦中？

帝君爱侧着睡，爱将头发睡得凌乱，她嘴角就抿出个笑来，伸手理顺他额前的乱发，缓了缓，纤白的手指顺着额饰又滑落到他肩后的银发。

是了，是真的。

她睡不着，静静看着他的睡脸，心中突然就变得柔软，探身亲在他的嘴角，贴了会儿，就见他睁开还有些模糊的双眼，她的唇仍靠在他唇边，轻声问他："醒了？"

他看了她一阵，复又闭上眼睛，伸手将她揽入怀中，头埋在她肩上，模糊道："还有些困，等我缓缓。"

他的气息在她耳畔令她有些发痒，亦回抱过去，轻笑道："时候还早，你继续睡，我不吵你。"

他声音已有几分清醒，低低道："你呢？"

她的手抚在他耳后安眠穴上，动作极轻地揉了揉，软软道："我已睡足了，既然我们能回来，想必你费了不少力，我帮你揉揉，你好好睡。"

他嗯了一声，尾声中带着浓浓的鼻音，全然不似他平日的淡漠沉静，令她的心瞬间融化，手上的力更轻更柔，而他的唇却忽然落在她脖颈处，她微微偏头躲开他："不是说还困着？"

他的声音在她肩头含糊："缓了缓，不太困了。"

她微微挪开些，看着他刚从睡乡中清醒过来的面容，月光下极深极黑的眸子，挺直的鼻梁，微抿的嘴唇，衬着方才理顺此时又有些凌乱的银发，有一种撩人的慵懒。他也专注地看着她。她没出声，却比出口型："打算做坏事？"就见他微微挑了挑眉，眼中流露出一些笑意来。她呆了一呆，凑过去主动将嘴唇贴上了他的嘴唇。但他顷刻便回吻过去，攻城略地，毫不留情。她紧紧搂住他。

门口突然传来啪一声碎响，白色的裙角自门缘一闪而过，徒留一地夜明珠的碎片，月色下还有些余光。凤九被这个声音吓了一跳正欲抬身，刚抬起来一半已被东华团在被中挡住。

凤九在被中小声且极其惭愧地道："这里如今是……是小燕的住处吧，你……你换回来是不是没同他说。"东华施术将房门下了禁制，又将一地夜明珠残片化为无形，方躺下将她从被中剥出来，轻声道："搬回来已同燕池悟打过招呼，此处有温泉可以解乏，他暂住到疾风院去，方才嘛，老鼠打翻花盆罢了。"看她脸颊绯红，额间凤羽花开得极艳，手抚上她泛红的眼角，"怎么，吓到了？"她瞟了他一眼，点了点头，他轻声问她，"我在还会害怕？"她看了他片刻，头扭向一边飞快道："好吧，不是害怕，是不好意思。"他怔了怔，待反应过来时已再次吻上她的唇，而她也缓缓搂住他的脖子。房中花香益盛，月光照进来，似乎也沾染了些香味。

次日大早，凤九收到小燕的传书，说是半道碰见去歧南神宫办事的冰块脸同苏陌叶，听闻她已醒来，心中甚慰，问她可饮得酒乎，可食得肉乎，若酒肉皆可进肚，请她速来醉里仙私会，萌少要私底下先给她践一践行。满篇字迹竟算得上清秀，且只有私会这个词用得不甚妥，令凤九不由感叹，几日不见小燕益发有文化了。

信中另絮叨了些杂事，大意说自她进阿兰若之梦，比翼鸟一族便晓得他二人这个夜枭族王子公主的身份是假的了，虽因东华和连宋之故不敢多加打探，但萌少私下问过他几次，念着一场朋友，他是魔族魔君这个事他坦荡荡告知了萌少，她的身份他虽含糊了，但却令萌少误会她也是个魔族。

小燕语重心长道，要继续瞒着萌少还是索性和盘托出全看她个人，毕竟萌少对传说中的她种了一段甚深的情缘，而萌少注定拼不过冰块脸，或许为了萌少的安危，看是不是干脆一直瞒着为好。

凤九捏着这封信，心中有些沉重。

今晨帝君同她提过，梵音谷他们已待得够久了，待他办了歧南神宫之事便领她回九重天。帝君去歧南神宫，乃是要将封有阿兰若气泽和沉晔魂魄的四季树种在神宫中。沉晔同阿兰若的过往，她也听故事似的听帝君大致说了些，确然是段令人嗟叹的过往，令她也感到有些心伤。

她扯着帝君另问了一些七七八八，亦晓得了如今谷中的女君确然便是橘诺。阿兰若之梦中的橘诺确然讨人嫌弃，但原本的橘诺倒并非什么可恨少女，得承女君之位也算是造化。听闻倾画的结局倒有些凄凉，说是橘诺后来相上了一个有决断的王夫，合二人之力将倾画囚在了深宫中，倾画在被囚的第二十个年头上疯了，偶尔言语，提及的却多是阿兰若。

凤九觉得这些事都算一个了结，与自己也无甚干系，唯手中这封信里头，小燕却难得提得很到点子。

萌少。

萌少够义气，将她和小燕当真朋友，晓得他们要走，还给他们践行。做朋友，当见个真心，可萌少……她的身份当不当和萌少说她也有些糊涂，良久，叹了口气，心道到时候见机行事罢。

月余不见，醉里仙仍是往日气派，萌少近日爱坐在大厅里头，说是亲民，凤九到时，隐约听他言辞热烈说什么："本少虽没见过她，但料想定是翠眉红粉一佳人，静若秋水映月，行似弱柳扶风，端庄贤淑，温良恭俭，若要以花作比，唯有莲花可比，取莲花之雅，取莲花之洁……"

凤九顺手从桌上捞起一个茶杯道："这谁？吹得这么玄乎，是醉里仙新来的乐姬吗？"

小燕无可奈何看了她一眼："萌少正在憧憬青丘的凤九殿下。"

凤九脚下一滑从椅子上栽下去，握着个茶杯坐在地上，半晌道："哦。"

看她摔倒，萌少终于住了话头，叹气地伸出一只手意欲将她拉起来道："你虽常同我们混在一起，到底是个姑娘家，仪容体面上总要注意些，像这么大庭广众下坐在地上是个什么体统，姑娘家还是要像个姑娘家。"

凤九受教地爬起来，萌少继续兴高采烈向小燕道："凤九殿下她定是个一等一的名门淑女，因本质太过高洁，且纯真善良，热爱小动物，绝不沾酒肉荤腥这些俗物，是个真正只餐风饮露的高贵女神，且善感仁慈，连只蚊子都舍不得拍死。"

刚用根竹筷子钉死一只大个儿苍蝇的凤九茫然地看向萌少。

小燕终于听得不忍，插话道："固然凤九她的确是那个……那个怎么说的来着，哦，翠眉红粉一佳人，下次跟老子说话说实在些，这些文绉绉的话记得老子头疼，刚说到哪儿了？对，翠眉红粉一佳人，萌少你想象中凤九是这个样，但万一她不是这个样，你还恋她爱她吗？"手一指，向凤九道，"如果她是这个样，你还恋她爱她吗？"

萌少看向凤九哈哈大笑笑得气都喘不过来："怎么可能，"指着她道，"凤九殿下要是她这样我只好找块豆腐把自己撞死了。"

小燕痛苦地扭过头去。

凤九镇定地啃完右手里一个兔子腿，慢吞吞道："我的确是青丘的凤九，常胜将军是我赠你的，那个瓦罐亦是我赠你的，当初我救你时，称你称的是小明，瞒了你这么久，对不住。"

酒楼中一时寂静无声，萌少端着一个酒杯愣了，良久，声音带颤道："你真是凤九殿下，那个不沾酒肉，餐风饮露，热爱小昆虫小动物的凤九殿下？"

凤九斟酌道："可能你对我有些误会，其实……"

萌少颤着声打断她道："你方才喝的是甚？"

凤九看向面前的酒杯："酒。"

萌少的声音颤得更厉害了："吃的是甚？"

凤九看向桌子上几块骨头："兔子肉。"

萌少的声音已经有点像天外飞音："你手里的竹筷子钉的是个甚？"

凤九看向左手里的竹筷子："苍蝇。"

萌少两眼一翻，侧身歪下了桌，凤九与小燕齐声痛呼："萌少！"

东华连宋苏陌叶一行此时正踏入大厅，听得此声痛呼，苏陌叶紧走两步，看向躺在地上的萌少讶然道："他怎么了？"

小燕蹲在萌少跟前瞅了半天，又伸手戳了两戳，痛心道："唉，萌兄他几十年的一个梦想破灭，因不堪打击而晕过去了，不过幸好老子这里有醒神药，等老子拿出来给他闻闻啊……"

须臾，备受打击的萌少终于在醒神药下幽幽醒转，爬起来失魂落魄地看了凤九一眼，一把推开蹲在他面前的小燕边哭边跑出酒楼："女人，我再也不要相信女人，连我最崇拜的女人都是这个样子，天下其他女人还有什么指望！"

254

连宋君摇着扇子，不明所以道："他到底受了什么打击，看他这个意思，似乎是要从此投向男人？女人我倒认识许多，男人嘛……"突然若有所思看向苏陌叶，"将你哥哥说给他如何？"

陌少远望着萌少的背影："我哥他……喜欢英武些的，萌皇子可能不够英武。"

凤九手里还拽着那个啃剩的兔子腿，目光看向小燕有些惆怅："我没想过我把他逼成了一个断袖，我们要不要去追一追，万一他一时想不开……"

小燕瞥了东华一眼，亦回看向凤九叹道："哎，断袖就断袖罢，他要是敢再喜欢你，就不只是断个袖了。等他出去哭一哭也好，说不定哭开了兴许就想通了，依老子的高见，你我追出去不过徒增他伤感，还是不追为好，来来，我们先吃这个兔子肉。"

众人四下坐定分兔子肉，帝君脸上的神色看不出喜也看不出怒，凤九靠过去偷偷和他咬耳朵："这个肉哪有什么好吃，诓诓他们还可以，回去我给你做更好吃的。"

帝君的眼中总算流露出点儿笑意，道："好。"

她继续同帝君咬耳朵："今晨起得那么早，肯定还困吧，待会儿我们偷偷溜回去，你再睡一睡，我给你熬补神的汤，你醒了就可以喝。"

帝君的声音亦放轻了些，道："好。"

02.

从阿兰若之梦平安回来，凤九细数，熟人皆见着了，唯漏了一个，便是姬蘅。如今她虽明了东华对姬蘅并无情意，且从小燕处得知东华当日答应娶姬蘅也别有隐情，但她曾亲耳听姬蘅表过对东华的一片痴心，因而出于私心，这几日没见着姬蘅前来关怀东华，她觉得倒是一桩幸事。依姬蘅对东华之情对东华之意，姬蘅竟能憋得几日不来，她觉得也挺稀奇，稀奇之后又挺钦佩。

然她不过钦佩了姬蘅三天零五个时辰，姬蘅她就扛不住出现了。

是日正值帝君领她出谷，梵音谷这个地方虽称的是出易入难，但修为不到境界者要想不在开谷日出谷也有些困难，除非被修为高深的仙者提携着，帝君带着她便是提携之意。

苏陌叶早前已代帝君吩咐，说帝君他好清静，无须比翼鸟阖族相送，免了女君已筹好的一个极盛的排场，保住了通向谷口的山道的方便清静。凤九已许久不曾早起散步，昨夜又睡得晚，不禁边走边犯困，眼见着山道旁草色新鲜晨露可爱，也未曾将她的精神开旷起来。拐过一个弯道一个水塘入目而来，凤九琢磨着过去浇点水清醒清醒，视野朦胧中，就发现了伫立在水池旁于晨风中白衣飘飘的姬蘅。

姬蘅身后丈远处，还站着一个脸色不佳的小燕。小燕为了能在情字上头挣个功业，日前已同他们说好了不和他们同路出谷，要在谷中暂陪着姬蘅，即便情路缥缈还需费许多跋涉之苦，也决意同姬蘅再在这条情路上跋涉跋涉。

这个阵仗……苏陌叶抚着碧玉箫低声向连宋道："我二人是否暂避一避？"

此种万年难得一遇的热闹，且还是关乎东华帝君的热闹，连三殿下恨不得贴到跟前去好看得更仔细听得更真切些，听闻陌少之言，啪一声打开扇子掩口低声轻咳道："你……避避也好，我嘛，我看看，咳咳，我看看……"

前头姬蘅和小燕二人快步而来，离帝君还有几步远时站定，姬蘅今日刻意打扮过，眉弯两月，唇若绯樱，只是双眼有些像哭过似的肿，却无损这张脸的风流标致。姬蘅原本长得便不是那种楚楚可怜型的，如此倒平添了一段我见犹怜的风姿。

姬蘅的目光停在帝君的右手上，脸一白。

凤九没睡够，今日脑子转得极慢，顺着姬蘅的目光一瞥。帝君的右手正牵着自己的左手，她恍然记起来出门时因她闹着瞌睡很不情愿，走得拖拖拉拉，帝君便伸手牵了她走，这一路似乎一直没松过。又想起姬蘅因得了频婆果来向自己耀威之事，觉得此时虽是姬蘅平白到她跟前，但她同帝君牵这个手倒像是她故意在姬蘅跟前耀威，这同姬蘅知鹤的作为又有什么分别，她打了个哈欠，悟出这种事其实没什么意思，胡乱一指前头的水塘向帝君道："看姬蘅公主像有什么话同你说，我去前头汲点水醒醒神。"趁机抽出自己的手来。

小燕如花似玉的一张脸上透出心酸，看姬蘅痴痴凝望东华的目光，感觉不忍再视，转向凤九道："哎，听说那个水塘其实栖着水怪，老子吃点亏，陪你同去。"

帝君的目光扫过小燕，淡淡道："不用你吃亏，我陪她去。"向姬蘅道，"有什么话我回来再说。"握住凤九的手便向水塘而去。凤九有些发蒙："我醒我的神你们说你们的话不正好节约时间吗，你做什么同我一起去？"帝君淡然道："也不急在一时半刻。"走出十来步远，凤九似有所悟，有些不好意思地低声道："你是担心我掉下水吗？"帝君垂头看她一眼："你说呢？"凤九皱着一张脸："你一定是担心我掉下水吓到人家水怪。"帝君挑眉道："你倒懂我。"凤九憋出一个哼字，不解气，又憋出一个哼字。

凤九方才看得不错，姬蘅的确哭了几日。那夜她听闻帝君归来，且未宿去凤九院中，反同小燕换了宿处，心中顿觉自己同帝君的姻缘可能还有一线转机，想及夜深时分正是一个人善感的时候，特地袖了颗夜明珠照明，于深夜里步履轻盈地前去帝君房中探视。

从前帝君住在这个寝殿中时一向由她近身服侍，偶尔假装不知帝君在房中不敲门便经直而入，帝君也不会说她什么。她那夜亦是这个打算，悄入帝君房中为他素手添一炉香，若帝君未醒，次日必晓得是她为自己添香，见出她对他的一个体贴，帝君若醒，她便要抓着这个时机伏在帝君床前同帝君诉她的一腔衷情。她晓得自己生得美，更晓得月光掩映下是她最美的时刻，届时即便不能打动帝君，也能让他记忆深刻。

她怀着这个念想雀跃地推开帝君的寝房门，然后……她就哭着跑了回去。她回去又哭了几日，及至听说帝君不日便要出谷。她擦干泪定了定神，明白这是最后的时机。

即便帝君有了凤九又如何，论先来后到，也是凤九横空插在他同帝君之间，凤九她即便同帝君有情，也不过年余，她对帝君之情，却深种了两百多年，放下谈何容易。小燕说她何必执着，可他自己又何尝不执着。这段情，她还是要争一争。可她今日要和帝君说的一番话却自降身份得很，并不想让闲杂人听到，见帝君领着凤九去醒神，愣了一下亦跟上去，在半道上叫住了帝君："老师，请留步。"

东华回头，转过身来看着她。

姬蘅怯声道："奴今日其实有一事相求，特来此处候着老师，却是为求老师一个恩准。"

东华并未出声，姬蘅晓得这是让她接着说的意思，涩然续道："奴年少无知时铸下大错，才致三百年不能归家也无颜归家，但客居在梵音谷中却非长久之计，望老师看在先父的面上对奴再施怜悯带奴出谷，即便做个老师府上的粗使婢女奴也甘心。"咬咬牙看了凤九一眼道，"若老师肯施此恩，奴愿一生伺候凤九殿下和老师。"

听得姬蘅口中道出自己的名字，凤九一个激灵，瞌睡生生吓醒了一半，姬蘅公主这番话虽做小伏低到了极致，若帝君一个心软将她弄上天去，却无异于请上来一个祸根。男人向来不察妇人的细微心思，她从前也不察，幸而得了小燕壮士一些指点，如今于此道已得了三四分造诣，忙十二分诚意向姬蘅道："我看梵音谷山也好水也好，不受红尘浊气所污这一点更是好上加好，是个宜居的乐土，来太晨宫做粗使婢女有什么好，宫中宫范极森严，杂婢向来不入内室，你说的粗使婢女我从前也做过，做了四百年也不曾见帝君一面，你来做这个着实有降你的身份，我嘛，也是当年年纪小且脸皮厚。"帝君看过来，她看出帝君这个目光中略有戏谑，她自行理解可能帝君说的是你现在脸皮也不薄，脸上登时一热。

姬蘅眼中闪过讶色，目光却充满希冀地投向帝君。东华冷淡道："在梵音谷住着方能克制你身上的秋水毒，你能安心在此住三千年，身上的毒自可尽数化去。"言下之意不用想出谷了。

姬蘅慌道："但如此岂不是不能时常见到老师……"

凤九道："其实我可以给你留一幅画像……"

东华突然道："你父亲临羽化前托本君照顾你，不过，本君一向不大喜欢照顾对本君想太多的人。"

姬蘅一张脸瞬时惨白，良久，惨然道："是，奴明白了。"

水塘畔，凤九盯着塘面发呆，帝君拿丝帕浸了水递给她，凤九接过在面上敷了一会儿，待凉意丝丝浸入，终于彻底清醒过来道："幸亏当年我在你府上做婢女的时候，你没有时机认得我，若那时候你认得我，同我说的话一定也是像今日同姬蘅说的这样吧。"又踌躇道，"你说那些话的时候其实有些冷漠。"

东天晨曦初露，扯出一片扎眼的霞光，水塘边碧草如茵，帝君躺下来远望高旷的天空，若有所思道："若那时认得，如今我儿子应该能打酱油了。"

凤九正待取仍覆在脸上的丝帕，没听得太清，道："你说什么？"

帝君左手枕着头，右手轻轻拍了拍身边的草地，向她道："我们躺一会儿再回去。"

凤九愣了愣，帝君这个姿势她极其熟悉，他钓鱼时就爱拿一只手枕着头一只手握钓竿，等鱼上钩的时节里偶尔脸上还盖一本佛经挡日头，帝君很多样子都好看，这种闲适的样子她却最喜欢。被这等美色迷惑，明晓得还有人等着不该躺下来她还是躺了下来，且自觉地躺在了帝君的臂弯里，但口中还是不忘提醒他道："陌少和连三殿下还等着，我们躺躺让你过过瘾就好啊……"

青草的幽香阵阵袭来，帝君搂过她闭眼道："他们自会找事消遣，不用管他们。"

苏陌叶远望躺在水塘边看朝霞的二位，向连宋道："这个状况从前有过吗，依你之见，我们此时当如何？"

连宋君叹一口气道："他一个人放我鸽子这种事倒是常见，他同什么神女仙娥幽会放我鸽子这种事还从没见过，"袖手一挥化出一局棋来，再叹一口长气道，"我们此时除了候着还能怎么，权且杀两局棋熬时辰罢。"

第十八章

01.

凤九其实在心中打了个精细的算盘。

出梵音谷的第一桩事是先去姑姑处告一个饶，她当日是被姑姑带上九重天，中途被帝君拐了，许多时日音信全无，虽然他们白家对自家崽儿皆是放养，但说不准这些时日姑姑亦很担忧她，她需去姑姑处顺一顺她的毛。

第二桩事是复活叶青缇，青缇当年为救她而死在妖刀岚雨之下，魂魄染了妖气，即便转世投胎也只能为妖，生生世世痛苦，唯一可解救他之法是做出一副仙体承他的魂魄，化了这股妖气，再到瑶池去洗涤掉凡尘，令他位列仙品。她当年收了他的魂魄放在冥主谢孤栉处。如今她得了频婆果，频婆果生死人肉白骨，肉出的白骨却并非一个凡胎，乃是一个仙躯，正有复活他的妙用。如此，向姑姑讨过饶后，正可以去谢孤栉那里，讨回托他保管的叶青缇的魂魄。

取到青缇的魂魄，即可去姥姥伏觅仙母处走一趟了，这便是第三桩事。她同帝君虽已做了夫妻，亲族俱在的成亲礼却还未有过，这种虚礼在帝君看来是篇虚文，但在青丘老一辈眼中却是天大的事，她同帝君势必还要再办个成亲礼。然帝君一非世家，二无重权，更要命的是还得一手好架，过她姥姥这一关可能很不容易。帝君是她好不容易挣来的，这桩姻缘岂可坏在姥姥手中，是以她要独自去趟姥姥处会会姥姥，将她老人家说通。

但古来之事，一向是天不从人愿者多。

九重天太子殿下夜华君的洗梧宫中，一个凉亭里头，凤九她姑父太子殿下风姿无双，彼时正悠闲地在亭中提笔作画，她姑姑白浅歪在一个卧榻上翻一个游记本子，她小表弟糯米团子偎在姑姑怀中睡得正香。

她战战兢兢地挨过去同她姑姑行礼，一个大礼拜过，她那位太子殿下的姑父倒是冲她笑了一笑，她姑姑却连眼皮也没抬，只一个声音在游记本子后头响起来："哦，是凤九啊，你是不是忘了近日你身上担着什么大事啊？"姑姑这种声调，是没有好事的声调。

她立刻打了一个冷战，小声道："不……不记得。"

姑姑仍然没有抬眼，续道："那我提醒你一下啊，你的兵藏之礼就在十五日后。"

兵藏之礼。她脑门一下生疼，哭丧着脸道："姑姑你能否当今日没见着我，其实我十五六日后才能回来呢？"

她姑姑终于抬眼，眼中带笑："你若是真的十五六日后才能回来，兵藏之礼上我就变成你的样子顶你，但你既然回来了，就别想着再趁什么便宜，乖，还有十五日，每日少睡两三个时辰，也尽够准备了。"

她泫然欲泣道："可我一天统共才睡四个时辰。"

她姑姑就同情地看着她："啊，怪可怜的，但年轻人嘛，一天只睡一两个时辰不妨事。"

她将求助的目光看向她姑父夜华君，夜华君搁笔道："唔，的确怪可怜的。"

她的眼中立刻燃起希望的火光，夜华君换了支兔毫道："幸亏你回来得早，若是再迟个七八日，大约只有熬通夜了。"

凤九眼中希望的火光闪了闪，噗，就灭了。

261

虽然青丘之国不如九重天礼仪繁重，大面上一些礼仪还是有，譬如这个兵藏之礼。这是每一任新君即位后必行的一个礼。新君即位日便由白止帝君合着天相及新君的生辰时占出行礼的日期来，通常是百年之后，这期间新君须亲手打出一款趁手兵器，于兵藏之礼那日当着八荒仙者的面藏于名下治所的圣地，以为后世子孙留用。譬如她手中的陶铸剑，就是她姑姑白浅当年为自个儿的兵藏之礼造出的杰作。

凤九自从领了她姑姑的仙职，继位为东荒之君，两百年来一半时光花在进学上，另一半时光就花在锻造这件神兵上头，她锻的亦是一柄剑，因制剑之材取于大荒中的合虚山，因而给此剑命的名号是合虚剑。

她姑姑的婚宴前几日，其实合虚剑已经铸成，但装剑以做兵藏之用的剑匣子却还不晓得在哪朵浮云后头，她从前想的是反正时日尚早，待姑姑的婚宴后再在九重天玩耍一两月也不见得会误什么事。

哪知后头她竟掉进了梵音谷，哪知她还将此事忘得一干二净。

若行礼日那天她将一把裸剑呈在八荒眼前，她爷爷白止帝君非将她一身狐狸皮剥了不可。凤九悲叹地望了一回苍天，她此前的那个精细打算无须做了，造剑匣子方才是此时命中的大事。十五天，十五天。权且拼一拼罢。

凤九唉声叹气地途经一十三天的芬陀利池，巧遇连宋君，二人偕走，连宋君瞧凤九一副如丧考妣的模样不禁关怀了一二，凤九在连宋君一番关怀下，十分感动，身上此时背着一个什么样的大债也就照实说了。连宋君摇着扇子笑道："你家中不是还储着一个帝君？东华造剑匣的水平可谓一流，他来做这个定能在一两日内完工，此种要紧时刻你将他供在那里不拿来用一用岂不暴殄天物？"调笑道，"你温存他几句他就帮你做了，何须你在此长吁短叹。"

凤九此时有一半神志放在剑匣该选什么材质，做个什么式样上头，听及连宋君此言，含糊道："我自己的事其实还是该我自己来做，这个事交给帝君自然万无一失，但什么事情都靠着帝君就忒不上进了，再说帝君他也不想我长成一个只靠他的废物，这个事顶多帮我筹划筹划制剑匣的进度，别的大约也不会多伸手帮我。"她又想起什么似的突然眼睛放光道，"不然三殿下同我打个赌看帝君会不会主动代劳我，若我赢了，三殿下将上回给成玉元君做短剑所剩的世间至为珍贵的雪珲玉赠我，若三殿下赢了，我拿芬陀利池的肥鱼做半月糖醋鱼献给三殿下。"

方此时二人正踏入宫门，连宋君收起扇子笑道："赌注虽是得宜相当，但思及你的境况，这个赌局还是我赢了的好。"扇子一点又道，"唔，我赢了其实也不算好，若吃了你的糖醋鱼，依东华的妒性，他非让我吐出来不可。"

凤九道："三殿下这么说未免托大，再则帝君他也不至于这样罢……"二人一路闲聊入宫。

然连宋君近日情场虽得意，赌运却不佳，帝君听及凤九前去她姑姑处告饶后的成果，果然当即半空中化出笔墨来为她理了个制剑匣的进度，贴在书房正对着书桌的一根柱子上头，想了想又在言语间给予了她一些鼓励，别的再没有了。

凤九趁东华出书房门，赶紧朝连宋君拱手，面带喜色小声道："承三殿下抬爱，看来今日在下财星入宫，注定要将三殿下的雪珲玉收为囊中物了。"

连宋君亦小声道："方才看你还满面愁容，此时怎就开怀至此，就为赢了我一个雪珲玉？"

凤九更小声道："十五日内制好剑匣已是既定之事，愁也愁不出更多什么，愁一会儿松一松心情也就罢了，能将三殿下的雪珲玉诓来为我的剑匣增一分光彩却是意外之喜，怎能不叫人喜笑颜开？"

外头东华已支使重霖在一株红叶树下摆开一张棋桌并两个石凳。书房如今有凤九坐镇，她此时要在书桌前头描剑匣图样，他同连宋在书房里下棋未免妨碍她，今日天色又和暖，在外头下棋吹吹凉风也好。

重霖抱着棋桌换了好几个方向，口中一时道帝君摆在此处对否，一时道帝君摆在彼处对否，却总是不对。重霖一头大汗。别看重霖仙官一派板正，太晨宫中却以善解帝君之意著称，享着一个解语花的美名。此时摆个桌子都不能循着帝君的心意摆好，这让解语花重霖大人感到压力很大。又摆了几个来回，重霖大人行将崩溃时，方听帝君缓缓道："唔，这个位置不错。"

重霖大人着实没明白，此时这个棋桌远在红叶树树荫之外，离那丛观赏花卉也远，帝君怎么就看上了这个位置，起身提袖擦汗时，抬眼便瞧见书房里头的那张长书桌，以及书桌后头铺纸摆砚的凤九。重霖大人顿然悟了，瞧着那张书桌因不十分对着书房门，在外头看无论如何也看不尽兴……解语花重霖大人诚恳向帝君道："外头正有凉风适意，凤九殿下的书桌却太偏可能吹不到凉风，待臣将殿下的书桌也挪挪罢。"帝君欣赏地看了他一眼，赞同地点头："嗯，挪挪也好。"

凤九在里头用功，东华连宋二人在外头用功，棋面上黑白子纵横，连宋君颇有些感慨："年前你我也是在这太晨宫中喝酒下棋，彼时我记得对你曾有一劝，说有朝一日你若想通了要找一位帝后双修，知鹤也算不错。唉，其实知鹤她配你，终归勉强了些，但那时念着她在太晨宫中多年……不过你等了这许多年后等来凤九，倒没有虚等，果然唯有这一个承得起你的帝后之位。"

东华挑眉道："你今日来前喝醉了酒？竟然难得有几句好话。"

连宋不以为意地笑道："酒却没喝，赌倒是打了一个。"又道，"虽然我对知鹤的印象也算不错，呃，知鹤她舞还跳得不错，不过要论貌美兼大气，说句不偏帮的话，知鹤这点上却远不及凤九。"落下一粒白子道，"今日我谏凤九她制剑匣之事不妨找你代劳，她却道她自己的事本当自己来做，不能靠着你徒长成一个废物。我原以为这只是她的一番场面话，小姑娘嘛，一向总要人捧着宠着，不承想你未帮她她竟果真没有觉得有什么，那番话竟是说真的。"

东华抬眼看向书房中的凤九，红衣少女望着眼前的白纸正专心致志地沉思，落毫时神色间透出严峻，可以想见日后她批改文书是个什么模样，帝君手中的黑子轻声落下道："小白她一向都很懂事。"

懂事的凤九近日忙得脚不沾地，诸仙不曾应卯她已坐在书房中，一坐坐到午后，又从午后坐到点灯，再从点灯坐到夜深。帝君则在后头小园林中忙着。

第三日重霖将她的行头一概搬到了小园林，凤九方知这几日帝君在园中忙着什么。举目相望，荷塘中的六角亭全然变了模样，亭子六面置了帘子挡风，亭中的水晶桌水晶凳已换成一条长案，亭子与水面相接的白水晶上头则铺了层厚毯子以防坐在地上腿凉。

听重霖的意思，帝君是嫌书房中太拘束，特意将这座小亭收拾出来方便她用功。凤九搬进来第一日，就感到这个小亭确然比书房可爱许多。因园中白天黑夜皆有活泼的景色，她做匣子做得烦了，只需抬头便可望景解乏，她要睡时只需将六面帘子一合便成一个卧房。帝君这个心意，让她有点儿感动。

凤九吃宿皆在这个亭子里头，她由衷地忙，但她也由衷地感到，九重天上若排论一个清闲神仙榜，帝君必定要位列三甲。她因着一身公事而不得已长驻在这个亭子里头，帝君竟然也将吃宿都移来这个亭子里头。虽然她的茶水泰半都是帝君递的，她忙得顾不上吃饭时帝君还伸手喂她个什么，但其实大部分时候，帝君在这个亭子里头，都是在看闲书。她描剑匣样子时帝君坐在她旁边看闲书，她选制匣的木料时帝君躺在她旁边看闲书，她拆木料时帝君睡在她旁边看闲书，她试着粗略地组装剑匣盒子时……帝君闲书盖在脸上睡着了……

眼看十日一晃匆匆而过，匣子已大体完工，唯做装饰的雯珃玉上头的雕纹还空着，凤九一根筋总算松懈下来。人一松快，这日在睡梦中就恍然想起了一桩事。

帝君前几日似乎提问她什么时候可将他带去青丘见她的父母，她当时怎么说的来着？她当时似乎正削着一根木料，一不留神就说了实话："待我说通我姥姥，再说通我老头就带你回去。"

她当时忙昏了头，此时想起心中立刻打了个咯噔，自己当时怎么就说了实话呢。帝君当时书盖着脸，良久没有说话，她也并未在意，此时想起来，帝君该不是生气了吧，但此后几天帝君似乎又并没有什么异样。

她不禁睁开眼，面前便是帝君平静的睡容，她摸了摸帝君的脸，小声而又愧疚地道："我定会早日说通姥姥和我老头，早日带你回青丘，暂且委屈你几日，你不能因为这个就生我气啊。"又轻轻地拍了拍帝君的头。因同帝君致了歉，心中一块大石头落地，看天色还有半个时辰好睡，头埋进帝君怀中避着月光又睡了过去。

兵藏之礼定在二月十八，凤九辛劳了十四个日夜，终于在二月十六夜的五更时刻，甩了刻刀成了剑匣封入灵气，算了结了这桩天大之事。

四尺长的汉楠木匣子，做成一个抽盒，拼接处全无痕迹，盒底兼两侧做了一组五狐戏的刻纹，盒面再镶上两块雪琈玉雕出的佛铃花。凤九做菜做得好，菜里头常需她刻个萝卜雕个南瓜，推此及彼，剑匣上的花纹她也做得十分精雅。这个剑匣子不晓得比当年她爷爷她几个叔伯做的藏兵器的匣子做得如何，但比她姑姑当年做的实在要强出许多。

凤九看着端放在长案上的匣子，感到一阵满足，她自我满足了起码一刻，觉得差不多了，打算去睡觉。合夜明珠时看到躺在长案旁已睡了不知多久的帝君，伸手将搭在帝君身上的云被往上头提了一提，然后小心翼翼地偎在他身旁。

怎奈躺下去许久却毫无睡意，辗转片刻，复又翻身起来铺纸提笔，想了一会儿开始涂涂抹抹，涂抹得打起哈欠来方才收笔，正要再去睡，蓦然听到帝君睡醒的声音从她后头传来："我记得描样的活你已经做完了，这么晚了还在画什么？"

凤九最爱听帝君刚刚睡醒的声音，低哑里带点儿鼻音，她觉得很好听，想让他再说两句她再听听，就故意没有说话。因夜明珠光芒太盛不好养瞌睡，她方才便只在案旁点了根蜡烛，此时亭中只有这一圈幽光。帝君一只手搭在她肩上靠过来，趁着蜡烛的一点微光看向她笔下的画纸："看起来……像是个房子？"偏头看她道，"嗯？怎么不说话？"

忙了十九日，她反省自己其实这些天有些冷落帝君，早想好好同帝君说说话，此时既然大饱了耳福，就满足地将蜡烛移得近些道："剑匣子做完了我一时睡不着，就描个竹楼的图来看看，姑姑在青丘留下的狐狸洞我其实有些住不惯，早想着在外头的竹林里头盖个小竹楼，但从前我描的图里没有添上你和小狐狸崽子的卧间，所以想重新描一个拿去给迷谷让他盖出来，虽然你一年中可能只有半年能宿在青丘，但我觉得……"

帝君像是听得挺有兴致，抬指在画中一处一点，道："这一处是给我的？"又道，"我倒是很闲，太晨宫或是青丘其实没有太大所谓，也可以一直长住在青丘，但我以为我是宿在你房中，为何还要另置一间？"

凤九自得道："这就是我考虑得周到了，因为如果我们吵架，我把你赶出去，没有这个卧间你就没地方可睡了，虽然其实也有一间书房，但睡书房还要劳烦迷谷临时给你铺床铺被，有些麻烦。"

帝君默然道："我觉得我再如何惹你生气，你也不该将我赶出去。"

凤九一挥手道："啊，那个不打紧，都是细枝末节的事了，暂不提它，要紧是该添几间房备给小狐狸崽子，这个竹楼盖好了我打算至少住个千儿八百年的，所以几间房几间舍都要精细打量，你觉得留几间好些？"

帝君道："留几间就是生几个，是这个意思吧？那留一间就够了。"

凤九聊着聊着瞌睡又有些漫上来，打着哈欠道："嗯，我原本其实想的留两间，因为有两个小崽才热闹对不对，但又有些担心他们两个自去玩了不亲我这个娘亲不同我玩怎么办好，像姑姑家只有团子一个，团子就比较黏姑姑，我想那样比较好，所以这张图留的也是一间，你既然也同意……"

帝君当机立断道："那就生两个，这张图你也不用动了，将我那间让给他们，就这么定了。"

凤九刚打完一个哈欠，捂着口道："可……"帝君却已吹熄了蜡烛。

小园林墙垣上菩提往生花的幽光映过来，亭中不至于十分幽暗，帝君略一抬手，六面帘子滑下来连那些光都挡住，帝君的唇在她额头上停了一停，掀起盖在身上的云被将她裹进被团："再不睡就天亮了，熬了这么多天，就不觉得累？"

凤九立刻将方才要说什么全忘到浮云外，拽着帝君胸前的衣襟含糊点头："方才同你说话还不觉得累，光灭了不知为何就又累又困了，但那个剑匣子你方才看到没有，我做得好不好？"

帝君将她揽进怀中："嗯，看到了，做得很好。"

02.

东海之外，大荒之中，乃青丘之国。

青丘上一回做兵藏之礼，还是十来万年前白浅上神分封东荒的时候。据史册记载，彼时礼台搭在东荒的堂亭山上，台上有异花结成的数百级草阶，直通向堂亭山最高的圣峰。尚且年幼的白浅上神一身白衣，双手高举剑盒沿着草阶拾级而上，于堂亭山圣峰上藏下陶铸剑时，其风姿为洪荒仙者们争相传颂。

堂亭山不愧东荒的圣山，历数十万载仍葱茏苍郁，不见垂老之态。山顶做兵藏之礼用的礼台于今晨第一线太阳照过来时重现世间，极敞阔的一方高台，全以祥云做成，且是一丝杂色都无的祥云，台上翻涌的云雾缥缈出无穷仙意，确然当得上神仙做礼的排场。对面的观礼台虽尽数以山上的珍奇古木搭建，论理算奢豪了，但跟这方云台比来却也落了下乘。

落了下乘的观礼台上此时坐了三个人。右侧坐的是九重天洗梧宫的太子殿下夜华君，左侧坐的是元极宫的连宋君以及太晨宫的东华帝君。帝君倚在座中，手里头握了个小巧的水琉璃盒子时而把玩，向连宋道："你这么早来我想得通，无非为瞧热闹，夜华这么早来，他是记错时辰了？"

连宋君笑得别有深意道："你算是有福气的，能亲来一观凤九的兵藏之礼。他们青丘难得有着盛装行重礼的时候，一生最重的一场礼大约就在这个日子了。相传当初尚且年幼的白浅上神在兵藏之礼上，无双的妙颜可是倾倒了洪荒众仙。夜华那小子前几日同我喝酒，言谈间十分遗憾白浅上神做兵藏之礼时他无缘得见，只能在典籍的字里行间想象她当年是个什么模样，他今日这个时辰就来，大约是想看看白浅当初行兵藏之礼的地方罢。"

帝君瞭了眼坐在对面望着云台沉思的夜华君，突然道："你说……小白她刚出生时是个什么样子？"

连宋君被茶水呛了一呛道："你这个话却不要被夜华他听到，保不准以为你故意气他，定然在心中将你记一笔。"目光一时被他手里的琉璃盒子晃了一晃，扇子一指道，"你手里的是个什么东西？"

帝君摊开手："你说这个？小白做给我的零嘴，怕日头晒化了，拿琉璃盒封着。"

连宋君感到晴天陡然一个霹雳打中了自己："零嘴？给你的？"凑过去再一定睛，透明中浮着淡蓝色的盒子里头确然封着一些蜜糖，还做成了狐狸的形状。连宋君抽着嘴角道："我认识你这么多年不晓得你竟然还有吃零嘴的习惯，这个暂且不提，凤九她今日就要在八荒成千成万的仙者眼前进大礼，定然十分紧张，你竟还令她给你做零嘴，你是否无耻了些啊你……"

帝君依旧把玩着那个盒子，嘴角浮起笑意道："不要冤枉我，她白日里睡多了，昨晚睡不着，让我起来陪她同做的。再则，我第二次见她的时候，她就敢将花盆往我头上踢，还能镇定自若嫁祸给迷谷，"眼睛睨了睨看台四周里三十层外三十层簇起来的八荒仙者，缓缓道，"区区一个小阵仗罢了，你当她是那么容易紧张的吗？"

连宋君故意收起扇子在手心敲了一敲，叹道："同你说话果然不如同夜华他说话有趣，"看了眼东天滚滚而至的祥云道，"那几位有空的真皇估摸来了，白止帝君一家想必也该到了，我过去找夜华坐坐，你差不多也坐到上头去罢，省得诸位来了瞧着你坐在此处都不敢落座。"目光扫过上头的高位，笑了一声道，"按位分凤九她爷爷还该坐到你的下首，唔，凤九她竟然有拿下你的胆量，此种场合她果然无须紧张。"

观礼台下里三十层外三十层的仙者们，乃是八荒的小仙。白浅上神那场兵藏之礼距今已远，观过此礼的洪荒仙者们大多作古，新一辈的小仙皆只在史册中翻到过寥寥记载，对这古老礼仪可谓心驰神往，早在三日前已蜂拥入堂亭山占位了。小神仙们瞧着祥云做的礼台于须臾间重现世间的壮阔时，有过心满意足的一叹，觉得没有白占位。见三位早早仙临观礼台上的神仙都有绝世之貌，且个个貌美得不同时，又有意足心满的一叹，觉得没有白占位。思及大礼尚未开始，已经这么好看，不晓得大礼开始却是何等好看时，再有激动不已的一叹，觉得没有白占位。

行礼的时辰尚早，各位仙者间各有应酬攀谈。譬如，观礼台下就有一位谷外的小神仙同坐在他身旁的一个青丘本地小神仙搭话："敢问兄台可是青丘之仙？兄台可知最先到的那三位神仙中，玄衣的那位神仙同白衣的那位神仙都是哪位神君？"

青丘的小神仙眨巴眨巴眼睛自豪道："玄衣的那位是我们青丘的女婿九重天上的太子殿下夜华君，白衣的那位摇扇子的我不晓得。不过兄台只问我这二位神仙，难道兄台竟晓得那位紫衣银发的神仙是哪位吗？那位神仙长得真是好看，但后来的神仙们竟然都要同他谒拜，虽然看着年纪轻轻的，我想应该是个不小的官儿吧？"又高兴道，"天上也有这等人物，同我们凤九殿下一样，我们凤九殿下年纪轻轻的，也是个不小的官儿！"

谷外的小神仙吞了吞口水道："那位尊神可比你们凤九殿下的官儿大，虽然我只在飞升上天求赐阶品的时候拜过一回那位尊神，"又吞了吞口水道，"但那是曾为天地共主，后避世太晨宫的东华帝君，帝君他仙寿与天地共齐，仙容与日月同辉，你们凤九殿下……"

话尚未完已被本地小神仙瞪着溜圆的眼睛打断："竟……竟然是东华帝君？活的东华帝君？"手激动得握成一个拳头，"果……果然今天没有白占位！"

青丘做礼，历来的规矩是不张请帖，八荒仙者有意且有空的，来了都是客，无意或没空的也不勉强他，这是青丘的做派。虽则如此，什么样的规格什么样的场合，天上地下排得上号的神仙们会来哪几位还是大体估摸得出的。

但今日他们青丘做这个礼，为何东华帝君他会出现在此，青丘的当家人白止帝君觉得自己没闹明白。白止向自己的好友、八卦消息最灵通的折颜上神请教，折颜上神一头雾水地表示自己也没有弄明白。

连宋君坐在夜华君身旁忍得相当艰辛，幽怨地向夜华君道："你说他们为何不来问我呢？"

夜华君端着茶杯挑眉道："我听浅浅说，成玉她生平最恨爱传他人八卦之人。"

连宋君立刻正襟危坐："哦，本君只是助人之心偶发，此时看他们，可能也并不十分需要本君相助。"

领着糯米团子姗姗来迟的白浅上神疑惑地望他二人一眼道："你们在说甚？"

连宋君皮笑肉不笑道："夜华他正在苦苦追忆你当年的风姿。"

白浅顺手牵了盅茶润嗓子，顺着沾在夜华君身上的若干灼灼目光望向台下的小仙姬们，慢悠悠道："我当年嘛，其实比你现在略小些，不过风姿却不及你如今这么招摇罢了。"

团子立刻故作老成地附和道："哎，父君你的确太招摇，这么招摇不好，不好。"

连宋君挑眉笑道："你二人十里桃花，各自五里，我看倒是相得益彰，其实谁也无须埋怨谁。"

夜华君淡淡然道："那成玉的十里桃花，三叔你可曾占着半里？"

连宋君干笑道："我今日招谁惹谁了，开口必无好事啊……"

日光穿过云层，将堂亭山万物笼在一派金光之中，更显此山的瑞气千条仙气腾腾。几声乐音轻响，云蒸霞蔚的礼台上蓦然现出一个法阵，由十位持剑的仙者结成，为的是试今日所藏兵刃够不够格藏在圣山之中。

换句话说，凤九她需提着刚铸成的合虚剑穿过此法阵，过得了，才可踏上百级草阶藏剑于圣峰中，过不了便只能重新占卜，待百年后再行一场兵藏之礼。此间百年铸剑的心力全毁不说，还丢人，是以开场连宋君才会猜测今日凤九她必定紧张。这一桩礼之所以盛大，比之新君们的成亲礼还要来得庄重，也是因它对新君的严苛。

凤九她老爹白奕做今日的主祭。凤九隐在半空中一朵云絮后头，看她老爹在礼台子上絮絮叨叨，只等她老爹絮叨完毕她好飞身下场，她老爹的絮叨她因站得高捡了个便宜听不着，无奈耳朵旁还有个义仆迷谷的絮叨。

迷谷抱着她的剑匣子，瞧着白奕身后的十人法阵忧心忡忡，口中不住道："待会儿殿下且悠着些，其实这个法阵殿下过不了也不打紧，在殿下这个年纪便行这个礼的青丘还未曾有过，虽说为人臣子说这个话有些不大合宜，但君上在这个事上也委实将殿下逼得急了些……"

迷谷的话从凤九左耳朵进去又从她右耳朵出来。其时她的目光正放在观礼台上她爷爷和东华帝君二人身上，心中忽有一道灵光点透。她琢磨她爷爷才是青丘最大的当家人，她同东华的婚事，若是将她爷爷说通了，还用得着挨个儿说服她姥姥她老头和她老娘吗，爷爷才是可一锤定音之人啊！但是要如何才能说服爷爷呢？

爷爷他老人家不爱客套，或许该直接跟爷爷说，"爷爷，我找了个夫君，就是今日坐在你上首的东华帝君，求你恩准我们的亲事。"但这样说，是不是嫌太生硬了呢？

从前姑姑教导她说服人的手段，姑姑怎么说的来着？哦，对了，姑姑说，要说服一个人，言谈中最好能先同他攀一点儿关系，如果能唤起他一些回忆更好，最要紧是让他有亲切感，再则末尾同他表一表忠心就更佳了。她想起这个，大感受教，就将方才那番稍显生硬的说服言语在心中改了一改，又默了一默："爷爷，我找了个夫君，就是今日坐在您上首的东华帝君，听说他从前念学时是爷爷您的同窗，爷爷您还在他手下打过仗挣过前程呢！"好了，关系有了，回忆和亲切感也有了，至于忠心……"我和他以后一定都会好好孝顺爷爷您的，还求爷爷恩准我们的婚事！"唔，忠心应该也有了。

她正想到要紧处，身旁迷谷一拉她的袖子："殿下，时辰到，该入法阵了。"

迷谷又叮嘱她："过不了我们就不过了，也不怕人笑话，切不可勉强硬闯啊！"

凤九但求耳根清净，唔了一声。但迷谷的见解她其实不大赞同。道典佛经辞赋文章这几项上头她固然习得不像样些，论提剑打架，青丘同她年纪差不多的神仙里头她却年年拔的是头筹。

迷谷这个担忧其实是白担忧。

白奕刚下礼台，空中便有妙音响动，礼台上的法阵立时排出形来，高空一朵云絮后乍然现出一道利剑出鞘的银光，劈开金色的云层，一身红衣的少女持剑携风而来，顷刻便入法阵之中。

高座上一直百无聊赖把玩着他那只糖狐狸盒子的帝君换了个坐姿，微微撑起头来。

法阵中一时红白相错剑影漫天，天地静寂，而兵刃撞击之声不绝。十来招之间红衣的身影携着合虚剑已拼出来三次闯阵的时机，却可惜每每在要紧时刻，本只有十人的法阵突然现出百人之影，做出一道固若金汤的盾墙，将欲犯之人妥妥地挡回去。

台下的小神仙们，尤其是青丘本地的小神仙们，无不为他们的小帝姬捏一把冷汗。

此法阵乃是洪荒时代兵藏之礼开创之初，白止帝君亲手以一成神力在亭堂山种下的法术，待祥云礼台开启之时，此术亦自动开启结成令人难以预料的法阵。凤九皱着眉头，方才她拼着一招凌厉似一招的剑招，做的是个快攻的打算，因第一招间已察出这十位结阵仙者用剑其实在自己之下，想着用个快字来解决，好一举过阵，却不想此番这个法阵的精妙却并不在结阵之人用剑如何，而是每到关键时刻，总有百来个人影突然冒出来阻她过阵。

好一个温暾局。

就这么慢慢打着拖时辰是不成的，自上一回姑姑闯阵，结阵的这十位仙者睡了十万年，就为了今天来难为她，他们自然比她的精力足些，看来还需找到法门一鼓作气强攻。爷爷种下这个法术，虽每一回生出的法阵都不尽相同，但结阵的仙者始终是十人，没道理轮到她突然招了百人来结阵，爷爷他老人家虽一向望着她成才但也不至于望到这个份儿上，她眼皮跳了跳，这么说……那多出来的百人之影，只可能是幻影。

不知为何，想到此处不由分神往观礼台的高座上一瞟，正见帝君靠坐在首座之上，对上她的目光，唇角弯出个不明意味的笑，两指并在眼尾处点了一点。她一恍神，结阵仙者的利剑齐齐攻来，她深吸一口气后退数丈，脑中一时浮映出梵音谷中疾风院里帝君做给她练剑的半院雪桩子，彼时桩林旁有几棵烟烟霞霞的老杏树，她蒙着眼睛练剑的时候，帝君爱躺在杏树底下喝茶。是了，眼睛。

凤九她娘挨着凤九她姥姥，眼中的急切高过南山深过沧海："九儿她怎就碰上了这么个倒霉法阵，这个法阵摊上我也不一定能闯得过，九儿才多大年纪，能有多深修为，娘你看这怎好，这怎好？"

凤九她姥姥眼中精光一闪，极有打算地道："过不了才好，为娘一向就不同意你公公的见解，姑娘家就该如珠如宝地教养大，嫁一个好夫君做一份好人家，好端端承什么祖业袭什么君位，这些都是九儿小时候你们将她丢给公公婆婆带了一阵的缘故，若当年将九儿交给为娘带着，必不致如此。当今的男子有哪个喜欢舞枪弄棒的女子，就说你小姑子白浅，不也是近年来不动枪不弄棒了才嫁得一个好人家吗？九儿她今日若打过了这个法阵，这些八荒的青年俊杰还有哪个敢娶她？"

凤九她娘眼角瞬时急出两滴泪道："听夫君说公公当年做这个阵，极重要的一个原因就是为了考核新君，勉励他们即位后勤奋上进，若九儿今次没过，公公必定以为是她上进得不够了，无论如何要罚一罚的，但依母亲之见，若九儿过了此阵又嫁不得一个好人家，这才是进退都难，这怎好，这怎好……"

凤九她姥姥手一挥，一锤定音道："她爷爷要罚她，你们多劝着她爷爷就是，这还能重过她嫁一个好人家去？"转头重回祥云礼台，语带欣慰道，"所幸九儿今日也争气，示弱示得相当不错，你看方才她躲的那几招躲得多么惹人怜爱，看这个境况，败阵应是……""定局了"三个字含在凤九她姥姥的口唇中，半晌，她姥姥僵着手指向祥云礼台，浑身颤抖得像秋风里一片干树叶，"她……她怎么就过了？！"

凤九如何破了这个阵，凤九她姥姥因忙着训导她娘亲未瞧真切，观礼台上的诸位仙者同台下的小神仙们却是看得清清楚楚。

这位小帝姬方才眼见已被逼到祥云台侧，他们的心都提到嗓子口时，竟见她突然收剑斩断自己一截衣袖，伸手一捞就绑在了自己的眼睛上。众人正疑惑时，她已毫不犹豫地提剑冲向法阵，拼杀之间竟比以眼视物时更为行云流水，三招之内再次做出一个闯阵时机，待阵中兀然出现百人之影时，她携剑略向右一移，众人还未反应过来，她已冲破幻影站在法阵之彼，破阵了。

年轻的小帝姬仗剑而立，一把扯下缚眼的红缎，抬头看向观礼的高台，未施脂粉的一张脸因方才的打斗而晕出红意，眸色却清澈明亮，瞧着某处闪了闪，顷刻又收回去。

平日瞧着是个不着调的样子，遇上个这样麻烦的法阵，又是在八荒众神眼皮子底下，却丝毫未露过怯意，进退从容行止有度，在台上台下的一派寂静中，稳稳镇住了场子，还能气定神闲收剑入鞘，轻轻呼出一口气："终于能显摆今年做的剑匣子了。"

兵藏之礼中，最后一关沿着百级草阶踏上圣峰藏剑时，才用得着盛剑的剑匣子，若连试剑法阵都通不过，剑匣子便的确无出场的时机了。

凤九抬手轻轻一招，虚空中立时一道金光闪过，稳稳停在她跟前，金光中隐隐浮动一只狭长的剑匣，合虚剑陡然响起一声剑鸣，剑匣应声而开，顷刻间已将三尺青锋纳入其中。

主祭白奕迎面拜向圣峰："请以合虚，藏此堂亭，武德永固，佑我东荒。"

礼台前藏剑的圣峰随颂词轰然洞开，红衣的帝姬高举双臂，面上神色肃穆，将剑匣稳稳托于前额，一步一步迈向百级草阶。东荒诸仙亦齐齐拜倒，一时祝声震天："少君大德，成此神兵，请以合虚，藏此堂亭，武德永固，佑我东荒。"

颂词之声响遍琼山瑞林，久久不绝。

03.

连宋君此次前来堂亭山，一则为跟过来看着凑热闹的成玉元君，二则自个儿也来看看热闹散散心。

因为目的很明确，连宋君今日果然得了不少好料。

譬如方才，他手上扇子换个手的当儿，就瞧见了小狐狸和东华两人间隔着山高水远的一个小动作。旁的人自然没注意到，但连宋君何等眼明心细，自然看到凤九她一破阵便将目光投向了观礼台上，而台上最上座的帝君则换了左手撑腮，对着她淡然地比了个口型，这个口型却分明说的是"打得漂亮"，小狐狸的嘴角就攒出个得意的笑，又费老大劲将笑强压回去，谨慎地将目光收回合虚剑上，等着她老爹宣颂词的当儿，还装作无意地扫了眼四周有没有人注意他们。

大大庭广众之下和心仪之人眉来眼去这种勾当，花花公子连宋君回头一想，自己竟然从未做过，顿时觉得简直枉担了一个情圣之名，不由得将目光投向观礼台缘挤坐着的一众天庭小仙身上，在里头挑出成玉元君的影子。成玉元君自从扎根在台缘上那把椅子里头，一直在同旁边的司命星君探讨核桃究竟有多少种吃法，探讨得甚有兴致，一眼也没回头瞟过他。

连宋君愣愣看着那个背影好一会儿，有些感伤，有些忧郁。

连宋君正忧郁在兴头上，抬头一眼瞟见大太阳底下，缓缓悠悠飘过来一大片浓云。待识出这朵浓云后头隐的是谁，他顿时不忧郁了。今日这种阵仗竟然还能遇到个来砸场子的，连宋君摇着扇子靠坐在座椅中，觉得有点意思。

凤九彼时正托手将合虚剑送进圣峰之中。尚未丢手的时节，瞧见这片越行越近的浓云，不由得缓了一缓。便在这一缓之间，听闻浓云后传来一声笑："果然是场诸神共飨的盛会，不过凤九殿下这段兵藏之礼，依聂某陋见，似乎还缺了一个步骤。"雾影散开，一身缫丝貂毛大氅的男子手里头捧一个暖炉，被一众侍从簇拥着含笑浮在云头。

这世间唯有一个人，让凤九一看到就忍不住替他觉得热得慌，这个人就是玄之魔君聂初寅。这个时刻出现在这个地方说上这么一通话，聂初寅摆明是来踢馆的。不过白家一众长辈都在，凤九自觉此时无须她这个小辈强出头，收回剑匣子抬眼去瞧她老爹白奕。

青丘诸位长辈中，最会拿面子功夫的还得算她老爹，礼台上的妙乐停下来，她老爹白奕一脸如沐春风的表情："本君尝听闻魔族一贯潇洒不拘礼法，却不想玄之魔君这一派倒是重礼得很，今日我们青丘在自家地盘上行一个古礼，还累玄之魔君大驾来提点一二，真是惭愧惭愧。"

聂初寅眼光微动，脸上却仍含着笑道："白奕上神此言差矣，提点二字真真折杀聂某，不过是聂某曾观青丘两场洪荒时代的兵藏之礼，心中甚为仰慕罢了。尤记得从前试剑后皆有一场比剑，允同辈之人向新任的一荒之君挑战，令人心驰神往，可为何今日轮着凤九殿下的兵藏之礼，却在试剑后便直接藏剑了呢？"

聂初寅究竟想如何，观礼的诸神茫然的依旧茫然，明了的已然明了。

从前青丘的兵藏之礼确有同新君比试这一环，同辈的仙者皆可挑战新君，倘输给新君便输了，也没有什么，但赢了新君却能得新君一个许诺。相传白止帝君立下试剑比剑这两环，前头一环是为勉励新君即位后上进，后头一环更是为激励白家儿郎自小便在同辈间拔头筹。因得不了这个头筹便要以新君的身份输人一个许诺，代价忒大了，是以白家的崽儿们虽然个个都是被放养长大，最终还是一一成才了。白止帝君四个儿子皆被如此折腾过，轮到小女儿白浅时，却因帝后不忍，怜她是个女儿身，天天去白止帝君跟前哭，哭了俩月哭出来白止帝君一点恻隐之心，就将兵藏之礼中比剑这一环截掉了，且默认此后青丘再出女君，其兵藏之礼比之男子均可截掉比剑这一环。

折颜上神微微侧身去问坐一旁的白止帝君："兵藏之礼既是新君即位后的传统大礼，若法则上有所更改，必得在青丘的礼册上亦改一改才能在八荒作得了数，你不会一直忘了改罢？"

白止帝君抚着额头道："青丘不大重礼你也晓得，此事我的确忘了。"

折颜上神又道："那……能挑战新君的同辈之人，你是否也忘了限定只能是青丘的神族了？"

白止帝君含糊道："前几场礼均是在洪荒上古，彼时世风淳朴，魔族哪有这个心眼来讨我的便宜，这个上头我有疏忽也算不得突兀。"

折颜上神叹息一声道："因你这个忘字和这个疏忽，说不得今日便要让聂初寅讨得一个大便宜，且于情于理你还说不出他什么。"

白止帝君皱眉道："他比九丫头长七八万岁，若下场同九丫头一比，岂不是欺负小孩子闹笑话，想来不会有这个脸皮罢。他带的随从里头，我看未必有谁打得过九丫头。"

折颜上神未再接话，二人各端了杯茶润嗓子，目光重转向半空的云头，正听闻聂初寅道："既然青丘的礼册上兵藏之礼的法则未曾变动，今日便该有一场比剑，聂某早听闻凤九殿下一身剑术出神入化，聂某亦是醉心剑术之人，不知可否与殿下切磋两招？"

白奕方才还如沐春风的一张脸顷刻堆了层秋霜："即便该有一场比剑，魔君同小女也当不得同辈二字，又何谈切磋，还请魔君自重。"

眼见白奕言谈间被逼得动了怒，聂初寅笑得真心："凤九殿下乃是青丘的孙辈，聂某亦是第三代魔君，从这个位分上说，聂某同凤九殿下实属同辈。聂某不过醉心剑术罢了，诚心同凤九殿下切磋一二，虽是比试，但聂某身为魔族之后，绝非输不起之人，难不成凤九殿下身为神族之后，竟是输不起的人吗？"

从庆姜算起，聂初寅确然该算第三代魔君，但魔君之位素来靠的是拳头而非血脉，照这个来说他和凤九同辈着实牵强，但即便牵强，认真去辩终归落了下乘。再则原本是族内一场比试，他这么一说却成了两族之后的较量，神魔两族近年虽修得睦邻友好，终归在根上带了罅隙，聂初寅这么一挑拨，四海八荒看着，凤九上也得上不上也得上了。

观礼的神仙们真心实意担忧者有之，看好戏者亦有之。前者以暗中思慕凤九至今的沧夷神君为首，后者以东华帝君的义妹知鹤公主为首。

折颜上神瞟了眼眼前的态势，无可奈何瞥向白止帝君道："你看，你又估错一回，古来成大事者都不大拘脸皮，脸皮这个东西着实可有可无，聂初寅他这是铁了心不要脸决意以强凌弱和九丫头打一场了，想来是要拿青丘一个承诺在他成大事时好用在刀口子上。可惜你一向却是个要脸皮的人，这个闷亏只得吞进肚子，让九丫头上场意思意思同他过两招吧。"

白止帝君将茶杯搁在案上道："先让九丫头上去同他过两招再说。"话间向白奕颔了颔首。

白奕得了自家老爹的态度，在聂初寅越发真心的笑容里头，满面寒霜地将凤九从草阶顶上召了下来。

比之她老爹心中吃了闷亏且不得倾诉的悲愤，凤九显得十分从容。台下诸位除了些许不懂事的小神仙看着她满怀期待，稍懂事些的都晓得聂初寅她绝计是打不过的，她没想着非要逞强打过他给神族争一口气，因此心中很淡定。

凤九淡定地打开剑匣，淡定地抽出合虚剑，又淡定地朝搁了手炉手里头亦提着一把剑的聂初寅比了个请，口中道："赐教。"此种对手并非什么时候都碰得上，虽注定打不过，好好打一场却必定有收获。

台上一时剑花纷飞，长剑游走间翩若惊鸿宛若游龙，剑击之时偶有火花飞溅。第十招过，聂初寅的铁剑直直比在凤九喉前，一滴汗从凤九额上滑落至颊边。终究是实力太过悬殊，聂初寅收剑回鞘，口中佯作惋惜道："却是聂某高看了殿下的剑术，神族之剑，不过如此。"

台下白奕一双剑眉簇得老高，咬牙向白止道："便要让他得了便宜还来如此羞辱我青丘吗？"台上凤九已谦虚道："魔君虽长了凤九八万岁，比凤九大了三轮，但毕竟同辈，竟在十招之内便赢了凤九，凤九真是心服口服。"

聂初寅荡在眼角的笑意冷了一瞬："殿下好口齿，但聂某既胜了这一场，胜者王败者寇，殿下乃信人，当不会赖了许给聂某的承……"诺字尚未沾地，却听观礼台上突然响起一声："等等。"

众人目光移向发声之所，出声的是位蓝袍仙者，和和气气的一张脸，竟是女娲座下的寒山真人。

寒山真人在女娲娘娘座下数万年，品阶虽不算高，却因掌着神族的婚媒簿子，同僚为仙者见他皆拱一拱手，避开寒山二字，客气称他一声"真人"。神族成婚同祭天地时，婚祭之文便是烧给这位真人，劳他在簿子上录一笔，才算是正经成婚。按理说这位真人与这场兵藏之礼八竿子也打不着边，打不着边的寒山真人此时却站在礼台右侧最偏僻且最里头的一个位置，朝着礼台处略一拱手："小仙虽孤陋寡闻，却也晓得青丘兵藏之礼比剑这一环乃是新君夫妻共进退的一环，魔君虽打败了新君凤九殿下，却还未过得了新君王夫那一关，问凤九殿下要青丘的承诺，似乎要得早了些罢。"

台下一阵寂静，继而一阵如蚁的喧哗。白止帝君的手定在了茶案上，折颜上神脸上一派惊色，伏觅仙母张大了嘴巴，白奕上神差点儿摔倒。白浅上神无意识地问夜华君："她嫁了？嫁了谁？什么时候嫁的？"夜华君细心道："既是寒山真人说的，大抵没错。"话毕狐疑看向坐他身旁的连三殿下，连三殿下装作一派正人君子样唔了一声："我这个人不八卦。"

凤九僵着脖子看向观礼台上的最高位，紫衣银发的神君却不见踪影。聂初寅面向扰了自己的寒山真人沉默片刻，冷笑道："聂某倒从未听说凤九殿下还有位王夫，即便有，聂某也未必打不过他，便是哪位，就请上台罢。"凤九心道，我觉得你真打不过他。

诸位神仙齐齐盯向半空，等着寒山真人口中新君的王夫从天而降，却在这个当口，瞧见一位紫衣的神君从右侧不紧不慢踏上礼台，漫不经心理了理袖子："可以开打了？我出去磨了个剑。"银色的长发，墨蓝色的护额，俊美端肃的面貌，持着佛经时是浮于红尘浮于三清的端严冷静，握剑时却凌厉得似盘旋飓风，摧毁力十足。这是方才还坐在观礼台最高位的东华帝君，曾经的天地共主。

聂初寅僵了，台下彻底安静了，片刻之间已跪倒一片，观礼台上诸位品阶高的真皇上仙亦齐齐离座而站，帝君站着，诸神岂敢入座。凤九依稀记得曾经梵音谷中也有过这么一出，青梅坞中这个人一出现，便有众神齐齐跪倒。凤九终于有些明白帝君为何不爱出门，走到哪里哪里跪一片，看着都觉得累得慌。

茅檐长扫净无苔，花木成畦手自栽。帝君瞧着台下跪得整整齐齐的众神，颇有观赏一十三天他栽下的一丛丛香树苗之感，略抬手免了诸位跪礼，转身安慰站在一旁的凤九："早晓得你要输，不用觉得给我丢了脸，"递给她一块帕子，"挡了几招？"

凤九一边拿帕子揩汗一边嗫嗫嚅嚅："十招。"

东华点了点头："还可以。"又看向聂初寅道，"你觉得能和本君过几招？"

玄之魔君聂初寅是个有梦想的人，魔族自魔尊少绾灰飞后一分为七，由七位魔君共同执掌，聂初寅自承了玄之魔君的君位，便一心想着如何一统魔族，立于七君之上，再拜为尊。要成就自己的梦想，与神族联姻是条好路子，但可恨神族中能动摇天下局势的上神皆是男子，而他是个孤儿，不像煦旸君那样有个亲妹子。他退一步想过，若这些上神有哪位正好是个断袖，为了他的霸业他吃点亏将自己送上去又有什么不可以呢，结果还真是不可以。他就又退了一步想，即便同他们攀不上关系，那最好也不要得罪，非要得罪，便一定要从他们身上讨个大便宜。

他今日来此，计算得其实十分周密，他晓得此举必定得罪青丘白家，但也从他们那里拿到一个许诺不是，这个得罪，得罪得很值。但他从没想过要得罪东华帝君。可事到如今，得都得罪了，既得罪了白家又得罪了帝君，青丘的那个承诺，就更要拿到手了。

他决然不是帝君的对手，和帝君是打不得的。

聂初寅脸上含着笑，这个笑却极为勉强："帝君抬举了，比剑这一环原本只是同辈人间的切磋，聂某同凤九殿下尚能称得上同辈之人，却同帝君在年纪上还隔着一个洪荒，聂某哪里能做帝君的对手。这一环虽说挑战凤九殿下便是挑战帝君，但帝君德高望重，毕竟与我等并非同辈之人，若要同聂某比剑，怕是有违礼册上的这条法则。"

白浅上神收了方才的震惊，向着夜华连宋二人皱眉道："他为何该同凤九比剑，是他的道理，东华为何不该同他比剑，也是他的道理，这人嘴皮子真正厉害，道理都被他占尽了。此番东华若贸贸然下场，倒真显得像是欺负晚辈了。"话毕惆怅一叹，隐隐有些担忧。

连宋君敲着扇子懒洋洋笑道："我倒是觉得聂初寅高估了东华的脸皮。"

台下虽有种种议论，台上的帝君此时却很从容，很淡定，从容淡定中还透出几分莫名，接着方才聂初寅的一番话沉吟道："你说……本君同你不是平辈，"皱眉道，"本君为什么同你不是平辈？"

聂初寅一愣。台下诸神也是一愣。

帝君看了一眼聂初寅，又看了一眼身旁的凤九，缓缓道："她是本君的帝后，自然同本君是平辈之人，你方才说你与她是平辈之人，那你与本君当然也是同辈之人，本君同你比剑，可见的确是同辈人间的切磋，违了青丘礼册上的哪条法则？"

聂初寅神色僵硬道："这……"

帝君慢条斯理地掂了掂剑道："听说你醉心剑术，真巧本君也醉心剑术，可见你我有缘，开打吧。"

众神全傻了，白浅上神噗一声喷了一地的茶水，连宋君扶着椅子的靠臂坐得稳当些，摊手向白浅道："看吧，我方才说什么了，聂初寅的那套歪理在他这里根本行不通，脸皮这个东西，于帝君一向是身外物来着。"

第十九章

01.

　　关于青丘那场兵藏之礼，影响着实很大。有幸前去观礼的成玉元君回九重天后，在三十三喜善天的据苏摩花丛后摆摊，就兵藏之礼上的八卦讲了半个月评书，场场爆满，可见其震撼力。

　　最受小仙们欢迎的是帝君他老人家将玄之魔君聂初寅手中铁剑一招劈开这一段。

　　传说聂初寅以大欺小在比剑中欺负了青丘那位小帝姬凤九，帝君他老人家上台为小帝姬出头，受不了聂初寅的絮絮叨叨，礼让三招后拔剑出鞘，于一招内挑落聂初寅咄咄逼人的铁剑。铁剑落地刹那，帝君他手持苍何以极快的速度直击而去，硬是在瞬息间将厚重铁剑如剥笋般剥成两枚，一只剑柄承着两柄剑刃在半空打了个旋儿落下，帝君的苍何正正停在聂初寅的胸口。不过一招之内，竟演出此等无论招式还是力道皆变幻无穷的高妙剑法，传说有幸在场的仙者们一时全傻了，一面倾倒于帝君持剑的冷峻风姿，一面自卑于同上古之神相比，近年来他们的仙术不昌究竟是到了何等地步，幸亏魔族看上去在术法一途上发展得也不是很好，令诸神稍感安慰。

聂初寅输得一塌糊涂，仓皇离开青丘，再无颜提什么神族之剑魔族之剑，而青丘那位小帝姬也总算顺顺利利地藏了剑，完了礼。

喜善天的评书讲得热闹，成玉元君借着天庭众仙对帝君他老人家的崇拜，摆出此摊日日敛财，敛得不亦乐乎，糯米团子小天孙帮她收了好几天茶资，得了几个金锞子做酬礼。成玉元君很高兴，团子咬着金锞子也很高兴。

但几家欢喜必定要有几家忧愁，因这趟兵藏之礼彻底伤了芳心的亦大有人在，譬如天庭中一众品阶高的神女仙娥。

从前小仙娥们未有这个胆子将念头打到帝君的头上，实在是帝君他老人家太过神圣太过传说，诸位仙娥们从未想过帝君有朝一日会娶一位帝后，抑或觉得帝君即便要娶一位帝后，大抵也轮不上她们这一辈的小仙娥，是以鲜少对帝君他老人家生出什么非分之想。

可世事难料，帝君竟真的娶了一位帝后，娶的还是与她们中许多人同辈的青丘凤九，令小仙娥们备受打击。

兵藏之礼后，知鹤公主失魂落魄地跑来太晨宫，重霖仙官瞧她一副憔悴面容不大好赶人，琢磨反正帝君不在，留她几日权当行善，便辟了间客房容她住着。

知鹤公主一边苦等帝君一边临风落泪借酒浇愁，碰上个人就抓着问自己比青丘的凤九究竟差在何处，第三日抓到不意路过的重霖仙官。重霖仙官做人很诚实，瞧了知鹤哭得红肿的眼泡子片刻："帝君喜欢会做饭擅刀兵会打架的美人，公主你这三样都不大会，况且，"重霖仙官诚诚恳恳，"公主虽也算美人，但同凤九殿下相比，公主你长得……就算丑了。"听说知鹤公主当场呕出一口鲜血，长笑三声，一头扎进重霖仙官牵过来的马车，头也不回就下了九重天回了谪居的仙山，也当得烈性二字。

九重天上过年似的热闹，因青丘的八卦氛围一向不如九重天上浓厚，倒颇安宁,唯有凤九的学中好友灰狼弟弟有些许烦恼。族学里头一直开着课,凤九已落了许多课业,全靠灰狼弟弟讲义气帮她抄笔记,眼看兵藏之礼她回了青丘,灰狼弟弟原本欣慰身上这个重担总算可卸任了,到狐狸洞跟前一打探,听闻礼毕后天上那位东华帝君同白止帝君在洞里头站了站,一盏茶后便将凤九又领走了。灰狼弟弟抱着一重带给凤九的笔记小本儿,认命地叹了口气,转念一想这重笔记小本儿其实可赠给凤九做成亲礼,这样他就不必再送礼钱了,顿时又高兴起来。

折颜上神自从在兵藏之礼上看了个大热闹,这几日一直赖在青丘。东华同白止说了些什么,折颜上神委实好奇,时不时拐弯抹角意欲探知一二。

这日白止帝君召了白奕夫妻到狐狸洞叙话,折颜上神明白他们必定是要谈一些家事,这家事必定还同凤九沾些干系,既同凤九有干系,那同东华自然也有干系,便膏药似的黏在白止身旁的椅子上愣是没动。白止帝君佩服折颜上神连日来不折不挠的毅力,终于妥协,任他一听。

照白止的说法,那日东华同他往僻静处一站,确然说了要紧事。

帝君虽仍同往日般简简单单站一站也站得威势十足,但姿态却放得甚低,说对他孙女凤九一见钟情,意欲求娶为帝后,原本的确该按着提亲定亲再成亲的规矩,但因二人前些日子掉入异界,因诸端事故之过,娶她就化繁为简了,十分对不住她,也对不住他们青丘的一众长辈。

帝君还说,这桩事他一直搁在心上,本该一出异界就来青丘叨扰,但听说青丘择婿甚为严厉,需三代世家且手握重权。三代世家这一条他着实没办法,不过手握重权这一条,他可以去同天君商量商量。又说小白因怕他这个女婿合不上长辈们的眼缘而终日忐忑,他也不好贸然拜访,但事到如今,四海八荒都晓得他是青丘的女婿了,即便自己合不上他们的眼缘,也只有请他们将就一下。

帝君最后说,小白其实挺爱热闹,既然是青丘嫁女他娶帝后,也该让八荒众神补喝上一顿喜酒,须劳青丘同太晨宫齐心同办一场婚宴,太晨宫有重霖主事,青丘嘛,他觉得小白她娘亲就很不错。婚宴日子可定在半月后,地方就定在碧海苍灵。因初出异界时他便去了女娲处将他和小白录入了婚媒簿子,同祭天地这一项便可不用再安排了。婚宴之事请小白她娘多操劳些,小白近日因兵藏之礼劳心劳力,他先带她去碧海苍灵休整休整。

白止帝君听完这一篇话,琢磨了许久才琢磨出小白指的是他孙女,因想着唯一的孙女竟这样被东华拐走了,白止帝君心中甚不平,原想要拿一个架子,但白止同东华认识几十万年,万年间东华对他说过的话合起来也不及今日多,令白止帝君一时有些恍神,误了拿架子的时机,待回过神来,帝君早已带着凤九出青丘了。

凤九小时候对东华的心思,折颜上神略知一二,听得东华同凤九已入了女娲的婚媒簿子,心中大定。因按辈分凤九算是他侄女,如此东华便是他的侄女婿,术法上他虽从未胜过东华,如今竟能在辈分上强出他一头,折颜上神极其开心。

凤九她娘也极其开心,却并非因辈分这个虚名。凤九她娘其实同凤九差不离,自小听着帝君的传说长大,心中充满了虔诚的崇敬,真是想了一万遍也没想到有一天自己会成为帝君他丈母娘。乍从公公处听见帝君竟亲口夸她操持婚宴可能是一把好手,从未操持过婚宴的凤九她娘顿时十分振奋,并且暗下决心定要在操持婚宴一途上闯出个名堂来,不辜负帝君的一腔信任。

倒是十万八千里外的凤九她姥姥伏觅仙母头脑清醒些,听说是当日被帝君那手剑法镇住了,成日地扶着额角叹息:"你说九儿不找就不找罢,一找竟找了个这样厉害的,这么个夫君往后她怎打得过,便是吃了亏回娘家哭诉,难不成娘家还能为她做得了主?我原本筹谋着替她找个门第相当或稍逊色些的世家之子,即便在婆家吃亏,九儿也还有她爷爷可做靠山,可如今攀上东华帝君这门亲,倘被欺负了从哪里去搬靠山?"

伏觅仙母的大儿媳伺候在她膝前孝顺地安慰她:"不说九丫头生得那般颜色,单说那张小嘴,多少甜言蜜语都能信口拈来,惯会哄人开心的,母亲不也常被她哄得心口发酥吗?两口子又不是拿拳头过日子,九丫头年纪小,嫁过去帝君必定更加疼惜她。再则大面上说,九丫头年纪小小就承了东荒的君位,有帝君帮衬负担也轻些。依儿媳之见,这倒是门极合衬极合算的亲事。"伏觅仙母听了她大儿媳妇一番开解，被话中的见识打动，心中郁结总算少了一半。

白止帝君将婚宴之事妥当交与白奕夫妻后，潇洒地携妻云游而去，毫无愧疚地徒留儿子儿媳镇守在狐狸洞中。幸得太晨宫的重霖仙官主内主外皆是一把好手，当日便指了一长串仙伯仙官仙娥到青丘，来给凤九她娘做帮手。

婚宴之事徐徐铺开。第三日，刨了座玉山开采打磨出的玉质喜宴帖子已撒遍八荒四海。听到仙僚们时而议论，说帝君摆酒果然不同凡响，连帖子都是拿玉刻字，重霖仙官心中十分满足，暗暗佩服自己的创意。

凤九她老爹老娘这几日忙得神魂颠倒，凤九在碧海苍灵倒是过得十分逍遥。

那日兵藏之礼上帝君替她出头时，她第一反应是自己人在台上众目睽睽，面容顶的是青丘的体面，必须保持一派淡定，于是她保持了淡定，但脑中其实轰了一瞬，简直像点了一百个爆仗。寻常姑娘这种时刻要么感动要么害羞不好意思，她两样都没觉着，唯想着完了完了她同帝君共结连理之事在亲娘老子跟前暴露了，她本打算将此事循序渐进徐徐告知家中长辈来着，聂初寅踢馆踢得太他奶奶的是时候了，帝君来这么一出虽是情非得已，但她爷爷说不准就要将她赶出青丘了。

她提心吊胆了一上午，总算候着帝君从她爷爷的狐狸洞里头出来。帝君诚恳地告诉她，她爷爷白止并未介怀，对这桩婚事简直满心欢喜，且主动提出要为他们补一场婚宴，并且高兴地将筹备婚宴之事担了下来，还体恤她近日费心费神，特地嘱咐自己找个好地方带她调养调养。

原来爷爷他老人家竟然这样贴心，凤九悬在半空中的一颗心顿时感动得落回地面，踏实极了，熨帖极了。

待到东华的老家碧海苍灵，眼见此处山青水碧间琼花玉树交错而生的胜景，凤九抱着帝君的胳膊简直兴奋得两眼放光，自以为奉了爷爷的旨意前来调养，心情无比畅快，颇有一种大考后的放松之感，诸事都不放在心中，唯将一个"玩"字当先。

02.

碧海苍灵位于天之尽头，连绵仙山间围出一汪碧海灵泉，说是灵泉，也有半个北海大，最为神妙之处是，在浩渺灵泉中竟如陆地般长出各色花木，且有鸟雀栖息，花木最深处矗起一座巍峨石宫，正正立于灵泉正中。

凤九她舅妈评她嘴甜，此评不错，凤九开心的时候嘴就更甜。今日她神清气爽，加之身旁还有最喜欢的帝君陪伴，志得意满，简直烦恼全无，心中时刻充盈一股甜意，自觉此时什么好话她都说得出来。

入石宫虽可腾云而去，但终归失了趣味，帝君带她乘一叶扁舟沿着花木夹出的水道行向宫门，凤九一边伸手搅水一边欢天喜地："你怎么不早说你老家这么漂亮，我觉得碧海苍灵比九重天漂亮多了，你为什么不住在这里？"

帝君拉她的手以防她跌进泉中，瞧她这么高兴心情也好，低声答她："这里太大，一个人住有些空。"

凤九就顺势反拉住他的手，眉眼飞扬道："以后我们要经常住在这里，有我陪着你啊，我陪着你就不空了。"又在舟两侧指指点点，"这里的水上是不是什么都可以种啊？"俨然一副女主人的神态雀跃地出主意，"哎，我们不如在这一片种点儿梨树，在这一片种点儿柚子，再在这一片种点儿葡萄，"温温柔柔地靠过去伸出右手叠在帝君手上，"你吃过没吃过雪梨猪肘棒，还有葡萄虾，还有柚子石斑鱼，这些我都拿手得不得了，我们多种点儿果树，以后到这里小住的时候，我就可以天天做给你吃呀。"

她嘴甜的时候，的确能哄得人心都化了，帝君眼神明亮地看着她，唇角含笑："如此说来雪梨有了，葡萄有了，柚子有了，虾有了，石斑鱼也有了，猪肘棒从哪里来？"

她抿出点笑软软糯糯地回答："从你身上割下来呀。"

两只小雀鸟从他们头上飞过，帝君道："你舍得？"

她认真点头："舍得啊。"

见帝君并不回答，只是挑了挑眉，她傻了一会儿，将脸扭向一边一脸克制："你别挑眉，你一挑眉我就有点，就有点……"

帝君好奇地继续挑眉："就有点儿什么？"

她脸颊绯红，憋了好久才憋出来："忍……忍不住想亲亲你。"

就见帝君靠过来，声音低沉道："给你亲。"

她有点儿扭捏："大白天不太好意思……"

帝君鼓励她："不要紧，全碧海苍灵只有我们两个人。"

她抿着嘴想了又想，端端正正地捧着帝君的脸就亲了上去……

自避世后，东华极少住在碧海苍灵，石宫空置许久，虽前些时候令重霖来此收拾了一趟，但同久居之地太晨宫相比，终究显得空旷。

凤九初来此地，看什么都新奇，连宫殿的空旷都像是有别种趣味，拽着帝君的袖子在石宫中跑前跑后，兴味盎然地打算着往后各宫各殿该有的添置。

帝君的寝殿算是布置得妥帖的了，她瞧着也觉清凉，兴致勃勃地安排着要在什么地方再添个镜台什么地方再加个香几。帝君带她到花园里摘枇杷，她琢磨花园中花木蔓生得太过杂乱，帝君坐在石凳上给她剥枇杷，她就拿出纸笔来思索如何打磨园中的风景。帝君将枇杷剥一剥去核喂给她，她一边吃一边拿毛笔头点着图纸问帝君："你说这儿我们弄一座假山如何，修一段游廊，然后在这儿堆一个土坡，坡上可种些红叶树点缀，坡顶就留给你种你那些香树苗，土坡后头的这片林子砍了吧，你喜欢佛铃花，我们就在这儿种一大片佛铃花，这里再给你修一个瓷窑和一个制香坊，"眼睛亮晶晶的看着东华，"你还想要什么？"

帝君看她良久："都是给我的？你呢？"

凤九涂画得很开心，在图纸一个角落处拿手指戳一戳，抿着嘴道："我要在这里修个小荷塘，荷塘上安个亭子纳凉看星星，还要在这里开个菜园子种点小菜。种点我爱吃的白萝卜，再种点你爱吃的冬葵菜胭脂菜。"

帝君的眼神很温和，想了想道："前些时候洗梧宫送来一道凉拌蔓荆子你记不记得，说是夜华下厨做的，还挺好吃。"

凤九自得道："姑父的手艺一般般啦，不及我做的，你喜欢吃那个吗，那我们再种点蔓荆子好啦。"说着用笔在图纸上再圈出一块地方来。

帝君剥完枇杷凑过去与她共同研究："可以再圈大点，这是什么？习武台？这个不要了，一起开成菜园子，种些又能吃又能看的菜，有这种菜吧？"

凤九张口就来："有哇，五彩椒就又好吃又好看，但你吃东西偏清淡不爱辛辣，我想想啊，那倒是可以种点黄秋葵羽衣甘蓝银丝菜小南瓜什么的，对了，我们还可以搭个葫芦架子，葫芦切片清炒很好吃的。"兴高采烈地说到这里突然收了声。

帝君抬头看她，伸手在她眼前晃了晃："怎么了？"

凤九脸上闪过一瞬的茫然，嗫嚅道："啊，只是突然反应过来，你竟然在同我商量家里以后要种什么蔬菜，简直不像真的……"她的眼睛迷迷蒙蒙地看向东华，帝君的眼神却有些深幽："家里？"

凤九呆呆道："是啊，"又看了看周围，不确定道，"这的确是你的地盘吧？"东华点头，凤九松一口气道，"那我没说错啊，就是我们家嘛，就算每年来住的时间再短，也是我们的家呀。"

东华帝君自几十万年前从碧海苍灵化世，从未有过什么家人，就算后头有知鹤的父母收养，但因东华自小便是一头银发，知鹤的父母其实并不是很喜欢他，不过因心善看他孤零零的可怜，予他施饭之恩罢了，情谊上却并未多加照拂，也算不得他的家人。家这个字，于帝君是很陌生的一个字眼，蓦然听凤九这样提及，心上竟颤了一颤。

看帝君良久不作声，凤九又将方才的话在脑中过了一遍，委屈地扁着嘴角道："做什么这副表情，我觉得我没有说错什么呀。"

帝君勾起手指帮她重新将嘴角抿上去，眉眼间露出温柔："我喜欢你说我们家。"

凤九半明不白，但是看帝君高兴她也高兴，得了便宜就卖乖地腻上去道："我也喜欢我们家，现在就很漂亮了，以后我们把它打理出来，得多漂亮，你我的亲朋好友来这里吃茶玩耍，我们得有多长脸！"

帝君很是赞同："不错，别人家的花园都拿来养花，我们家的花园都拿来种菜，该有多长脸。"

凤九听出他语声中的调侃，撇嘴道："那是谁刚才开开心心提议要把习武场拿来开垦菜地来着？"见帝君低声笑着不回答，就更紧地腻上去道，"你看，你也觉得弄成菜园子其实很好吧，等过几日婚宴后我就开始料理它们，不过我们青丘节俭，没有多少仙仆仙婢，只能从太晨宫中拨些人手下来了。"想了想，垮着脸道，"虽然说身为东荒之君，如今我的事务都是阿爹阿娘代为看着，并没有多忙碌，但我还要继续上族学，不能一直待在这里。"又看帝君一眼，"虽然你很闲，但我都不在这里你在这里又有什么意思，我们干脆在太晨宫找几位仙官下来这里守着代为照顾菜园子好了。"

帝君似乎觉得她说得很在理，也帮着她出主意："太晨宫中没什么大事，就让重霖过来代为照顾好了。"

凤九吃惊："但是重霖要照顾你呀。"

帝君挑眉："我跟着你住青丘，他来捣什么乱？你难道不会照顾我？"

凤九想了想，伸手在帝君脸上摸了一把，做出登徒子的形容来，笑眯眯道："也对，重霖他毕竟不如我疼你嘛。"说出这句调笑话来，自己都被逗乐得不行，却见帝君沉黑的眸子中忽有星光闪动，拉过她的手放在唇边亲了亲，又将她抱在怀中，头搁在她肩上，几乎叹息着说："嗯，你最疼我。"

凤九想起来，这句撒娇话一向数她的小表弟糯米团子最会说，倘他父君娘亲做了什么事令他高兴，糯米团子十有八九会闪着水汪汪的大眼睛软糯糯来一句"父君最疼我"抑或"娘亲最疼我"，令人既怜且爱。此时帝君说出这句话来，声音压得那样低，而他熟悉的气息那样笼着她。他有那么多的模样，沉静的模样、威严的模样、冷肃的模样、慵懒的模样、无赖的模样，还有这种冷不丁撒娇的模样，都让她喜欢得不知怎么办好。

因为方才他们剥了很多枇杷，她恍惚地觉得这句话中满含着枇杷的清香，忍不住更加抱紧他，软软地轻声回应他："我当然最疼你啦。"

当日兵藏之礼后东华做主将婚宴定在半月后的碧海苍灵，重霖仙官掐指一算，半月后乃是三月初四。

婚宴帖子撒出去后，重霖仙官即刻派了只仙鹤来请示帝君，大意表示碧海苍灵这个地方帝君选得着实好，天有八方地有八荒，就数帝君的老家碧海苍灵最为灵泽深厚，其间的仙山妙景必能令赴宴的仙者们见之忘俗，观之忘忧。虽然灵泉中的石宫可能会因仙气太足而稍显喜气不足，但以他的陋见，张些灯笼系些彩绦将格局铺排得喜庆些便好，加之凤九她娘建议席面布置得早些，好令赴宴的仙者们到时能宴得痛快，他们商量着看是不是提前三日过来筹备。巧的是白浅上神近日在承天台又排了好几出新戏，都是凤九殿下爱看的戏本，帝君届时正可带凤九殿下回天上好好歇一歇，不知帝君意下如何。

这一番话说得讨人欢喜，事情也安排得讨人欢喜，天庭诸仙常疑惑重霖仙官为何年纪轻轻却能在太晨宫掌案仙使这个位置上屹立不倒数万载，可见不是没有理由。

重霖的建议帝君意下甚合，甫得此信时便算了算照重霖的安排，他们可在碧海苍灵待几日。算下来统共只得十日。

彼时帝君便觉得十日太短了，但过起来才晓得，这十日竟似乎比以为中的更为短暂。

初几日，因顾念凤九前几日劳累，日间帝君多带她悠闲地游山观景，夜里则令她早早睡下，自己拿卷书躺在一旁养瞌睡。到底是小丫头片子，不过如此颐养两日，已养出十足的精神，前一夜睡前从枕边话里听帝君说起附近的仙山栖息了鸾鸟，次日一大早便兴冲冲地拖着帝君漫山遍野捉小鸾鸟，捉到了喜滋滋赏玩半天再将它们放回去，又心心念念初来时在小舟子上说的要在灵泉里种果树，竟从山上搞来好些果核，缠着帝君教她如何下种培植。

帝君带她潜入灵泉底部埋好种子上岸，上岸后眼神悠远地问了她一句："精神已大好了？"凤九上蹿下跳玩得十分高兴，想着上午去的那座仙山风大，明日还可以去放放风筝，遂开心道："大好了。"又怕帝君否决放风筝这个提议，赶紧补充一句，"好得不得了！"帝君眼神悠远地唔了一声。

翌日该起床的时候，凤九就没能起得来。

翌日后的数个翌日，清晨该起床的时候，凤九不幸都没能起得来。

所幸她恢复力好，经了再大的折腾，大睡一觉起来又是一条好汉，再则这件事她也不是不喜欢，只是帝君太有探索精神，搞得她有点累，除此外她没觉得有什么。

玩乐二字上凤九有天生的造诣，念及婚宴后有无数正经事需料理，逍遥日子不多矣，即便每日睡到太阳出时才醒得来，日间剩下的时光也要铆足了劲儿地倒腾新鲜花样。帝君陪着她一起倒腾，竟颇能沉入其中，最大的成就是在她手把手的教导下，做出了人生中第一盘能入口的糖醋鱼。

03.

十日匆匆而过，回太晨宫的前夜，帝君领凤九去瞧碧海苍灵的夜景。碧海苍灵最美的时节，并非风和日丽之时，却在暗沉沉的月末之夜。

每当月末最后一日，酉时未刻太阳落山之后，碧海苍灵的天地都似末日般一派漆黑，直待到亥时初刻，方以西方的长庚星为首，四天星子次第在黑缎般的天幕中亮起，继而从海之尽头，托出一轮巨大的银月来。月末时节天上挂的原该是残月，碧海苍灵中却有满月当空，还能同繁星共辉，可见出夜色的壮阔。

天上一轮相思月，地上伴的自然是风流景。月色乍一铺开，灵泉中便缭绕出暄软的白雾，薄薄一层铺在碧水之上，白雾上的花木亦泛出各色幽光，星星点点，似燃了一海子异色的平安灯。

风也摇曳，云也摇曳，山水相连处忽有鸾鸟破空长鸣一声，天地间的静景刹那活泛开来，无数雀鸟自仙山中啾鸣着翩翩而出，叽喳声竟组出一串极动听的曲子，羽翼华美的灵鸟们随此仙乐翩然起舞，姿态灵动，令人惊叹。凤九站在观景台上，激动得说话都犯结巴："这……这些灵鸟每个月这个时候都会来跳舞吗？"

东华靠着根石头柱子坐在一张用钦原鸟绒羽织成的毛毯子上："你当它们闲得慌？"

凤九立刻明白过来这原是帝君的手笔，讨好地跑过来抱着帝君的胳膊，眼中依然在放光，结巴着道："你……你让它们飞近点啊，飞近点给我跳个百鸟朝凤……"

东华不置可否："我不做亏本生意，你拿什么报答我？"

凤九嘀咕道："你做什么这么小气啊，我明明还教会了你做糖醋鱼，"突然眼睛闪亮道，"那我也给你跳个舞，"一双手从他胳膊上攀到他肩上，"不要小看我，我跳舞也是跳得很好的，比你义妹知鹤丝毫不差，只是不好跳给别人看啦，"抿着嘴软软地笑，"我长这么大还没见过真正由百鸟表演的百鸟朝凤呢，你让它们跳给我看，我就跳给你看呀……"

东华瞧她扑闪的睫毛，突然想起从前凤九在自己身边当小狐狸时，撒起娇来就是这副模样，当然那时候她没有这副软糯嗓子，但也是这样水汪汪的眼睛，高兴起来尤爱亲昵地拿头顶的绒毛蹭他的手，要想从他那里得到什么时，还会嘤嘤嘤地假哭。他那时候对付她自有一套办法，瞧她哭得抽抽搭搭跟真的一样，只觉好笑，什么"我最喜欢把人弄哭了，你再哭大声点"之类的话简直信口拈来。但如今瞧着她这样乖巧地跟自己撒娇，心中竟蓦然生出一种扛不住的兵败如山倒之感，一瞬间有些恍神。

外人面前她一贯客客气气老老实实，假装端庄又老成，但他知道她其实很喜欢撒娇。她曾经对自己也守着诸多礼制，譬如在梵音谷，譬如在阿兰若之梦。比之那时她对他的克制，他更喜欢她如今这样天真又爱娇，这才是她。缈落当日说他心底有一片佛铃花海，不知花海后藏着谁。他知道花海后藏着的是只红色的小狐狸，彼时虽然并非男女之情，但他从来待她便不同。

观景台上月色温柔，凤九看帝君瞧着自己良久不说话，有些着急道："别不理人呀，这很划算哎……"

东华从恍惚中回神过来，表示赞同道："的确划算，"笑了笑，"那你先跳给我看。"

凤九就有些迟疑："不好叫灵鸟们等着我啦，让它们先跳嘛，这么晚了，它们表演完就好回去歇着了，你身为尊神，应该要懂得体恤下情嘛。"

天幕中星光灿动，东华任她抱着自已的肩膀讨好，微微偏头道："我不过防着有人要耍赖，你不是说过要诚心诚意地报答我，这样同我讨价还价，诚心在哪里？"

　　凤九不情不愿地从他身上下来，退到观景台正中站好，咳了咳道："因为没有丝竹伴奏，我给你跳一小段就好啊……"

　　东华却像是早已预料到她会钻空子，微一扬袖，身前便现出一把竖箜篌来，伸手拨了拨上头的丝弦，似笑非笑看着她："既然要跳，至少要跳足一整段，我给你伴奏。"

　　凤九吃惊地捂住了嘴，不敢置信道："你还会弹箜篌？我……我从来不知道……"

　　东华唔了一声："弹得不多，你自然不知道，"抬头从容看她，"是不是觉得你夫君多才多艺？"

　　凤九的脸腾地就红了："夫……夫君两个字从你嘴里说出来好奇怪，啊啊，夫……夫君这两个字本身就好奇怪，还是帝君好……"

　　东华停了试弦的手，朝她招了招："过来。"

　　凤九怯怯地挨过去蹲下来，刚要说"做什么"，脸已经被他捧住用力揉了好几揉。帝君神色威严地俯视她："想清楚，我是你哪位？"

　　她一张脸被揉得乱七八糟，只好求饶："是……是夫君，放手，放手！"

　　东华方满意地放开她，又拍了拍她的头："过去吧，"看着她的背影叹气，"你自已说的要给我跳舞，磨到现在还没个动静，你不觉得你很要命吗？"

　　凤九揉着脸委委屈屈："明明是你一直闹我。"

　　观景台后黑缎般的夜幕中月明星朗，碧海中幽光浮动，灵鸟们安静栖立于树梢。箜篌中流淌出柔缓乐音，随乐音起舞的红衣少女身段纤软，月色下漆黑的长发似泛着一层光，遮面的两幅袖子款款移开，露出挡在水袖后极漂亮的一张脸，手指做出芙蓉花的形状抬起，长袖滑落露出一节雪白的手臂，舞步轻移间，柔软得像是静夜里缓缓起伏的水波，又艳丽得像是水波里盛开了一朵花。

东华拨弦的手指竟拨错了一个音。他从来就晓得她长得美，但并非什么风情美人，脸上多是清丽明媚的神态，他到此时才发觉，那张清丽脸庞如今竟可用艳字来形容，想要讨好他时，眼波间流转的都是浑然天成的媚态。他自然清楚，是谁将她变成这个模样。她可能自己都不知道那温软眼波中的撩拨。

弦声突然停顿，凤九莫名地抬头，四四方方的长台上一时静谧，良久，却见帝君打开手臂，哑声唤她："过来。"

帝君坐在那里朝她伸手的模样、说这句话的模样都实在太过迷人，虽然有些狐疑，凤九还是磨蹭过去，嘴里却不忘抱怨道："一会儿过去，一会儿又过来，为什么老是叫我，你就不会到我这边来吗，反正不准再揉我的脸。"

帝君从善如流："我不揉你。"

"真的？"

"真的。"

帝君的确没有再揉她脸，帝君直接将她放倒在了毛毯子上，她吃惊地小声呼叫了一声，初时还惦记着让外头的灵鸟们给她演百鸟朝凤，奋力挣扎来着，奈何力气没有帝君大。后来帝君挑眉且用她最爱的那种低音哄她，迷得她简直脑子发晕，就随便他要怎么样就怎么样了。她还主动地配合了一下。

凤九醒来时，已经是第二天大早，太阳已然出山，昨晚的银月自然已收工，灵鸟们也皆回了山林，要想看百鸟朝凤只得等下个月末了。凤九咬着手指趴在被团中欲哭无泪，心中不住懊悔，白凤九你这个二百五，帝君的话能听吗？你怎么就相信了他的鬼话，你真的是个二百五啊！

是日离开碧海苍灵时，重霖同凤九她娘人还未到，凤九因昨夜未得偿所愿，有些神色怏怏，没什么精神地跟着东华回了太晨宫。

回宫后凤九依然神色怏怏，连她姑姑白浅来请她看戏文她都婉拒了，直到帝君许诺下月还带她回碧海苍灵，月末令碧海苍灵七座仙山的灵鸟都来给她献舞，她才有些精神。但精神头依然不大足，此前是不理人，此时也不过是对人爱答不理罢了。

帝君端详她良久，主动找来笔墨同她写了份契书，上头白纸黑字约定若完不成先前答允她的许诺自己就如何如何，又在上头按下手印，将契书叠得整整齐齐交到凤九手中，她的精神头才终于算好完全了，又能对着他眉开眼笑了。

碧海苍灵这两三日注定闹腾，重霖当日提议东凤二人这几日回太晨宫，因他晓得帝君近些时候好的就是个清净，太晨宫虽非与世隔绝地，但八荒都明了他近日要摆场大宴，当体恤他忙碌，不会上一十三天打扰他。

按理说重霖虑得极是，但世间总有些例外或者意外，蛰于谋事之初，发于谋事之中。

在天上的次日半夜，太晨宫中迎来一位仁兄。仁兄攀墙越户而来，熟门熟路闯入东华的卧间，掀开帐子一把抓住东华放在云被外的一只手臂："冰块脸，跟老子走一趟！"掷地有声的一句豪言，可惜话刚落地主人就被甩出丈远。

房中亮起烛光，东华坐在床沿上将里侧的凤九挡得严严实实，但架不住她主动裹着被子从他肩上冒出一个头来，极震惊地与地上坐着的仁兄对视："咦？小燕？你怎么半夜跑来我们这里，梦游走错地方了吗？"

小燕壮士颓废的神色中流露出凄楚："老子受姬蘅所托，来找冰块脸。她，"小燕哽咽望向东华："她此时危在旦夕，想见你最后一面。"

凤九一愣，看向东华，东华皱眉道："她既住在梵音谷中，为何会危在旦夕？"

小燕凄惶道："她求老子将她带出了梵音谷……"

东华起身披上外袍倒了杯茶："即便出梵音谷，也不至于到危在旦夕的境地，她做了什么？"

燕池悟咬咬牙，从脖子上取下根绳子，绳子上头串了块白琉璃，琉璃中封了个小东西，形状看上去竟像是什么东西的爪子，极小巧精美的爪子。

燕池悟哽声道："她让我把这个给你，说你看了自会明白。"

帝君喝水的手顿在半空，接过坠子在指间摩挲了片刻，忽抬眼向凤九道：

"明日你先去碧海苍灵，我去看她一眼，随后就来。"

燕池悟得帝君这个回答，深深地看了他一眼道："老子在外头等你。"

凤九乍听姬蘅弥留的消息十分惊讶，她虽然不喜欢姬蘅，却也觉得惋惜，听帝君说要去看看她让自己先去喜宴，便乖巧地点头，又过来帮帝君穿外袍。

烛光毕竟微弱，映出东华离去的背影，看上去竟显得模糊。

模糊而渐行渐远的背影似乎预示了什么，但彼时凤九并没有注意，只是那个夜晚，她没能再睡着。

第二十章

01.

亲宴上东华未曾出现。

亲宴后的九日，东华一直未曾出现。

这九日自己做了什么说了什么，凤九觉得，此时回想起来印象竟然十分寡淡。

只还记得三月初四当日倒着实是个好日子，天光尤其和暖，显得碧海苍灵的诸景尤为曼妙，令前来赴宴的仙者无不赞叹。

虽是补的成亲宴，但重霖及她娘亲都十分上心，成亲所需的繁杂礼制除开同祭天地这一项，其他皆一应安排了。她一番盛装后，她娘亲语重心长地来同她说那些礼制的规矩时，她虽觉得有些麻烦，但心中其实好奇又期待。

八荒众神皆早早赶来赴宴，连一向爱拿架子的天君都抵着时辰到了，眼看吉时一刻一刻逼近，东华却仍杳无人影。她终于有些慌起来，才想起帝君前夜临走时说的那句随后就来，他没有说随后是什么时候。他或许赶不上吉时了，她想，心中忽然有些空落。但转念又觉得自己是不是太小气了些，虽然这场成亲宴十分重要，但小燕说姬蘅危在旦夕，帝君那夜虽说的是前去瞧她一眼便罢，但到得她病榻前，说不准亦有些同情，愿意多陪一陪她，全她平生最后一个遗愿。终是死者为尊，若果真是如此，帝君他赶不上吉时就赶不上吉时罢，她同一个将死之人争什么。

她想通此中关节时，正遇上重霖急急而来。太晨宫中最能干的掌案仙官此时脸色却说不上好，垂眉向她道："帝君他此时仍不见踪影，想必是有什么紧急之事，恕臣斗胆，倘帝君今日不能出现，还请殿下示意，是否将成亲的礼制全撤了，权将今日之宴办成一个寻常酒宴？"

重霖这个提议是为全她的面子，当日发下帖子时明说了此宴乃是补办的亲宴，补办的亲宴该是什么样，所幸众仙们全都不晓得，办成个寻常宴会也算不得突兀。这种借个名目让仙者们喝喝酒聚一聚的寻常宴饮场合，帝君不出现也没有什么，老一辈的仙者们大都晓得，帝君从来不喜欢这种宴饮场合，避隐前他自个儿摆庆功宴自个儿不出现的前科多了去了。

但倘如重霖和她娘此前的安排，将此宴办成个正经亲宴，帝君不出现，却是当着八荒之众给她这位新任帝后没脸。

重霖能为她顾虑到这些，她很感激。

重霖见她的神色，斟酌良久道："帝君甚为看重此宴，倘今日不能赶来，必定是身逢大事，帝君他绝非不顾念殿下，臣斗胆托大，帝君将此宴交给臣，便是信任无论什么变故，臣总能护着殿下。"

她笑了笑，轻声道："是啊。"

吉时随着日影溜过去时，她心中倒像是得了解脱一般。

她虽预料他或许赶不上吉时，但终归还是存着一线希望。帝君是她求了两千多年好不容易求得，能做她的帝后她已然十分满足，那些虚礼她其实不如别的新嫁娘般看重，但一生唯有这么一次出嫁，还是免不了盼望它能圆满些。吉时一刻不到，她心中这种隐秘的渴望便一时不能消弭。此时她虽有些失望，倒也平静许多。

一廊之隔的大殿里欢宴之声隐隐传来，她竖起耳朵认认真真听了一会儿，觉得殿中一定十分热闹。这么热闹，不知为何她却觉得有点寂寞。她拿个杯子给自己倒了杯浓茶，小口小口地喝了一会儿。

宴到一半，她娘亲同她姥姥突然出现在房门口，她姥姥伏觅仙母满怀忧虑地坐到她跟前："九儿你同姥姥说句实话，今日这种大日子帝君他为何没来，你同他是不是……"

她还是小口小口地喝茶，笑着宽慰她姥姥："帝君确然有桩极重要的要紧事，临走时同我说来着，若他赶不过来后头的事便交给重霖仙官，姥姥瞧，重霖仙官他不是对付得挺妥帖吗？"

帝君自然未同她说过这样的话，但如实向她姥姥和娘亲坦白，她晓得她们定然不依。

她姥姥和她娘亲终于放下心来。

这一场大宴，众仙皆饮得满足，灵台还存着清明的当日便告辞离去了，另有几位好饮的仙者因醉酒的缘故，在石宫腾出的客房中多歇了一日，次日也一一拜辞了。碧海苍灵重归静寂。白家人待了两日亦回了青丘，唯留重霖同她留在此处。

其实她内心还是有些委屈，头两日时，也免不了偶尔想帝君他为何竟耽搁得这样久，便是要全姬蘅的遗愿，也用不了这么多时候，便是当真可怜姬蘅，要再多陪她些，何不派个人回来通传一声。

第三日半夜，她突然从一个噩梦中吓醒过来。其实梦到了什么她全不记得，只是突然想到帝君好几日没有消息，会不会是出了什么事故？她脸色苍白地大半夜将重霖急急招来，口齿不清地同他说清自己的疑惑。可她虽晓得帝君去了姬蘅处，那夜她却忘了问姬蘅人在何处。她心中慌急越甚，催着重霖同她连夜离开碧海苍灵，一个往西南去寻小燕，一个往东南去找姬蘅的哥哥煦旸君。

三日后两人在碧海苍灵会和，因连日赶路，皆是一脸风霜。

她入得青之魔族的地盘说明来意时，里头一位颇稳重的魔使蹙眉同她长叹道，他们的魔君已有近一年未曾回到族中，他们亦不知去何处寻人，若她什么时候见到他，还请代为转告魔君尽快回族中一趟，她传话之恩青之魔族定然铭感五内。而重霖拜会赤之魔族时，煦旸君道，三百年前她妹子同小侍卫闽酥私奔之事闹出来时，赤之魔族已将她逐了出去，姬蘅自那后再未同赤之魔族有什么联系，如今她在哪里，他们一族着实无可奉告。

帝君身在何处，此时竟全无头绪，她跟跄一步几欲跌倒，被重霖慌忙扶住。眩晕中却见几朵祥云倏然而至，前头两朵云头上分别立了她爷爷她奶奶，后头两朵云上站着她阿娘同她阿爹。

她爷爷白止帝君眼中汹涌着极盛的怒气，见到她时那怒气中竟微含了一丝怜悯，良久，她爷爷开口道："你夫君，他此时究竟在何处？"

她强自定神道："他有桩要紧事……"

白止帝君怒气勃发地打断她道："所谓的要紧事，便是在成亲宴上丢下你，反去同赤之魔族的姬蘅纠缠不清？"

这几日她着实思绪混乱，但她想他们既是夫妻，她总该信任他，本能为他辩解道："爷爷怎么说是纠缠不清，此事我也知晓的，姬蘅她命悬一线，帝君他只是出于怜悯去见她最后一面，我们做神仙的，对将死之人的这点怜悯还是要有的啊。"

白止帝君冷笑一声："最后一面？为何我却听闻今晨他抱着姬蘅威风凛凛地闯开赤之魔族的丹泠宫，当着煦旸君的面为姬蘅出头，以第七天妙华镜做交换，强令赤之魔族将这位被驱逐出族的公主重迎回族中？听说彼时那位公主柔弱攀在他怀中，可看不出什么命悬一线来！"

她脑中一轰。

白止帝君摇头叹息道："所幸赤之魔族封了消息，此事晓得的人不多，否则传进八荒众神的耳朵，我们白家的脸面却在何处？"看着她，又道，"其实脸面之事，也并非十分要紧，只是东华他这般负你，却叫爷爷如何好忍？"

她一张脸苍白得全无血色，良久，道："我想听听帝君他怎么说。"

白止帝君待要再论，却被她奶奶伸手挡住，她奶奶柔声劝慰她："你先同我们回青丘静静，若东华他有心，自会到青丘寻你。"

她梦游般走到她奶奶身旁，又梦游般回过头看向重霖，声音缥缈道："碧海苍灵到赤之魔族需一日，赤之魔族到青丘需一日，你同帝君说，我等他两日。"

白家上下齐来劫人，重霖自知挡不住，只得低声应了个是。

在青丘的这两日，她过得有些浑浑噩噩，大多时候坐在房中发呆。她老爹长吁短叹，同她娘亲嘀咕有些受不住她这样文静，她上蹿下跳的活泼时节虽常将他气得眼冒金星，但如今他却怀念她从前那个模样。她娘亲就抹着袖子揩眼泪。

她其实并非要惹她爹娘操心，她只是在等一个结果，结果出来前她瞧什么都有些恹恹的。

阿兰若之梦里，碧海苍灵中，她觉得帝君对她不像是假的，但为何他不来找她，他就不担心她吗，她想不大明白。

她想得深了，有时会脑袋疼，像锥子从颅骨钻进去似的，一阵一阵疼得厉害。每每疼过，便有些莫名的片段从脑海深处冒出来。

譬如她原本记得当初她掉入阿兰若之梦时，帝君赶来救她，她醒来时帝君说了许多好听话哄她，说当年她做小狐狸时没有认出她让她受了很多委屈都是他的错；她哭着问他为什么换了她的频婆果，他耐心地替她擦眼泪，坦坦荡荡地承认因为她说要拿频婆果给小燕做糕点，他喝小燕的醋；她提起姬蘅时，他皱眉答她"你怎么会这么想，她同我没什么关系"。她就相信了他且原谅了他。

但脑中偶尔现出的片段，却是水月白露林中，一张宽床之上，她同帝君陈情他们可能并无缘分，所以分开说不准更好，他却若有所思看着她："没有什么所以了，其实我们已经成了亲，因为小白你，不是喜欢我吗？"

明明印象中，阿兰若之梦里她一直晓得息泽便是帝君，偶尔片段闪过，却有苏陌叶来开导她的情伤："若你果然喜欢他，不要有压力，可能因你喜欢的本就是那个调调，恰巧帝君同他，都是那个调调罢了。""他"是谁？

若是息泽，她不是从来晓得他们就是一个人吗？

她想不起帝君何时同她说过那些话，也想不起苏陌叶何时开导过她。再用力想，却是想得头痛欲裂，只有抱着脑袋，才有一刻缓解。她娘亲撞见她倒在榻上蜷做一团强忍头痛的模样，大惊之下赶紧请来十里桃林的折颜上神。

而是日已是第三日清晨，早过了她允给东华的两日之期。她苦等两日，终等出一个结果。东华没有来，重霖也没有来。她头疼得厉害。

外头是个暖阳天，折颜上神踩着日光踏进狐狸洞。

折颜诊过她的脉，又伸手去探她的元神，收手时眼神微动，咳了声打发她娘亲出去替她取些参糖，待房中只有他们两人时方道："你的记忆被人改过，你晓得吗？"

她一时听不懂他的话，茫然地摇了摇头。

折颜唉声叹气："能以丹药改人的记忆，放眼八荒也没有几人做得成功，约略不过东华墨渊西方的佛祖再算我一个。墨渊同我再添西方一个佛祖都没道理来改你的记忆。纵然我一向不羁些，但这种有违仙道之事……"他抬眼看向她，眼中竟也像三日前她爷爷到碧海苍灵劫她时那样，流露出似有似无的怜悯。

折颜从袖子里取出一颗仙丹："你先将这个吞了，我立时开炉再给你炼颗丹，吃了那个大约能将你被修的记忆找回来。"

她木然拿起眼前的金丹，对着挨窗而入的日光照了照，轻声道："这颗丹找不回我的记忆吗？那吃这个又有什么用？"

折颜一只脚已踏出门槛，闻言回头，又是一声叹息："你同东华，我听你小叔提了，此时出来这桩事也不知对你是好还是不好，"他模样似乎十分挣扎，终启口道，"那是保胎药，你有孕了。"

房中一时静极，那颗金光闪闪的保胎药咕噜噜滚在地上。折颜拾起丹药，缓步走到她身边，将仙丹重搁到她手中，良久，伸手摸了摸她的头发。

九日来她未曾掉过眼泪，此时终于哭出来，泪水滑落眼眶，顷刻湿了面颊，却没有什么声音，也没有什么表情，只是语中有些微颤，轻声问他："小叔父，你说，他怎么能骗我呢？"喃喃地重复，"他怎么能骗我呢？"

她虽不大爱哭，但每次哭起来，都唯恐不能哭得伤伤心心，好惹人怜悯叫人心疼，此时却面色平静，只是眼泪汹涌，像决堤的天河，涟涟的泪水顺着下颌滴落在水红的长裙上，浸开的水渍就像盛开的一串佛铃。

这九日，着实是太长了。

折颜新炼的灵丹在次日送来，那些真正的记忆重纳入脑中时，她的心绪却不及预想中那样动得厉害，大约是累了。

她终于想起来，帝君其实从未告诉她为何当初要换她的频婆果，彼时姬蘅说想要，他便给了。他说他同姬蘅没什么，可他对姬蘅的不同她却看得清楚明白。她如今总算有空将这些东西都想一想。

他的确对自己有情，可他对姬蘅亦未必无情，原本是天上地下最不沾红尘的尊神，到底是她还是姬蘅将他拖入这十丈软红纠缠不清？当日她坠入阿兰若之梦生死一线之时，他选了她。今日姬蘅岌岌可危，他便择了姬蘅。到底是谁看不清自己的真心？

大约他也明白最终选了姬蘅有些对不住她，才无颜来青丘见她罢。

她想她同帝君着实走了一段很长的路，前半段她一个人追着他的背影追得辛苦，所幸后半段老天施恩，才终于叫她将他赶上了。因一开始便是她想要他，所以追得再累她也觉得没有什么。

这段情来得这样不易，她从来想的都是要好好珍惜。他误了成亲宴，她心中其实在意得很，但她想她可以装作不在意。爷爷说他同姬蘅的私情时，她脑中刹那一片空白，但空白后她想的还是要信任他，至少要听他亲自同她说这件事。

她努过力，她想她给了他足够的时间，只要他能赶来，无论他说什么她都相信。可先爱的人总是卑微。从今往后，这段路，她要一个人走了。

她很累了，也不想要他了。

02.

当神仙，其实也很不容易，仙途漫长又孤寂，为了不将日子过得百无聊赖，会做神仙的神仙们，大多都养了个兴趣来寄托情怀，譬如太上老君爱炼丹，南极仙翁爱杀棋，白浅上神爱看话本子，就是这个道理。

初初飞升尚来不及养出兴趣来的小仙们，因没有其他事好做，切磋神仙界的八卦水到渠成地就成了他们当上神仙后的第一件要事。但无论听八卦还是说八卦，又有个讲究，八卦的事主需是个识得的人，这个八卦才能说得有兴趣，听得有兴致。小仙们顶聚三花飞升上天后识得的第一位尊神，自然是一十三天的东华紫府少阳君东华帝君。而好巧不巧的是，近两百年八荒四海神仙世界最大的八卦，就是帝君他老人家丢了媳妇儿。

传闻中帝君这位媳妇儿年纪虽小却是个角儿，乃九重天太子妃白浅上神的侄女儿，青丘之国白止帝君的孙女儿，且早在四百年前便承了青丘的东荒君位。两百年前青丘的兵藏之礼上，这位殿下以一把合虚剑藏入亭堂山圣峰，红绫缚眼闯过百人剑阵的风姿曾倾倒众生，八荒美人谱上仅被她姑姑白浅上神压了一头，位列第二。

小仙们听了这个传闻，对帝君这位媳妇儿很是神往，连带着对帝君为何会将他这位媳妇儿搞丢之事也愈加好奇起来，奈何帝君的八卦私底下浅谈尚可，妄议尊神之名却非人人都担得起，诸位皆没胆子深究，只是隐约听说自从那位殿下失踪后，青丘之国同一十三天太晨宫便有些不大对盘。且帝君丢了媳妇儿，这两百年来日日天翻地覆搜寻，白家丢了女儿，却一直未有什么动静。

白浅上神和善好说话，司命星君陪她老人家喝茶时曾有一问，白浅上神抚着扇子做疑惑状道："失踪？不过是我们白家的姑娘到了年纪都要去历练历练罢了，本上神倒还未曾听说有这种传闻，这个是谁传的，传得也忒不像样了些。"

司命星君斟酌着恭敬再问："那凤九殿下是在何处历练，不知上神可否指教一二？"

白浅上神就笑盈盈地摊开扇子："白家的崽儿皆是放养，她想要去何处历练便去何处历练，家中一向不管的，你请教本上神，本上神其实也不晓得。"

司命星君发了片刻的神，方道："只要殿下平安，小仙便安心了。"

八荒传闻中年纪虽小却是个角儿的凤九殿下此时正蹲在凡界的一座小山头上拿把菜刀削山药。

她儿子白滚滚近日肉吃多了有些积食，山下开医庐的老秀才开了张食补方子给她，上头说拿山药熬米粥抑或红糖炒山楂皆可治小儿积食。白滚滚不爱吃甜食，凤九琢磨着红糖炒山楂就算了，待会儿再去山下买点盐巴，把米粥做成碗咸米粥，白滚滚爱吃咸味的。

白浅上神关于凤九失踪实则在历练一说，其实并未诓骗司命。

犹记洪荒时代，在父神开办的供神魔仙妖几族共同进学的学宫水沼泽中，尤为重要的一门学业便是去凡世历练。三千大千世界共有数十亿凡世，每处凡世待一年也要十亿年。幸而当年父神还有点神性，只随意选了十万处凡世令他的高徒们历练。

相传有此机缘去历练的高徒包括后来的天地共主东华帝君、天族的战神墨渊上神、魔族的始祖女神少绾女君、洪荒第一只凤凰折颜上神，还有凤九她爷爷和她奶奶。

可见这些去凡世历练过的高徒们后来都成了材，且成了大材。

当年凤九承东荒君位时，凤九她爹白奕其实有些短视冒进，一心想招赘个贤婿帮衬她，这一点远不及凤九她爷爷有见识。白止帝君当初其实早已有计较，待过了兵藏之礼后要将凤九亦送去凡世历练历练，一朝为君，靠夫婿有本事算怎么回事，还是得自己手里头有几把刷子。他将这个打算同小孙女提起时，没料到凤九竟然也很赞同，令他颇感欣慰。

但兵藏之礼后却生了些事端。白止帝君仁德，原本打算让神伤的小孙女休整三两年再将她送去凡世，没料到小孙女休整了不过三两日，便自个儿打好了包袱皮前来辞行。见小孙女这样上道且上进，白止帝君自然是准了。临行前送她一个信封并信笺一张，说与之配套的另一个在她姑姑白浅上神处，她一人孤身在外，若有什么要紧事须同家里商量，就拿笔写在信笺上，她姑姑在她那处的信笺上自能看得到。

凤九去凡世前还走了趟冥界，见了见他的朋友谢孤栩，又在冥界幽了三日，拿频婆果给叶青缇做了个身躯，将他的魂魄顺利提出来放进了仙躯中。

按理说三月后叶青缇便能复活，她却没等到他复活那个时候，只请谢孤栩代为照顾，待他醒了且教他一些修行的法门以化去魂中的妖气，三百年后他修行期满将要飞升之时，她再来助他赴九天瑶池洗涤凡尘位列仙阶。这种因奇缘而得以飞升，又须去瑶池洗凡尘的，洗尘之仪必得由予他身躯之人施洗尘礼，这是仙箓宝籍上头的规矩。

将诸事安排停妥，她便揣着肚子里头的白滚滚去凡界安营扎寨了。

在第一处凡世里，凤九生下了白滚滚。随后每三年换一处凡世驻着。虽凡界有一条施了法术易被反噬的法则，框着她不好动不动就使出法术来，但亏得性子机灵剑术又高超，凡世她混得还不错。

两百年中，她在城里开过酒楼，在镇上营过书局，在集中守过杂货铺，在荒郊野外摆过茶水摊子，时而是掌柜，时而做帮佣，怡红阁旁赚过青楼姑娘们的胭脂钱，城隍庙下得过太太小姐们的算命资，辗转十余处，当真做得像是在红尘中修行，修着修着，便自觉看惯了世情。

看惯世情后的凤九于去年辗转到这一处凡世，不大想继续在浮华中泡着了，打算换一换口味试一试清淡的隐居生活，于是乎，带着她儿子白滚滚跑到了这个山沟里头蹲着。

这条穷山沟看着穷，实际上也很穷，但它有个很霸气的名字，叫藏龙沟。藏龙沟里有个藏龙村，藏龙村当然也很穷，但好在是个有二十来户人家的大村子，穷则穷矣，二十来户人家每天从口粮里挤一根红薯出来，还是供得起一个教书先生。

教书先生是位屡试不第的落第秀才，垂垂老矣才顿悟这辈子没有做官老爷的命，六十高龄时回了老家做夫子，算是混口饭吃。先生的那间破私塾就坐落在村子边上，恰同凤九搭在半山坡上的两间茅草棚遥遥相对。

白滚滚每天日出而行日落而归，挎着她娘亲给她缝的一个小布包，从自家的茅草棚跨越半个山头去夫子的茅草棚念学。

白滚滚今年已有一百九十七岁高龄，长得却同那些两三岁的凡人小童子没什么两样，依然是颗小豆丁。要说有什么不同，也不过他这颗小豆丁比凡人的小豆丁们更圆润更可爱些，且他天生一头银发，比凡人的小豆丁们更出挑些。但发色上的这种出挑却并非什么好事，因此白滚滚从小就开始染头发。他曾问过她娘亲这是何因，她娘亲笑眯眯地跟他说，因为他们是神仙，他是个小仙童，所有的小仙童都是银色的头发，又长得慢。白滚滚就信了，因为他没有见过其他的神仙和小仙童。

但后来白滚滚发现，自从她娘亲告诉了他他们是神仙后，很多事情，她娘亲都爱拿这个当借口。

譬如家里做了七个栗子糕，她娘亲拿两个碟子分糕，给她自己分四个给他分三个，他严肃地告诉她娘亲他学中小伙伴的娘亲们都不同自己儿子抢糕吃时，他娘亲就摸摸鼻子哼哼着跟他说，因为我们是神仙他们是凡人啊，这个事情上头神仙同凡人规矩是不一样的！

再譬如她娘亲睡觉爱踢被子，自他懂事起，就开始每天半夜起来给她娘亲盖被子，以至于他一直以为做儿子的天生就该半夜起来给为娘的盖被子。直到有一年同学中的小伙伴们聊天，他才陡然发现别人家同自己家全是反着来的。他回家严肃地同她娘亲商量以后他们家也该如此，她娘亲还是摸着鼻子哼哼，神仙界其实都是儿子半夜起来给娘亲盖被子的，他们是凡人，他们不懂我们神仙界！

哦，还有一回，这一回顶顶要紧。白滚滚已记不大清那是什么时候，他第一回晓得凡人的小童子们不仅有个娘亲，还有个爹爹。一个同他要好的小伙伴有次问他他的爹爹在哪里，他就回去问他的娘亲，他娘亲彼时正在院子里晒玉米，闻言一串玉米棒子从手里落下来正正砸在脚背上。他娘亲忍着痛笑得有点勉强："你是我一个人生的，没有爹爹。"

他晃着小短腿颠颠地跑过去帮他娘揉脚，疑惑道："但是我学中的同伴们都有爹爹啊。"

她娘的声音听起来就有些缥缈："因为我们是神仙嘛，神仙界的小仙童们是可以只有娘亲没有爹爹的。"

白滚滚觉得，事情有些不大对头。但他也没法子求证，只是暗暗在心里怀疑。他衷心地希望神仙界大人其实不和小孩子抢糕吃，大人要半夜起来帮小孩子盖被子，且小仙童们必须有爹爹。因这样他就可以有个爹爹。他想过他要是也有个爹爹，他爹爹该是个什么样。拿他那些小同窗的爹娘们做模子来比对，除了长相这一条，其他大多都是爹强过娘。所以他要是有个爹爹，他爹的厨艺一定要比他娘高，剑术要比他娘好，按时起床，从不踢被子。但他只是在心里想想，这个小算盘他从没有告诉过他娘。

隐居在藏龙沟的日子闲且懒散，此处有夜归鸟，有青山头，有白月光，虽不及八荒中的仙境华美，但自有一番平静的妙处，凤九正琢磨也许可在这条山沟多蹲几年时，蓦然感到心口有些发烫。

将贴心口揣着的他爷爷送他的信封取出来打开，信笺一展，果然是白浅又写了封信给她。

她姑姑白浅上神两百年间时常写信给她，第一封信写在她初入凡尘后第二个月。信中说时隔七十三日，东华倒终于去了青丘找她，大约以为彼时她仍在青丘。白止帝君未能拦得住，容他入了谷，但自然是没找到她。

说彼时帝君的脸色着实难看，不过白止也不遑多让，寒着脸向东华道："帝君尊崇无匹，白家本是攀不上这门亲，只是九丫头任性，好在今次她总算懂些道理，晓得她及不上那个资格同魔族的公主共事一夫，甘愿下堂请去，求帝君赐一纸休书。"

东华一张脸虽血色尽失，却依然沉着："这不会是小白说出的话。"

恰巧折颜上神给狐狸洞送桃花酿过来，见他们这个剑拔弩张的阵仗，很客气地搭了句闲话道："罢，罢，我来说句公道，九丫头确然没说过什么下堂请去，不过，倒是问了我一句帝君你何苦一次又一次骗她，是不是觉得她傻尤其好骗，你想要她的时候就要她不想要她的时候就放着不理她，她觉得累，也不想要你了。"

折颜上神摊了摊手："固然这听着有些像小孩子的撒气话，哪里晓得次日她便果真收拾包裹不见人影了，便是到如今，连我也没再见过她。"

说帝君当时听了那个话，面色很是空洞。

凤九甫得此信时正躺在一个马扎上晒太阳。

七十三日。她默了片刻，提笔问她姑姑魔族的姬蘅公主近日是否正是大病痊愈，九重天上第七天的妙华镜如今是否已在赤之魔族。

良久，她姑姑回了个然。

她盯着那个然字发了许久的愣，觉得帝君他的确周到，将姬蘅照顾得妥帖了再来寻她，难道是她往日太过赖皮地缠他，才让他深信她总是会在原地等他？

愣过方觉自己莫名，走都走了，这些疙瘩事还理它做甚。

此后，若她姑姑再在信中提及东华，她再无什么回音。

所幸她姑姑提得不多。只后头又有一回，说东华可能已晓得她去了凡界。

白浅上神表示自己其实有些佩服帝君的手段，说帝君当日在青丘寻她不成，即刻便回九重天从天君处强来了两封文牒，又合了太晨宫的玉谱令坐下仙伯各送去魔族和鬼族。魔族七位君主及鬼族的离镜鬼君收了这套文牒，即日便在各自族内帮着搜起人来，也不晓得文牒中究竟写了什么。

帝君此番像是全不在意八荒晓得他丢了媳妇儿，找她的动静着实搞得大，但也着实有成效，不过百八十年，已将八荒翻了个底朝天。

将八荒寸土翻遍也未觅得她的芳踪，帝君自然会想到他是隐去了何处。

白浅上神在信中打着哈哈，道即便帝君晓得她匿去了凡界，凡界有数十亿凡世，就算只坐在妙华镜前一处凡世一处凡世地纠察探看，也未必就那么有缘能正巧探看到她所在的那一处。况且此时妙华镜已搬去了赤之魔族，听说还未寻到合适的好地方安上去。妙华镜取下来容易安上去难，即便是东华亲自来安它，这样壮阔的一匹瀑布，安好也要耗上数十年，不过这却是他自作自受。

末了白浅上神还提了一句，近些日子她其实无意中见过东华一回，帝君他瞧着不如往日精神了，且清减得厉害，脸上隐现出病容。不过又立刻道，近日天上气候不佳，连她都染了些风寒，兴许帝君也是风寒罢。

这封信到得凤九手中时，她正带着白滚滚盘坐在一处凌云山头上听风雷之声。急风打在山石上，犹如凡人的祭天鼓，白滚滚听得十分激动，即便头发被狂风吹得稀乱，小脸蛋上却满是正色，小胸膛还一鼓一鼓。

凤九在狂风中头晕目眩地扫完这封信，她如今比之百年前想事情又要更从容些，虽觉东华这么找她有些离谱，她也不是伤心地远走天涯，如此这般倒显得像是在躲他，她又没有做错什么，却有什么好躲。她当日离开时并未刻意隐瞒去处，只是白家人看不惯处处刁难东华罢了。不过回头想想，她同东华也的确无甚可说了，再不见也有再不见的好处。

她就在磅礴的风势里头长吸了口气，结果将自己给呛住了。

她不晓得的是，此封信里头，白浅其实对她有些隐瞒。

其间白浅上神确见过东华帝君一面，却并非无意中见到，乃是帝君亲自递帖，邀她去瑶池坐坐赏一赏池中新开的芙蕖。按理说白浅上神虽贵为上神，与帝君相比却仍算小辈，长辈招小辈陪着赏一赏花，派个人去通传一声便可，帝君却亲写了帖子给她，帖上的字笔走银钩，颇有风骨。

瑶池旁的小亭中茶香袅袅，二人坐定，袅袅茶香中帝君开门见山问她："小白可是去了凡界？"

白浅怔了一怔，客气笑道："司命因同凤九那丫头有些朋友之谊，当初也来问过我，我们白家一向不大管子孙的修行事，我只晓得她如今在外历练，究竟在哪一处历练，却委实不知。"

帝君直直看着她，语声浅淡："你知道。"

白浅上神脸上的笑便有些收起来，道："帝君可想听个故事？"不及他回答已接着道，"凤九那丫头厨艺了得，天底下什么菜她都能做，却唯不做一样，便是麒麟株，帝君可知为何？”

自斟了一杯茶水道："倒并非她厌恶麒麟株的口味或体质与此味菜蔬不合，只因麒麟株独生于西方梵境，不能存活于异地水土。她小时候因爱吃麒麟株，花了死力想在青丘培一棵出来，投进去三百年时光，还为此落了课业遭了好几回她爹的毒打，着实费尽心血，可麒麟株依然不能在青丘存活。她被折腾得累了，就干脆彻底舍了它，从今往后遑论关乎麒麟株的菜色，便是吃也不再吃了。"

她看向东华，眼中颇有意味："那丫头绝起来时比什么都绝，我这个一向冷心冷肺的同她一比，竟可算有一副难得的热心肠，且妙的是那丫头一直以为自己善感又多情，从未意识到自个儿是颗绝情种，就像她至今不曾意识到她再也不吃麒麟株。"

帝君突然咳了一声，接着便是连串的咳嗽，这一阵咳嗽持续了许久方停下来，声音有些沙哑向白浅道："你比喻得不错，本君此时便是被她弃了的又一棵麒麟株。"话罢又咳嗽一阵方道，"前一棵因讨不了她欢心，被弃了也不好说什么，本君这一棵，却想着找到她再试一试。"

白浅脸上现出一丝微讶道："那，这数十亿凡世的赌盘中，便请帝君赌一赌，看你同她有没有缘分罢。"

帝君眼中原本便暗淡的神色在她此言后变得更为暗淡，良久才道："我们无缘，你让我赌缘分，可能我永远也找不到她。"

白浅原本还算和煦的双眼中渐渐泛上些冷意来，拨弄着手里的茶杯盖慢悠悠道："帝君既觉得同她原本就无甚缘分，又何必寻她，若诚心想要找她，总该有些办法。"

此事后不久，东华他果然找出别的办法来，便是凤九在藏龙沟里琢磨着打算将来时，收到的这封信里白浅所言。

此信着实令凤九一惊。信中道，是年的五月初五，帝君为新飞升的众仙定阶冠品时，将最后一回开启九天瑶池，允因奇缘而可得飞升的仙者前来施洗尘礼洗去凡尘，此后瑶池将被永久尘封，天庭再不会将以奇缘而证得仙果的仙者列入仙籍宝箓。

白浅在信后百般慨叹，道不晓得东华他何时查得了叶青缇之事，此举再明了不过，是在拿叶青缇威逼她，他倒果真是参出来一个寻她的好法子。又道当年父神评介东华的九住心已达专注一趣之境，判他一念为神一念为魔，他此番做法着实欠慈悲心，不知可是失了九住心，直奔着魔道而去了？

凤九拿着这封信，手却有些止不住颤抖。

她已经许多年不曾这样过。

第二十一章

01.

　　叶青缇未曾想过自己有一日竟会修仙，且只待今日于瑶池洗去凡尘再去大罗天青云殿拜过东君，他便将成为一个仙。

　　叶青缇犹记得，自己为人的那一世已是四百多年前。

　　他生于缙朝叶氏，乃永宁侯府的嫡长子。永宁侯府以武传家，每一代永宁侯皆是死在战场上，他爹亦在三十五那年血溅沙场，他袭爵之时，年方十七。

　　彼时缙朝已是强弩之末，高门子弟泰半纨绔，叶氏子孙却实打实是一众烂葱头里的一窝好葱，叶青缇更是这窝好葱里头拔尖的。照理说叶青缇人长得俊，品性好，门第又高，当为京城诸名门择婿的首选，奈何自缙朝建朝以来，永宁侯府出了名的多寡妇，真心疼女儿的世家大族都不大愿以嫡女相嫁，以至代代永宁侯皆是婚姻艰难，只得寄望于皇帝赐婚。

　　叶青缇袭爵时，正值边地祸患不歇，是以袭爵后的叶小侯尚来不及等到皇帝的赐婚娶上媳妇儿，便开往战场镇守边关去了，这一镇就镇了五年，彻底将扰边的鞑靼族给端了。

叶青缇建了奇功，皇帝自然高兴，待他归京后不仅对永宁侯府大加封赏，还将齐国公府嫡出的大小姐赐婚给他，又赐他一名美人为妾。本朝前代皇帝中倒是有爱赐臣下美人的，但今上活了四十多年在位二十多年却从未赐过美人给臣子，他虽是武将不若文官在官场上的心思绕，此事也感觉有些蹊跷。

一番暗查下来方晓得，赐给他的这位美人竟是皇帝宫中储着的一位陈性贵人，原本并不得宠，只因在四年前韦陀护法诞上救了不慎落水的今上，倒令今上对她青眼相加起来。据说陈贵人不得宠时对今上仰慕得要死要活，却不知为何，待今上对她情深起来时，又是一副冷淡做派，处处惹怒今上。更有一桩内帏私密，说即便陈贵人一副冷脸，今上也甚为宠爱，宠她四年，这四年间陈贵人却一晚都未让今上近过她的身。

彼时叶青缇正坐在墙头喝酒看月亮，听暗探说到此处，手中的酒坛子啪一声摔碎在地上，愣了良久道："倒是位奇女子，既然她如此今上都忍了，她还能犯上什么大错，叫今上将她赐我为妾？"

暗探斟酌片刻方道："她给……贵妃娘娘写了封情书。"

抬妾不若娶妻，从纳彩到迎亲，依着六礼走下来，将媳妇儿娶进门惯要数月，迎个妾进门不过选定日子从后门抬进来即可。叶青缇自小一心扑在战场上，难得对风月事有什么兴趣，然于这位陈贵人倒是颇有几分好奇。陈贵人进门这一日，叶青缇下书房时虽已是深夜，亦打算前去碧云院会会这位奇女子。

因懒得折腾丫头婆子们前来开院门，叶侯爷直接从碧云院的墙头翻了进去，脚未沾地，却听见一声银铃般的轻笑，循声望去，眼前铺开一方碧色的荷塘，塘中莲叶田田，数丈之外，竟有白衣女子脚步轻盈，正踏水踩莲追逐塘中的萤火虫。

银色的月光下，那女子偶尔转过脸来，舒展的黛眉间一朵花钿，明眸似溶了星辉，唇间一抹笑靥令绝色的脸愈增其妍。叶侯爷脑中轰的一声，少年时读过的两句文章蓦然撞入心间，仿佛兮若轻云之蔽月，飘摇兮若流风之回雪。

他翻墙落地时正落在一株老梨树后头，无意中踏出一步，踩中树下一截断枝，静夜中啪的一声格外引人注意。果然见塘中的女子脸上现出惊慌，一道和暖白光直向荷塘中的水亭，白光后女子倏然无踪。

他匆忙赶至荷亭，亭中一位青衣女子揉着惺忪睡眼从一个石凳旁边站起来，青衣女子一张圆脸，模样只能算清秀，呆呆望他半晌，道："叶侯爷？"他却注意到女子额间的花钿。不，那并非花钿，看上去更像胎记，极艳的一朵花，似展开的凤翎，和方才白衣女子额间的一模一样。

他长年驻守边地，什么样的稀奇事没有见过，看她扮无知扮得可爱又可笑，眯了眼睛开门见山向她道："你是妖？"

他其实觉得她会否认，像他二十岁那年在边界一个村子里见过的嫁与一个猎户的蛇精，即便尾巴都露出来了却还委屈着极力辩解。但她只是愣了半刻，愁眉苦脸问他："我这样的，看着竟像是妖？"不及他回答又长叹一声，"如今混得越发不像样了，从前还只是额间花被判做朵妖花，如今连真身都被人认作是妖。"叹完又追问他，"我果真像妖？我哪里像妖？你有见过长得像我这样漂亮的妖精吗？"

正因她美得不似凡人，他才笃定她是妖，她却问他有见过她这样漂亮的妖精没有，他心中一动，虽觉得这个推测有些离谱，却还是眼中含笑问她："难不成你是天上的神仙？"

她抿了抿嘴："你们凡人是不是都以为只有天上有神仙？我不是天上的神仙，是青丘之国的神仙，东荒你听过没有？我是东荒的神女凤九。"

她说这个话的时候，清澈的眼中跳着揶揄，虽顶着陈贵人一张圆脸，却叫人忘了那张脸而只看到她清澈的眼睛。

他胸腔内一颗心剧烈地跳动起来。

叶青缇活了二十三年，从不晓得情是什么，初识情滋味，却是爱上一位神仙。这位神仙长得美，性子活泼柔顺，厨艺高超，喜舞枪弄棒，同他很谈得来，据说此回专程下界，乃是为他们的今上造一个情劫。

她问他："哎，你懂不懂什么是造劫？我其实不是专司造劫的，哪晓得这么背运，本来下凡报恩来着，结果正遇上我姑姑来改人的命格，一时不慎被牵连进去。"她同他抱怨皇帝，"司命非得让我临时抱佛脚来给他造情劫。你明白我造劫的辛苦吗，司命给我一本戏文，上头那些负心小姐们作践才子的法子我都用尽了，他竟依然对我情深不悔。"她打了个冷战，"我没有办法，只好出个下策，给他的贵妃写了封情信。"她叹口气："这种事情我都做了，你说他难道不该赐条白绫或赐盏鸩酒给我吗，他到底怎么想的才能将我赐给你做妾啊，搞得我此时走也不敢走，还怕走了连累你！"

她将他当朋友，诚诚恳恳地同他发牢骚，他就提着酒坛子边一口一口灌酒边笑。他记不得在何处曾听过一句话，说仙本无情，做神仙的既无七情又无六欲，他爱上个神仙，注定是无什么结果。他有时会恨那一夜他为何动心，又恨那一刻心动为何竟能延绵五年，深深扎入肺腑，让他欲除无门。他彷徨过，挣扎过，去听国师讲过道，亦去随高僧坐过禅，但末了还是想到她身边，哪怕远远看着她也好。 她说她是来为皇帝造情劫，又何尝不是为他造情劫。

他其实不想给她什么负担，原想着这份情到他临老临死就随他一并掩入黄土罢，可真到了临死的时刻，他却未能压抑住。

自陈贵人伤了皇帝的心后，皇帝开始喜研道法，尤信重一位老道士，还将此道封为国师，修了个皇家道观，每月十五与国师于观中坐而论道。

他也是在那一夜方知此道却是个恶妖，看中了皇帝的魂魄意欲占来炼丹，潜心图谋五年，打算趁着该夜这个近十年难见的至阴天象取了皇帝的命，是以在皇帝依常例来观中论道时，水到渠成地提着妖刀岚雨朝皇帝发了难。

他没想过她手中长年系着的银铃却是感知皇帝危险的法器，他也没想过神仙竟能有情。妖刀岚雨劈头朝皇帝砍过去时，她脸色分明苍白，扑上去为皇帝挡刀时一声"东华"几乎裂肺撕心。皇帝不叫东华，那是他第一次听到东华这个名字。

她毫无犹疑挡在了皇帝跟前，而他毫无犹疑地挡在了她的跟前。

岚雨的刀尖扎进他心肺，刀刃却被他紧紧握在手里。

他怕刀尖穿心而过伤到他身后的她。

妖道死在她反手挥出的剑下，观外的侍卫姗姗来迟将皇帝团团护住，而他终于支撑不住倒在她怀里。

她同他唠叨时他一向爱笑，临死前他苍白脸色却依然带笑："他们说……神仙无情，我便……信了，其实……神仙是可以有情的，对……否？"

他见她哭着点头，就生了妄心："今世……已无缘，可否……能与你结下……来生之约？"

她仍是哭，眼泪落在他的脸上，却没有给他他想要的回应，她哽咽着说："青缇，我欠你一条命，定还给你。"

"青缇，我为你守孝三世。"

"青缇，你，安息。"

他爱她至深，为她舍命。但世间本无此理，说舍去一条命便能换来一段情。

他想，她明明说仙者可以有情，却不愿将此情给他。她哭着说她会还他，命可以还，情也是可以还的吗？

而两百年前，他自幽冥司醒过来时，方知晓时移事易，凡间早已换了天日。他死后七年，边戎族西征，京城被占，缙朝覆亡，太子率宗室南迁，重建一朝，曰南缙，偏安一隅百来载。

他原本是早该作古的人。是她给了他一副仙躯，她一半的修为，一缕永不须再入轮回的魂魄，一个凡界帝王倾举国财富也无法求得的仙品。她说她会还他，她就真的还了他。

冥主谢孤栦拎着个酒壶摇晃："你对凤九之情，我约莫听说过一些，但既然重生为仙，从前之情便如大梦一场，且忘了罢。她给你这许多，也是想尽可能还你对她的情。你救过她的命，东华帝君也曾救过她的命。当年还帝君，她是拼了命地想以身相许，还你，却是舍命拿频婆果再渡你半身修为。报恩之法如此不同，你说是为何？"

看他久久不答，轻叹道："并非帝君是神尊而你当初是个凡人，不过是，一个是她所爱，一个非她所爱罢了。她同帝君纠缠了数千年，说放下也说了无数次，却没哪一次是真放下了。"将壶里的酒倒进杯中，不顾方才一阵摇晃生生摇坏了口味，一口一口饮尽道："她思慕帝君，这么多年来已成了本能。你忘了她，对你才是好的。"

谢孤栦只主动提过这么一次，后来再未同他谈及凤九与东华之事，他也未主动打探，只是偶尔想到谢孤栦叹息般说出的那句话。她思慕帝君，这么多年来已成了本能。你忘了她，对你才是好的。

两百年后，当他在九天瑶池旁重逢凤九时，终于明白当年谢孤栦此话中的含义。

她比当初在凡界时更美，他见着她时面上喜色惊色并存，她亦带笑看他，如同当年般唤他青缇，但笑意中却藏着疏离。

瑶池畔只他与她两两相对，近些年因奇缘而飞升为仙的，只他一人。

洗尘礼倒是简洁，她念祝语时却有些心不在焉。礼毕后一个小仙子提着裙子来请她，眨着眼睛向她："帝君请殿下先去青云殿旁的琉璃阁坐坐。"

他瞧见小仙子仅说出帝君二字，便让她一瞬失神。

他不是没有听说这些年她一直躲着东华，不是没有想过谢孤栦或许看走眼了，这一次她已真正放下了帝君。

但，即便真正放下了又如何，她听到他的尊号依旧会失神。若非本能，便是还有情，若是本能，便更令人心惊。

她回神时同他作别，道以后同僚为仙，彼此多照顾。

他看她良久，只答了个好。

目送她的背影渐渐远去，他亦转身。或许他们的缘分原本便是如此，在凡界相遇，在天庭分别，他想，其实这也足够了。

02.

　　琉璃阁是座两层楼阁，位于三十六天大罗天，紧邻着青云殿。东华帝君每年仅上一次朝会，便是五月初五在青云殿中给众仙定阶冠品。

　　往常众仙拜辞帝君后，有时会上琉璃阁坐坐。但今年琉璃阁却没有仙者登楼的动静，凤九坐在琉璃阁二楼喝茶，猜测可能因楼下镇守了位大马金刀的小仙娥。

　　这位小仙娥举止上不如天上的其他宫娥般如模子里刻出来似的规矩，领凤九来的一路上十分活泼，既不认生也不拘礼："殿下虽不识得奴婢，但奴婢却早就听闻过殿下呢，奴婢是梵音谷的一头小灵狐，两百年前被帝君救上的九重天，奴婢听说殿下也曾住过梵音谷，我们梵音谷很美，殿下说是不是？"

　　从前凤九就嫌天上的宫娥太一板一眼，这个小仙娥性子却喜辣，倒是颇得她意，遂开口称是，又笑着问她天庭有什么近况。

　　小仙娥叹口气："奴婢伤好了曾留在三殿下的元极宫当了一阵差，后来司命星君处缺人手，奴婢就又去司命星君府上当了一阵差，再后来因殿下与帝君的成亲礼有些忙碌，重霖大人就又将奴婢要了回来。奴婢在这三个地方当差，照理说消息该最灵通，但眼见的近况却只有一则，司命星君常念叨殿下，连宋君常提起殿下，帝君他……"

　　话到此处故意卖了个关子，却见凤九无意续问，小仙娥垂头有些气馁道："奴婢在重霖大人跟前服侍，其实不常见帝君，但听闻帝君这两百年来并不大待在太晨宫，大多时候都在碧海苍灵，重霖大人说，那里才是帝君家里，有帝君怀念的时光。"

　　凤九脚底下一顿，但并未停得太久，小仙娥话落时，她已移步上了琉璃阁金石做的阶梯。

　　楼下传来熟悉的脚步声时，凤九瞧着窗外飘摇的曼陀罗花，却觉内心平静。她手中一只茶碗，茶汤泛着碧色，令人偶起诗兴，若是个擅诗词文章的，此时定可咏出佳句。但关乎茶事的诗词，凤九唯记得一句，还是无意从苏陌叶处听来，叫作春眠新觉书无味，闲倚栏杆吃苦茶。

凤九抿了口茶汤，手中这盏茶倒是不苦。

故人重逢，多年后再见，戏文中都是如何演？大多该来一句"经年不见，君别来无恙否"罢。

紫袍映入眼角，鼻尖传来一阵药香，凤九微微抬头，两百年不见，果然如姑姑信中所言，东华他清减了许多，脸色有些病态的苍白，但精神瞧着还好。

他有些微恙，别来无恙这话此时就不大合宜了。凤九伸手多拿了个茶杯，问他道："喝茶吗？"

东华走到她身边矮身坐下，一时却没有什么动静，眼中只倒映出她的影子，目光专注。他在看着她。

凤九将倒好的茶推给他，斟酌良久，轻声道："你其实不用这么大费周章地寻我，我不过出门历练历练，早晚有一日，你我会在仙界再见，尘封瑶池……着实没有必要。"

他眼神平静，如她一般轻声道："若非如此，你会出现吗？"他轻叹，"小白，我不过是想再见你一面。"

她哑然，凡界的日子逍遥，再回仙界虽不至烦恼重重，但总觉不若凡界轻松自在，近些年她的确从未想过要主动回来。她拨弄着杯盖道："这些年我在凡界，学到了凡人的一句话，叫作相濡以沫不如相忘于江湖，倒是句好话。"她认真道，"其实见与不见又有什么要紧，都这么多年了。"又缓缓道，"你同她这些年也还好罢？"

他皱眉道："谁？"

她就笑了笑，没说话，又拿起杯子喝了口茶，将杯子搁到桌上方道："姑姑给我的信里倒是提过你在找我，不过没提你同她如何了，虽然我从不喜欢她，但既然你选了她，我也没什么可说，最艰难的时候已经过去了，如今我过得还不错，也希望你过得好。"

他看着她客套疏离的模样，眼中流露出疲惫和悲色："那时候我没有及时赶回来，都是我不对。"

她有些惊讶地偏头看他。

他道："我让姬蘅回了她族中，对她仁义已尽。"

她更加惊讶，想了想问他："是不是因为我离开了，才让你觉得同她相比我又重要起来？我并非负气离开，你不用……"

他摇头："从来没有人比你更重要。"

她懵懂抬头："什么？"

他握住她的手，良久后松开，她摊开手掌，掌中是一只琉璃戒，戒面盛开着一朵凤羽花，似欲飞的一对凤翎。

他的右手像是要抚摸她的面颊，却停在她耳畔，只是为她理了理鬓发，他看着她重复："从来没有人比你更重要，小白。"

她有些发怔，低头看手中朱红的琉璃戒，半晌方道："那时候，我真是等了很久。"

她轻声道："你没赶上成亲宴，我担心你出了事，急得不行。后来爷爷说你同……"她顿了顿，像是不愿提起那个名字，转而道，"并非旁人说什么我信什么，我一直在等你回来同我解释，只要是你说的我都信。如果那时候你能赶来同我说这句话，说从来没有人比我更重要，可能我就信了。但如今……"

他闭眼道："小白……"

她却摇头笑了笑，打断他的话："那时候在青丘等着你，我有时候会想，你同我说过那么多话，哪些是真的，哪些是假的。但后来我才知道，想那些又有什么意思，毕竟，连我脑中的那些记忆，都是被修改过的。"

她抬头望向他："帝君，我们就这样罢。这两百年我们各自也过得很好，你说是不是？"

他看着她，声音沙哑："我过得并不好。"

她的手颤了颤，无意识道："你……"又想起什么，"是我爷爷找你麻烦吗？我听说过他曾让你赠我一纸休书，爷爷气急了爱说糊涂话，即便我们分开，也不该是你给我休书，为了彼此的名声，最好还是到女娲娘娘跟前和离……"

他面色平静，眼中却一片冰凉："我不会同你和离，小白，到我死，你都是我的妻子。"

她讷讷："你今日……"

他揉着额角，接着她的话道："今日我有些可怕是不是？你不要怕。"

铺在三十六天的日光已有些退去，他怔了片刻道："碧海苍灵中，你想要的亭子已搭好了，菜园子也垦好了。仙山中的灵鸟，我让它们每个月末都到观景台前献舞，你想什么时候回去看都可以。"

她愣了愣道："我暂时……"

他打断她道："我在观景台旁给你弄了个温泉池子。灵泉旁的渺景山埋了许多玄铁，是锻造神兵的好材质。渺景山下给你开了个藏剑室，里边有两百年间我收来的剑，应该都是你喜欢的。"

看着她不明所以的模样，声音终软下来道："以后少喝凉水，半夜不要踢被子。"

她怔了一会儿，茫然道："你为什么同我说这些？"秀眉蹙起来，脸上的表情有些疑惑。今日她待他稳重客气，就像是个陌生人，如今却终于有些他们最亲密时光的呆模样。他握着她的手放到唇边，嘴唇印在她的手背上。她反应迟钝，竟忘了抽回手。他眼中便闪过一点笑，终于是被疲惫覆盖了，良久，松开她的手向她道："你走罢。"

她看着他就像是不认识，有些迷茫地问他："帝君这是……要和我两清吗？"她低头片刻，再抬头时脸上是一个更为疏离的笑，她将手中凤羽花的指环重放回他手中，"你给我的这些……我都不要，这个我也不要，其实你不用给我这些，我们也算两清了。"

他看着她离开却并未阻拦，只是在她的影子消失在三十八天天门时剧烈地咳嗽起来，赤金色的血迹沾在琉璃戒的戒面上。重霖闻声赶上来，他有些疲惫，将指环放入一方锦帕中交给重霖道："她犟得厉害，此时不肯收，待我羽化后，这个无论如何让她收下。我走了，总要给她留些东西。"

重霖敛眉答是，接过锦帕时，年轻的神官却忍不住落泪，垂着头，只是一滴，打在锦帕之上，像朵梅花纹。

是夜凤九失眠了。

凤九此次回来并未宿在青丘，而是借了谢孤栦在冥界的一个偏殿暂住。

当年去凡界时，因明白若让爷爷晓得她怀了白滚滚，她一时半会儿别指望走出青丘的大门，是以凤九求折颜帮她瞒了此事。折颜上神一心以为她求他隐瞒，乃是因不想将白滚滚生下来，因此瞒得既尽心又尽力，连她小叔也没告诉一声，还暗中给了她许多极安妥的堕胎药，也不晓得是与帝君有什么深仇大恨。

此回凤九牵着白滚滚回来，她自觉，如何向长辈们解释是个大问题。因这个大问题尚未寻着解决之法，是以她决定暂时不回青丘，在谢孤栦处蹲一阵子聊且度日。

幽冥司终年不见日光，不比青丘物产丰饶，出门便可拔几棵安神药草，若不幸失眠，只能睁眼硬撑到天明。

宿在幽冥司的次日，凤九顶着一双熊瞎子眼去找谢孤栦，谢孤栦思忖良久，给她房中送了两坛子酒，说酒乃百药之长，睡前饮点酒，正有安神妙用。

当夜凤九先用小杯，再换大盏，却越喝越精神，直喝到晓鸡报晨，不仅睡意，竟连醉意也没有，且比打了鸡血还要兴奋。

谢孤栦瞧她的模样片刻，判她应是心事重重，喝小酒安眠怕是行不通了，索性又往她房中送了两坛子烈酒，提点她若想安安稳稳睡一觉，将这两坛子酒齐灌进肚彻底醉倒就好了，白滚滚嘛，他帮她带几天。

凤九两日两夜熬下来着实熬得有些心累，深觉谢孤栦出的这个主意，看起来虽像是个馊主意，但终归也是个主意，当天下午便将两坛子烈酒灌下了肚，醉得头脑发昏，倒头便睡，倒确然睡得一个好觉。

酒醒睡醒已是四日之后，凤九恍一睁眼，却瞧着谢孤栦领着叶青缇神色肃穆地坐在她床边，入定似的谢孤栦手中还抱了个呼呼大睡的白滚滚。

凤九被这阵仗吓了一大跳，一时瞌睡全醒了，幸得她当日合衣而眠，否则此时第一桩事该是将榻前二人全抽出去。

谢孤栦暂不提，凤九瞧着叶青缇却有些疑惑："按理说天上迎接新晋仙者的大宴即便宴罢了，你也不该在此处呀，难道东华帝君他不曾给你定阶封品？还是他封你做了孤栦的左膀右臂？"

白滚滚扭了扭，像是有些被她娘亲的嗓门吵醒的征兆，谢孤栦伸手拍了拍白滚滚的背稳住他，低声向凤九道："你知道帝君给青缇封的是何仙职吗？"

凤九莫名望向叶青缇。

叶青缇苦笑向她道："五月初五当日的朝会上，帝君并未赐阶定品于我。我因你之故而飞升，其实定不了阶品也没什么。但前日宴罢，帝君私下将我召入太晨宫，"他顿了一顿，"赐我这个初为神仙、资历尚浅之人为太晨宫继任帝君，说待他身去后，由重霖仙者辅佐我掌管八荒仙者名籍。"帝君还令他为仙一日便不得再见凤九，此段他隐了未提。

凤九一怔，疾声问他："你说什么？"

此刻的凤九有些同四百多年前的那夜相重，面上难得一见的惶然无措令叶青缇微有失神。

那夜凤九嘶声叫出东华二字，叶青缇就一直想知道东华到底是谁，在幽冥司醒来后又听谢孤栦提过几次，好奇心便更甚。后来他略懂得了些仙界之事，方知此位乃上古神州，是九重天至尊的天神。谢孤栦有一回还轻描淡写叹过一句，说一开始就是凤九先打东华帝君的主意，这种事情一般的仙想都不敢想，但凤九她不但想了还做了，后来竟然还做成功了，其实让他甚为钦佩。叶青缇就想见见这位东华帝君。

青云殿的定阶朝会其实是个好时机，但叶青缇站在下首，瞧不大真切，只依稀看到是位银发紫袍神姿威严的神仙。朝会上帝君的话不多，声音也不高，却无时无刻不透着一股冷肃之意。这位尊神在朝会上提也没提他一句，叶青缇原以为是因他同凤九之事而故意冷落他，却没想到几日后，唯有他一人被留下召入了太晨宫。

那是叶青缇头一回看清东华帝君，明明听说是几十万岁的上古之神，容貌却极为出色，且模样竟同他一般年轻，唯有周身的气势，确像几十万年方能沉淀而成。帝君靠坐在玉座上垂眼看着他，神色极为淡然："这批神仙里就你一个还未定阶封品，你并非正经修仙修上来的，估计什么也做不好，那就做太晨宫的继任帝君吧，这些差使里头，就掌管仙者名籍一项还算简单。"

感到衣袖被扯动时，叶青缇方从回忆中醒过神来，见凤九虽扯着他的袖子，却是在问谢孤栦，声音发颤："方才……青缇说的什么？我没太听清。"

谢孤栦神色有些悲悯道："你并非没有听清，只是不信罢了。"

凤九眼神瞬间空落，整个身子都踉跄了一下："我去太晨宫找他。"白光一闪，人已不见踪影。

叶青缇因帝君赐他的位品着实超凡，且提出此议后帝君便令座下仙伯将他看着严禁他出太晨宫，他觉得这件事着实有些异样，方寻着今晨宫中有些混乱钻了个空子跑出来。

仙界他熟人不多，只得来幽冥司同谢孤栦商量，但谢孤栦甫听他说完，却是径直将他拉到了凤九床边。

他预想中，凤九听闻此事可能会觉得惊讶，但他不明白为何她竟会反常至此。

同谢孤栦一道追着她行云至九重天的路上时，方听谢孤栦同他解惑道："仙界中事，凡是上仙以上的仙者，若有封位官品，其继任者皆由该位仙者自己指定，一般都是指定同自己最有仙缘的仙者。帝君指定你为太晨宫的继任，自然是因你身上的仙泽全来源于凤九的修为，他不是同你最有仙缘，而是同凤九最有仙缘。"

风过耳畔，猎猎作响，谢孤栦续道："指定继位者这个事，寻常都是在最后的时间里才来指定，换句话说，一位仙者若指定了继任者，"他的声音有些缥缈，"泰半只有一个原因，便是这位仙者即将羽化了。"

03.

凤九小时候不学无术，斗鸡摸鱼、翻墙爬树之类的事没少干过，因常去捉灰狼弟弟，私闯民宅之事更是屡犯。但连她自己也没想过，有一天她会去私闯太晨宫。

不过太晨宫并不好闯，方翻墙而入，便有数位仙伯不知从何处冒出，一见闯宫者是她，都愣了一愣，恭顺客气地将她请入会客的玉合殿，着了仙官去通传，又着了仙娥将鲜果好茶齐捧到她跟前供上。宫中看上去井井有条，凤九来路上如兔子打鼓的一颗心稍稍安定，只手还止不住地抖，脑中一派昏昏然。

她等了半盏茶，听到殿门外脚步声起，赶紧站起来，入殿的却是谢孤栦叶青缇二位，他二人倒是规规矩矩走了正门，被守门的仙童一层一层通报请了进来，众仙娥又是一通奉茶。

三人俱静坐而候，再是半盏茶，凤九等得越发心沉，直要起身去闯东华的寝殿，却见殿门口终于晃过一片白色的衣角。

掌案仙官重霖仙者不急不缓踱步进来，目光自谢叶二人面上扫过，略一蹙眉，语声中却含着嘲讽，向凤九道："殿下惯有仁心，这个时辰来闯太晨宫，可是因前几日太晨宫幽了青缇仙者，殿下来为青缇仙者出头了？"

凤九的目光定在他面上，只道："东华呢？"

重霖仙者今日全不如往日般恭肃，眉蹙得更深道："帝君他近日不大康健，在寝殿修养。"

目光瞟向叶青缇，又转回头道："帝君他确然令青缇仙者发誓为仙一日便不得与殿下再见，容小仙揣测，殿下也是因此来太晨宫找帝君讨说法罢。但依小仙看，青缇仙者并未将此誓当作个什么，既然二位并未因此誓而当真不能再见，还请殿下不要怪罪帝君。其实，当年青缇仙者以凡人之身故去后，殿下重情，自称青缇仙者的未亡人为仙者守孝两百多载，小仙们皆看在眼中，自然，帝君也是看在眼中。九天皆道帝君是清正无匹的仙尊，但帝君到底什么样，殿下不可能不知。令青缇仙者发下此誓，不过是因帝君他……"

话到此处，九天之上忽有天雷声动，重霖兀然闭口，奔至殿门，脸色一时煞白。雷声一重滚着一重，似重锤落下，要敲裂九天，殿外原本和煦的天色竟在瞬间变得漆黑，雷声轰鸣中，天幕上露出闪烁的星子，忽然一颗接一颗急速坠落。

叶青缇道："此……是何兆？"

谢孤栩皱眉不语。

凤九突然道："我要见东华，你让我见他。"

重霖脸上现出惨然，却勉强出镇定神色："帝君他着实需静养，方才之事，小仙也尽同殿下解释了，殿下若还有什么旁的怨言，尽可告知小仙，小仙定一句不漏转与帝君。"咬咬牙，又道，"殿下放心，只要是殿下所愿，小仙想，帝君定无所不依，便是要以命相抵……"话到此处却蓦然红了眼眶，似终于支撑不住道，"殿下还要帝君他如何？小仙斗胆问一句，殿下还要帝君他如何？"

眼泪从凤九脸上落下来："重霖，你同我说实话，他究竟怎么了？"

须臾静寂，重霖仙者抬头："小仙给殿下讲个故事吧。不过，这个故事很长，殿下想从哪里听起？"又自问自答道，"不妨，就从青之魔君燕池悟将帝君带去见魔族的姬蘅开始讲罢。"

说他们成亲宴的前夜，燕池悟为姬蘅来找帝君，倒确因姬蘅她命悬一线。

姬蘅五百年前于白水山救闻酥时身中秋水毒，当年帝君助他们私奔至梵音谷，也是因梵音谷不受红尘浊气所污，正可克制姬蘅身上的秋水毒。

因姬蘅之父乃帝君曾经的属官，临死前将她托付给帝君，帝君难免对姬蘅多加照拂，却不过是因他父亲之义。尽管帝君对姬蘅无意，晓得她的心思后更是冷淡相对，然姬蘅对帝君的执念却深。

当帝君要在碧海苍灵为凤九补办成亲宴的消息传遍八荒后，姬蘅心伤难抑，求彼时照料陪伴在她身旁的燕池悟将她带出了梵音谷。

出谷后姬蘅偷偷跑去了白水山，自甘成为白水山众毒物的盘中之餐。待燕池悟寻到她时，她已近油尽灯枯，求燕池悟将帝君带到她面前，容她见上最后一面，且自言要死在帝君成婚当日，令他永生不能忘记她。但她也怕帝君冷情冷心，即便她濒临死地帝君也未必发此善心，真能随燕池悟前来。因而，她将她父亲的龙爪交给了燕池悟，告诉燕池悟，若帝君不愿前来，便将此龙爪给他看。

姬蘅的父亲孟昊神君同帝君的情谊很深，是帝君座下一员悍将，洪荒时代与帝君在战场上并肩御敌时，曾为护着帝君而失掉了一只左臂。孟昊神君是尾蛟龙，那只左臂是一只龙爪。那一战乃是与魔族而战，魔族得了孟昊的龙爪，欲以十道苍雷击而毁之，以辱神族无能。帝君手执苍何，只身犯入魔族夺回龙爪，封入一块白琉璃还给孟昊，且郑重许诺，此琉璃牌便是他欠孟昊的情分，琉璃牌在孟昊手中一日，他有何需，他赴死不辞。此是重诺。

真心之诺只许真心君子，孟昊神君乃真君子，虽手执琉璃牌数十万年，却未求过帝君一言，只在临死前请帝君照拂他的女儿姬蘅。孟昊神君也是真英雄，但这位英雄最后的时光却落魄，临死前方与姬蘅相认，且身无别物，唯有一块琉璃牌，便将它权做遗物留与姬蘅。却不知姬蘅从哪里探知，晓得了此琉璃牌上承着帝君的一句重诺。

生死门前，姬蘅哭着向帝君诉说衷情，言既不能侍在帝君身侧，活在世上又有何意义，又言凤九定不如她更爱帝君，她为帝君甘愿赴死，天上天下有几人能做到，求帝君怜她，便是她死，只要帝君答应她，心中会为她留上一席之地，她便瞑目了。

姬蘅死前如此陈情，自觉便是石头也该动容了，奈何帝君平生最恨人百般痴缠，以死相胁，她如此这般正是令人厌恶，因而她一腔赤裸裸的衷情跟前，帝君只蹙眉不言。姬蘅终于崩溃，道帝君连她一个微弱念想也不成全，她为帝君搭上一条命，帝君却如此负她。既然她父亲死前将琉璃牌留给她，琉璃牌上有帝君的重诺，今日她便要帝君将她父亲的情分还给她，兑现她一个诺言。

姬蘅让东华休妻，且发誓将帝后之位空置，永生不娶。

东华终于道："你父亲一定想不到你会这样来用本君给他的琉璃牌。"

看着她满面的泪痕，又道："琉璃牌上虽有本君的重诺，但许什么诺却由本君说了算。本君自会救你一命，化去你身上之毒，再送你回赤之魔族为你谋一个安稳，算是本君还尽你父亲当年之情。你将琉璃牌还给本君，此后是死是活与本君一概无关，本君不想再看到你。"

姬蘅愕然许久，终号啕大哭。

秋水毒有慢解和速解两种法子，慢解便如五百年前姬蘅初染秋水毒般，以术法配解毒仙丹先化去些许毒层，稳住毒性，再将她送往梵音谷静住。速解便是解毒人将她身上的毒一概渡到自己身上，再自个儿服药服丹苦修解毒。姬蘅此时的毒只能用后者这个法子来解。

因姬蘅身上的毒撑不了太久，解毒需六七日，再将她送回赤之魔族需一日。帝君算好日子，因叠宙之术叠不了碧海苍灵的空间，便提笔写了两封信，令燕池悟前去碧海苍灵，一封带给凤九，一封带给主持亲宴的凤九她娘和重霖。信中大致条列了事情的原委，写给重霖和凤九她娘的还特地缜密地出了主意，道不用和赴宴仙者们提及推迟亲宴，倒显得他们这个亲宴儿戏，就说碧海苍灵的规矩是先将众仙请来游玩七八日，这七八日间在石宫中开正宴，供持帖的仙者们宴饮，再在碧海苍灵入口处开流水宴，赐给未得玉帖的小仙们，八日后等他回来了再开盛宴。

此番安排，不可谓不尽心。但这封尽心的信，却未能按时送到碧海苍灵。

重霖突然道："听说殿下已知晓帝君改了您的记忆。那么，殿下可知，帝君为何要改您的记忆？恕小臣斗胆一猜，知晓帝君改了您的记忆，殿下定然十分愤怒罢，大约想过帝君太过为所欲为或不尊重您之类，也想过再不原谅帝君、与帝君桥归桥路归路之类？啊不，殿下不是只想一想罢了，殿下已经这么做了。"叹息一声道，"殿下在太晨宫当灵狐时，小臣便陪在殿下身旁，殿下的性子小臣也算摸得五分明白。但，殿下想过没有，也许帝君他是有难言苦衷？"

许久，苦笑道："帝君他，曾探问过天命，天命说帝君同殿下，你们其实并无缘分。帝君知道，倘不改殿下的记忆，要与殿下重归于好，怕是不大可能。天命如此判定，帝君只是用他的法子护着这段缘罢了，也许他没有用对法子，但着实很尽力是不是？只是，有谁能与天命相争？"

凤九脸色苍白，旧泪痕上又覆新泪痕，紧紧咬着嘴唇。

天命说他二人缘薄，便果然缘薄。

燕池悟揣着东华的两封信急急赶往碧海苍灵，没承想却在半路偶遇宿敌，一番恶战，小燕在最后关头惜败，倒在今我山中，被今我山山神捡了回去，一昏就是数月。

东华在送姬蘅回了赤之魔族后，待重霖奉凤九之令前来找他时，方知当日的两封信并未送达，急切赶回青丘，方行至赤之魔族边界，却感知到天地大动。妙义慧明境在三百年前的那次调伏后，竟又要崩塌了。

挑在此时崩塌，果是天命。

殿中仅有几颗明珠的微光，重霖缓缓道出妙义慧明境为何物，又道："五百年前妙义慧明境已呈过一次崩塌之相，帝君耗费半身仙力将其调伏，而后沉睡百年。那时候，不是有传闻帝君为参透人生八苦，自请下界历劫吗？帝君那样的性子，怎可能突发奇想去参什么凡界的凡人之苦，太晨宫放出这个传闻，不过为遮掩帝君沉睡之事罢了。帝君自这场沉睡中醒来后，便一直在做彻底净化妙义慧明境的准备。妙义慧明境积攒了几十万年的三毒浊息，便是帝君，也难以轻易将其净化，须耗上他毕生仙力和至少一半的仙元。原本帝君这样的尊神，只要留得一星半点仙元，沉睡数十万年，天地再换之时，还是能重回仙界。妙义慧明境既选在此刻崩塌，对帝君最好的法子，便是此番将它彻底净化，留得五分仙元，步入数十万年沉睡。"

骇人的寂静中，重霖轻声道："但帝君却派我赶回三十六天，去青云殿取连心镜。连心镜是调伏妙义慧明境的圣物。存亡之际，帝君的决定竟不是净化妙义慧明境，而是再次调伏它。殿下可知，帝君为何这样选，帝君它选了这条路，有什么后果？"

玉合殿中全无人声，唯余重霖轻叹："调伏妙义慧明境，须耗费帝君半身仙力，原本沉睡一百年也该修得回来，但帝君彼时引了姬蘅的秋水毒到自己身上，秋水毒绵延在仙者的仙元之中，中了秋水毒的仙者，若要将失去的仙力修回，所耗的时间至少是平日的五倍，但妙义慧明境调伏一次，不过能得两三百年平稳罢了，根本没有足够时间容帝君将调伏所耗的仙力修回来，待妙义慧明境再次崩塌之时，他只能以所剩仙力及全部仙元相抗，等着帝君的路……"重霖仰头望天，未能将后半句说下去，转而道，"帝君比小臣高明不知多少，焉能不知这两条路孰优孰劣，本能择了调伏一途，不过是，不过是不能忍受几十万年后天地再换之时重回仙界，见不着殿下罢了，帝君担忧殿下没有他护着过不了升上仙上神的劫数，根本活不到那个时候。与其如此，不如他去羽化，还能在羽化前与殿下有几百年痛快时光。却哪知，却哪知……"重霖声带哽咽："哪知殿下一消失便是两百年。"

嘴唇已被咬出血痕，凤九倏然不知。

重霖却咄咄相逼："殿下可知，帝君这两百年是如何过的？殿下想必终于明白，为何帝君宁肯以权谋私封锁瑶池，也要逼殿下一见了罢，不过是因，那是此生最后一面罢了。但诸多误会，如今却是不可说也不能说，因帝君怕殿下负疚。帝君他……当初连净化妙义慧明境后带你一同沉睡都想过的，如今却能想到他羽化后，殿下你的日子却还长，不愿你永生负疚，殿下可知，可知这有多难？而琉璃阁中，帝君说他这两百年过得很不好时，殿下你又同他说了什么？"

她怎么会不记得她同他说了什么。

你给我的这些……我都不要，其实你不用给我这些，我们也算两清了。

手无意识地拽上胸口，眼泪却再也流不下来。

谢孤栦道："重霖大人，够了。"

重霖像失了力气，木然从袖中取出一方锦帕，放到凤九手中，锦帕摊开，是东华曾赠给她的琉璃戒，戒面上的凤羽花朱红中带着一点赤金，灿若朝霞。

重霖低声道："帝君原本命小臣在他羽化后再将此物给殿下，但，"苦笑一声道，"今日小臣所说所做，其实条条都违了帝君的令，也不在意这一条了。帝君说当初赠给殿下的天罡罩将随他羽化而湮灭，怕不能再护着你，将这枚琉璃戒留给殿下，此戒乃帝君拿他的半心做成，即便他不在了也不会消失，会永远护着殿下。"

半心。回忆一时如潮水般涌入脑海。她恍惚记得那是他们初入阿兰若之梦，她记忆正当混乱时，他骗她说从前他不对的那些地方她都原谅了他，因为他给她下跪了。她说了什么来着？

"帝君你肯定不只给我跪了吧？虽然我不大记得了，但你肯定还干了其他更加丢脸的事情吧？"

"不要因为我记不住就随便唬我，跪一跪就能让我回心转意真是太小看我了，我才不相信。"

他是怎么回答的？

"倘若要你想得通，那要怎么做，小白？"

她又说了什么？

"剖心，我听说剖心为证才最能证明一个人待另一个人的情义……因剖心即死，以死明志，此志不可谓不重，才不可不信。"

喉头忽涌上一口甜腥，她用力地吞咽，声音哑得不成样子："他不能就这样去羽化，重霖，我还有很多话没有同他说，我得见他一面，我……"

重霖神色悲哀道："来不及了。殿下难道没有看到这漫天的陨星吗？"

殿外九天星辰确已陨落泰半。

她踉跄半步，未及谢孤栎去扶却自己撑住，眼眶发红，明明说句话都费力，但每句话都说得清楚，几乎咬牙切齿："什么来不及，天崩地裂同我有什么干系？你不是说当初他连沉睡几十万年都计划着让我相陪吗？此时他要去赴死，不是该更想让我陪着他？什么我的日子还长，想要我活得更好，他才不希望我活得更好，他心中一定巴不得我陪他去死。"

她终于再次哭出来，像个耍赖的孩子："他要是不这么想，我和他没完。天命说我们没有相聚之缘，死在一起的缘分总是有的吧！"

谢孤栎在凤九的哭声中逼近一步向重霖道："便是净化妙义慧明境，总该有个净化之所，重霖大人，帝君他此时究竟在何处？"

重霖闭眼道："碧海苍灵有一汪碧海，亦有一方华泽，碧海在内，华泽在外。帝君他此时，应是在碧海苍灵旁的华泽中，此时赶去，也许能见他最后一面。"

04.

叶青缇为仙的时日尚浅，神仙们的战场是什么样，他其实没有什么概念，因而随凤九赶至碧海苍灵外的华泽之畔时，见着眼前的情景，叶青缇甚为震惊。

泛着银光的透明屏障依华泽之畔拔地而起，不知高至何处，黛黑色天幕上，漫天星辰次第坠落如同凋零之花，陨落的星光依附于泽畔的屏障之上，倏然与屏障混为一体，此屏障似乎正是以星光结成。而屏障之中碧波翻涌，掀起高浪，浪头之上，紫衣的神尊正执剑与以红菱为兵的女妖激烈缠斗。

女妖身后黑色的妖息凝成一尾三头巨蟒，像果真有意识的巨兽，拼命地寻找时机要去撞击四围的屏障，意欲破障而出。紫衣神尊身后的银色光芒则时而为龙时而为凤时而化作瑞兽麒麟，与三尾巨蟒殊死周旋。

屏障中间或响起异兽愤怒的咆哮，咆哮之声惊天动地，搅动的水浪化作倾天豪雨，红衣的女妖眼中现出恨色，紫衣的神尊脸色苍白，面上的表情却不动如松，手中苍何的剑速一招比一招更快，一招比一招杀意更浓。与此同时，银光化作的瑞兽一口咬定巨蟒的七寸，巨蟒拼命想要挣开，用了殊死的力道，带得瑞兽齐齐撞在华泽之畔的屏障上，顷刻地动山摇，女妖与神尊皆是一口鲜血。

叶青缇此行原本便是为拦着凤九以防她犯傻，方到此地，便趁着凤九关注战局时以仙术将二人的胳膊绑在了一起。

他想，她即便意欲加入战局同东华一道赴死，但此时与他绑作一团，她也不会贸然下场，将他亦拉入死局罢。自然，他这么做说不准她会永世恨他，但比起救她一条命，这又算得了什么。

他等着她哭闹着求他解开，但令他惊讶的是，她竟只是困惑地偏过头来看了他一眼，又抬起二人绑在一起的胳膊瞧了一瞧，脸上犹有泪痕，表情却极为镇定，轻声细语地问他："你可知华泽上的屏障乃是帝君以九天星光所设的结界？这种强大的结界，除非设界之人主动放人进入，否则外人进不去的。"循循善诱地向他，"你放开我好不好，就算不绑着我，我也进不去那座结界的。"

他想，还好，以理动人，她比他想象的要冷静。但仙界的事，他显然晓得的不如她多，岂知她没有骗他。

他很坚定地摇了摇头。

她竟没有着恼，反而更加轻声细语道："帝君此时招招快攻，显是想尽快结束战局，将纱落斩杀于剑下，他可能……已感到自己力有不支了罢，若再这么耗着，除掉纱落便已力竭，又如何净化结界中那些三毒浊息呢？"

她话语轻软，就像真的只是在评介战局，令他一时放松。却在此时，被她反握住与她相缚的左手急往结界撞去。

他尚未反应过来，身躯已重重撞在结界之上，但她却不知为何已身在结界里侧，唯露出与他相缚的那只胳膊仍在结界之外。她面色极从容，手上却全不是那么回事，左掌中化出陶铸剑来，软剑出鞘，眼看她提剑便要往自己右臂上砍。他一个激灵，急忙拈诀，二人手臂相离时陶铸剑的剑风已划破她衣袖，差一瞬便要入肉见骨。他一头冷汗，她却抿嘴对他笑了笑，下一刻已飞身掺入战局之中。

她为何能入结界？他蓦然想起她左手手指上所戴的琉璃戒，那是，东华帝君的半颗心。有设界者的半心，她自可畅通无阻进入他的结界。

瞧着飞入血雨腥风中那缕白色的身影，叶青缇一时喉咙发沉，踉跄两步，跌坐在地。

凤九隐在结界一旁，只觉劲风簌簌，带得人摇摇欲落。重霖同他们提及妙义慧明境时，已说明因各人的仙泽不同，境中的三毒浊息由始至终只能以一种仙力化解，若有旁的仙力相扰，反会生出祸事来。凤九明白净化三毒浊息时她帮不了东华什么，她能助他，只在他对付妖尊缈落之时。

梵音谷中，凤九曾同缈落的化相交过一次手，其实晓得自己绝非缈落本体的对手。

她确然已将生死置之度外，但并非脑中空空全无顾忌，明白有时候帮忙与添乱只在一动之间，而她绝非是来同东华添乱的。她唯有一招可近得缈落的身，便是梵音谷中东华教给她那一招。彼时东华搂着她的腰，握着她持剑的手，在她耳边沉沉提醒："看好了。"她当初其实并没有看得十分清楚，但私底下却回想了无数次，演练了无数次。为何会如此，她也不明白，只是他教她的，他给她的，她便本能地要去揣摩，要去精通。

她此时耳聪目明，极其冷静，翻腾的巨浪之上，缈落在东华的步步相逼下只得快攻快守，而三尾巨蟒则被引至华泽之畔同东华的瑞兽相争，缈落身后裸出一片巨大的空隙。唯一的时机。

陶铸剑急速刺出，集了她毕生仙力，携着万千流光，如今日隙空的星辰，几可听见破空的微昧声。东华当初握着她的手比给她看的那一剑，并非一味求快，更重要乃是身形的变化，数步间身形数次变幻，令人察觉不出攻势究竟会来自何方。陶铸剑奔着缈落背心而去，但她要刺的却是缈落腰侧。

果然，即便她施出全力的一剑，红衣的妖尊亦险险避过，只是陶铸剑磅礴的剑气却削掉她腰侧大块血肉，缈落被激怒，反手便是一掌劈在她心口，她被拍得飞开，而苍何剑亦在此时重重刺入被她稍引开注意的缈落背心。寒芒如冰穿心而过，左右一划，已斩断缈落半身。这一击至狠，大量的妖血澎湃而出，结界中的豪雨被染得通红。而在血色的雨幕中，凤九遥遥看向东华，见他眼中现出怒色和痛色，急急向她而来，口型似乎是在叫她的名字。她就费力地扯起嘴角朝他笑了一下。

妖尊已灭，三尾巨蟒蓦然失形，重归为无意识的漆黑妖息，银色的巨龙仰头咆哮一声，亦重归为一团银光。苍何剑悬浮于结界正中，瞬时化形为一把巨剑，与结界齐高，且同时化出七十二把剑影罗成一列，将结界二分。

弥漫的三毒浊息被齐齐拦在剑墙彼端。而此端只有他们两个人。

凤九觉得这个时刻，她的想象力真是前所未有的丰富。

或许她这一生对自己所有美好的想象，都集中在了这一刻。

她觉得自己就像一只羽翼初丰的雏鸟，又像一朵含苞待放的睡莲，还像一泓银色的、流水般柔软的月光。这些是她此时能想到的最美的东西，她觉得自己就该这么美地轻飘飘落入东华的怀中。说不定这已是他们今生最后一面，她怎么能不美？

她顺势搂住东华的脖子，他正用力地抱着她，手抚着她受伤的胸口，急声问她痛不痛？她埋在他怀中用力咬了咬嘴唇咬出些许血色来，方抬头看他，摇头说不痛。

她脸色虽然苍白，嘴唇却还红润，他放下心来，疲惫地问她："为什么要来这里？是不是因为读书不用功，不知道这个结界有多危险，你知不知道你出不去了？"

她在她怀里点头："我知道啊。"她明白他为何要用九天星光来造这个结界，星光结界惯用来囚困邪物，置身于星光结界之中，除非杀掉设界之人，否则谁也走不出去。而设界之人一旦造出此结界，自己想要脱困，则唯有将所困之物一概灭掉一途。他造出星光结界，原本便是要与妙义慧明境同归于尽，她虽不是绝顶聪明，但此时这些她都懂。

他面露迷茫看着她："既然知道，为什么要来，"叹息问她，"你说我该怎么把你送出去？"

她有些委屈："为什么要将我送出去，那天我说那些话，是不是让你伤心了，你是不是不想要我了，但是你也让我伤心过，我们扯平好不好，我来陪你啊，你心里其实是想我来陪的吧？"

他怔了许久，却笑了一下："你说得没错，我的确想你来，我去哪里都想带着你，就算是羽化我也……"他闭了闭眼，"但是不行，小白，你还这么小，你还有很长的日子要过。"

她看着他，到了这个地步他还在逞强，让她竟有些感谢方才绰落的那一掌来。

她的手抚上他的脸，轻声地叹息："恐怕不行了呢，你虽然不想带我，但我……比你先去也说不定。"一阵巨咳猛地袭来，她忍了这么久，终于忍到极致，方才绑落的那一掌虽未用多少力，但她是在力竭时受了那一掌，未免动及仙元。

东华的脸蓦然煞白，颤手去探她的心脉，她握住他的手放在心口："东华，我疼，说句好听话哄哄我。"她不常叫他东华，总觉得不好意思，此时这么叫出来，脸上现出一丝红晕，倒是看着气色好起来。

他紧闭着双眼，声音沙哑，抱着她低声道："你想听什么好听话？"

她含着涌至喉头的腥甜："说你喜欢我。"

他的头搁在她肩上，她感到肩头一片濡湿，听到他在她耳边轻声道："我爱你。"

心口的钝痛渐渐消散，浑身都轻飘飘的，她的手抚上他的银发，亦轻轻地回应："我也爱你。"她的声音渐渐有些模糊，但还不忘嘱咐他，"等会儿净化那些妖息的时候，你也要握着我的手，我们说好了的，你去哪里，我也要去哪里。"喃喃地补充，"我最疼你啊，要一直陪着你的。"

他揽着她的肩让她靠在他胸前，在她额上印下一吻，答应她："好。"

她迷迷糊糊地强调："握着我的手，要一直握着。"

他就回答："嗯，一直握着。"

璀璨的星光结界中，高可及天的剑影隔开结界两端，一端波澜掀起巨涛，森然妖息游于其间，另一端碧波结成玉床，紫衣青年揽着白衣少女静坐其上。就像相拥的一座雕塑。

许久，紫衣青年抬手聚起一团银色的光芒。

结界中有佛铃花飘然坠下，静得，就像一场永无终时的落雪。

尾声

　　白滚滚睡醒后没有见着他娘亲。

　　谢孤栦叔叔面色发沉地抱起他，说带他去个地方。虽然谢孤栦叔叔一向爱阴沉着一张脸，但他此时的脸色比平常又阴沉了五分，白滚滚敏感地觉得，一定是有什么不好的事情发生了。

　　行云到天上，翻过重重云海，谢孤栦叔叔带他踏进一座祥云缭绕的宫殿，来到一个种着红叶树的园林中，园林中三三两两聚着好些叔叔婶婶哥哥姐姐。

　　他们转过园林的月亮门时，正瞧见一位拿扇子的叔叔向一位如花似玉的姐姐道："其实罢，净化妙义慧明境这种彰天地大道之事，乃是我们神族分内，同魔族不大相干的，你说你是路过瞧着夜华他们破星光结界破得辛苦，便顺便相帮，不过小燕我问你啊，你路过怎么就路到了碧海苍灵了呢？"

　　如花似玉的姐姐立刻脸红了："老……老子迷路行不行？"

　　白滚滚听到抱着他的谢孤栦叔叔说了声白痴，一院子的哥哥姐姐叔叔婶婶都看过来，如花似玉的姐姐气急败坏，对着谢孤栦叔叔瞪眼睛："你说谁白痴？"

院子里其他人并未理这个发脾气的姐姐，倒是个个惊讶地看着他。白滚滚将头埋进谢孤栦叔叔的脖子，只微微侧着脸露出一双黑葡萄似的眼睛。

扇子叔叔端详他一阵，扇子指着他问谢孤栦叔叔："这谁家孩子？"

谢孤栦叔叔淡淡答他："一看就知道了吧？"

扇子叔叔目瞪口呆："东华的？"

白滚滚不晓得扇子叔叔口中的东华是什么，是个地名吗？谢孤栦叔叔没再理院子里的人，抱着他径直拐过另一个月亮门，月亮门后是一排厢房。白滚滚耳朵尖，还是听到园子里传来的说话声："若非白浅那丫头两口子和墨渊及时赶到，竭力破了星光结界，又拿半个昆仑虚封起来做了盛妖息的罐子，这孩子便要在一夕之间既没爹又失娘，真真可怜见。"

立刻有人接口："折颜上神说得极是，不过此番虽然凶险，倒也可见定数之类不能全信。譬如谁能想到星光结界竟也能被击破，又有谁能想到昆仑虚殊异至此，竟能承得住三毒浊息？不过昆仑虚能承三毒浊息几时，小仙却略有些担忧，此回帝君他老人家周身的仙力要修回来怕要千年，若帝君的仙力尚未修回来前昆仑虚也崩溃的话……"

便有个清凌凌的女声道："司命你惯爱杞人忧天，当墨渊上神的加持是摆个样子好玩的吗？比起昆仑虚和帝君他老人家，小仙倒是更担忧凤九殿下一些，殿下她伤了仙元又到如今还未醒过来……"

白滚滚听到此处，他们前头说的什么他一个字也听不懂，但这个姐姐说担忧她娘，说她娘伤了仙元一直没醒过来……白滚滚的手蓦地拽紧。谢孤栦叔叔安抚地拍他的背："你当折颜是庸医吗？你娘确然受了伤，但修养个几月就能醒得来，你娘常夸你小小年纪便沉稳有担当，让我看看你是不是真的有担当。"

白滚滚不晓得谢孤栦口中的折颜是谁，但他晓得谢孤栦叔叔从不骗人，他说娘亲没事娘亲就一定没事。但他一颗心还是揪起来，一直揪到他们踏进那一顺厢房中的其中一间。

340

一屋药香。他娘亲合眼躺在一张床头雕了梅兰的红木床上，床边坐着个和他一样颜色头发的好看叔叔，手中端着一只药碗，正拿一只白瓷勺子缓缓地搅着碗里的药汤。

谢孤栦叔叔将他放下地，他毫不认生，迈着小短腿蹭蹭地跑到床边去看他娘亲。还好，他娘亲虽昏睡着，脸色还红润。他正要放下心，就听到头上有个声音问他："你……谁？"

他抬头对着问他的好看叔叔，一板一眼地回答："我是白滚滚。"

好看叔叔皱眉："白滚滚？……谁？"

白滚滚严肃地指了指自己，又指了指床上她娘亲："九九的儿子。"

啪，好看叔叔手上的药碗打翻了。

白滚滚觉得有点受伤，他是他娘亲的儿子这件事，有这么令人难以接受吗，做什么大家都要这么吃惊。方才院子里的叔叔婶婶哥哥姐姐们也是，此时这个守在他娘亲床边的好看叔叔也是，而且这个叔叔吃惊得连药碗都打翻了。

谢孤栦叔叔看了他一眼，对他使了个让他待在原地不要乱动的眼色，自己却走了出去。

房中这么安静，让白滚滚有点紧张，他还惦记着方才的对话，小喉咙吞了口口水，大着胆子问好看叔叔："你呢，你又是谁？"

良久，他瞧见好看叔叔伸出手来，他的脑袋被揉了一揉，头上响起的那个声音有些轻，却让他感到温暖。好看叔叔说："滚滚，我是你父君。"

全文完